Kamienica
przy Kruczej

Maria Ulatowska

Kamienica
przy Kruczej

Prószyński i S-ka

Projekt okładki
Olga Reszelska

Zdjęcie na okładce
Fot. Forum

Redaktor prowadzący
Anna Derengowska

Redakcja
Ewa Witan

Korekta
Mariola Będkowska

Łamanie
Alicja Rudnik

ISBN 978-83-7839-370-2

Warszawa 2012

Wydawca
Prószyński Media Sp. z o.o.
02-697 Warszawa, ul. Rzymowskiego 28
www.proszynski.pl

Druk i oprawa
ABEDIK SA
61-311 Poznań, ul. Ługańska 1

Książkę tę dedykuję:

– mojemu mężowi, Zygmuntowi
– i jego siostrze, Barbarze,
z podziękowaniem za opowiedzenie mi
tych wszystkich zasłyszanych i przeżytych historii,
które posłużyły za kanwę tej powieści;
– a ponadto: bratu, bratowej
oraz, szczególnie,
naszym dzieciakom,
tym Dużym i Temu Malutkiemu.

Bienvenido al mundo, pequeñito!

Śladami Wokulskiego, lichy jego uczeń
Z duszą półromantyka, półpozytywisty,
Włóczę się tam i nazad do późna po Kruczej
Pod czarem prozy Prusa i nocy gwiaździstej.

Na rogach, jak ćma nocna, wokół latarń kluczę,
Usiłując odnaleźć po stronie parzystej
Bramę, do której Muza wręczyła mi klucze,
Adres, pod którym niegdyś odbierała listy...

Stefan Godlewski „Na Kruczej"

Od autorki

Kochani Czytelnicy – od razu chcę podkreślić, że to nie jest powieść historyczna, choć jej bohaterowie żyją w ubiegłym wieku, w czasach, o których nie można powiedzieć inaczej niż „wielka historia". Akcja toczy się od 1937 roku, poprzez wojnę, okupację, Powstanie Warszawskie, okres obozów jenieckich. Potem są najtrudniejsze lata naszych powojennych dziejów – 1956, 1968, 1970, 1980, 1981.

Nie opisuję szczegółowo wielkich wydarzeń, to już zrobili inni, po wielekroć i lepiej ode mnie. Nie opisuję walk powstania, działań wojennych i akcji odwetowych; nie pokazuję szczegółowo lat powojennych – zaznaczam tylko wszystkie te sytuacje, patrząc na nie oczami ich uczestników.

Bo w tamtych ciężkich czasach żyli przecież także – poza bohaterami tych lat – zupełnie zwyczajni ludzie. Których wielkim bohaterstwem było po prostu dać sobie radę. Przeżyć, przetrwać, nie poddać się. Pokonać koszmar mijającego dnia, okropności systemu, szarość życia. Znaleźć własne szczęście bez względu na wszystko.

Żyć tak, aby o wszystkim pamiętać, ale dążąc do przodu. Często pod prąd, w zależności od tego, w jaki nurt się wpadło.

Urodzić dzieci, wychować je, znaleźć własne miejsce we własnym kraju.

A czasami... udało się coś, o czym nawet nie śmiało się marzyć.

O nich właśnie jest ta książka. O bohaterach codzienności, których bez względu na wszystkie różnice jednak coś łączyło.

Wspólny adres, od którego każda historia tej książki się zaczyna.

Krucza 46.

Adres prawdziwy, a dzieje bohaterów tej kamienicy – cóż, poplątane, jak wszystkie historie w większości książek. Trochę faktów, trochę półprawd, trochę fikcji...

Czegóż chcieć więcej? A, to już jak każdy uważa.

Prolog

O tym, że nie jest prawdziwą Ostaniecką, Tośka dowiedziała się wcześnie, w swoje dziesiąte urodziny.

– Tosiu – powiedziała mama. – Siadaj, tu obok mnie. Chcemy ci coś powiedzieć.

Antonina – Tosia lubiła swoje imię i lubiła jego pełne brzmienie, wydawało jej się takie dorosłe – podbiegła do siedzącej obok mamy i przytuliła się do niej. Tata przysunął sobie bliżej swój ulubiony fotel i wziął dziewczynkę za rękę.

– Postanowiliśmy, że powiemy ci to, gdy skończysz dziesięć lat, bo uznaliśmy, że będziesz już na tyle dojrzała, że wszystko dobrze zrozumiesz – zaczął mówić, a wtedy Tosia mocniej wtuliła się w mamę, bo nagle zaczęła się bać.

Miała ochotę zatkać uszy albo krzyknąć, że nie chce niczego słuchać. No, ale skoro tata uznał, że jest dojrzała, to chyba jednak nie powinna się tak zachować. Spróbowała się wyprostować i zadarła do góry brodę.

– Tosiu – tacie zadrżał głos – nie wiem, jak zacząć… Dobrze, powiem wprost. Tylko proszę, usiądź i wysłuchaj wszystkiego spokojnie i nie przerywaj, dopóki nie skończę.

Antosia skinęła potakująco głową, choć tata wyglądał, jakby jej zapewnienia nie były mu do niczego potrzebne. Nawet na nią nie patrzył. Patrzył na mamę, a mamie zaczęły dziwnie błyszczeć oczy.

Początek

Rozdział 1

1940

Maria Parzyńska otworzyła drzwi. Spieszyła się, bo już minęło południe, a ona jeszcze nie zrobiła obiadu. Zorientowała się, że nie wystarczy ziemniaków i teraz martwiła się, czy zdoła je kupić. Cóż, warzywniak częściej bywał zamknięty niż otwarty. Otwierano go, jeśli był towar. Pocieszała się jednak, że może dziś sklep będzie otwarty. A jeśli nie, zajrzy od tyłu do spożywczego, na parterze kamienicy, w której mieszkali Parzyńscy. Oni i wielu innych lokatorów.

W tym sklepie nie handlowano warzywami ani owocami, ale właściciel, pan Dawid Szelenbaum, zachował do tej pory różne kontakty handlowe, więc chociaż Żydzi nie mieli już w zasadzie prawa do niczego, on umiał jakoś zapewnić dostawy towarów do swojego sklepu, a dla stałych klientów znalazł czasem nawet to, czego nie było w asortymencie sklepu i to, co kupowało się wyłącznie na kartki (brak kartek nie przeszkadzał, a że cena była trochę wyższa, cóż, każdy to rozumiał). Sam właściciel, wraz z rodziną, mieszkał na Grzybowie, w dzielnicy żydowskiej. Mieszkali tam od dwudziestu lat.

13

Teraz nie chciał się pokazywać za często na Kruczej, aby swoim semickim wyglądem nie sprowadzić na sklep nieszczęścia. Wobec wydanego dwudziestego pierwszego stycznia 1940 roku zarządzenia dotyczącego konfiskaty majątku prywatnego w Generalnym Gubernatorstwie (tak zwanej ordynacji sekwestracyjnej), administracja niemiecka była uprawniona do zajmowania własności należącej i do Polaków, i do Żydów. Z tym że własność żydowską grabiono w pierwszej kolejności, więc fakt, że sklep należy do Żyda (jakikolwiek sklep), owi właściciele starannie ukrywali.

Chociaż Dawid Szelenbaum od kilku miesięcy nie pokazywał się już w sklepie, prowadzonym teraz tylko przez ekspedientkę, dla „swoich" spożywczak był jednak dobrze zaopatrzony. „Swoimi", czyli stałymi klientami, byli oczywiście przede wszystkim mieszkańcy kamienicy, w której się mieścił.

Przy ulicy Kruczej 46.

Trzypiętrowa kamienica, pokryta płaskim, trochę tylko spadzistym dachem, ozdobiona była od frontu żeliwnymi balkonami, których kute balustrady wyginały się nad łukiem bramy; wejście do bramy także zdobiły żeliwne zawijasy, a strzegły go dwa przycupnięte po bokach – gnomy? krasnale? domowe skrzaty? Z bramy można było się dostać na dwie klatki schodowe, do lewego i prawego skrzydła kamienicy, na górę wiodły schody z artystycznie wykonanymi poręczami, a obydwa korytarze były zawsze świeżo odmalowane i dokładnie wysprzątane. Od samej bramy szło się po pięknie ułożonej kostce, a każdy wjazd „pojazdu" na kółkach – na przykład wózka dziecięcego – powodował miły dla ucha równomierny turkot. Gdy już minęło się podjazd,

14

wejścia na schody i wyłożony kostką korytarz, ukazywało się podwórko, gdzie na centralnym miejscu królował trzepak, miejsce spotkań służących i zabaw dzieci – tych, którym rodzice pozwalali się bawić na podwórku. Po obu bokach, pod frontowymi skrzydłami kamienicy stały wygodne ławki również żeliwne, z drewnianymi siedzeniami, jak w parku – na których można było przysiąść w celu wymiany poglądów z sąsiadką lub sąsiadem.

Z podwórka wiodły tak zwane schody kuchenne, wejście na nie nie było już tak ozdobne, ot, zwykłe drzwi, zwykłe klatki schodowe, balustrady bez ozdób, proste, skromne – cóż, kuchenne po prostu.

Dom może nie był najpiękniejszy, ale dla jego mieszkańców liczyło się przede wszystkim, że do tej pory stał nienaruszony – a był czerwiec tysiąc dziewięćset czterdziestego roku – i wszyscy mieli nadzieję, że w takim stanie przetrzyma wojnę. Każdy wierzył, jeszcze wierzył, że trwająca wokół pożoga lada dzień się skończy. Wszyscy starali się żyć i przeżyć. Nawet pomagali sobie, jak mogli.

Krucza 46.

Dom, który trwał, a wraz z nim jego mieszkańcy.

Maria Parzyńska otworzyła z impetem drzwi i… potknęła się o zawiniątko, które leżało na wycieraczce. Mały tobołek poruszył się i pisnął.

– Ludzie! – krzyknęła w przestrzeń. – To chyba dziecko.

Pochyliła się i podniosła maleństwo, bo w istocie było to dziecko. Opatulone w koc i zieloną chustę.

Raptem na klatkę schodową weszła lokatorka z pierwszego piętra, Weronika Ostaniecka. Spojrzała

z zaciekawieniem na sąsiadkę i ten dziwaczny tłumo-
czek, z którego już wyraźnie dochodziło popłakiwanie.
– Pani Mario? – Zawiesiła głos. – Dziecko? Czyje?
Skąd?

Pani Parzyńska miała około czterdziestu pięciu lat,
mieszkała tylko z mężem, mniej więcej w tym samym
wieku. Jedyne ich dziecko, syn Marian, przepadło gdzieś
w zawierusze wojennej. Żona Mariana, Adela, zmarła
jeszcze przed wojną. Dzieci nie mieli. A nawet gdyby – to
nie byłyby takie malutkie. Weronika Ostaniecka miała
więc prawo być zdziwiona, choć może nie powinna o nic
pytać. Czasy nadeszły przecież takie, że naprawdę najlepiej nic nie wiedzieć i nic nie widzieć. Jednak pani Weronika była osobą bardzo życzliwą całemu światu, dzieci
uwielbiała wręcz do szaleństwa, tym bardziej że jakoś nie
doczekała się własnych, mimo przekroczenia trzydziestu
lat. A tak prawdę mówiąc, trzydziestu czterech. Za Alfreda wyszła w roku tysiąc dziewięćset trzydziestym, byli
już więc tak długo małżeństwem, że przestali wierzyć, iż
kiedykolwiek rodzina im się powiększy. Los swój znosili
z pokorą, choć także z wielkim żalem, którego starali się
nie okazywać. Jednak pani Weronika nie mogła obojęt-
nie przejść obok żadnego dziecka. A już na pewno nie
obok takiego, które płacze.

Pani Parzyńska z osłupieniem patrzyła na trzymane
w ramionach zawiniątko. Dziecko, zapewne zdziwione
zmianą położenia i zafascynowane twarzą, której nie
znało, ucichło i wpatrywało się w panią Marię szeroko
otwartymi, ciemnogranatowymi oczami.

– Ono... to dziecko, po prostu... po prostu
tu leżało – wykrztusiła, spoglądając na sąsiadkę
z niedowierzaniem. – Ja, ja tylko otworzyłam drzwi

i ono tu było – mówiła, kręcąc głową. – Mało brakowało, a bym na nie nadepnęła.

Weronika Ostaniecka położyła dłoń na ramieniu oszołomionej kobiety i obracając ją trochę, prawie wepchnęła do mieszkania, z którego ta właśnie wychodziła. – Nie stójmy tu – powiedziała. – Trzeba obejrzeć to dziecko i zastanowić się, co teraz.

Po wyplątaniu niemowlaka z koca i chusty, a następnie z becika i pieluch, całkiem już przemoczonych, okazało się, że to dziewczynka. Wyglądała na zdrową i zadbaną. Pani Parzyńska przyniosła lniane prześcieradło, pocięła je na kawałki i jakoś, wspólnie z sąsiadką, zawinęły w nie dziewczynkę, która, chyba zmęczona tym wszystkim, uspokoiła się i usnęła.

– Pani Mario – zawołała raptem Weronika Ostaniecka, która zbierała porozrzucane na podłodze okrycia ich „znaleziska" – tu są jakieś papiery, niech pani spojrzy!

Przedtem

Rozdział 2

1937

Szymon Kornblum szedł ulicą krokiem prawie tanecznym. Gdyby nie to, że był mężczyzną statecznym, już trzydziestosiedmioletnim, podskakiwałby z radości. Magdalena, Magdusia, jego Madzia, powiedziała: tak. Tak! Tak! Tak!

Zgodziła się wyjść za niego, w co nie mógł do tej pory uwierzyć. Nieważne, że był szalenie przystojnym, miłym, całkiem zamożnym człowiekiem i miał spore, wspaniale umeblowane i doskonale wyposażone mieszkanie w samym centrum stolicy. Nieważne, że był szanowanym lekarzem i członkiem różnych ekskluzywnych towarzystw. Nie liczyło się nawet to, że pisywał artykuły medyczne do specjalistycznej prasy, a te artykuły były przedrukowywane w pismach zagranicznych. Kilka razy był również za granicą, zapraszano go do udziału w sympozjach i często proponowano mu wygłaszanie referatów.

Był jednak Żydem i wiedział, że obecnie to mu nie pomoże. Właściwie to był Polakiem, ale rozróżnienie tych dwóch narodowości, jeśli ktoś nosił nazwisko, które można było uznać za żydowskie, wydawało się za trudne. Albo… nie chciano tego rozróżniać.

21

Antysemicka nienawiść w Polsce, której wybuch nastąpił w latach 1933–1936, teraz jeszcze się nasiliła. Obóz Narodowo-Radykalny, rozwiązany w roku 1934 przez władze za swoje radykalne poglądy, kontynuował działalność nielegalnie i poczynał sobie coraz śmielej, zdobywając coraz większą popularność wśród młodzieży akademickiej. Po śmierci Józefa Piłsudskiego ideologia antysemicka stała się głównym elementem porozumienia politycznego.

Po ogłoszeniu przez premiera Składkowskiego „wojny ekonomicznej" przeciwko Żydom w czerwcu 1936 roku; po wezwaniu przez przywódcę ONR, Bolesława Piaseckiego, do poparcia nazizmu i wygnania Żydów z Polski; po nasilającej się liczbie napadów i rozbojów – dziesiątki tysięcy Żydów wyemigrowało z Polski do Palestyny; wyjechali również ci, którzy Żydami byli tylko z urodzenia, bez wyznania.

Pomimo to Szymon nie chciał opuszczać Polski. Nawet wtedy, gdy polski związek zawodowy lekarzy ogłosił, że obecnie przyjmować będzie w swoje szeregi wyłącznie Polaków – co szczególnie dotknęło doktora Kornbluma, który był aktywnym członkiem związku od kilku lat. Nie rozumiał tych rozgraniczeń. Owszem, wyznawał judaizm jak jego rodzice i dziadkowie, i zapewne pradziadkowie, ale przede wszystkim był Polakiem. Kochał swoją ojczyznę i nie wyobrażał sobie, że mógłby mieszkać w innym kraju. Palestyny nie znał i, prawdę mówiąc, nie tylko mało o niej wiedział, ale też niewiele go obchodziła. Miał więc nadzieję, że ten antysemicki obłęd niebawem się skończy i chociaż sporo słyszał i wiedział o rozwoju nazizmu, chciał wierzyć, że to przejściowe szaleństwo. Ponieważ jednak był wykształconym, inteligentnym i światłym człowiekiem, gdzieś tam, z tyłu głowy, miał pewność, że ta jego wiara w rychłą zmianę świata jest trochę śmieszna. Dlatego też, pomimo swojej już przeszło rok trwającej miłości do Magdaleny Krzeszewskiej, nie oświadczał się i próbował walczyć z tym uczuciem. Ale kilka dni temu umarła matka dziewczyny. Wczoraj odbył się pogrzeb. Magda została sama na świecie, bo jej ojciec zmarł kilka lat po narodzinach dziewczynki, tak więc w ogóle go nie pamiętała. Wraz z mamą mieszkała w niewielkim mieszkaniu przy Nowogrodzkiej. Mama pracowała jako ekspedientka w sklepie bławatnym mieszczącym się w kamienicy, w której mieszkał Szymon, a uprzednio także jego rodzice, przy Kruczej 46. Sklep od lat był własnością Kornblumów.

– Magdusiu – tłumaczył ukochanej. – Zostałem właścicielem tego sklepu tak trochę wbrew woli. Sklep był własnością mojego dziadka, Abrahama Strontza.

– To tata twojej mamy, prawda? – spytała Magda, słysząc inne nazwisko.

– Tak, mojej mamy – potwierdził Szymon i opowiadał dalej: – Moja mama, Salomea, była jedyną córką Strontzów, więc gdy wyszła za Izaaka Kornbluma, mój dziadek od razu scedował sklep na zięcia. Zamalował dotychczasowy napis na szybie wystawowej sklepu i zamówił inny: „Sklep bławatny – Strontz & Kornblum".

Szymon zamilkł i przypomniał sobie, że gdy dziadek Abraham umarł, ojciec Szymona zamalował dotychczasowy napis i umieścił nowy: „Sklep bławatny – Kornblum & Kornblum". Gdy zmarł ojciec Szymona, Szymon kazał zmazać z okna wystawowego drugą część informacji i pozostało tylko: „Sklep bławatny".

Od początku ten sklep był kością niezgody w stosunkach między ojcem i synem. Starszy pan Kornblum był do sklepu bardzo przywiązany, dbał o jego rozwój, ciągle coś zmieniał, poprawiał, unowocześniał. Wełny musiał mieć najlepsze, sprowadzane wprost z Bielska. Inne tkaniny też starannie wybierał, toteż sklep cieszył się popularnością i bardzo dobrze prosperował. Na stałe zatrudnione były zawsze dwie ekspedientki, a czasami pomagały im uczennice ze szkoły handlowej, zaliczające w ten sposób obowiązkowe praktyki.

Sklep stanowił całe życie Izaaka, a Szymon, jego jedyny syn i spadkobierca, w ogóle się nie interesował ani rodzinną firmą, ani handlem w ogóle. Już jako mały chłopiec łamał nogi lub ręce drewnianym pajacykom i wszystkim zabawkom, jakie wpadły w jego łapki – a potem składał te połamane kończyny, obtykał je patyczkami i zawijał bandażami.

– Mamełe – ogłaszał pani Salomei – ja będę pan doktor.

– Wiesz, Magdalenko – ciągnął Szymon, powracając od wspomnień do teraźniejszości – ilekroć o tym myślę, jest mi bardzo przykro, że sprzeciwiałem się ojcu. Bo widzisz, mnie nigdy nie obchodził ten sklep. Nie miałem do niego serca, zawsze tylko chciałem być lekarzem.

I rzeczywiście – został nim. W 1924 roku skończył studia medyczne na Akademii Medycznej w Berlinie, potem jeszcze przez pięć lat pracował w jednym z berlińskich szpitali i uzyskał specjalizację z ortopedii. Po powrocie do Polski natychmiast znalazł pracę w Szpitalu Klinicznym imienia Dzieciątka Jezus. Rodzice byli dumni z syna lekarza, choć ojciec jednocześnie martwił się o przyszłość ukochanego sklepu.

– Obiecuję ci, ojcze – przyrzekł uroczyście Szymon, składając mu życzenia urodzinowe w 1930 roku, roku śmierci rodziców – że sklepu nie oddam w obce ręce po twojej śmierci, o ile jeszcze wtedy będę żył. Znajdę zaufanego kierownika, który go poprowadzi, a sam będę nadzorował pracę tego kogoś.

I tak też się stało, gdy ojciec Szymona – a właściwie obydwoje rodzice zmarli, jedno po drugim, jak gdyby żyć bez siebie nie mogli. Najpierw ojciec – na rozległy zawał serca, w sierpniu 1930 roku, a trzy miesiące po nim zgasła pani Salomea, w zasadzie z rozpaczy, gdyż żadnej konkretnej choroby u niej nie stwierdzono.

Szymon znalazł sobie zastępcę, któremu powierzył zarządzanie sklepem i opiekę nad nim. Nadzór doktora Kornbluma ograniczał się do składania podpisów na wymagających tego papierach urzędowych i rozliczeniach bankowych. Na szczęście Tadeusz Wolski, który został kierownikiem sklepu, był człowiekiem na wskroś uczciwym, dalekim krewnym matki Szymona. Czuł się członkiem rodziny, a w rodzinie – według jego kodeksu honorowego – obowiązywała bezwzględna uczciwość i lojalność. Dokładał wszelkich sił, żeby firma prosperowała nie gorzej niż dotychczas.

Wszyscy więc byli zadowoleni, sklep miał się dobrze, Szymon cieszył się nie tyle z zysków – choć okazały się niemałe – ile z tego, że udało mu się dotrzymać obietnicy złożonej ojcu.

Pani Krzeszewska, matka Magdaleny, była jedną z zatrudnionych w sklepie ekspedientek, lecz Szymon w ogóle jej nie znał i chyba nawet nigdy w życiu nie widział. Aż do poznania Magdy.

Madzia pracowała jako pomocnica bibliotekarki w czytelni naukowej przy ulicy Tadeusza Żulińskiego (do 1935 roku adres czytelni brzmiał: Żurawia 41 – lecz mimo oficjalnej zmiany nazwy odcinka między Marszałkowską a Poznańską, starzy warszawiacy cały czas mówili o czytelni naukowej przy Żurawiej).

Niebieskooka blondynka, wiotka i niewysoka, miała pięknie zarysowane usta, które wyglądały, jakby prosiły o pocałunki. Tak naprawdę, to Magdusia tylko raz się całowała, po szkolnej zabawie, z pewnym kolegą, który uparł się, że odprowadzi ją do domu. To przeżycie tak jej się nie spodobało, że do tej pory nie pozwoliła nikomu na nic podobnego.

Zaczytana, rozmarzona i pochłonięta książkami, czekała na tę prawdziwą miłość, na dreszcz rozkoszy, słodką niemoc... i niczego podobnego na razie nie doznała.

Poznali się z Szymonem, gdy omal go nie staranowała w chwili, gdy wychodził z bramy kamienicy. Wypadła gwałtownie ze sklepu, gdzie pracowała jej mama. Spieszyła się, bo akurat w tym dniu miała popołudniowy dyżur w czytelni, a zasiedziała się u mamy. Uwielbiała tu przychodzić, kochała zapach tkanin oraz ich miękką delikatność; mogła godzinami pomagać w układaniu bel materiałów na półkach, nigdy jej to nie męczyło i nigdy nie nudziło. Tego dnia jednak została w sklepie zbyt długo i martwiła się teraz, że nie zdąży na czas do pracy. Wypadła więc z drzwi jak rakieta i raptem... leżała jak długa na chodniku, a nad nią pochylał się jakiś ciemnowłosy, ciemnooki mężczyzna.

– Nic się pani nie stało? – spytał, patrząc na nią z niepokojem. Mrużył śmiesznie oczy, trzymając w ręku stłuczone okulary.

– Nie, nic. – Magdalena pokręciła przecząco głową, wstając z ziemi. – Przepraszam pana bardzo, jestem taka nieuważna. Wpadłam na pana, jeszcze raz przepraszam. I pana szkła, ojej…

Potarła ręką czoło, bo coś ją zaszczypało. Wyciągnęła rękę do tego ciemnowłosego mężczyzny, chcąc mu się przedstawić i jeszcze raz przeprosić – i raptem zauważyła, że palce ma poplamione krwią. Zbladła i zachwiała się nagle.

– Ach… – wyszeptała – ja…

– To nic takiego, proszę mi wierzyć. – Nieznajomy już podawał jej śnieżnobiałą chustkę, którą niczym magik wyciągnął chyba z kieszeni. – To tylko draśnięcie, już nie krwawi.

Po chwili do dziewczyny zbliżył się przepiękny czarny pies i wtulił nos w jej rękę.

– Effi! – syknął Szymon, właściciel psa, a właściwie suki, z którą właśnie wychodził na spacer.

Effi, czarny, długowłosy owczarek niemiecki, była doskonałym okazem swojej rasy. Miała już osiem lat, w domu Szymona znalazła się po śmierci jego rodziców. Przyprowadził ją – już prawie roczną sukę – przyjaciel Szymona, razem z nim pracujący doktor Andrzej Lewandowicz. Zmusił doktora Kornbluma, aby przyjął Effi w prezencie. Do prezentu dołączony był imponujący rodowód, wystawiony w języku niemieckim, suka bowiem pochodziła z niemieckiej hodowli. Effi von Alpine Valley. Doktor Lewandowicz odkupił ją od sąsiada, któremu zmarła żona, a on sam postanowił wyjechać z kraju.

– Stary, nie mogłem pozwolić na uśpienie tego pięknego stworzenia. A taki los jej groził – tłumaczył Szymonowi. – Poza tym od razu pomyślałem o tobie. Przyda ci

27

się teraz towarzyszka, nie będziesz sam w domu. A Edycia z pewnością ją pokocha.

Edycia, czyli panna Edyta Solska, mieszkała z Kornblumami od urodzin Szymona. Była „piątą wodą po kisielu" pani Salomei, pochodziła z Łodzi, miała rodziców i czwórkę rodzeństwa. Dość kiepsko im się wiodło, więc rodzice Edyci z radością przyjęli propozycję Kornblumów, by córka przyjechała do stolicy. Zadaniem Edyty miała być opieka nad chłopcem i ogólna pomoc w domu. Z czasem dziewczyna bardzo zżyła się ze swoimi dalekimi kuzynami i czuła się u nich jak w nowej rodzinie. Nawet gdy Szymon nie wymagał już opieki niani ani w ogóle żadnej opieki, pani Salomea nie wyobrażała sobie domu bez Edyci, która gotowała, sprzątała i w ogóle robiła, co trzeba. A Edycia, później już panna Edyta – ale tylko dla obcych – dla Kornblumów na zawsze pozostała Edycią – nie wyobrażała sobie innego miejsca na świecie niż tu, na Kruczej 46. Została więc z Szymonem nawet po śmierci jego rodziców i teraz znowu była dla niego osobą niezastąpioną. Effi przyjęła z radością i entuzjazmem.

– Jest cudowna – zachwycała się. – A jak arystokratycznie wygląda, po prostu królewna – ogłosiła i z wielką przyjemnością wychodziła na spacery z Effi i kroczyła dumnie ulicą, łaskawie przyjmując zachwyty przechodniów.

Zachwyty nad psem oczywiście, bo samą Edycią jakoś nikt się przez jej całe życie nie zachwycał. Ale jako że miała już swoje lata, wcale się zachwytów nie spodziewała. Dobrze jej było tak, jak było. Effi stała się jej ulubienicą i, niestety, panna Edyta, rozpuściła sukę ponad miarę. Na szczęście owczarki niemieckie są z natury posłuszne, więc rozpieszczanie głównie polegało na przekarmianiu biednego psa, co zaowocowało lekką nadwagą.

– Edyciu – mówił doktor Kornblum, marszcząc czoło, gdy widział, jak suka znowu – znowu! – zajada coś pod stołem. – Tyle razy prosiłem, żeby psa nie karmić między posiłkami.

– Ależ ona tylko taką małą kostkę cielęcą dostała – broniła się panna Edyta. – Sam Szymon mówił, że kości nie są tuczące.

Na taki argument „sam Szymon" nie miał odpowiedzi i to był na ogół koniec dyskusji. Do następnego razu, gdy Effi znów łasowała coś pod stołem. Irytowało to niepomiernie doktora, ale walka z Edycią była przegrana już na starcie. Szymon starał się więc zapewniać Effi sporo ruchu. Przynajmniej raz dziennie chodzili na długi spacer, a ich ulubioną trasą był marsz do parku Frascati, za placem Trzech Krzyży. Gdy była ładna pogoda i Szymon czuł się wyczerpany pracą, szli dalej, do Agrykoli, a potem zbiegali w dół, aż nad Wisłę. Po takim spacerze Effi była rozradowana jak mały szczeniak, a pan sam podtykał jej pod nos jakiś przysmak w nagrodę za dzielność.

I teraz właśnie mieli iść na długi spacer, a tu... wypadek.

Suka wcisnęła zimny nos w rękę zdezorientowanej Magdaleny; dziewczyna po tym zderzeniu z Szymonem jeszcze nie doszła do siebie. Jednak pies, który stał obok niej i wyraźnie się do niej łasił, zachwycił ją do tego stopnia, że przestała się martwić zakrwawionymi palcami oraz stłuczonymi okularami mężczyzny, na którego wpadła i w ogóle całym zdarzeniem – i zwróciła się do zwierzaka.

– Och, jaki ty jesteś piękny. – Wtuliła czoło w psi kark, w ogóle nie czując respektu przed groźnym wilczurem.

– To suka, Effi – powiedział Szymon, patrząc z rozbawieniem na klęczącą obok dziewczynę. – Ona jest piękna, istotnie, i ma arystokratyczny rodowód. Ale klękać przed nią nie trzeba. – Roześmiał się na widok skonfundowanej miny tej rozpędzonej osóbki, która go staranowała, a teraz tuliła jego psa. – A swoją drogą chyba nie zdarzyło się, żeby Effi tak od pierwszej chwili zaakceptowała kogoś obcego – mruknął pod nosem.

Magda usłyszała jego słowa.

– A, bo widzi pan – uśmiechnęła się nieśmiało – mnie wszystkie psy lubią. Mama mówi zawsze, że jakieś psie czary odprawiam, bo każdy pies od razu się do mnie łasi. O, tak jak Effi teraz.

I tak od słowa do słowa, plus psie czary, między tymi dwojgiem zaczęła się znajomość, przyjaźń, a wreszcie miłość. Miłość, której Szymon długo się opierał, był bowiem od Magdusi starszy o osiemnaście lat i uważał, że jest dla niej po prostu za stary. Ale ona tylko się z tego śmiała.

Prawdziwym powodem, dla którego Szymon nie chciał tej miłości, nie była jednak różnica wieku, tylko czasy, w których przyszło im żyć. I jego nieszczęsne pochodzenie.

Szymon, chociaż Żyd z dziada pradziada, nie uczestniczył w życiu swojej społeczności. Nie był członkiem żadnego żydowskiego stowarzyszenia ani ortodoksem – już jego rodzice nie przestrzegali ściśle zasad judaizmu, choć chłopiec został obrzezany i odbył bar micwę. Na tym jednak zakończyło się przestrzeganie prawa religijnego w rodzinie Kornblumów. Nie urządzali szabasu, nie stosowali się do reguł koszerności, nie obchodzili Jom Kippur ani innych świąt żydowskich. Nie uczęszczali też do synagogi, w ogóle nie chodzili do żadnej świątyni, po prostu nie byli religijni. Lub byli – na swój sposób, w którym nie mieściły się zewnętrzne oznaki wiary.

O tym, że Szymon jest Żydem, świadczyło jego nazwisko oraz semicki wygląd; ciemne włosy, czarne oczy, opadające powieki, a także duży haczykowaty nos i długie płatki uszne. O jego pochodzeniu świadczyło także – choć oczywiście nie było to widoczne – obrzezanie. I to tyle. On sam czuł się po prostu Polakiem. Miał kłopot, gdy trzeba było wypełnić jakiś dokument z rubryką „wyznanie". Pisał więc: „urodzony w wyznaniu mojżeszowym, obecnie bez wyznania". Takie stwierdzenie nie zawsze spotykało się z aprobatą, ale Szymon się tym nie przejmował.

*

Skoro już mowa o psach, to na Kruczej 46 mieszkał jeszcze jeden, urocze psisko rasy polskiej, czyli kundel czystej krwi, trochę podobny do wilczka, o imieniu Brylek.

Pewnego dnia 1936 roku znalazł go nad Wisłą pan Mieczysław Tarnowski, administrator domu. Pies leżał na trawie i cicho popiskiwał. Okazało się, że ma złamaną łapę. Tarnowski dowiedział się o tym od weterynarza, do którego z całym poświęceniem zataszczył znalezionego biedaka. Lekarz łapę nastawił, wziął w łubki, przepisał lekarstwa. Złamanie pięknie się zagoiło, jak to na psie, a Brylek ukochał swego wybawcę ponad wszystko. Jego żonę i syna także darzył szacunkiem, ale tylko trochę. Psia hierarchia ważności w rodzinie Tarnowskich, w skład której wszedł Brylek, przedstawiała się następująco: przewodnikiem stada, osobnikiem alfa i w ogóle panem świata i stworzenia był Tarnowski senior. Potem w psiej kolejce ważności stał właśnie on sam, Brylek. Pani Stefania Tarnowska, żona przewodnika i Piotrek Tarnowski, syn, zamykali listę członków stada.

Cała rodzina akceptowała taki stan rzeczy. Brylek może nie był najładniejszy, kulał trochę na tę połamaną łapę, jedno ucho miał sterczące, drugie oklapnięte, a sierść miejscami mocno zmierzwioną – ale to mało istotne. Wszyscy go kochali, a to najważniejsze.

Biedny Brylek nie mógł przewidzieć, że za kilka lat będzie musiał zweryfikować swoją hierarchię ważności, bo skład stada zasadniczo się zmieni.

Rozdział 3

1938

Doktor Kornblum przetarł oczy. Była dopiero ósma wieczorem, a on czuł się już bardzo zmęczony. Musi wziąć się w garść, bo przed nim całonocny dyżur. Mijający dzień był okropny. Mieli na oddziale czternaście osób poszkodowanych w wypadku tramwajowym. Połamane ręce, nogi, żebra; nawet złamana szczęka. Nie było wiadomo, co pilniejsze. A tu jeszcze telefon z izby przyjęć.

– Panie doktorze, proszę zejść do nas, mamy tu chłopca w złym stanie. Chyba pobity, krwawi, trzęsie się, nie można z nim dojść do porozumienia.

– To może zadzwońcie na internę, ja tu mam urwanie głowy – bronił się doktor Kornblum.

– Na internie dyżuruje dziś doktor Kochańska, a chłopiec ma porwane spodnie i być może rany na... no, na przyrodzeniu. Nam nie daje się dotknąć, więc doktor Kochańskiej też nie pozwoli. Potrzebny jest lekarz mężczyzna – tłumaczyła dyżurna siostra z izby przyjęć.

– A czy ja jestem jedynym... – Szymon machnął ręką i urwał. – Dobrze, zaraz zejdę – powiedział i usłyszał westchnienie ulgi w słuchawce.

Gdy wszedł do izby przyjęć, ujrzał starszego mężczyznę z sumiastym wąsem, siedzącego obok jakiejś skulonej kupki nieszczęścia. Ów mężczyzna, Mikołaj Walczak, elektryk zatrudniony przy budowie Dworca Głównego, wracał właśnie ze swojej zmiany do domu, gdy natknął się na gromadę rozwydrzonych łobuzów, znęcających się nad około dziesięcioletnim chłopcem. Dzieciak leżał na ulicy, a rechocący chuligani szarpali go za spodnie. Obok leżała nadpalona szmata i cuchnęło spalenizną.

– Nie martw się, Mosiek. – Jeden z oprawców pochylał się nad chłopakiem, wymachując trzymanym w ręku nożem. – Zaraz będzie po operacji, pójdziesz do domu i będziesz mógł całować swoją mezuzę* z radości, że przestałeś być nieczysty.

– Oj, patrzcie! – wykrzyknął inny. – Fuj! Ten parch się poszczał. Ściągaj, śmieciu, te śmierdzące portki. – Jednym ruchem rozerwał mu spodnie. – Dawaj, Józiek, nóż.

Pan Walczak był rosłym mężczyzną i nie bał się żadnych łobuzów. Ryknął głośno i wpadł między chuliganów, wymachując pięściami. Zaskoczeni gwałtownością ataku i wrzaskiem mężczyzny, rozpierzchli się na boki i uciekli. Elektryk podniósł zasmarkanego, trzęsącego się chłopca z ziemi i ze zgrozą ujrzał, że dzieciak ma przypalone policzki i osmalone włosy, a ponadto rozerwane w kroku spodnie i krwawą krechę przy genitaliach. Rzeczywiście śmierdział moczem.

* Mezuza – małe pudełeczko z drewna lub metalu, umieszczane na framudze drzwi wejściowych, zawierające zwitek pergaminu z wypisanymi ręcznie cytatami z Tory. Przekraczający próg domu dotykał jej dwoma palcami, które następnie podnosił do ust, co wyrażało miłość i szacunek do Boga oraz pamięć o Jego przykazaniach. Mezuza miała chronić dom przed nieszczęściami i złymi duchami.

– Chłopcze, o mój Boże, a co oni ci zrobili? – usiłował się dopytać, ale dzieciak szlochał, dygotał i nie był w stanie wykrztusić z siebie słowa.

– Możesz iść? – spytał więc tylko pan Walczak, a widząc przytakujący ruch głowy biedaka, wziął go za rękę i przywlókł do szpitala. Przywlókł, bo chłopiec opierał się i nie chciał iść, był w ogromnym szoku, bał się wszystkich i wszystkiego.

Teraz pan Mikołaj opowiedział to wszystko Szymonowi, szczęśliwy, że jego podopiecznym zajmie się już ktoś inny.

– Mogę pójść do domu? – upewnił się, wyjaśniwszy, że chłopca nie zna, nie ma pojęcia, jak malec się nazywa i gdzie mieszka, oraz że o całym zajściu wie tylko tyle, ile opowiedział.

Szymon zajął się chłopcem. Zaprowadził go do izolatki, widział bowiem, że największym problemem małego pacjenta są rozerwane spodnie i to, że pod spodem chłopiec nie miał żadnej bielizny. Świecił więc golizną, którą ze wszystkich sił starał się zakrywać, nie bacząc nawet na to, że ma strasznie poparzoną twarz i pościerane do krwi ręce.

– Siadaj tu, chłopcze, i nie martw się tymi spodniami. Zaraz przyniosę ci coś do włożenia. Dostaniesz uniform lekarski i będziesz moim pomocnikiem, dobrze? – Szymon starał się jakoś uspokoić dzieciaka, ale ten zdawał się nie słyszeć. Ściskał z przodu te swoje podarte spodnie, wbijając wzrok w podłogę.

– Jak masz na imię? – spytał doktor Kornblum.

– Samuel – wyszeptał mały.

– Ach, więc umiesz mówić, to świetnie – ucieszył się Szymon. – Bo już się bałem, że oderżnęli ci język – mówił do chłopca, oczyszczając mu delikatnie twarz. Smarował poparzone miejsca specjalną maścią i wzdychał w duchu, wyobrażając sobie, ile musiało wycierpieć to przerażone dziecko. – A tu masz trochę wilgotnej ligniny, wytrzyj się, bo jesteś umazany ziemią. – Przez delikatność nie wspomniał o zapachu moczu.

– Mówili, że jestem śmierdzącym parchem – odezwał się raptem mały. – Spalili mi pejsy i powiedzieli, że trzeba mi obciąć tego obrzezanego fiuta, żebym nie płodził innych smrodliwych żydków. Największy, ten z nożem, skaleczył mnie nawet i gdyby nie tamten pan, pewnie by… – Samuel znowu zaczął się trząść i płakać. – Może szkoda, że mnie nie zabili, bo przecież komu potrzebny taki śmieć – szlochał.

– Skurw… – Szymon zmełł w ustach przekleństwo i przygarnął do siebie chłopca. Raptem wpadł na pewien pomysł.

– Posłuchaj, Samuelu – powiedział tak stanowczym tonem, że mały przestał płakać, podniósł głowę i popatrzył w górę. – Wiesz, ja nazywam się Szymon Kornblum. Jestem Żydem, jak i ty. I, popatrz na mnie – rozpiął szybko spodnie – ja też jestem obrzezany. – Zapiął rozporek i mówił dalej: – A jednak jestem komuś potrzebny, choćby chorym tu, w szpitalu. Zostałem lekarzem i nie przeszkodziło mi w tym ani obrzezanie, ani religia, w jakiej zostałem wychowany. Więc przestań się mazać i bądź mężczyzną. My, Żydzi – mówił, chcąc wywołać w chłopcu poczucie jakiejś przynależności i wspólnoty – musimy być podwójnie dzielni i spodziewam się, że ty taki jesteś.

Skończył opatrywanie poparzeń, obejrzał też skaleczenie na podbrzuszu chłopca, które na szczęście okazało się tylko draśnięciem. Potem wziął Samuela za rękę i zaprowadził do siebie na oddział. Wyjął ze swojej szafki spodnie – zawsze miał jakieś ubranie na zmianę w szpitalu – i przyciął nogawki.

– Wkładaj – polecił i śmiali się obydwaj, bo mały w tych spodniach utonął. Ale Szymon zawinął je z obu boków i obwiązał bandażem jak paskiem. Wyciągnął chłopcu na wierzch koszulę, która – o dziwo – prawie nie ucierpiała. Zakryła te zbyt obszerne spodnie na tyle, że Samuel wyglądał w tym stroju trochę lepiej.

– Masz tu maść. – Wręczył pacjentowi słoiczek. – Poproś mamę, żeby smarowała ci twarz dwa razy dziennie. Gdyby zaczęło ropieć, natychmiast przyjdź do szpitala. Powiem w izbie przyjęć, że jeśli przyjdziesz, mają mnie zawiadomić, a jeśli mnie nie będzie, będzie mój kolega, inny pan doktor, któremu wszystko wyjaśnię. Rozumiesz? – upewnił się Szymon.

Chłopiec złapał jego dłoń i pocałował.

– Dziękuję. Za... za... za wszystko – wyszeptał i uciekł.

Szymon poczuł teraz, jak bardzo wstrząsnęła nim ta historia. Nie miał pojęcia, skąd wziął się pomysł pocieszenia chłopca tym, że i on, doktor Szymon Kornblum, jest Żydem – i dopiero teraz do niego dotarło, że gdyby ktoś wszedł do pokoju lekarskiego w chwili, gdy prezentował Samuelowi swoje obrzezanie, mogłoby to się źle skończyć dla pana doktora.

Aż usiadł, cały spocony. Ale mimo wszystko cieszył się, że wpadł na taki pomysł, bo widział, jak bardzo przywróciło to wiarę chłopca we własną wartość. Mały wybiegł ze szpitala z podniesioną głową, mimo śmiesznego stroju i poparzonej twarzy.

Następnego dnia doktora Kornbluma znowu poproszono do izby przyjęć.

– Panie doktorze – wyjaśniła mu dyżurująca tam siostra – jest tu pewna pani, która upiera się, że musi z panem porozmawiać i odmawia pójścia na oddział. Powiedziała, że stąd nie wyjdzie, dopóki pana nie zawiadomię. Przepraszam – kajała się pielęgniarka – ale ona jest jakaś taka zdesperowana, że mi się jej żal zrobiło. O, tam stoi. – Wskazała.

Szymon obejrzał się i ujrzał drobną, przygarbioną kobiecinę w zamotanej na głowie chuście, stojącą w kącie. Podszedł do niej.

– Dzień dobry, jestem doktor Kornblum – przedstawił się. – Pani ma do mnie jakąś sprawę?

Kobieta wyprostowała się błyskawicznie, wyciągnęła rękę i schwyciła Szymona za kitel.

– Oj, dzień dobry, pan doktor – powiedziała cicho. – Ja jestem mama Samuela. Przyszłam podziękować za moje dziecko. On teraz głowę nosi prosto i wszystkim opowiada, że będzie ortopeda.

Złapała Szymona za rękę, on chciał zabrać dłoń, bo przestraszył się, że ta kobieta gotowa go w tę rękę całować… jak chłopiec… ale ona tylko coś mu wcisnęła i wybiegła z izby przyjęć. Szymon nawet nie zdążył się odezwać. W ręku trzymał mały płócienny woreczek, w którym wyczuł coś twardego. Jakieś pudełko? Słoiczek? Odwrócił się i poszedł w stronę schodów, prowadzących na jego oddział. Po drodze zajrzał do woreczka. Był tam słoiczek, a w nim miód, z ręcznie wypisaną nalepką: „z gryki 1937". Słoik miodu był zapewne dla tej kobieciny nieprawdopodobnie wielką ofiarą. Szymon odkręcił wieczko, chcąc powąchać miód. I dostrzegł, że jego powierzchnia w słoiku jest trochę porysowana i nieudolnie wygładzona. Jakby ktoś... mały Samuel?... chciał chociaż troszeczkę spróbować.

Takich incydentów, jak ten z żydowskim chłopcem, było coraz więcej. Przygoda Samuela skończyła się w miarę dobrze głównie dzięki dzielnemu elektrykowi z Dworca Głównego. Ale ileż było wypadków, które kończyły się źle, gorzej, a nawet tragicznie?

Poza napadami coraz częściej zdarzały się włamania do żydowskich mieszkań, sklepików, warsztatów rzemieślniczych. Nierzadko też Żydzi, mieszkający do tej pory w centrum miasta, opuszczali swoje domy i przenosili się do krewnych gdzieś na Nalewki, Powiśle, Tłomackie, Grzybów albo na Szmulcowiznę.

Sklep Szymona jakoś do tej pory ocalał, może dlatego że na szybie nie było nazwiska właściciela. Natomiast w spożywczym, mieszczącym się na parterze tej samej kamienicy – tyle że z prawej strony, a sklep bławatny był z lewej – wybito szyby. Na szczęście na tym się skończyło, widocznie sprawcom wystarczyło samo zniszczenie witryny. Pan Szelenbaum zasłonił dziurę dyktą i tak już zostało. Sklepu nie zamknął, choć interes bardzo podupadł, a sam właściciel coraz rzadziej tam zaglądał.

*

Po Kryształowej Nocy w Niemczech Szymon wpadł w popłoch. Mało brakowało, a zrezygnowałby ze ślubu z Madzią, jednak nie mógł jej przecież zostawić, takiej młodziutkiej, bez żadnego doświadczenia, bez rodziny i pieniędzy, samej na świecie.

Poza tym oświadczył się już i został przyjęty. Było to wprawdzie w ubiegłym roku i choć o terminie na razie nie rozmawiali, Magdalena nosiła bowiem żałobę po matce, bez wątpienia teraz już nie wypadało zrezygnować. Zresztą sama myśl o ślubie napełniała Szymona szczęściem tak wielkim, że aż sam się temu dziwił. Do tej pory – a miał już przecież prawie czterdzieści lat – nigdy nie przyszła mu do głowy myśl o ożenku. Przydarzyło mu się, oczywiście, kilka epizodów z kobietami, był przecież normalnym, zdrowym mężczyzną, lecz żadna z nich nie wzbudziła w nim prawdziwego uczucia. Dokonała tego dopiero Magda i bez względu na wątpliwości i wahania, jakie go trapiły – na myśl, że miałby ją stracić i że mogłoby nie dojść do ślubu, oblewał go zimny pot.

Ślub więc zbliżał się nieodwołalnie i obydwoje czekali tylko na zakończenie żałoby. Właśnie mijał rok i ten wyczekiwany termin był tuż, tuż.

Chociaż pojawił się pewien problem. Z uwagi na odmienne wyznania mogli wziąć jedynie ślub cywilny. Dla Szymona nie miało to najmniejszego znaczenia, on mógłby żyć z Madzią w ogóle bez ślubu. Zdawał sobie jednak sprawę z tego, że dla młodej dziewczyny, praktykującej katoliczki, coś takiego byłoby nie do zaakceptowania. Martwił się także, że i ślub cywilny – wyłącznie taki – może być dla jego narzeczonej nie do przyjęcia. Chciał jednak dać jej jakieś poczucie bezpieczeństwa, oparcie, zabezpieczenie materialne. Przecież jego Magdusia nie miała już żadnej rodziny. Nie wypytywał wprawdzie o jej stan majątkowy, ale to oczywiste, że Magdalenie i jej mamie raczej się nie przelewało. Ślub, nawet wyłącznie cywilny, dawał żonie ochronę i stabilizację.

Szymon był od Magdy sporo starszy i święcie wierzył, że pierwszy odejdzie z tego świata. Chciał więc tak ją zabezpieczyć, żeby po jego śmierci mogła dalej żyć na przyzwoitym poziomie. Zamierzał złożyć odpowiednie dokumenty u mecenasa Malczewskiego, który mieszkał i prowadził kancelarię na pierwszym piętrze domu przy Kruczej. Najpierw jednak trzeba było wziąć ślub. I należało się pospieszyć, bo Kryształowa Noc w Niemczech podważyła w Szymonie wiarę w to, że uda mu się dożyć starości.

– Magdalenko, kochanie, usiądź przy mnie. – W końcu zdecydował się wytłumaczyć swojej przyszłej żonie powody, dla których nie mogą w tej chwili wziąć ślubu kościelnego. Owszem, on bez słowa protestu zgodziłby się zmienić wyznanie, ale nie teraz. Nie w czasach, gdy wielu znajomych Żydów zmieniało wyznanie tylko ze strachu przed prześladowaniami, wierząc naiwnie, że nazwisko Kowalski zamiast Rosenkrantz oraz łańcuszek z krzyżykiem na szyi zamiast menory na honorowym miejscu w domu uchroni ich przed tragicznym losem.

Szymon, choć przecież nieortodoksyjny, ba!, w ogóle niepraktykujący, miał swoje poczucie godności. Urodził się jako Kornblum i jako Kornblum umrze. Może zmienić wyznanie z miłości do żony, ale nie teraz.

Poza tym i tak nie miał pojęcia, jak to przeprowadzić, czy to długo potrwa, co musiałby zrobić i tak dalej. Miał natomiast kolegę, również Żyda, który ożenił się z gojką – i wzięli ślub w Paryżu. Ślub był ważny, uznawany i dawał obojgu małżonkom wszystkie prawa.

Do Magdy dopiero teraz dotarło, co oznacza, że jej narzeczony jest Żydem. Do tej pory w ogóle się nad tym nie zastanawiała; w jej otoczeniu kwestia antysemityzmu nie istniała. Człowiek był człowiekiem i tyle. I Magdalena, i jej mama, praktykujące katoliczki, regularnie chodziły do kościoła i przestrzegały wszystkich zasad wiary. Podczas pogrzebu mamy Szymon był w kościele razem z Magdą, na jej prośbę. Widziała, że klękał, gdy wszyscy klękali, i żegnał się, gdy wszyscy czynili znak krzyża; automatycznie uznała więc, że też jest katolikiem, i teraz te jego wyjaśnienia wprawiły ją w wielkie zaskoczenie. Przypomniała sobie nagle, że kilka razy słyszała w bibliotece jakieś niesympatyczne uwagi „o tych żydkach", kiedyś nawet ktoś opowiadał, że widział, jak rzucano kamieniami w jakiegoś „zasmarkanego mośka". Puszczała takie opowieści mimo uszu, nie będąc nimi zainteresowana.

W ogóle nie miała pojęcia, co odpowiedzieć. Patrzyła na Szymona i czuła jedynie, że kocha go bardzo, tak bardzo, że to aż boli. I jeśli ktoś lub coś nie da jej wyjść za niego, to ona po prostu umrze.

*

– Proszę księdza!

Magdusia dygnęła na widok wychodzącego proboszcza. Czekała na niego przed kancelarią. Zastanawiała się, czy nie uklęknąć przy konfesjonale, ale nie wiedziała, czy już zgrzeszyła, czy jeszcze nie. Postanowiła więc, że spróbuje porozmawiać z księdzem Henrykiem na zewnątrz, odprowadzi go do mieszczącej się nieopodal plebanii.

– A co ty tu robisz, dziecko? Pewnie zmarzłaś.

Ksiądz Henryk znał Magdalenę, nie tak dawno odprawiał mszę żałobną za jej mamę, zmartwił się więc, że stało się coś złego, skoro dziewczyna czeka na niego.

– Bo ja, proszę księdza, chyba zgrzeszyłam – szepnęła Madzia. – Ale to nie ma być spowiedź. Chciałam prosić o radę, jeśli można. – Spojrzała na niego z nadzieją.

– To wiesz co, moja kochana? – Ksiądz objął ją lekko za ramiona i poprowadził w stronę kancelarii. – Wejdźmy do środka, napijemy się herbaty i porozmawiamy. Jest za zimno na dłuższy spacer, a coś mi się wydaje, że to nie będzie rozmowa na pięć minut.

W kancelarii już nikogo nie było, mogli więc spokojnie porozmawiać.

– Moja droga – proboszcz ujął w dłoń szklankę herbaty, bardziej, żeby zająć czymś ręce, a nie dlatego, że chciało mu się pić – żyję już tak długo na tym świecie, że nie istnieje taki grzech, o którym bym nie słyszał. Nie zadziwisz mnie więc niczym, chociaż naprawdę nie przypuszczam, żebyś mogła popełnić grzech ciężki. Słucham cię, proszę, mów, co ci leży na sercu.

Ksiądz Henryk nie bardzo wierzył, że to dziecko mogłoby zrobić coś naprawdę złego, a już w ogóle się nie spodziewał, że grzechem Magdaleny było pokochanie człowieka innej wiary.

– Jak już mam być szczera, muszę powiedzieć, że on właściwie nie ma żadnej wiary. Odszedł od swojego wyznania i nie zależy mu na własnej religii. Nie chcę go teraz oceniać ani rozmawiać na ten temat. Chcę tylko powiedzieć, że żyć bez niego nie chcę i nie mogę, nawet jeśli ksiądz proboszcz powie mi, że popełnię grzech śmiertelny. Byłabym już gotowa przyjąć jego wyznanie, ale on w ogóle nie chce o tym słyszeć. Wymyślił sobie, że pojedziemy do Paryża i tam weźmiemy ślub cywilny. Ale wtedy i tak w oczach Boga będę żyła w grzechu, więc nie wiem, co począć. – Dziewczyna trzymała się dzielnie i choć w jej oczach błyszczały łzy, nie pozwoliła, by popłynęły po policzkach.

Ksiądz Henryk zamyślił się. Był już siwiuteńki i niejedno przeżył. Takie „tragedie", o jakiej teraz opowiadała mu młoda parafianka, też już widział i pomagał znaleźć wyjście. Był bardzo prosty sposób. Przyszły pan młody musiałby po prostu zmienić wyznanie. Rzecz jednak w tym, iż sumienie księdza wzdragało się przed takim rozwiązaniem w tym przypadku. Z opowiadania Magdusi wynikało bowiem, że jej narzeczony w ogóle odszedł od wiary i zmiana wyznania będzie dlań jedynie formalnością, która pozwoli obejść przeszkodę na drodze do szczęścia.

Było jeszcze jedno rozwiązanie. Teoretycznie. Otóż według kodeksu prawa kanonicznego z 1917 roku istniała możliwość ubiegania się o tak zwaną dyspensę, na mocy której można było zawrzeć małżeństwo mieszane. Dyspensy mógł udzielić na przykład biskup kierujący diecezją. Wniosek o nią powinien złożyć proboszcz, występując w imieniu strony katolickiej – ale nie jako pełnomocnik, tylko przekazując prośbę o dyspensę drogą służbową i opiniując ją dla biskupa.

Magdalena musiałaby tylko dołączyć do wniosku pisemne zobowiązanie, że uczyni, co w jej mocy, aby małżonek przystąpił do Kościoła katolickiego, sama od wiary katolickiej nie odejdzie, a dzieci będą wychowane w tej właśnie wierze. Przyszły małżonek musi podpisać, że przyjął to zobowiązanie do wiadomości.

– Takie małżeństwo jest zgodne z prawem kanonicznym i zostaje wpisane do księgi małżeństw prowadzonej w parafii – tłumaczył ksiądz Henryk. – Tylko widzisz, moje dziecko, udzielenie takiej dyspensy ma charakter fakultatywny.

– Co to znaczy? – prawie niegrzecznie spytała oszołomiona Madzia. – Przepraszam – szepnęła i pochyliła głowę. – Nie powinnam księdzu przerywać. Ale... widzi ksiądz, to dla mnie teraz sprawa najważniejsza na świecie.

– Nie szkodzi, nie szkodzi. – Duchowny uśmiechnął się z pobłażaniem i wytłumaczył dziewczynie, że taka dyspensa może być udzielona albo i nie. A jeśli będzie udzielona, to stać się to może za miesiąc (choć tak krótko na ogół się nie czeka) albo za trzy miesiące. Lub jeszcze później.

– Dobrze, proszę księdza – oświadczyła rozpromieniona Magda, do której nie dotarło, że mogłaby w ogóle nie uzyskać dyspensy. Zrozumiała jedynie, że oto istnieje możliwość zawarcia małżeństwa w kościele i tylko to było dla niej istotne. – Ja mogę czekać, ile trzeba. Ale muszę porozmawiać o tym z Szymonem, sam ksiądz rozumie.

On jednak zrozumiał dokładniej warunki udzielenia takiej dyspensy. Antysemityzm nie słabł, niestety, i Szymon wiedział, że Kościół katolicki niezbyt chętnie widzi takie stadła, w których jedno z małżonków wyznaje judaizm. A poza tym – był koniec roku 1938 i coraz głośniej mówiło się o groźbie wojny. Więc Szymon nie chciał się zgodzić na odwlekanie ślubu, który i tak przesunął się w czasie ze względu na żałobę Magdaleny po matce.

Nie wiedząc nawet, że Magda zasięga rady swojego proboszcza, Szymon ze swej strony zrobił rozeznanie co do możliwości zawarcia ślubu cywilnego. Pomysł z Paryżem upadł jednak, okazało się bowiem, że są jakieś trudności, wymagano zaświadczeń o krajowym prawie przyszłych małżonków. A sytuacja prawna w dziedzinie małżeństw cywilnych była zróżnicowana w różnych częściach Polski. Zachowano bowiem przepisy obowiązujące w poszczególnych dawnych państwach zaborczych, co oznaczało, że ślub cywilny można było wziąć na przykład na terenach dawnego zaboru pruskiego, a nie można było na obszarze zaboru rosyjskiego.

Innymi słowy, można było wziąć ślub cywilny na przykład w Poznaniu i to właśnie Szymon miał zamiar załatwić. Tak, załatwić, bo był jeden szkopuł – a mianowicie przynajmniej jedno z przyszłych małżonków musiało mieszkać na terenie dawnego państwa zaborczego. Ale jeśli ma się pieniądze, a Szymon miał, jakiż problem z uzyskaniem niezbędnych zaświadczeń. Żaden, oczywiście.

Rozdział 4

1939

Pobrali się w lutym 1939 roku.

Szymon obiecał przyszłej żonie, że wezmą ślub kościelny, jak tylko wyjaśni się sprawa ewentualnej wojny. Udało mu się przekonać Magdalenę, że teraz żaden biskup nie ma głowy do rozpatrywania wniosków o dyspensę i nawet nie wypada z czymś takim występować w obecnej sytuacji. Obiecał, że jak to wszystko się uspokoi – tak określał zawieruchę wojenną, która wisiała nad ich głowami – on spokojnie przejdzie na katolicyzm i zawrą związek małżeński bez potrzeby uzyskiwania dyspensy, jak wszyscy normalni katolicy.

Cóż, Magdusia kochała Szymona nad życie. Przyjęła więc wszystko, co mówił.

*

Mieszkanie Szymona podobało się młodej pani Kornblum do tego stopnia, że nie chciała tam niczego zmieniać.

– Najmilszy, jest idealne – zachwycała się. – Chciałabym tylko… – Zarumieniła się zakłopotana. Mimo że była żoną Szymona, absolutnie uważała się za istotę niższego rzędu i nie mogła się przyzwyczaić na przykład do wydawania poleceń pannie Edycie. I za nic nie chciała się zgodzić na nazywanie panny Edyty Edycią.

– Szymku, kochany – mówiła. – Przecież panna Edyta jest trzy razy ode mnie starsza. Ja po prostu nie mogę zwracać się do niej tak jakoś... poufale. Pozwól mi...

– I Szymon oczywiście pozwolił.

A panna Edyta szanowała za to młodą żonę swojego Szymona. Pod niebiosa wychwalała ją w rozmowach z innymi służącymi, zatrudnionymi przez mieszkańców kamienicy przy Kruczej 46. Wszystkie te panny (pannami były bez względu na wiek) spotykały się w tak zwanej suszarni, czyli na strychu, gdzie były sznury do wieszania bielizny – albo przy trzepaku w centralnym punkcie podwórka – w zależności od tego, jaką miały w danej chwili robotę. Panna Edyta wodziła rej wśród tej gromady, ale też i słusznie – tyle już lat mieszkała w stolicy, że mogła uchodzić za warszawiankę, a ponadto była osobą po stokroć mądrzejszą i bardziej doświadczoną od wszystkich tych wiejskich gęsi, posprowadzanych do pomocy rok, dwa lub kilka lat temu.

– Chciałabym tylko... – Magda porzuciła na razie rozważania o pannie Edycie. Teraz musiała załatwić bardzo konkretną sprawę i nie będzie się tu płonić i wstydzić, jak – nie przymierzając – dziewica, którą przecież już nie jest. Zerknęła na męża, który patrzył na nią z miłym uśmiechem, unosząc zachęcająco brwi do góry, z niemym zapytaniem.

– No więc chciałabym przerobić jeden pokój na dziecinny – wykrztusiła wreszcie.

– Magdalenko, kochanie – roześmiał się Szymon. – Oczywiście możesz zrobić tu, co zechcesz, ale czy jeszcze nie za wcześnie na pokój dziecinny? – Pobrali się dwa tygodnie temu i nawet gdyby Magda była już w ciąży, z pewnością jeszcze nie mogłaby o tym wiedzieć.

– Nie szkodzi, ale chciałabym już go mieć.

Oczywiście zgodę męża uzyskała i wyszykowany pokój dla dziecka spokojnie czekał na nowego lokatora.

Choć z tym spokojem, niestety, było różnie. Groźba wojny wisiała w powietrzu, a prześladowania Żydów nie ustawały.

Mimo wszystko mieszkańcy Warszawy nie chcieli wierzyć, że to najgorsze nastąpi. Życie toczyło się swoim torem, każdy zajmował się swoimi sprawami.

Magdalena bardzo lubiła chodzić do teatru. Dawniej mogły sobie z mamą pozwolić na taki luksus raz na kilka miesięcy. Bilety – jak na ich kieszeń – kosztowały dość dużo. Teraz jednak było inaczej, Szymon nie musiał liczyć się z pieniędzmi i choć Magda nie mogła się przyzwyczaić do zamożności męża, wszystkie propozycje kulturalne przyjmowała z wielką radością. W lipcu byli w Teatrze Polskim przy Oboźnej na komedii politycznej Bernarda Shawa „Genewa". Mimo że w zamierzeniu miało to być zabawne przedstawienie i chociaż główną rolę dyktatora Butlera grał ucharakteryzowany na Hitlera ulubiony aktor Warszawy, Józef Węgrzyn, Szymon przez cały czas czuł ciarki na plecach i nie był zadowolony, że poszedł na tę sztukę.

– A wiesz, Szymku – oznajmiła Magdalena jakiś czas później – w Teatrze Narodowym dają „Wesele Fonsia".

I Szymon, po niezbyt udanym – w jego opinii – przedstawieniu Shawa, chętnie dał się namówić żonie na tę krotochwilę Ryszarda Ruszkowskiego, tym bardziej że w roli tytułowej występował Jerzy Roland, kolejny ulubieniec stołecznej publiczności.

Krytycy oburzali się, bo ich zdaniem w przeddzień bardzo poważnych wydarzeń nie było rzeczą właściwą wystawienie jakiejś błahej komedii, publiczność jednak bawiła się doskonale, oglądając perypetie panny dziedziczki i trzech zainteresowanych nią kawalerów.

Madzia zaśmiewała się serdecznie, a Szymon cieszył się, że jest zadowolona. Kochał ją nade wszystko i ogromnie martwił tym, co nieuniknione, a na co przecież nie miał wpływu. Dobrze więc, że zdarzały się choć takie miłe chwile.

Minęła pierwsza dekada sierpnia. Warszawa cieszyła się z ładnej, słonecznej pogody; w mieście było rojno i gwarno. W drugiej połowie miesiąca na ulicach pojawiło się jeszcze więcej ludzi, ponieważ mieszkańcy stolicy tłumnie wracali z wakacji.

Jednak mimo tej pozornej beztroski trwały energiczne przygotowania do obrony miasta. Szymon przyniósł ze szpitala duże kłęby gazy, a Magdalena sporządziła z niej kilka masek przeciwgazowych i obdarowała nimi sąsiadki. Nikt nie miał pojęcia o małej – a właściwie żadnej – przydatności tych pseudomasek.

Administrator domu opróżniał piwnice, szykując w nich prowizoryczne schrony na wypadek ataków bombowych. Umieszczono tam worki z piaskiem i naczynia z wodą.

Szymon, wraz z innymi mieszkańcami Kruczej 46 – i wraz z innymi mieszkańcami Warszawy – zgłosił się na apel prezydenta Starzyńskiego do kopania rowów przeciwlotniczych. Magda aż się popłakała, gdy mąż nie pozwolił jej iść. Była w czwartym miesiącu ciąży, czuła się świetnie, ale Szymon, uzbrojony w swój autorytet lekarski, zabronił jej kategorycznie. Nie pomógł argument najcięższego kalibru, wyciągnięty przez żonę:

– Przecież jesteś ortopedą, nie ginekologiem – zaprotestowała pierwszy raz w życiu. Nic nie pomogło, przy kopaniu rowów Magdaleny Kornblum nie było.

*

Pierwszego września, o świcie, na przedmieścia Warszawy spadły pierwsze bomby.

*

Ale pierwsze strzały w 1939 roku mieszkańcy Kruczej 46 usłyszeli dwudziestego dziewiątego sierpnia. Strzelano w sklepie z maszynami do szycia, mieszczącym się na froncie kamienicy, obok warsztatu szewskiego i sklepu spożywczego. Tam również nie było szyby wystawowej, została zbita właściwie przez przypadek podczas ataku na sklep Szelenbauma. Wystawę zasłaniały więc teraz arkusze dykty. Szyby w drzwiach wejściowych też zostały stłuczone i wstawiono tam płytę pilśniową, a nazwisko właściciela zniknęło z witryny (bo teraz witryny właściwie nie było). Sklep jednak działał, zatrudniona w nim ekspedientka codziennie przychodziła do pracy i choć asortyment stawał się coraz skromniejszy, chyba ludzie coś tam jeszcze kupowali, skoro właściciel nie zamknął interesu.

Niestety, dwudziesty dziewiąty sierpnia 1939 roku stał się ostatnim dniem życia ekspedientki, panny Marysi Kaniewskiej. Strzelano bowiem właśnie do niej. A strzelał były narzeczony, którego panna Marysia już

51

nie chciała znać, ponieważ pokochała innego. Cóż, mierzył celnie, zabił dziewczynę od razu. A następnie strzelił do siebie – również celnie, zginął na miejscu.

Mieczysław Tarnowski, który był nie tylko administratorem kamienicy, lecz także dozorcą, zamiatał właśnie chodnik przed domem, gdy padły strzały. Wpadł do sklepu natychmiast i zaraz powiadomił policję, korzystając z telefonu w mieszkaniu mecenasa Malczewskiego.

– Wiecie? Słyszałyście? Zabili się, z miłości – szeptały do siebie służące, które akurat teraz, wszystkie naraz, po prostu musiały wytrzepać dywany i czekały na swoją kolej pod trzepakiem, omawiając wydarzenie dnia. Ba, żeby dnia, to było wydarzenie roku co najmniej.

O tym, że panna Marysia nie chciała już Henryka, co było najprawdopodobniej powodem strzałów, poinformowała policję żona pana Mieczysława, Stefania Tarnowska, której „zawodem" było wiedzieć wszystko. Znała każdą ze służących i każdą ekspedientkę z Kruczej 46. Wiedziała zresztą wszystko także o lokatorach domu, cóż, wszędzie są przecież takie panie. Policja skwapliwie skorzystała z informacji i okazało się potem, że były absolutnie dokładne.

– Pewnie zamkną sklep – martwił się administrator. Nie lubił, gdy coś nie działało jak należy w „jego" domu. Wszystko powinno iść ustalonym torem, to znaczy jak zawsze, po staremu. Czyli w porządku.

Sklepu jednak nie zamknięto, pojawiła się w nim nowa ekspedientka, za ladą stawał także czasami sam właściciel, który nie tylko sprzedawał nowe maszyny, lecz także naprawiał stare i to właśnie takich zleceń zaczął teraz mieć coraz więcej.

Nowa ekspedientka pojawiła się też w sklepie spożywczym. Przedstawiła pisemne pełnomocnictwo panu Tarnowskiemu, który oczywiście wręczył jej klucze. Poprzednia panna sklepowa zniknęła bez wieści i nawet pani Tarnowska nie miała pojęcia, co się z nią stało.

Dawid Szelenbaum, właściciel spożywczaka, nie pokazywał się nadal. Ale pełnomocnictwo bez wątpienia było podpisane przez niego.

Sklep działał więc dalej, ku wielkiemu zadowoleniu mieszkańców Kruczej 46. A najbardziej cieszył się administrator, który przecież życzył sobie, żeby w jego kamienicy wszystko szło jak w zegarku.

*

Trzeciego września rozpromieniona Magdalena przybiegła do Szymona, do szpitala. Zdenerwował się bardzo, gdy ją zobaczył – do tej pory nie była u niego ani razu.

– Co się stało? – Złapał żonę za ramiona, prawie sprawiając jej ból. – Coś z dzieckiem?

– Z dzieckiem? – Madzia nie zrozumiała. – Z jakim dzieckiem? Puść mnie, przecież mną trzęsiesz. A, z naszym dzieckiem? – zreflektowała się natychmiast. – Nie, dlaczego, wszystko dobrze. Ale, słuchaj, słuchaj, chyba już będzie koniec tego najazdu. Anglia i Francja przystąpiły do wojny. Ludzie wiwatują na ulicach, nie mogłam wytrzymać w domu, musiałam też wyjść. No i przybiegłam do ciebie.

Szymon zrozumiał tylko, że jego Magdalenka uczestniczyła w jakimś ulicznym zbiegowisku i natychmiast sobie wyobraził, jak tłum przewraca jego żonę, tratuje ją i nienarodzone dziecko, i wystraszył się ogromnie.

– Magdusiu, kochanie, obiecaj mi, że już nigdy nie będziesz sama wybiegać z domu na jakieś zebrania uliczne. Gdyby coś ci się stało – głos mu się załamał – nie przeżyłbym tego.

Oczywiście wiara w koniec tego koszmaru była przedwczesna, tak naprawdę wojna jeszcze się właściwie nie zaczęła.

A Magdalena po raz pierwszy w życiu pomyślała, że mąż jej nie rozumie...

Po wybuchu wojny w życiu Kornblumów właściwie nic się nie zmieniło.

Szymon nie kwalifikował się do służby wojskowej, był z niej zwolniony z powodu słabego wzroku. Nie dotyczyły go więc obwieszczenia mobilizacyjne. Pracował w dalszym ciągu w Szpitalu Dzieciątka Jezus, a któregoś dnia wpadł na ulicy na swojego dawnego przyjaciela i kolegę, Andrzeja Lewandowicza. Ucieszył się bardzo, bo doktor Lewandowicz jakoś zniknął mu z oczu, a on sam, zajęty ślubem i potem, będąc szczęśliwym małżonkiem, nawet się nie zorientował, że Andrzej nie pracuje już u Dzieciątka Jezus.

Po powitalnych uściskach dłoni, pytaniach o Effi – wszak to właśnie dzięki doktorowi Lewandowiczowi suka przybyła na Kruczą – opowieściach o żonie i kłopotach związanych ze ślubem – relacje były bardzo okrojone z uwagi na brak czasu obydwu panów – Szymon zaprosił dawnego przyjaciela na niedzielny obiad. Nie wiedział nawet, że tym sposobem zyska dodatkową pracę, gdyż doktor Lewandowicz zaczął opowiadać o swoim obecnym miejscu zatrudnienia – o Szpitalu Ujazdowskim. Bardzo chwalił i szpital, i cały lekarski zespół.

– Ale najwspanialszy jest doktor Michał Mostowski [*] – zachwycał się Andrzej. – Mówię ci, co to za cudowny człowiek. Właściciel majątku ziemskiego, szlachcic z pochodzenia. Po klęsce wrześniowej powrócił z ciężko rannymi do Warszawy i teraz pełni funkcję ordynatora ortopedii w Szpitalu Ujazdowskim.

– Ortopedii? – zainteresował się Szymon.

– Tak, ale nie o tym chcę ci opowiedzieć – ciągnął dalej Andrzej Lewandowicz. – Otóż wyobraź sobie, że doktor Mostowski zorganizował przy szpitalu specjalistyczną poradnię dla inwalidów wojennych. Prowadzi ją wespół z dwoma lekarzami, ja jestem jednym z nich. Ale pewnie możesz sobie wyobrazić, ile mamy tam pracy, nas trzech to za mało. Może chciałbyś nam pomóc? Poza godzinami swoich normalnych obowiązków, oczywiście.

No i Szymon się zgodził. Mimo ogromu pracy, jaka mu przybyła, bardzo był zadowolony z tej decyzji. Przez cały okres okupacji w Szpitalu Ujazdowskim panowała wspaniała, serdeczna atmosfera. Czuło się tu gotowość niesienia pomocy bliźniemu. Leczono nie tylko żołnierzy Września, ale też żołnierzy niemieckich i jeńców rosyjskich. Oraz ludność cywilną.

Pod okiem Niemców ukrywano Żydów i osoby poszukiwane przez gestapo. Organizowano szkolenia medyczne, prowadzono badania.

Szymon myślał nawet o przeniesieniu się tam na stałe, jednak nie mógł odejść ze swojego szpitala, z którym był związany od samego początku warszawskiej kariery

[*] Historię doktora Mostowskiego i innych bohaterów tej książki znajdą Czytelnicy w powieściach „Sosnowe dziedzictwo" oraz „Domek nad morzem" tej samej autorki.

medycznej. Tam też brakowało rąk do pracy, a ortopedia, niestety, stała się dość zatłoczonym oddziałem.

*

Gdy zaczęła się okupacja, sklep bławatny musiał zostać oznakowany, jak wszystkie żydowskie warsztaty rzemieślnicze i sklepy. Szymon poprosił więc Mieczysława Tarnowskiego, by namalował na drzwiach gwiazdę Dawida. Wyżej dopisał: „Sklep bławatny. Właściciel Szymon Kornblum". Napisu na szybie nie zmieniono.

Sklep spożywczy przez pewien czas nie był oznaczony gwiazdą Dawida. Właściciel zniknął w ubiegłym roku, sklep prowadziła ekspedientka, której powiązań z panem Szelenbaumem nie znano. Po jej tajemniczym zniknięciu pojawiła się druga, po pewnym czasie jednak ona też przestała przychodzić. Wtedy sklep zamknięto. Zapasowe klucze miał pan Tarnowski, ale nikt go nie upoważnił do żadnych działań, powynosił więc tylko wszystkie towary i schował je w byłej pralni. Te, które uległy zepsuciu, po prostu wyrzucił, zapisując wszystko skrupulatnie w specjalnym zeszycie. Po ogłoszeniu obowiązku oznaczania sklepów żydowskich, machnął ręką na sklep Szelenbauma, bo przecież oficjalnie był zamknięty. Jednak po miesiącu zastanowił się, narysował na drzwiach gwiazdę Dawida, dopisując nad nią: „Sklep spożywczy nieczynny. Właściciel, Dawid Szelenbaum, jest nie wiadomo gdzie".

Po wprowadzeniu kartek żywnościowych zaczął narastać problem ze zdobywaniem żywności. W najtrudniejszej sytuacji znaleźli się Żydzi, którzy mieli o połowę mniejszy przydział od racji przydzielanych pozostałym.

Pan Mieczysław wiele razy zastanawiał się, czy nie wykorzystać ukrytych zapasów ze sklepu spożywczego – ale wrodzona uczciwość zwyciężyła i drzwi do dawnej pralni pozostały zamknięte.

*

Któregoś dnia na początku grudnia Szymon wrócił ze szpitala z jakąś dziwną opaską na rękawie. Na wstążce szerokości dziesięciu centymetrów naszyta była czarna gwiazda Dawida o średnicy prawie tak dużej jak cała opaska.

– Co to jest? – zdziwiła się Magdalena.

Szymon jej wytłumaczył.

– Skąd to masz? – zapytała po wysłuchaniu wyjaśnień. – Ja przecież muszę mieć taką samą.

Nie chciała słuchać argumentów, że nie musi nosić takiej gwiazdy. I że rada śródmiejskiej gminy żydowskiej nie wyda opaski nikomu, kto nie jest członkiem gminy.

– Jestem twoją żoną i nazywam się Kornblum – zdenerwowała się Magdalena. – To żydowskie nazwisko, prawda? Więc i ja będę nosić taką gwiazdę. Kocham cię, jestem dumna z twoich korzeni i skoro ty musisz nosić taką opaskę, ja będę mieć taką samą. Sama ją sobie uszyję.

I tak zrobiła, mimo sprzeciwów Szymona. Chodziła z tą opaską z podniesioną głową. Na widok Niemca schodziła z chodnika na jezdnię, ale głowy nie opuszczała. Szymon w głębi ducha był niesamowicie dumny z żony. Choć bał się o nią okropnie. Magdalena była przecież już w ósmym miesiącu ciąży.

Zapiski Magdaleny

3 września 1939 r.

Francja, Anglia i Australia wypowiedziały wojnę Niemcom. Miałam nadzieję, że to już będzie koniec, ale Szymon mówi: „zobaczymy" i sceptycznie się uśmiecha. Na ulicach nic się nie zmieniło. Samoloty latają nad naszymi głowami, chociaż dzisiaj w Śródmieściu bomby nie spadły. Szymon codziennie chodzi do pracy i wraca coraz później. Mówi, że wielu lekarzy gdzieś przepadło, co oznacza, że zostali zmobilizowani lub sami się zgłosili do wojska. Trzęsę się o niego, choć on nie może służyć w wojsku ze względu na wadę wzroku.

Tak bardzo chciałabym, żeby ta Francja z Anglią nam pomogły. Dzisiaj na ulicach Warszawy było mnóstwo ludzi, wszyscy wiwatowali i cieszyli się, a ja razem z nimi. Pobiegłam nawet do szpitala, do Szymona, ale nakrzyczał na mnie, że narażam siebie i dziecko.

8 września 1939 r.

Wieczorem spotkałam przed domem Halszkę Borzęcką. Mówi, że na Ochocie były okropne walki. Halszka mieszka na Częstochowskiej, kiedyś mieszkała na Wspólnej i chodziłyśmy do jednej klasy w szkole podstawowej. Potem przeprowadziły się (z mamą) na Ochotę, bo coś tam było nie tak z tatą Halszki – już nie pamiętam co. W każdym razie nasz kontakt się zerwał, ale poznałyśmy się od razu. Halszka mówi, że dzisiaj szturm Niemców został odparty, ale boi się o jutro, pojutrze... Jak my wszyscy.

Wczoraj podobno cały rząd i Naczelny Wódz opuścili Warszawę. Pan Józiek, zarządca budynku naprzeciwko naszej kamienicy, przyjaciel naszego administratora, zdradził mi tę informację, prosząc o tajemnicę, żeby nie robić paniki. Powiedziałam tylko Szymkowi. On jednak wydaje się jakiś nieprzytomny. Cały czas tylko wypytuje, jak ja się czuję. A jak ja mam się czuć? Źle, to jasne. Psychicznie źle, bo fizycznie całkiem dobrze.

Powinnam być szczęśliwa, że niedługo urodzę dziecko, a ja tylko się martwię. Bo to bardzo zły czas na rodzenie dzieci.

Szymek powiedział mi, że na murach Warszawy pojawiły się odezwy Dowództwa Obrony Warszawy, wzywające do zachowania spokoju i wykonywania wszystkich normalnych obowiązków. Trochę się nawet z tych wezwań śmiał, bo uważa, że każdy powinien sam to rozumieć.

17 września 1939 r.

Piękna słoneczna niedziela. Nie mogę uwierzyć w ten koszmar wojny. Choć dzisiaj bomby spadły nam prawie na głowy. Wyciągnęłam Szymona na spacer na Stare Miasto. I na naszych oczach bomba trafiła

59

w Zamek Królewski. Staliśmy przez chwilę jak wryci, patrząc na płonącą wieżę z zegarem. Wskazówki zegara stanęły na godzinie 11.15.

Wróciliśmy do domu prawie bez słowa.

Potem, wieczorem, słuchaliśmy przemówienia prezydenta Starzyńskiego. Dowiedzieliśmy się, że ten dzień był tragiczny dla Warszawy. Zburzony został nie tylko zamek, bomby trafiły także w budynek Sejmu, Belweder, katedrę Świętego Jana, kościół Świętego Krzyża i kościół ewangelicki, zbombardowano też szpitale. Szymon od razu pobiegł do swojego, ale tam nic bardzo złego się nie stało.

Kolejny raz dotarło do mnie, że ta wojna będzie okrutna. I coraz bardziej się boję o swoje dziecko. Chciałabym ukryć je w jakimś bezpiecznym miejscu, żeby tam spokojnie doczekało końca wojny i niechby dopiero wtedy się urodziło.

19 września 1939 r.

Dzisiejsze gazety podają informację o jakichś działaniach zbrojnych armii rosyjskiej, które nastąpiły siedemnastego września. Nie bardzo rozumiem, o co chodzi, zdaje się, że Rosjanie wkroczyli na nasze tereny niby to w obronie ludności białoruskiej i ukraińskiej, zamieszkującej, wraz z Polakami, województwa ościenne. Ale takie to wszystko niejasne.

26 września 1939 r.

Od kilku dni trwa zmasowany ostrzał Warszawy. Prawie nie wychodzimy z piwnic. Szymon strasznie się denerwuje, po prostu trzęsie się o mnie i o dziecko. Tłumaczę mu, że co ma być, to będzie, wszystko jest przecież wolą Pana Boga. Mnie modlitwa bardzo pomaga, on niestety tej pociechy nie doznaje.

W sobotę nasz prezydent przemawiał przez radio, dodając nam otuchy. Mówił tak pięknie, że aż zapisałam sobie niektóre zdania. Oto one: „Nie za lat pięćdziesiąt, nie za sto, lecz dziś widzę wielką Warszawę. Gdy teraz do Was mówię, widzę ją w całej wielkości i chwale, otoczoną kłębami dymu, rozczerwienioną płomieniami ognia, wspaniałą, niezniszczalną, wielką, walczącą Warszawę. I choć tam, gdzie miały być wspaniałe sierocińce – gruzy leżą, choć tam, gdzie miały być parki – dziś są barykady gęsto trupami pokryte, choć płoną nasze biblioteki, choć palą się szpitale – nie za lat pięćdziesiąt, nie za sto, lecz dziś Warszawa broniąca honoru Polski jest u szczytu swej wielkości i chwały".*

Od niedzieli nie ma wody, podobno zbombardowali filtry.

W poniedziałek bomby rozniosły pawilony Szpitala Dzieciątka Jezus. Szczęśliwie Szymon przebywał w innej części szpitala i wrócił cało do domu. Nic mi nie chciał opowiedzieć, dopiero jak zagroziłam, że pójdę do pana Jóźka, zgodził się porozmawiać. Podejrzewam, że podał mi bardzo okrojoną wersję tego, co się działo, ale machnęłam ręką i jestem szczęśliwa, że jemu nic się nie stało.

* Fragment przemówienia Stefana Starzyńskiego, wyemitowanego przez rozgłośnię Warszawa II – według książki Władysława Bartoszewskiego „1859 dni Warszawy", Wyd. Znak, Kraków 1974.

Dzisiaj mam wrażenie, że płonie już całe miasto. Łuny widać wszędzie. Największym problemem stał się brak wody, niezbędnej przecież przy opatrywaniu rannych. Nie ma też żywności, leków, środków opatrunkowych, wszystko leży pod gruzami.

My na szczęście mamy trochę jedzenia. Działa – od tyłu i w zasadzie wyłącznie dla mieszkańców naszej kamienicy – sklep pana Dawida Szelenbauma. Można w nim dostać podstawowe artykuły. Ja najbardziej cieszę się z mleka, które, choć go nie lubię, piję codziennie dla dobra dziecka. Sklep prowadzi teraz chyba żona administratora, bo od frontu jest zamknięty. Skąd ona bierze artykuły spożywcze, na dodatek takie łatwo się psujące, jak mleko, nie mam pojęcia. Pytałam Szymka, lecz spojrzał na mnie tylko i wzruszył ramionami. Panna Edycia też nie wie, ale co tam, najważniejsze, że jakoś to funkcjonuje i można kupić coś do jedzenia.

29 września 1939 r.

Wczoraj ogłoszono kapitulację Warszawy. Przepłakałam dzisiaj pół dnia. W prasie ukazała się odezwa prezydenta Starzyńskiego, który poinformował nas o podjętej przez dowództwo armii decyzji zaniechania dalszej obrony naszego miasta. Jego słowa, jak zwykle, choć trochę podtrzymały mnie na duchu.

Poza tym wierzę w opiekę boską i Najwyższemu powierzam zdrowie i pomyślność mojego dziecka. Naszego dziecka.

Wieczorem wyszliśmy na chwilę z domu. Szymon nie chciał się zgodzić, ale zagroziłam, że pójdę sama, nie mogłam już wytrzymać w czterech ścianach. I teraz żałuję, że wyszłam. Widok, jaki nam się ukazał, będzie mnie chyba prześladował do śmierci. Wszędzie gruzy, śmieci, szkło, końskie trupy i... groby. Poprosiłam Szymona, żebyśmy poszli do kościoła Świętego Aleksandra, a tam, na placu przed kościołem – groby. Kościół poharatany, ale stoi. Wokół tlą się jeszcze zgliszcza kamienic. Wszędzie tylko gruzy, gruzy i gruzy.

6 października 1939 r.

Spotkałam dzisiaj mecenasa Malczewskiego. Był bardzo zgnębiony i początkowo nie chciał nawet mówić, co się dzieje. Ale wreszcie jakoś się przełamał i opowiedział mi, że wczoraj był świadkiem defilady w Alejach Ujazdowskich.

– Drogie dziecko – zwrócił się do mnie; tak był przejęty, że nawet darował sobie „szanowną panią doktorową", a wcześniej zawsze tak mnie tytułował – nie masz pojęcia, jakie to wrażenie. Cały czas mam tamten widok przed oczami, choć gdy na to patrzyłem, czerwona mgła zasłaniała mi oczy.

I opowiedział mi, że z samego rana odwiedził kolegę mieszkającego w Alejach, nie mając pojęcia, co tam się będzie działo za parę godzin. Gdy chciał wrócić do domu, nie wypuszczono go z bramy, a cała ulica była gęsto obstawiona żołnierzami niemieckimi. Wrócił więc do kolegi i przez okno widzieli triumfalny przemarsz Wehrmachtu. Defiladę odbierał sam Adolf Hitler, który – jak się okazało – rano 5 października przyleciał na warszawskie Okęcie. Potem Hitler przejechał otwartym samochodem przez Śródmieście.

Na szczęście na Kruczą nie dotarł, choć przejeżdżał przez Nowy Świat, czyli był blisko.

31 grudnia 1939 r.

Święta mieliśmy smutne. Przyrządziłyśmy z panną Edytą Wigilię, którą w tym roku obchodziliśmy dwudziestego trzeciego grudnia, bo dwudziestego czwartego była niedziela. Nie poszliśmy, oczywiście, na pasterkę, z uwagi na godzinę policyjną, choć dopiero po południu dowiedzieliśmy się, że pasterka w naszym kościele była odprawiana w poniedziałek rano. Tak to jest, jak się nie wychodzi z domu. Szymon w ogóle nie interesuje się tymi sprawami, a poza tym mówi, że i tak nie puściłby mnie na żadną pasterkę, bo przecież lada chwila mogę zacząć rodzić. A on oczywiście był w szpitalu. Do kościoła poszliśmy więc dopiero drugiego dnia świąt, we wtorek. Było strasznie zimno, na szczęście moje karakuły są na tyle obszerne, że okryły mnie i mój wielki brzuch. Rzeczywiście już ledwo chodzę, puchną mi nogi, miałam kłopot z włożeniem butów. Dobrze jednak, że są sznurowane, więc po prostu ich nie zasznurowałam.

Nabożeństwo chyba zostało skrócone, bo było tak zimno, że nawet śpiewanie kolęd kiepsko szło, oddechy zamarzały.

Koniec roku spędziliśmy razem w domu, Szymek wyjątkowo nie miał dyżuru.

Rozdział 5

1940

Pewnego dnia, na początku stycznia 1940 roku, Szymon wszedł na pierwsze piętro domu i zastukał do drzwi opatrzonych tabliczką „Wacław Malczewski i Syn. Kancelaria prawna. Od poniedziałku do piątku – od godz. 10.00 do godz.18.00"[*]. Identyczna tablica, tylko sporo większa, widniała na froncie kamienicy zaraz przy bramie.

Zastukał, bo przy Kruczej 46 dzwonili do drzwi tylko obcy. Sąsiedzi pukali, ot, taka tradycja.

Otworzył sam pan mecenas, osobiście.

– O, witam doktora, proszę do środka – zapraszał kordialnie. – Jadziu! Jadziu! – zawołał pomoc domową Malczewskich. – Zrób nam herbaty – poprosił, gdy służąca pojawiła się w drzwiach gabinetu. – Mam pyszną herbatę. Malinową, ze zbiorów moich przyjaciół z Sosnówki, Towiańskich. Sprzed dwóch lat, ale susz zachował się doskonale – ciągnął pan mecenas, widocznie spragniony audytorium, bo rozmowy z rodziną, to tylko takie... pogawędki. – Ale ja tu gadam, a szanowny

* Dzieje rodziny Malczewskich – patrz „Sosnowe dziedzictwo" oraz „Pensjonat Sosnówka" Marii Ulatowskiej.

pan doktor może nie ma dużo czasu? – zreflektował się.
– Proszę, słucham, w czym mogę pomóc?

A Szymon, popijając naprawdę świetną i wspaniale pachnącą herbatę malinową, dopuszczony do głosu, przedstawił mecenasowi swoją prośbę.

– Otóż, panie mecenasie, co się dzieje, sam pan wie. Wie pan także, że jestem Żydem, a więc mogę zginąć w każdej chwili. I tak się dziwię, że jakoś żyję do tej chwili.

Mecenas otworzył usta, ale nie zdołał nic odpowiedzieć, bo Szymon niecierpliwie machnął ręką.

– Proszę sobie darować uprzejmości, obaj doskonale wiemy, że to prawda. Dlatego też pozwoliłem sobie zawracać głowę panu mecenasowi. Może pan tego nie wie, ale moja żona nie jest Żydówką i mam nadzieję, że w razie czego uda jej się ujść z życiem. Na dodatek, co zapewne pan już wie, bo widać, Magdalena spodziewa się dziecka i rozwiązanie nastąpi już niebawem – tłumaczył Szymon.

Wyjaśnił, że na wypadek swojej śmierci chciałby zapewnić żonie dostęp do majątku, tak więc sporządził testament ze spisem wszystkich posiadanych dóbr, wśród których jest sklep bławatny na parterze kamienicy oraz młyn ze sporym kawałkiem ziemi we wsi Kowalewo pod Aleksandrowem Kujawskim, będący własnością Abrahama Strontza, dziadka Salomei, matki Szymona. Młyn, dzierżawiony przez czterdzieści lat przez rodzinę Kuntzów, był własnością Strontzów, a więc obecnie Szymona, jedynego syna Salomei.

– Dobrze, dobrze, szanowny panie doktorze. Proszę się nie kłopotać. Wprawdzie w dzisiejszych czasach nigdy nie wiadomo, kto pierwszy opuści ten padół, ale sporządzenie testamentu jest jak najbardziej wskazane.

Wszystkim to zalecam, właśnie z uwagi na ten czas straszny. – Mecenas wyciągnął rękę i odebrał od Szymona dokumenty, które ten, zreferowawszy ich zawartość, przyciskał do piersi, jakby w obawie, że gdy je odda, nadejdzie śmierć.

– Zdeponuję dokumenty w tym oto sejfie. – Mecenas wskazał ręką solidną szafkę, stojącą w rogu gabinetu.

– Gdybym ja zmarł przed panem lub przed pańskim spadkobiercą...

– Żona jest moim spadkobiercą. A także nasze dziecko, płci jeszcze mi nieznanej. – Szymon bezwiednie przyjął pompatyczny styl wysławiania się mecenasa, bezceremonialnie przerywając mu przemowę.

– ...syn, mój wspólnik, przejmie wszystkie moje sprawy – dokończył spokojnie pan Malczewski, nie przewidując – bo kto mógłby coś takiego przewidzieć – że jego syn wcześniej odejdzie z tego świata.

– A wie pan, panie mecenasie – Szymon kulturalnie chciał porozmawiać jeszcze o czymś innym, załatwiwszy już najważniejszą sprawę – pracuję teraz, dodatkowo, poza moimi etatowymi obowiązkami u Dzieciątka Jezus, w przychodni dla inwalidów wojskowych, utworzonej przy Szpitalu Ujazdowskim przez wspaniałego lekarza, doktora Michała Mostowskiego.

I popłynęła opowieść o przychodni, pacjentach, zwykła rozmowa, jaka mogłaby być prowadzona o każdej porze, w każdym czasie, poza tą porą wojenną...

*

Na Kruczej, w mieszkaniu Kornblumów, dawno wyszykowany pokoik doczekał się lokatora – a właściwie lokatorki – osiemnastego stycznia 1940 roku. Czas dla nowo narodzonych dzieci był, oczywiście fatalny, a dla dziecka o nazwisku Kornblum bodaj najfatalniejszy. Ale dziewczynka nie pytała nikogo o zdanie. Przyszła na ten najgorszy ze światów, a rodzice stracili dla niej głowę. Nazwano ją Antonina, bo zdrobnienie Tosia bardzo się podobało Magdalenie. Miała w szkole koleżankę o tym imieniu. Kilka dni przed porodem – odbierała właśnie podzelowane buty od szewca, który miał warsztat w ich kamienicy – spotkała na ulicy Staśkę Podolską, inną koleżankę ze szkoły. Właśnie Stasia, Tosia i Magda trzymały się razem przez wszystkie te najmłodsze lata szkolne.

– Czy wiesz… – Stasia rozpłakała się na widok Madzi – Tosia nie żyje… – wyszlochała, opowiadając, że piątego września spadła bomba na dom, w którym mieszkała Antonina z rodzicami. Zginęła cała rodzina.

Uściskały się obie, choć Magdę trudno już było objąć, popłakując zgodnie. Magdalena szybko uciekła do domu, bo wiedziała, że teraz nie powinna się denerwować. Szymon aż się poderwał z fotela na widok zapłakanej żony, przerażony, że coś jej się stało.

– Zginęła moja koleżanka ze szkoły – powiedziała Madzia, już nie płacząc. – Wiesz, jeśli urodzi nam się córeczka, chciałabym nazwać ją imieniem tej koleżanki. Będzie Tosia, dobrze?

Z początku nie chciał się na to zgodzić. Powiedział, że boi się, że to zła wróżba, że nie wolno nadawać dziecku imienia osoby, która zginęła tragicznie. Bardzo się ostatnio zmienił. Zniknął gdzieś dawny miły, zrównoważony Szymon. Pojawił się zaszczuty, zastraszony, przewrażliwiony – cień człowieka. Zupełnie jakby miejsce dawnego pogodnego doktora Kornbluma zajął… mały, nędzny żydek, Szymek Kornblum. Nie, nie chcę tak myśleć, zganiła się po cichu Magda, ale niestety, tak właśnie myślała, choć ze wszystkich sił pragnęła wygnać z głowy to spostrzeżenie.

Modliła się gorąco każdego wieczora do Najświętszej Panienki, która była dla niej najważniejszą obroną przed każdym złem. Magdalena błagała o szczęśliwy poród, o zdrowie swojego dziecka, a od niedawna także o to, żeby powrócił jej prawdziwy mąż, a ten, który pojawił się teraz w domu, niechby zniknął na zawsze.

Jednak te modlitwy nie pomagały. Wprawdzie mąż ustąpił w kwestii imienia dla dziecka, lecz po narodzinach malutkiej jego napięcie jeszcze wzrosło. Że był nerwowy – to mało powiedziane, teraz wprost zaczął się panicznie bać o los rodziny. Wbił sobie do głowy, że stanowi zagrożenie dla swoich najbliższych. Że przez niego, Żyda, one, choć nie są Żydówkami, mogą stracić życie. Zarzucał sobie, że powołał na świat dziecko, któremu nie jest w stanie zapewnić bezpieczeństwa.

Powoli wpędzał się w panikę, która jeszcze bardziej się pogłębiła, gdy pewnego dnia stał się mimowolnym świadkiem zastrzelenia na ulicy Żyda. Nieszczęśnik naraził się czymś – czym, tego Szymon nie widział – idącemu tą ulicą żandarmowi. Niemiec po prostu strzelił do tego człowieka i nie sprawdzając, co z jego ofiarą, poszedł spokojnie przed siebie. Szymon z lekarskiego obowiązku podbiegł do leżącego na ziemi mężczyzny, ale temu żadna pomoc nie była już potrzebna. Strzał był precyzyjny, prosto w głowę, z której niewiele zostało. O tym, że zastrzelony był Żydem, świadczyła opaska z gwiazdą Dawida na rękawie.

*

Piotrek Tarnowski, trzynastoletni syn administratora kamienicy, z zaciekawieniem spoglądał na żelazne sztaby i dwie potężne kłódki na drzwiach od znajdującego się po sąsiedzku mieszkania Kornblumów. Metalowa konstrukcja tkwiła tam od kwietnia 1940 roku. Wyglądało to tak, jakby właściciele mieszkania wyprowadzili się, wyjechali, zniknęli – kłódki wisiały przecież na zewnątrz, od strony klatki schodowej, więc jeśli ktoś byłby w domu, nie mógłby wyjść. A jednak Piotrek słyszał czasami w nocy jakieś szurania i szmery na klatce schodowej. Wydawało mu się, że słyszy też głos doktora Kornbluma, choć stuprocentowej pewności nie miał. Oczywiście nie wyglądał zza drzwi swojego mieszkania, bo po prostu się bał. Poza tym wiedział, że w obecnych czasach lepiej wiedzieć mniej niż więcej.

Intrygowało go to jednak mocno, był ciekawski, jak każdy chłopak w jego wieku. Wiedział, że w mieszkaniu przynajmniej czasami ktoś bywa, bo od czasu do czasu widział pannę Edytę spacerującą z Effi. Najczęściej widywał ją wczesnym rankiem lub wieczorem przed godziną policyjną.

Ilekroć Piotrek widział na ulicy kogoś z sąsiedniego mieszkania, wyglądał na korytarz i sprawdzał, czy sztaby i kłódki są na swoim miejscu. Zawsze były. Chłopak nie wiedział już, co o tym myśleć. Raz nawet pomyślał, że zapyta ojca, ale zrezygnował, bo tata zawsze na niego krzyczał za wtykanie nosa w cudze sprawy, jak to określał. Postanowił więc, że sam wyjaśni tę zagadkę. Któregoś wieczoru, gdy dostrzegł pannę Edytę wracającą ze spaceru z psem, schował się za drzwiami dawnej pralni, do której klucze wisiały w szafce ojca. Panna Edyta stanęła przed drzwiami mieszkania Kornblumów i zastukała dwa razy szybko i dwa razy wolniej. Sztaby drgnęły i panna Edyta po prostu odsunęła je razem ze śrubami. Otworzyła drzwi, a potem włożyła całą konstrukcję w otwory po śrubach, weszła do środka i docisnęła drzwi od wewnętrznej strony. Potem dał się słyszeć zgrzyt zamków i wszystko ucichło. Sztaby tkwiły na swoim miejscu, kłódki wisiały od zewnątrz, jakby mieszkanie od dawna było zamknięte na głucho. Piotr, bystry młodzieniec, zrozumiał cały sekret. To jasne – śruby miały mutry od strony mieszkania, trzeba było po prostu tak wejść, żeby można było docisnąć drzwi ze sztabami umocowanymi w obejmach. Chłopiec przyjrzał się tym obejmom z bliska, rzeczywiście były nieproporcjonalnie szerokie, ale nikomu nie przyszłoby do głowy, że jest w tym coś dziwnego.

Teraz już więc Piotr wiedział, jak właściciele sąsiedniego mieszkania z niego wychodzili, a potem wchodzili – rzecz tylko w tym, że zawsze ktoś musiał być w domu. Nie wiedział, dlaczego tak robili, choć uznał, że najprawdopodobniej doktor Kornblum się ukrywa. Trwały konfiskaty mienia żydowskiego, sklep bławatny już od początku roku był zamknięty, a cały towar zniknął. Piotr przypomniał sobie, że Niemcy już ze dwa razy wypytywali jego ojca o właściciela sklepu, ale pan Tarnowski oddał im tylko klucze od sklepu – miał duplikaty kluczy do wszystkich pomieszczeń w kamienicy, jako administrator budynku, a na pytania o miejsce pobytu Szymona Kornbluma odpowiadał, że nie wie.

W zasadzie mówił prawdę, bo nie wiedział, co zauważył jego bystry syn. A Piotr już postanowił, że zostawi to dla siebie.

Rozdział 6

1940 c.d.

– Pani Mario! – zawołała Weronika Ostaniecka, która zbierała porozrzucane na podłodze kocyki i chustę, uprzednio okrywające ich „znalezisko" – tu są jakieś papiery, niech pani spojrzy.

Pani Parzyńska odruchowo przyłożyła palec do ust, wskazując głową na zawiniątko.

– Usnęła, biedna mała – szepnęła. – Jakie papiery? O czym pani mówi?

W spowijających dziewczynkę kołderkach znajdowały się dokumenty potwierdzające jej narodziny oraz podpisane przez rodziców oświadczenie następującej treści:

My, Magdalena i Szymon Kornblumowie, rodzice Antoniny Kornblum, zaświadczamy, że oddajemy naszą córkę z własnej woli dobrym ludziom, sami nie mogąc zapewnić jej bezpiecznego życia. Wobec różnicy naszych wyznań, czego nie mogliśmy zmienić w obliczu toczącej się wojny i okupacji naszego kraju, nie zdołaliśmy do chwili obecnej wziąć ślubu kościelnego, jesteśmy jednak formalnie małżeństwem wobec prawa cywilnego, z mocy ślubu udzielonego nam przez urzędników w Poznaniu. Piszemy o tym, żeby było jasne, iż Antonina jest naszą naturalną spadkobierczynią, a wszelkie niezbędne dokumenty zostały zdeponowane u mecenasa Malczewskiego, zamieszkałego przy ulicy Kruczej 46 m. 4. Mimo że ślubu kościelnego do tej pory nie zawarliśmy, mamy pewność, że gdy tylko nastanie odpowiedni czas, niezwłocznie to zrobimy. Antonina, córka nasza, nie została do tej pory ochrzczona, naszą wspólną wolą jest jednak, aby była wychowana w wierze katolickiej. Nie jest Żydówką, nie urodziła się bowiem z matki Żydówki. Ojciec przyrzekł, że po ustaniu działań wojennych, o ile żyć będzie, zmieni wyznanie na katolicyzm, w imię miłości do żony i dziecka.

Tak nam dopomóż Bóg.

(Tu następowały podpisy rodziców).

– Nie jest Żydówką – powiedziała Weronika Ostaniecka, marszcząc czoło. – Nie jest ochrzczona, więc nie jest też katoliczką. Biedne dziecko.

– Ach, moja droga – zdenerwowała się pani Parzyńska. – O czym pani w ogóle mówi, przecież…

– Mówię o tym – bezceremonialnie przerwała jej Weronika – że ją ochrzczę. I wychowam w wierze katolickiej. Będzie moim dzieckiem, skoro mam tu w ręku oficjalne zrzeczenie się jej rodziców.

Sąsiadka patrzyła na nią z wahaniem, potem na jej twarzy zaczęło się malować zrozumienie. Akceptacja. Radość.

– To byłoby najlepsze wyjście, dla wszystkich – szepnęła, zupełnie nie wiedząc, czemu szepcze. Były przecież tylko we dwie. I ta biedna śpiąca kruszyna. – Ale pan Alfred…? – Zawiesiła głos.

– Będzie zachwycony. Malutka córeczka, całkiem gotowa, śliczna i nasza własna – odpowiedziała pani Weronika stanowczym tonem.

Uzgodniły obydwie, że nikomu nie powiedzą, co się stało. Na szczęście nikt nie widział momentu, w którym pani Maria podnosiła dziecko z wycieraczki. Nikt, poza Weroniką, która teraz wyszła z mieszkania Parzyńskich na korytarz i stanęła przed drzwiami Kornblumów. Wisiały tam żelazne kłódki, osadzone na solidnych sztabach, wpasowanych w mocne obejmy. Pani Ostaniecka załomotała pięścią w drzwi. Raz, drugi… Nie było słychać żadnego ruchu, nikt nie odpowiedział, stalowa konstrukcja nie drgnęła, mimo że zdenerwowana kobieta zaczęła szarpać kłódki i próbowała podważyć sztaby.

– Pani Weroniko, to na nic – powiedziała Maria Parzyńska. – Ich naprawdę nie ma. Wczoraj wieczorem widziałam jeszcze pannę Edytę, a doktora i doktorowej chyba nie ma już od dwóch albo trzech dni. Nie widziałam też psa. Wiem przecież, co się dzieje na mojej klatce schodowej, chociaż nic nikomu nie mówię, bo teraz strach wiedzieć cokolwiek. Więc o tym tu dziecku też nic nie wiem, w ogóle go nie widziałam i niech je pani szybko zabiera. Ono przecież oficjalnie w ogóle nie istnieje i tylko od czyjejś dobrej woli zależy, czy i w jakiej urzędowej postaci pojawi się na świecie.

Dwie konspiratorki uścisnęły sobie ręce, a potem pani Ostaniecka ostrożnie wzięła na ręce zawiniątko i wyszła pośpiesznie z mieszkania na parterze.

Dziecko, które znalazło się niespodziewanie w rodzinie Ostanieckich, zaintrygowało trochę sąsiadów, ale pogadali, pogadali i wszystko ucichło. Niektórzy z pewnością zauważyli, że Magdalena Kornblum nie pokazuje się na spacerach z wózkiem, a panna Edyta nie wychodzi z Effi. Ktoś może skojarzył te fakty, a może nie. Wszyscy uważali, że lepiej nie wiedzieć nic.

Nawet Johann Schmied (jeszcze pół roku temu Jan Kowal), mieszkający na pierwszym piętrze folksdojcz, nie objawił zainteresowania cudownym rozmnożeniem się rodziny Ostanieckich. A mała Tosia, ze swoimi blond włoskami i ciemnoniebieskimi oczami, zawojowała większość mieszkańców Kruczej 46.

Rozdział 7

1941

Pewnego czerwcowego wieczoru nad Warszawą, na spokojnym od dnia kapitulacji niebie, pojawiły się samoloty. Zaskoczeni mieszkańcy zadzierali do góry głowy, bo na tych samolotach nie było Balkenkreuzów, tylko... czerwone gwiazdy.

Rozległ się wizg, świst i huk. Na Warszawę poleciały pierwsze bomby radzieckie – efekt działań Hitlera na wschodzie. Ludzie byli absolutnie zaskoczeni, nikt nie pomyślał nawet, żeby się schronić w piwnicy. Na szczęście bomby w większości spadły do Wisły. Jak się potem okazało Rosjanie zamierzali zniszczyć mosty. Udało im się, niestety, trafić w tramwaj na moście Kierbedzia, zginęło wtedy przeszło trzydzieści osób.

Samoloty radzieckie zagościły od tej pory na polskim niebie i któregoś dnia, jesienią, złowieszczy sznur czerwonych gwiazd pojawił się nad Śródmieściem. Tym razem mieszkańcy schronili się w piwnicach.

Na Kruczej 46 także.

Matka złapała Piotrka za rękę i szybko wybiegli z mieszkania, kierując się w stronę zaimprowizowanego schronu.

– Oj, mama, daj spokój – chłopak usiłował się uwolnić – nie ciągnij mnie, przecież muszę wypuścić Brylka.

Zwierząt nie wolno było zabierać do schronów ani oczywiście do zwykłych piwnic, pełniących tę funkcję. Nawet takich, które dało się wziąć na ręce, a Brylek był jednak dość spory. Tak więc, od samego początku wojny, gdy coś się działo, Tarnowscy wypuszczali psa z mieszkania i musiał sam sobie radzić. Na szczęście jakoś potrafił o siebie zadbać. Wracał, gdy alarm odwoływano – a skąd wiedział, że wszyscy już są w domu i że teraz właśnie można wrócić, o tym nikt z rodziny nie miał pojęcia.

Piwnica zapełniła się szybko. Wszyscy siedzieli w milczeniu i czekali, aż ktoś da sygnał, że już koniec i można wyjść. Mała Tosia gaworzyła coś po swojemu, nikt inny się nie odzywał, wszyscy byli apatyczni i osowiali. Nie tylko Piotrek Tarnowski nie lubił siedzieć w piwnicy. Schodzili tam jednak – na wszelki wypadek. I okazało się, że właśnie dziś nastąpił taki „wypadek". Coś potwornie gruchnęło, huknęło i wydawało się, że piwniczny strop spadnie im na głowy. Zgasło światło, w pomieszczeniu zrobiło się duszno, a zgromadzonych tam ludzi otoczył dym i kurz. W powietrzu unosiły się drobinki gruzu. Tosia zaczęła głośno płakać i zaraz zawtórowało jej kilka kobiet. Alfred Ostaniecki szarpnął za drzwi, chcąc je otworzyć, ale stawiły opór. Wszędzie dookoła wirował kurz, do piwnicy wpadały kawałki gruzu. Kilku sąsiadów starało się pomóc panu Alfredowi. Razem zaczęli pchać drzwi, ale udało się je tylko trochę uchylić, a przez szparę do środka wsypała się cała sterta gruzu. Podniósł się jeszcze większy kurz i zaczęło brakować powietrza. To znaczy, takie wrażenie odnieśli ludzie, znajdujący się w piwnicy – tak naprawdę powietrza było sporo, tyle że pełnego pyłu.

– Zagruzowali nas – zaczęła zawodzić Jadzia, służąca mecenasostwa Malczewskich.

– Odejdźcie od tych drzwi, bo zasypie nas całkiem – wtórował jej, nie bez racji, właściciel warsztatu szewskiego.

– Tata, jesteśmy tutaj! – krzyknął Piotrek, który usłyszał z zewnątrz głos ojca. Administrator nie zszedł z żoną i synem, bo kiedy nadleciały samoloty, był na ulicy przed domem, i albo w ogóle nie zdążył się schować, albo pobiegł do innej piwnicy, która nie została zasypana.

– Tak, tak, wiemy, czekajcie spokojnie, już was odkopujemy – obwieścił gromko pan Tarnowski, a wszyscy odetchnęli z ulgą.

Trochę to trwało, zanim tamci zdołali na tyle odkopać drzwi, aby uwięzieni w piwnicy mogli wyjść na zewnątrz. Kto wyszedł, stawał jak wryty z otwartymi ustami. Południowej części budynku, tej od strony Nowogrodzkiej, po prostu nie było. Rozciągało się tam wielkie rumowisko. Przy odgruzowywaniu pracowało wiele osób, niestety obok trzepaka leżało kilka ciał tych, którzy zostali zasypani lub też stracili życie w inny sposób.

Piotrek, jak to dziecko, jakim jeszcze był pomimo swoich czternastu lat, bardzo martwił się o psa, bo tym razem Brylek nie pojawił się natychmiast po skończonym nalocie. Chłopiec wołał go bez przerwy i szukał wokoło, aż ojciec na niego fuknął.

– Chłopaku, uspokój się w tej chwili! – syknął. – Rozejrzyj się, ile tu wszędzie nieszczęścia, nie denerwuj ludzi. Pies się znajdzie, po prostu wystraszył się huku, to zrozumiałe. Bierz łopatę i pomagaj.

Odgruzowywanie trwało do późnego wieczora, administrator wynotował z listy mieszkańców nazwiska lokatorów, którzy mieszkali w tej części kamienicy i zaznaczał sobie tych, których zidentyfikowano. Czworo oszołomionych mieszkańców siedziało, opierając się o ścianę budynku naprzeciwko zburzonego fragmentu kamienicy. Nie mówili nic, patrzyli tylko, prawie nie mrugając. W chwili, gdy uderzyła bomba, nie było ich w mieszkaniu. Bo właśnie to się stało – w południową część budynku przy Kruczej 46 trafiła bomba. Zginęli także ci, którzy zeszli do południowej piwnicy, ponieważ wybuch był tak silny, że zawalił się cały ten fragment domu, od drugiego piętra począwszy. Gruz z impetem spadł na piwnicę, której sufit po prostu został wepchnięty do środka i wszystko to razem zasypało zgromadzonych tam ludzi. Nikt nie ocalał.

Pozostali przy życiu mieszkańcy pracowali jak jeden mąż, odsuwając gruz od innych klatek schodowych, by po prostu zrobić przejścia. Wiedzieli przecież, że nikt nie przyjedzie i nie posprząta. Zwały gruzu pozostały na podwórku do końca wojny i spokojnie leżały jeszcze przez pewien czas. Gdy wybuchło powstanie, utworzyły naturalną barykadę, wykorzystaną przez walczących.

Piotrek Tarnowski pomagał dorosłym. Nie wiadomo skąd znalazły się łopaty i kto tylko mógł i chciał, odsuwał teraz gruz. Oczyszczono przestrzeń wokół trzepaka, jakby bez tego miejsca podwórze miało stracić swój charakter.

W pewnym momencie Piotr natknął się na jakiś zawinięty w koc kształt.

– Tato, popatrz! – krzyknął. – Tu chyba jest jakiś trup.

Pan Mieczysław podszedł do syna. Podbiegł także jeden z ocalałych lokatorów, pełen obaw, że może to ktoś z jego rodziny.

Jednak to nie był człowiek, tylko Effi, a raczej jej zwłoki. Jednak suka Kornblumów nie zginęła pod gruzami. W jej czaszce, między oczami widniał czarny okrągły otwór, ślad po kuli. Po prostu została zastrzelona. A zakopał ją tu z całą pewnością ktoś, kto ją kochał, bo ciało psa było starannie ułożone i bardzo dokładnie owinięte – najpierw w kaszmirowy szal, następnie w koc. Z najlepszej merynosowej wełny.

W dalszym ciągu nie wiedziano, gdzie się podziali Kornblumowie oraz panna Edyta. Wiadomo było natomiast, co stało się z ich psem.

A Brylek znalazł się, jak zwykle. Tyle że tym razem dopiero wieczorem. Na pytania Piotrka, gdzie był, szeptane do psiego ucha, nie odpowiadał. Ale tak naprawdę chłopiec nie był ciekaw, gdzie się podziewał jego przyjaciel. Wystarczyło mu, że wrócił, że żyje. W odróżnieniu od Effi...

*

– Piotr Tarnowski!

Wywołany podszedł do stołu prezydialnego i odebrał dokumenty. Było to świadectwo czeladnicze, zdobyte w szkole ślusarsko-mechanicznej na Targowej. Coś w rodzaju małej matury. Razem ze świadectwem Piotr otrzymał skierowanie do pracy w zakładach lotniczych w Hanowerze.

Wrócił z tym skierowaniem do domu, porozmawiał z rodzicami i... nigdzie się nie zgłosił. Postanowili, że zobaczą, co będzie. Na myśl o tym, że jej syn miałby jechać gdzieś na koniec świata, w dodatku do Niemiec, pani Stefania dostawała palpitacji serca, bladła i chwiała się na nogach. Nie pomyślała, że może teraz syn byłby bezpieczniejszy w Hanowerze niż w Warszawie.

Ponieważ jednak się bali, że po Piotra przyjdzie policja – a było to więcej niż prawdopodobne, skierowanie do pracy oznaczało po prostu nakaz wyjazdu – Piotr zmienił miejsce zamieszkania. W suterynie wschodniej kamienicy ulokował się teraz kuzyn pana Tarnowskiego z żoną i ośmioletnim synem. Przedtem mieszkali w zniszczonej przez bombę południowej części domu. Przeżyli nalot, bo w tym czasie byli z synkiem u znajomego lekarza przy Wilczej. Ich piętnastoletnia córka została w domu i zginęła. Ocalałą trójkę udało się umieścić właśnie w suterynie, w końcu pan Tarnowski był administratorem budynku, więc wygospodarował tam miejsce dla rodziny. Teraz państwo Koryccy odwdzięczyli się, biorąc do siebie Piotra. Wstawili mu składane łóżko do pomieszczenia przerobionego na kuchnię i tam się ukrył. Nie na długo jednak, bo po dwóch dniach od wyznaczonego terminu, w którym Piotr powinien się zgłosić w punkcie Arbeitsamtu, w mieszkaniu Tarnowskich z samego rana pojawili się dwaj granatowi policjanci.

Ponieważ nie zastali Piotrka, a oboje rodzice uparcie twierdzili, że nie wiedzą, gdzie jest syn – wyjechał kilka dni temu, zaraz po ukończeniu szkoły, i nie mają pojęcia, dokąd – policjanci zabrali ze sobą pana Mieczysława.

– Kazano nam przyprowadzić Tarnowskiego. – Większość granatowych policjantów rekrutowała się z przedwojennych policjantów polskich, więc oczywiście rozmowa odbywała się w języku polskim, choć administrator dobrze znał niemiecki, rodzice pochodzili z ziem zaboru niemieckiego i mały Mietek od urodzenia był dwujęzyczny.

– Piotr czy Mieczysław to bez różnicy. Idziemy! – Zabrali go więc ze sobą, nie wyjaśniając, dokąd i po co.

Zapłakana matka Piotra przybiegła natychmiast do suteryny Koryckich i opowiedziała całą historię.

– Mamo, zabrali ojca do Arbeitsamtu, najprawdopodobniej chcą go wywieźć na roboty zamiast mnie. – Piotr postanowił, że w takim razie zgłosi się dobrowolnie. Nie mógł się zgodzić, żeby ojciec pojechał za niego.

Zgłosił się więc, ojca wypuszczono do domu, a Piotra zabrano od razu do dawnej Szkoły imienia M. Konarskiego na Lesznie, która została przejęta przez Niemców, gdzie powstały niemieckie warsztaty szkolące robotników dla przemysłu lotniczego Rzeszy.

Około stu młodych ludzi, zwiezionych z różnych stron Polski, miało tam odbyć miesięczny kurs, po którym czekał ich wyjazd do Niemiec. Bursa na Lesznie była dość przepełniona, więc po kilku dniach wytypowano kilkunastu uczestników, którym wydano przepustki, zwalniając ich tym samym z obowiązku nocowania w pomieszczeniach szkoły. Piotr wkradł się w łaski majstra – robił mu aluminiowe ramki do fotografii, ten zaś potem wymieniał je na inne towary lub na młynarki, a zresztą, co z nimi robił, mało chłopaka interesowało – udało mu się więc znaleźć na liście szczęśliwców, którzy owe przepustki otrzymali. Dzięki temu pani Stefania mogła się cieszyć obecnością syna w domu przynajmniej wieczorami i w nocy.

Przepustki były niezbędne nawet nie dlatego, że zwalniały ich posiadaczy z obowiązku nocowania w bursie.

Pomieszczenia warsztatowe znajdowały się przecież na terenie getta warszawskiego, które zostało już w całości ogrodzone i wyjście – lub wejście – nie było sprawą prostą.

A pan Mieczysław, który mocno się zaangażował w prace konspiracyjne (od grudnia 1939 roku należał do Związku Walki Zbrojnej, a następnie po przemianowaniu organizacji na Armię Krajową stał się jej aktywnym członkiem), ułożył z synem plan, mający na celu wyprowadzenie z getta Reginy Szelenbaum, córki właściciela sklepu spożywczego.

W getcie znaleźli się Renia i jej rodzice, młodszego brata zabrała do siebie przyszywana ciotka chłopca, daleka kuzynka Szelenbaumów, mieszkająca na Mokotowie. Jakub nie miał semickiego wyglądu, więc do tej pory jakoś nikomu nie rzucił się w oczy. Sąsiadom powiedziano, że to dziecko kuzyna z Woli, którego rodzice wpadli w łapankę i zostali wywiezieni na przymusowe roboty do Niemiec.

Rodzice Reni już się pogodzili ze swoim losem, mieli nadzieję, że może uda im się jakoś przeżyć. Byli szczęśliwi, że ich młodsze dziecko udało się uchronić przed gettem, a teraz nade wszystko pragnęli uratować córkę. Regina też nie wyglądała na Żydówkę, owszem, była ciemnowłosa, ale miała zielone oczy, mały nos i okrągłą buzię. Państwo Maliccy, u których mieszkał teraz Kubuś, zgodzili się przyjąć pod swój dach także jego siostrę. Dawid wprawdzie stracił sklep i cały znajdujący się w nim towar, ale zachował trochę złota, które do tej pory zdołał ukryć. Mieszkanie Szelenbaumów na Próżnej znalazło się na terenie getta, nie musieli więc nigdzie się przeprowadzać. W mieszkaniu było kilka przemyślnie skonstruowanych skrytek, lecz do tej pory Niemcom nie udało się odkryć ani jednej, mimo wielu rewizji. Zresztą nie, jedną odkryli – Szelenbaum specjalnie zrobił ją pod podłogą w kuchni i zostawił odstającą deseczkę. Gdy Niemcy wpadli na pierwszą rewizję, oboje Szelenbaumowie uparcie „nie patrzyli" na tę deseczkę – co tamci natychmiast zauważyli i z dziką satysfakcją zerwali część kuchennej podłogi. Znaleźli kilka pierścionków i srebrne sztućce. Właściciele rozstali się z tymi rzeczami bez żalu, mając nadzieję, iż znalezienie tej skrytki usatysfakcjonuje Niemców i dadzą już sobie spokój z dalszym szukaniem. Tak całkiem nie mieli racji, bo Niemcy robili rewizje jeszcze kilka razy, ale już bez przekonania, gdyż wiedzieli, że znaleźli skrytkę za pierwszym razem.

Teraz więc to, co zostało schowane w innych miejscach, Szelenbaumowie postanowili przekazać Malickim w zamian za opiekę nad ich dziećmi.

Piotrek Tarnowski, wtajemniczony w całą sprawę, już kilka razy wynosił precjoza Szelenbaumów i przekazywał je ojcu – a ten już wiedział, co z nimi dalej robić.

Wreszcie przyszedł dzień, kiedy chłopak miał wyprowadzić z getta Reginę.

Zawsze wychodził z Leszna tą samą bramą, wchodził zresztą też. Po obu stronach stali strażnicy – zazwyczaj z jednej strony żandarm, z drugiej granatowy policjant. Przy tym wyjściu co drugi dzień stał ten sam policjant. Piotr specjalnie starał się uśmiechać i miło pozdrawiać „swojego" strażnika. Po dwóch tygodniach ten już nawet nie patrzył na przepustkę, na widok chłopaka machał tylko ręką i Piotr przechodził. Przepustkę oczywiście trzymał w ręku, bo przecież miał ten dokument.

Któregoś dnia po wyjściu z getta Piotrek zobaczył ojca, który czekał na niego.

– Dobrze wybrałeś bramę – pochwalił syna. – Tego policjanta znamy.

Dobrze wybrał? Znamy? O nic nie pytał.

Następnego dnia Piotr zbliżył się do wyjścia, trzymając za rękę Reginę Szelenbaum. Dziewczyna trzymała głowę uniesioną i nie rozglądała się na boki.

– Uśmiechaj się – szepnął Piotr do Reni. – I nie patrz na strażników, tylko na mnie – pouczył ją, choć przecież wcale na nich nie patrzyła. Spoglądała w niebo, bo tam był ktoś, na czyją opiekę liczyła najbardziej.

Odczekali chwilę, a gdy przy wyjściu zebrało się parę osób, Piotr podszedł szybko do „swojego" policjanta, ściskając mocno dłoń dziewczyny. Podał policjantowi przepustkę, którą ten tym razem wziął do ręki, i znajdujący się w dokumencie banknot pięćsetzłotowy, popularny „góral", szybko zmienił właściciela. Policjant oddał Piotrowi przepustkę i lekko skinął głową. Udało się, przeszli.

Chłopak poczuł, że tak mocno zacisnął palce na dłoni Reginy, iż chyba już nigdy nie puści jej ręki. Po prostu nie mógł rozluźnić uścisku, mimo że obydwie ręce – jego i dziewczyny – były mokre od potu.

Już przy Marszałkowskiej, w umówionym miejscu czekał ojciec Piotra, który widząc syna z Reginą, aż sapnął głośno. Teraz on wziął Renię za rękę i to był ostatni raz, gdy Piotrek widział dziewczynę. A szkoda, bo całkiem mu się podobała. Dowiedział się, dużo później, że Renia, jej brat oraz państwo Maliccy, przedostali się jakoś do Francji, skąd udało im się odpłynąć (i dopłynąć) do Stanów Zjednoczonych. Pewnie bardzo im pomogły kosztowności Szelenbaumów, które udało się przenieść Piotrowi.

Rodzice Reginy i Jakuba, Estera i Dawid Szelenbaumowie, zginęli w czasie powstania w getcie warszawskim, pod koniec kwietnia 1943 roku.

A ich sklep spożywczy przy Kruczej 46 przetrwał całą wojnę, okupację i Powstanie Warszawskie. Razem z domem, w którym się mieścił.

Jakby nie wiedział, że nie ma już właściciela.

*

Kurs przygotowawczy się skończył i przyszedł czas wyjazdu do Hanoweru. Pod warsztaty na Lesznie podjechały dwa tramwaje. Żandarmi utworzyli szpaler od wyjścia do drzwi, a uczestnicy kursu przeszli prosto z pomieszczeń szkolnych do podstawionych pojazdów. Zostali przewiezieni na Dworzec Wschodni; tam kazano im wejść do wagonów towarowych, czekających na peronie.

Wszyscy mieli ze sobą jakieś walizki lub pakunki, bo byli uprzedzeni o dacie wyjazdu.

Piotr Tarnowski też znalazł się wśród tych przywiezionych młodych ludzi i teraz próbował powoli wycofywać się z tłumu. Wypatrywał ojca, któremu przekazał, co ma się stać tego dnia. Umówili się, że Piotrek za wszelką cenę postara się uciec i nie wsiądzie do pociągu. Chłopak ogarnął spojrzeniem peron; do wagonów weszło już sporo przyszłych robotników i musiał podjąć jakąś decyzję, bo Niemcy z tyłu popychali następnych kolbami karabinów. Zerknął w górę; na nasypie stało dwóch granatowych policjantów z bronią wymierzoną w dół.

Będą strzelać? – pomyślał. Nadszedł czas na ostateczną decyzję, bo gromkie *raus, raus* było już teraz skierowane do niego. Obok policjanta na nasypie kolejowym zobaczył znajomą postać, wydało mu się, że to pan Józiek, administrator z Kruczej 47, domu stojącego naprzeciwko ich kamienicy. Przeżegnał się w duchu, cisnął swoją walizką w idącego za nim żandarma, który był tak oszołomiony, że w ogóle nie zareagował na gwałtowny sus chłopca. Piotrek wskoczył na nasyp i zaczął wdrapywać się w górę.

Adrenalina dodawała mu sił, pobił chyba rekord świata we włażeniu na nasypy, o ile taki rekord do tej pory istniał. Policjant stojący na nasypie skierował lufę karabinu w stronę chłopca, ale pan Józiek, bo to był rzeczywiście on, podbił tę lufę w górę, jednocześnie wciskając mundurowemu w drugą rękę kilka szeleszczących banknotów. Pomogło.

Piotr błyskawicznie znalazł się na nasypie i gnał już w dół, ku uliczkom Pragi, w których szybko zniknął.

A pan Józiek spokojnie zszedł z nasypu, ruszył na dworzec, podniósł leżącą na peronie walizkę Piotrka i niezatrzymywany przez nikogo pomaszerował w stronę wyjścia.

Piotr wrócił do domu, ale tylko na chwilę. Cała rodzina wiedziała, że nie może tam zostać. Ojciec czekał na niego, wręczył mu kenkartę i ausweis na nazwisko Tadeusz Barski, zatrudniony na Okęciu w zakładach remontujących silniki lotnicze. Adres zameldowania: Dobra 11.

Na Dobrej mieszkała siostra pana Tarnowskiego, Adela Karlicka (jej mąż zmarł kilka lat temu, zostawiając wdowie dość sporą sumkę). Oczywiście meldunek Piotra był uzgodniony, chłopak zamieszkał więc u ciotki i rozpoczął pracę na Okęciu.

Rozdział 8

1943

– Witam sąsiadkę! – zagrzmiał tubalnie mecenas Malczewski, widząc panią Ostaniecką, wchodzącą w bramę domu, z małą Tosią u boku. – Ale wyrosłaś, malutka! – Schylił się ku dziewczynce, która uśmiechnęła się słodko, trzymając się mocno maminej spódnicy, ale jednocześnie zerkała ciekawie w górę. – Wykapana mama – orzekł mecenas.

Pani Weronika nie wiedziała, co odpowiedzieć. Przecież o tym, czyim dzieckiem jest Tosia, wiedziała – poza Ostanieckimi – tylko sąsiadka z parteru. To znaczy, taką miała nadzieję, tak przecież postanowiły w dniu znalezienia dziewczynki przed drzwiami mieszkania pani Marii. Poza tym, na pierwszy rzut oka widać było właśnie absolutny brak podobieństwa. Tosia była blondyneczką z niebieskimi oczami, pani Weronika zaś miała ciemnokasztanowe włosy, a oczy szarozielone.

– Niech się pani nie dziwi, ale wiem wszystko o Tosi – odezwał się mecenas, widząc zakłopotaną minę pani Ostanieckiej. – Zapraszam na górę, do gabinetu, już dawno chciałem z panią porozmawiać.

Weszli do mieszkania Malczewskich. Na prośbę pana Wacława Tosią zajęła się Jadzia. Zaczęła grać z małą w „koci-koci-łapci", z czego obie wydawały się tak samo zadowolone.

– Panie mecenasie? – Zdenerwowana pani Weronika złapała gospodarza za rękę, ignorując jego zaproszenie do gabinetu. – Coś mi pan chciał powiedzieć, słucham.

Pan Wacław opowiedział jej o wizycie Szymona Kornbluma na początku 1940 roku i testamencie przekazanym w depozyt.

– Mówię pani o tym wszystkim, bo domyśliłem się, kim jest Tosia. I choć przecież na razie nie ma mowy o otwarciu testamentu, może jednak kiedyś taka chwila nadejdzie. Mam nadzieję, że rodzice Antoniny przeżyją i wrócą. Ale gdyby stało się inaczej i gdybym ja zginął, chcę, aby pani wiedziała, iż odpowiednie dokumenty znajdują się w moim sejfie, a syn mój – i wspólnik – dalej już wszystkim się zajmie.

Na dobrą sprawę nie miał prawa komukolwiek o tym mówić, przecież doskonale o tym wiedział.

– Mówię pani o tym wszystkim tylko dlatego, że od trzech lat obserwuję panią i malutką, i widzę, że dziewczynka znalazła cudownych rodziców. – Popatrzył z sympatią na panią Weronikę i tłumaczył dalej: – Jeśli rodzice Tosi nie wrócą – a, zakładam, że ta wojna kiedyś się skończy i że tego końca dożyjemy – ja pierwszy pomogę państwu w uzyskaniu praw rodzicielskich do dziecka. I wtedy przystąpimy do realizacji testamentu ojca małej. Na razie chcę tylko powiedzieć, że ma pani we mnie wielkiego sojusznika i proszę liczyć na moją pomoc w każdej sytuacji. – Schylił się, by ucałować dłoń Weroniki i na tym ta dziwna rozmowa się zakończyła.

Zakończyła się w zasadzie niczym – jedynie zakłóciła spokój pani Ostanieckiej, której słowa mecenasa

Malczewskiego uświadomiły to, o czym usilnie starała się zapomnieć. Że przecież „ich" Tosia tak naprawdę nie jest ich. Że – być może – żyją gdzieś jej rodzice, którzy na pewno nie zapomnieli o córeczce i wrócą po nią, gdy tylko będą mogli.

Weronika nie wspomniała mężowi o rozmowie z mecenasem Malczewskim. Alfred uwielbiał dziewczynkę i nawet nie dopuszczał do siebie myśli, że rodzice małej kiedyś mogą się o nią upomnieć, choć oczywiście nie życzył im śmierci. Był rozdarty, bo jednocześnie pragnął przecież, żeby gdzieś się ulotnili i nigdy nie chcieli odzyskać dziecka. Co do tego ulotnienia się mógł być blisko, bo przecież było już wiadomo co nieco o Auschwitz-Birkenau i metodach eksterminacji wysyłanych tam ludzi, głównie Żydów. O rodzicach Tosi niczego nie wiedziano, ale nie można było wykluczyć tego, że znaleźli się w Oświęcimiu.

Ostanieccy starali się stworzyć dziewczynce ciepły, spokojny dom i, o dziwo, mimo wojny jakoś im się to udawało. Malutka była zadbana, dobrze odżywiona – po trosze dzięki sklepowi spożywczemu, który – choć oficjalnie zamknięty, „od tyłu" działał, dla swoich. Zadbali o to państwo Tarnowscy, nie czekając, aż ktoś udzieli im jakiegokolwiek pełnomocnictwa. Pani Stefania miała rodzinę pod Grójcem, a poza tym istniał przecież Kercelak. Więc podstawowe artykuły spożywcze były dostępne dla mieszkańców Kruczej 46.

Pan Mieczysław już nawet się nie złościł, że żona zajmuje się szmuglem i jeździ tam i z powrotem do tego Grójca. Wręcz przeciwnie, był z niej dumny, choć bał się oczywiście.

– Chcesz jeść? – zadawała mu retoryczne pytanie. – Wszyscy chcą. I trzeba sobie jakoś radzić, nie?

Nie umiał odmówić jej racji.

Gdyby nie szmuglerzy, znaczna część ludności stolicy zapewne nie przetrwałaby wojny. Być może dotyczyłoby to także części mieszkańców domu, gdzie – między innymi – mieszkała mała Tosia z rodzicami. Z tymi rodzicami, których obecnie miała. I którzy mieli nadzieję, że pozostaną nimi do końca życia. Oby jak najdłuższego.

*

Przed kamienicą przy Kruczej 46 przechadzał się powoli patrol niemiecki. Zza rogu Nowogrodzkiej wyszedł ktoś pośpiesznym krokiem i na widok żandarmów odwrócił się i zaczął uciekać. Jeden z nich szybkim ruchem uniósł broń i strzelił do uciekającego. Biedak upadł na twarz i znieruchomiał. Niemcy podeszli do trupa i kopniakami odwrócili go na plecy. Wpatrywał się w nich nieruchomymi oczami i z całą pewnością nie mógł już wyjawić powodu swojej paniki. Nie żył. Choć ów powód i tak był oczywisty. Opaska z gwiazdą Dawida i litera J na piersi.

Jeden z Niemców sięgnął do kieszeni zabitego i wyjął znajdujące się tam dokumenty. Obejrzał je, pokazał drugiemu, a potem obydwaj skierowali się do bramy Kruczej 46.

Zamiatający chodnik pan Tarnowski, niemy świadek tego wydarzenia, podążył za nimi, podejrzewając najgorsze. I rzeczywiście – Niemcy skierowali się na pierwsze piętro, do sąsiadującego z mieszkaniem mecenasa Malczewskiego lokalu opatrzonego tabliczką „Johann Schmied". Otóż właściciel tego mieszkania – kiedyś Jan

Kowal, obecnie też, tyle, że po niemiecku jak na dobrego folksdojcza przystało – nie wiedział nawet, że ma współlokatorów. Mieczysław Tarnowski, do którego obowiązków należało między innymi prowadzenie księgi meldunkowej, meldował u Johanna Schmieda zbiegłych z getta Żydów. Pan Mieczysław miał wiele kontaktów i gorliwie działał w konspiracji. W mieszkaniu Tarnowskich było mnóstwo rozmaitych dokumentów, fałszywych oczywiście, ale tak świetnie podrobionych, że praktycznie nie do odróżnienia. Były ukryte w najrozmaitszych miejscach, w książkach na półkach, w słoikach z żywnością, na półkach w szafie z pościelą. W schowkach, które niestety, Niemcy znali już doskonale. A kenkarty i ausweisy leżały poutykane pod tapetą w przedpokoju.

Żandarmi najpierw wpadli do mieszkania folksdojcza i nie czekając na wyjaśnienia, stłukli go na miazgę kolbami schmeisserów. Dopiero gdy już prawie nie mógł się ruszać, pokazali mu ausweis zastrzelonego przed domem Żyda, zameldowanego – według tego dokumentu – w tym właśnie mieszkaniu.

Johann Schmied miał powybijane zęby i mówienie sprawiało mu wielką trudność. Jednak walczył o życie, więc w końcu zdołał wytłumaczyć, że to jakiś wielki szwindel, a on sam jest dobrym folksdojczem i nigdy nikt, poza nim, w jego mieszkaniu nie mieszkał.

Cóż, w tej sytuacji patrol skierował się do mieszkania administratora. Pan Mieczysław może by sobie poradził, bo świetnie znał język niemiecki i miał głowę nie od parady. Ale, niestety, jego żona w nieodpowiednim momencie rzuciła spłoszone spojrzenie na drzwiczki pieca, nieużywanego przecież, bo był schyłek lata. Żandarmi zajrzeli tam, znaleźli część fałszywych dokumentów – a później już systematycznie przeszukali mieszkanie. To, co znaleźli, wprawiło ich w osłupienie. Stłukli i pana Mieczysława, i panią Stefanię, włożyli znalezione papiery do kubła ze śmieciami, z którego wytrząsnęli najpierw śmieci na środek kuchni, i wymaszerowali z mieszkania, popychając Tarnowskich przed sobą. Pan Mieczysław potknął się w bramie i zrobił dwa szybkie kroki w przód, wymachując rękami, by się nie przewrócić. Jeden z Niemców, zdenerwowany całym zajściem strzelił do zatrzymanego, sądząc, że ten chce uciec. Pani Stefania, widząc, że mąż upadł, a zamiast głowy ma krwawą miazgę, w odruchu bezsilnej rozpaczy rzuciła się z pięściami na żandarma. Padł drugi strzał i w ten sposób Piotrek został sierotą, nawet o tym nie wiedząc.

Mieszkańcy Kruczej 46, wchodząc do domu, znaleźli w bramie dwa trupy; Niemcy po całym zajściu zostawili ciała obojga Tarnowskich tam, gdzie upadli. Pod wieczór lokatorzy kamienicy, pod przewodnictwem mecenasa Malczewskiego i Alfreda Ostanieckiego, wykopali następny grób na podwórku, obok grobów mieszkańców, którzy zginęli pod gruzami zbombardowanej części domu. I obok grobu Effi von Alpine Valley.

Lokatorzy opłakali nie tylko sąsiadów, wiedzieli także, że skończyły się dodatkowe deputaty żywności. Sklep Dawida Szelenbauma znowu przestał działać, tym razem już nawet od tyłu.

*

Piotr Tarnowski, a właściwie Tadeusz Barski, od kilku dni mieszkał u ciotki przy Dobrej. Pani Adela była zadowolona z towarzystwa, mówiła, że raźniej się czuje, gdy w domu jest mężczyzna. Piotr, już prawie siedemnastolatek, istotnie bardziej przypominał mężczyznę niż chłopca. Wysoki, dobrze zbudowany i przystojny, miał miłe rysy, brązowe oczy i lekko zadarty nos, a kilka piegów, które były przekleństwem ich właściciela, dodawało mu uroku, o czym – na razie – nie miał pojęcia. Gęste, ciemnobrązowe, a właściwie kasztanowe, lekko falujące włosy były zawsze potargane, jakby żaden grzebień nie mógł dać im rady – a tak naprawdę to Piotr rzadko używał grzebienia, przegarniał włosy palcami i uważał, że już jest uczesany.

Jeździł codziennie na Okęcie, gdzie pracował przy konserwacji silników lotniczych. Radził sobie doskonale, do czego przyczynił się ów kurs w warsztatach na Lesznie. W domu, na Kruczej, miał się nie pokazywać przynajmniej przez kilka dni. Ale matka szepnęła mu na ucho, że jutro lub pojutrze zajrzy na Dobrą. Jednak dni mijały, a pani Stefania się nie pokazała i chłopak zaczął się niepokoić.

W niedzielę wybrał się więc sam do rodziców. Mieszkanie zastał otwarte, a gdy wszedł do środka i ujrzał niesamowity bałagan, pozrywane tapety, porozrzucane słoiki, powysypywane z nich jedzenie i śmieci na środku kuchni, serce podeszło mu do gardła. Nikogo z mieszkańców, nawet Brylka, nie było w domu.

Wybiegł w te pędy z mieszkania, stanął na środku podwórza i nie wiedział, co robić. W końcu ruszył szybkim krokiem do kamienicy naprzeciwko, do pana Jóźka.

Dowiedział się wszystkiego. Pan Józiek powiedział mu także, że pewien ich znajomy z organizacji, zatrudniony w Arbeitsamcie Jan Frankowski, już pracuje nad tym, żeby akta Piotra Tarnowskiego – to jest cała historia z niepodjęciem wyznaczonej pracy – wyparowały. Wtedy Piotrek będzie mógł wrócić do swojego nazwiska i swojego mieszkania. Choć z tym mieszkaniem jeszcze trochę trzeba będzie się wstrzymać.

Piotr podziękował i wrócił na podwórko. Postał niepewnie przy świeżym kopczyku ziemi, na którym jednak nie było żadnej tabliczki, tylko ktoś położył tam dwie brzozowe gałązki, tworzące krzyż. Zdecydował się nagle i wbiegł na pierwsze piętro, a tam zapukał do drzwi mecenasa Malczewskiego. Ten potwierdził przypuszczenia chłopca co do miejsca pochówku jego rodziców, opowiedział też ze szczegółami wszystko, co wiedzieli mieszkańcy kamienicy o całym zajściu.

– Ale ciebie, drogi chłopcze, też szukają – powiedział pan Wacław. – Nie zgłosiłeś się na miejsce zbiórki. Nie, chyba uciekłeś z transportu. No, o coś takiego chodzi. Byli tu granatowi i wypytywali ludzi. Więc może na razie zostań tam, gdzie teraz jesteś – poradził chłopakowi.

Piotr tak zrobił. W mieszkaniu nie było nic cennego. Przekazał tylko panu Malczewskiemu różne duplikaty kluczy, przechowywane przez ojca: od sklepów, pomieszczeń po starej pralni, strychów, piwnic, niezamieszkanych suteryn. I wrócił na Dobrą.

– Aha – dodał jeszcze pan mecenas. – Ten wasz pies błąka się tu i tam całkiem zdezorientowany. Ludzie dają mu trochę jeść, ale wiesz, czasy przecież takie, że nikt nie ma za dużo. Poczekaj parę chwil, on zaraz tu przybiegnie. Mam wrażenie, że sprawdza wszystkie ulice i szuka kogoś z was. Chociaż chyba przeczuwa, że stało się coś złego, bo gdy wraca tu na podwórze, waruje obok grobu całą noc.

Piotr został więc i rzeczywiście się doczekał. Nie wiadomo, kto – chłopak czy Brylek – był bardziej ucieszony. Pies powędrował ze swoim – teraz jedynym – panem, do nowego domu, na Dobrą.

Tak rozpoczęła się zmiana składu stada Brylka.

*

A na Dobrej, u pani Adeli, zamieszkał jeszcze jeden sublokator. A właściwie – sublokatorka. Pani Karlicka miała duże pięciopokojowe mieszkanie, ze sporą kuchnią. Dotąd mieszkała sama, toteż przygarnięcie kogoś nie stanowiło dla niej żadnego problemu. Piotr przez parę dni nawet nie wiedział, że w mieszkaniu – poza nim i ciocią oczywiście – nocuje jeszcze ktoś. Bardzo się więc zdziwił, gdy pewnego dnia, po powrocie z Okęcia, dosłownie wpadł na kogoś w przedpokoju. Na dodatek… przecież on znał tego kogoś!

– Dzień dobry, pani… – chciał się przywitać, ale został uciszony psyknięciem.

– Ciii! – Młoda kobieta przyłożyła palec do ust. – Nie wymieniamy żadnych nazwisk z przeszłości. Jestem Maddy Raven, możesz mi mówić Maddy.

– Rozumiem – odrzekł Piotr, obecnie też nie Piotr, tylko… – Tadeusz Barski, możesz mi mówić Tadzik.

Rozdział 9

1944

Weronika Ostaniecka patrzyła z uśmiechem na pana Jóźka z kamienicy naprzeciwko. Przychodził często na Kruczą 46, najpierw do Mieczysława Tarnowskiego, teraz spotykał się z Witoldem, synem mecenasa Malczewskiego. Trochę to było dziwne, bo Witold – wprawdzie wspólnik ojca w kancelarii – mieszkał przecież przy Żurawiej, we własnym mieszkaniu, z żoną Heleną i synkiem Bogusiem. Obecnie kancelaria nie działała, więc nie musiał w niej siedzieć. Odwiedzał, oczywiście, rodziców i siostry dość często, ale od czasu do czasu przychodził tylko na podwórze, siadał na ławce obok sterty gruzów i czekał na pana Jóźka. Konferowali tam sobie cicho, nie niepokojeni przez nikogo.

Pani Weronika nawet zastanawiała się trochę, czemu ci dwaj nie spotykają się przy Kruczej 47, w domu, gdzie mieszka i pracuje pan Józiek? Dziwiła się jednak tylko tak w cichości ducha, bo w sumie cóż ją to obchodziło.

Teraz sympatyczny gość z Kruczej 47 przykucnął i wdzięczył się do Antosi, zagadując do niej jak do maleństwa, którym powoli właśnie przestawała być. Miała już przeszło cztery lata, nawet cztery i pół, jak sama z dumą ogłaszała, pytana, ile ma lat.

– Ctery i pół – mówiła i dodawała zaraz: – Prawie pięć. – Wystawiała pięć rozczapierzonych paluszków, żeby każdy sam mógł sobie policzyć, ile ma lat.

Owo „ctery" zdarzało jej się jeszcze od czasu do czasu, choć w zasadzie od jakiegoś roku mówiła już całkiem poprawnie. Wymawiała literę r, składnie wypowiadała długie wyrazy i buzia jej się nie zamykała. Była ślicznym dzieckiem, a jej przybranym rodzicom serce rosło, gdy na nią patrzyli. Nie rozmawiali w ogóle o przyszłości, bali się nawet pomyśleć o jakiejś zmianie sytuacji. Czas biegł szybko i dzięki dziecku często zdarzało im się w ogóle zapomnieć o wojnie i wszystkich związanych z nią okropnościach. Ich rodziny jeszcze żadne zło nie dotknęło, poza tymi, które oczywiście dotyczyły wszystkich. Ale właśnie dzięki tej wojnie – jakkolwiek dziwnie by to zabrzmiało – byli tacy szczęśliwi, mając swoją wymarzoną dziewczynkę.

– Pani Weroniko. – Pan Józiek przestał się wdzięczyć do małej i zwrócił się do jej matki, za jaką wśród wszystkich uchodziła, a nawet jeśli ktoś myślał inaczej, zatrzymywał swoje przypuszczenia dla siebie. – A czy pani ma wszystko, co potrzeba?

– Jak to? – nie zrozumiała go.

– No, chciałem powiedzieć, jakieś pieluchy, mleko w proszku dla dziecka, takie tam – tłumaczył jej rozmówca.

– Panie Józiu, co mi pan chce powiedzieć? Jakie pieluchy? Jakie mleko w proszku? – zdziwiła się pani Ostaniecka. – Przecież Tosia to już duża dziewczynka, ona tych rzeczy nie potrzebuje.

– E, no tak, ja tylko tak… całuję rączki – i uciekł.

Pani Weronika powtórzyła wieczorem tę dziwną rozmowę mężowi i wspólnie głowili się, o cóż mogło chodzić. W końcu doszli do wniosku, że pan Józiek pytał chyba tak z ogólnej życzliwości i przestali się nad tym zastanawiać.

A tymczasem atmosfera w mieście zaczęła się zmieniać. Niemcy jakby spokornieli, warszawiacy wręcz odwrotnie. Już w lipcu prawie wszyscy czekali na owo „coś", choć niewielu wiedziało „co". Na ulicach wyraźnie zmniejszyła się liczba patroli, z niemieckich urzędów wywożono, co tylko się dało, nawet meble. W kilkudziesięciu punktach Warszawy gromadzono zapasy piasku i szykowano zbiorniki wody. Pojawiały się różne, często sprzeczne odezwy, gazetki i biuletyny informacyjne.

Mecenas Malczewski przekazał mieszkańcom kamienicy zaskakującą wiadomość.

– Był zamach na życie Hitlera – opowiadał o tym, co usłyszał od syna. – Szkoda tylko wielka, że temu von Stauffenbergowi się nie udało – mówił do pana Alfreda Ostanieckiego, z którym przysiedli sobie na ławce z prawej strony trzepaka, tuż obok gruzów po zburzonej części domu. Trzepak niezmiennie stanowił centrum życia mieszkańców Kruczej 46.

– Wiem, wiem. – Pan Alfred pokiwał głową. – Sam widziałem wielu rozentuzjazmowanych warszawiaków. Ludzie gromadzą się na chodnikach i z ogromną radością obserwują pobite wojska z frontu wschodniego, idące przez Warszawę. I wie pan – mówił dalej – ten nastrój naprawdę się udziela. Sam stałem na chodniku i wiwatowałem jak szalony. I nikt nie myślał, że zaraz będzie jakaś łapanka czy też przyjadą żandarmi z bronią.

Jak pan myśli, mecenasie kochany – pytał pana Wacława – może zbliża się koniec tego wszystkiego?

– Chciałbym, panie sąsiedzie, chciałbym, żeby tak było. – Mecenasa stać było jedynie na taką odpowiedź, choć rzeczywiście marzył, by przypuszczenie pana Alfreda okazało się słuszne. Jednak jego marzenia raczej nie miały wpływu na bieg historii, która toczyła się tak, jak gdzieś tam w górze ją zaplanowano. Lecz w istocie, trwający od pięciu lat koszmar miał jeszcze potrwać tylko kilka miesięcy. Ale jakże brzemiennych w skutki...

Pod koniec lipca zaczęło się coś dziać. Od soboty dwudziestego dziewiątego lipca do poniedziałku trzydziestego pierwszego Alejami Jerozolimskimi w stronę Pragi przetaczała się kolumna hitlerowskich czołgów. Na Kruczej 46 drżały wszystkie okna, najbardziej w mieszkaniach po stronie północnej, wychodzących właśnie na Aleje. Nad miastem pojawiało się coraz więcej samolotów. Na murach pokazały się odezwy, wzywające do walk z Niemcami, podobne wezwania słychać też było na falach radiowych. Zwykli mieszkańcy – ot, na przykład tacy jak państwo Ostanieccy – nie wiedzieli, co o tym wszystkim myśleć. Wyraźnie coś wisiało w powietrzu, ale co się działo, nie wiedzieli. Denerwowali się więc bardzo, z niepokojem oczekując każdego następnego dnia.

*

Piotr Tarnowski nie był już Tadeuszem Barskim, bo pan Frankowski z Arbeitsamtu skrzętnie usunął wszystkie dokumenty dotyczące niesubordynacji i poszukiwań chłopaka i ten mógł wrócić do swojego nazwiska. Otrzymał też uaktualnione dokumenty, a papiery Tadeusza Barskiego zniszczono. Jednak na razie nie mieszkał na Kruczej, przestał tylko pracować na Okęciu i przeniósł się do elektrowni na Powiślu. Konserwował napędy w wielkich piecach.

W ubiegłym roku, kilka dni po tym, jak zamieszkał u ciotki, jeszcze jako Tadeusz Barski, starszy od niego o trzy lata kolega z Dobrej 11, Andrzej Domański, zaproponował mu wstąpienie do Armii Krajowej. Znali się jeszcze sprzed wojny, bo Piotr często bywał u ciotki.

– Wiesz – mówił teraz Andrzej – ja już jestem w AK od przeszło roku. Wciągnął mnie twój ojciec. Myślę, że chciałby, żebyś w pewnym stopniu zajął jego miejsce. Kiedyś mi powiedział, że czeka, aż skończysz szesnaście lat.

– Skończyłem w styczniu – szepnął Piotr, myśląc ze smutkiem o śmierci rodziców. – Będę dumny, jeśli mnie przyjmą.

W niecały miesiąc po tej rozmowie bezgranicznie przejęty Piotr Tarnowski (jeszcze wówczas Tadeusz Barski) został zaproszony do mieszkania państwa Domańskich – ojciec Andrzeja przepadł „gdzieś na wojnie", matka działała w organizacjach podziemnych (w Służbie Zwycięstwa Polski, potem w Związku Walki Zbrojnej i ostatecznie w Armii Krajowej). Mieszkanie Domańskich było jednym z wielu punktów w Warszawie, gdzie spotykali się członkowie AK i ich dowódcy. Poza Andrzejem i jego matką, dziś było tu jeszcze trzech nie mniej od Piotra przejętych młodych ludzi oraz pewien szczupły, wręcz żylasty mężczyzna, który patrzył teraz na nich z uśmiechem.

– Jestem Wacław Wrzesiński – przedstawił się. – Do przysięgi stań! – zakomenderował, a cała stojąca na baczność czwórka wyrecytowała, powtarzając za nim:

– „W obliczu Boga Wszechmogącego i Najświętszej Maryi Panny, Królowej Korony Polskiej, kładę swe ręce na ten Święty Krzyż, znak Męki i Zbawienia, i przysięgam być wiernym Ojczyźnie mej, Rzeczypospolitej Polskiej, stać nieugięcie na straży Jej honoru i o wyzwolenie Jej z niewoli walczyć ze wszystkich sił – aż do ofiary życia mego. Prezydentowi Rzeczypospolitej Polskiej i rozkazom Naczelnego Wodza oraz wyznaczonemu przezeń Dowódcy Armii Krajowej będę bezwzględnie posłuszny, a tajemnicy niezłomnie dochowam, cokolwiek by mnie spotkać miało. Tak mi dopomóż Bóg".

Dowódca ścisnął mocniej krzyż, zdjęty ze ściany przez panią Domańską, i kierując się do wszystkich, odpowiedział:

– Przyjmuję was w szeregi Armii Polskiej, walczącej z wrogiem w konspiracji o wyzwolenie Ojczyzny. Waszym obowiązkiem będzie walczyć z bronią w ręku. Zwycięstwo będzie waszą nagrodą. Zdrada karana jest śmiercią.

– A to moja łączniczka, Dziewanna – dodał. Z drugiego pokoju wyszła Maddy Raven i mrugnęła porozumiewawczo do oszołomionego Piotra. – Wszystkie polecenia będziecie otrzymywać za jej pośrednictwem, dopóki nie zmienię systemu komunikacji.

I już go nie było.

Dla Piotra było to wielkie przeżycie. Przyjął pseudonim Chaber, każdy miał wybrać nazwę jakiegoś kwiatu polnego, tak im polecił dowódca.

Od momentu przysięgi aż do lipca 1944 roku Piotr – i inni młodzi ludzie z jego grupy – brali udział w szkoleniach, czytali „Podręcznik Dowódcy Plutonu" (PDP) i dość często ćwiczyli w lasach Puszczy Kampinoskiej zwykłą musztrę wojskową, a przede wszystkim strzelanie.

Współlokatorki prawie w ogóle nie widywał, nawet kiedyś zapytał o nią ciotkę.

– O nic mnie nie pytaj. Przecież albo nie wiem, albo nie mogę powiedzieć. – Pani Adela wzruszyła ramionami, a Piotr się zawstydził. Rzeczywiście, sam powinien wiedzieć, że teraz najlepiej o nic nie pytać.

Od ostatnich dni lipca oczekiwali w punkcie zbornym przy Dobrej 11, w mieszkaniu Domańskich, na dokładne określenie godziny „W", na rozkaz uderzenia. Cała ich sześcioosobowa grupa zebrała się tutaj, gdy tylko ogłoszono pogotowie, o czym dowiadywali się jeden od drugiego, mieli przecież ze sobą stały kontakt, mieszkali wszyscy obok siebie, na Powiślu. Byli bardzo dumni ze swojego uzbrojenia; mieli dwa pistolety, visa i FM, a także KBK z Radomia i aż osiem granatów, dwa oryginalne, niemieckie, i sześć składanych filipinek, raczej zaczepnych niż obronnych.

Czekali w tym mieszkaniu kilka dni, wszyscy spali w jednym pokoju – Piotr też, chociaż mógł przecież iść do ciotki – na podłodze, na prowizorycznych posłaniach przygotowanych przez panią Domańską. Wreszcie doczekali się meldunku przyniesionego przez Dziewannę.

Rozkaz „Montera", wydany podległym sobie dowódcom, po otrzymaniu decyzji od generała Bora, brzmiał:

ALARM – do rąk własnych! Dnia 31.7. g. 19. Nakazuję „W" dnia 1.8. g. 17.00. Adres m.p. Okręgu: Jasna 22 m. 20 czynny od g. „W". Otrzymanie rozkazu natychmiast kwitować. (-) „X"*.

Dotarł do adresatów w godzinach rannych 1 sierpnia.
Piotr wyruszył na wojnę.

Brylek został u ciotki i w dalszym ciągu zapewne biegał na Kruczą szukać pana. Niestety, nie znalazł, jak już wiadomo, a na dodatek zapodział mu się jeszcze gdzieś jego drugi, młodszy pan. Piotr bowiem wrócił do domu... pod koniec 1945 roku.
Stado Brylka kurczyło się coraz bardziej.

*

W pierwszych dniach powstania Niemcy bardzo silnie osadzili się w gmachu Banku Gospodarstwa Krajowego, w hotelu „Polonia" oraz na Dworcu Głównym. Strzelali z tych miejsc, rażąc ludzi ogniem z karabinów maszynowych. Przejście przez Aleje Jerozolimskie stało się praktycznie niemożliwe.
Dla obu stron sprawą szczególnie ważną było utrzymanie tej arterii, najkrótszej drogi transportów przez most Poniatowskiego, trwały więc dramatyczne walki o Aleje. Niemcy rozpoczęli ataki czołgami, rzucając z nich granaty i pociski.

* Za książką Władysława Bartoszewskiego „1859 dni Warszawy" wyd. Znak, Kraków 1974.

Na Kruczej 46 ogłoszono front gotowości – trzeba pomóc w budowie barykady, która pokrzyżuje choć trochę szyki nieprzyjacielowi.

Pan Józiek odwiedził mecenasa Malczewskiego, a ten wraz z żoną oraz służącą obiegli wszystkie mieszkania.

– Kto żyw, niech się stawia – zarządzono.

Mieli przegrodzić Aleje Jerozolimskie jak najmocniejszą barykadą i zrobić w miarę bezpieczne przejście między północną a południową częścią miasta.

Do wykonania rozkazu wyznaczeni zostali oczywiście żołnierze-powstańcy, lecz o pomoc poproszono także ludność cywilną. Mieszkańcy okolicznych domów nosili worki z piaskiem i kładli je w poprzek ulicy. Sterta worków rosła dość szybko, jej układanie zaczęło się w nocy. Następnego dnia niemieckie czołgi rozbiły wszystko w proch i kolejnej nocy musiano zaczynać od nowa. Ale ludzie byli nieustępliwi, do pracy włączyły się nawet dzieci i osoby starsze. Dreptali z tymi workami z obu stron, jak pracowite i nieustępliwe mrówki. I jak mrówki parli do przodu, nie zważając na niebezpieczeństwo. Postawili na swoim. Worków było dużo; piasek wylatujący dziurami zrobionymi przez niemieckie granaty mrówki wsypywały nocą w nowe worki i barykada rosła. Oczywiście piasek stanowił tylko umocnienie, do worków dokładano wszystko, co komu tylko wpadło w rękę. Kamienie, połamane meble, większe kawałki gruzu, pokrywy od metalowych beczek, także same beczki.

– Dawaj teraz ten duży kawał. – Od bramy Kruczej 46 ustawił się łańcuszek mieszkańców i podawali sobie z rąk do rąk kawałki gruzu leżącego na podwórzu od 1941 roku. Pracą kierował pan Alfred, a pomagał każdy, kto tylko mógł się ruszać.

106

I barykada rosła, rosła, znalazł się tam nawet przewrócony do góry kołami wóz konny. Drzwi, kawałki balkonów, żeliwne garnki i patelnie. Co tylko udało się zdobyć, byle więcej, byle mocniej, byle bezpieczniej. W końcu ją ukończono. Stanęła i skutecznie powstrzymywała Niemców.

Od Kruczej poprzez Aleje, wzdłuż szańca zrobiono wykop głęboki o tyle, o ile pozwalała infrastruktura, dzięki czemu przejście przez Aleje stało się bezpieczniejsze, idącym tamtędy ludziom nie groziła już broń maszynowa. Spustoszenia czyniły jednak granatniki.

Od granatu zginął, niestety, jeden z najmłodszych lokatorów kamienicy przy Kruczej 46, jedenastoletni Grzesio Korycki, mieszkający z rodzicami w suterynie od wschodu. Był jednym z dzielnych chłopców, którzy tworzyli harcerską pocztę powstańczą. Rodzice nie mogli utrzymać go w domu – i choć trzęśli się o jego bezpieczeństwo, w duchu byli z syna bardzo dumni.

– Wie pan, panie mecenasie – w przeddzień tej tragedii pan Korycki przystanął na chwilę z sąsiadem w bramie domu – ten mój knypek ledwo od ziemi odrósł, a chce walczyć! Tak mi powiedział. I biega, nosi jakieś meldunki, a my z żoną umieramy ze strachu. Dobrze chociaż, że jest ten wykop wzdłuż barykady, takiego malca w ogóle stamtąd nie widać.

Nie było go widać, to prawda, ale Niemcy i tak nie patrzyli, gdzie walą z tych swoich wyrzutni. Granaty latały dość często i jeden z nich trafił Grzesia.

Rozpaczali wszyscy mieszkańcy Kruczej 46, a na podwórku przybył nowy kopczyk z brzozowym krzyżem.

Zapas brzozowych polan był w piwnicy. Zostało ich jeszcze sporo...

Sama barykada przetrwała do końca, walkę o Aleje Jerozolimskie wygrali powstańcy. Nie przywróciło to życia tym, którzy zginęli, ale najprawdopodobniej ocaliło życie wielu innym.

*

Mecenasostwo Wacław i Izabella Malczewscy bardzo martwili się o dzieci. Najbardziej o Witolda, którego nie widzieli od wybuchu walk, a właściwie nawet nie było go w domu już trzy dni przed pierwszym sierpnia. Codziennie modlili się, aby syn wrócił cały i zdrowy, ale to wszystko, co mogli zrobić. Modlili się też o życie Zosi, która również zniknęła z domu. Ktoś im powiedział, że jest łączniczką, mieli więc nadzieję, że córka wpadnie do domu chociaż na chwilę jutro, może pojutrze...

Marysia, najmłodsza – przynajmniej ona im została, bo była „tylko" sanitariuszką – opowiadała bez przerwy o wspaniałym, pełnym poświęcenia doktorze Michale, majorze Mostowskim, z którym pracowała w szpitalu powstańczym przy Wspólnej. Mimo że był dopiero szósty dzień powstania, mieli już sporo rannych.

– Tato, mamo, on jest fantastyczny – zachwycała się przejęta Marysia. – Przed wojną był dyrektorem kliniki ortopedycznej w Poznaniu, a w ogóle to ziemianin, właściciel Mostowego Dworu. W sierpniu trzydziestego dziewiątego został powołany do służby czynnej i uczestniczył w walkach. Po klęsce wrześniowej powrócił z ciężko rannymi do Warszawy, pełnił funkcję ordynatora w Szpitalu Ujazdowskim i założył specjalistyczną przychodnię dla inwalidów wojennych. Teraz pracuje z nami przy Wspólnej... – Widać było, że doktor Mostowski podbił serce Marysi. I, zdaje się, z wzajemnością... a przynajmniej tak wynikało z opowieści najmłodszej Malczewskiej.

– A wiesz, Marysiu – przypomniał sobie pan Wacław – słyszałem już to nazwisko. Od kogo? – zastanawiał się głośno. – Wiem, już wiem – twarz mu się rozjaśniła – doktor Kornblum mi mówił. Opowiadał o jakimś wspaniałym lekarzu ortopedzie, który zorganizował lecznicę dla rannych przy Szpitalu Ujazdowskim. Pan Szymon pracował tam z nim, zanim... hm, zanim zniknął.

*

Kilka dni po wybuchu powstania do mieszkania mecenasa Malczewskiego ktoś gwałtownie załomotał. Pan Wacław, sądząc, że to ktoś z mieszkańców – sąsiedzi pukali do drzwi, a obcy dzwonili – naturalnie otworzył, nawet nie pytając, kto to. Ujrzał dwóch młodych ludzi w za dużych płaszczach, ściągniętych szerokimi pasami wojskowymi, w beretach zawadiacko przekrzywionych na prawą stronę, z podejrzanie wypchanymi kieszeniami.

– Chłopcy, bójcie się Boga – przestraszył się mecenas. – Przecież tu Niemcy dookoła, a wy tak im pod oczy... – Przerwał na chwilę.

– Proszę się nie bać, chwilowo teren jest czysty – odezwał się wyższy i chyba starszy z nich. – My do pana, podobno to pan ma klucze od magazynu z towarami ze sklepu spożywczego na parterze. Chcemy zarekwirować te zapasy w imieniu Armii Krajowej.

– Ale przecież – zaczął się tłumaczyć pan Wacław – to nie moje, ja tylko... Rozumiem – zreflektował się po chwili. – Chodźcie ze mną, już otwieram.

Powstańcy wzięli tyle, ile mogli udźwignąć. Pan Malczewski, skrupulatny jak to prawnik, poprosił ich o pokwitowanie.

– Rozumiecie, moi drodzy, to nie moja własność, będę musiał później się ze wszystkiego rozliczyć.

Młodzi ludzie uśmiechnęli się do siebie, ale skrupulatnie wymienili, ile czego wzięli, i podpisali pokwitowanie. Potem jeszcze wrócili po to, czego nie zdołali zabrać za pierwszym razem, uzupełniając na pokwitowaniu wykaz zarekwirowanych artykułów.

Pokwitowanie spoczęło w sejfie pana Malczewskiego. W sejfie, który przetrwał całą wojnę i przeżył swojego właściciela. Niestety, okazało się, że nigdy nikomu nie było potrzebne. Ale mecenas chciał mieć nadzieję, że się przyda.

*

Piotr, a właściwie nie Piotr, tylko Chaber i cała jego grupa zostali skierowani do budynku Związku Nauczycielstwa Polskiego na Smulikowskiego, gdzie mieściło się dowództwo ich jednostki. Tam otrzymali dowódcę, został nim porucznik Włodawa.

Pierwszymi działaniami, w których brał udział Chaber, były walki na Wybrzeżu Kościuszkowskim, przy Akademii Sztuk Pięknych. Wszędzie wokół znajdowali się Niemcy, byli w ogródku jordanowskim i w siedzibie

Związku Zawodowego Kolejarzy. Naprzeciwko ulokowali się powstańcy. I tak strzelali jedni do drugich, wybuchały granaty, byli ranni i zabici. Chaber tak właśnie postrzegał te pierwsze godziny swojej wojny. Jeszcze nie dotarło do niego, że to wszystko dzieje się naprawdę, choć słyszał jęki, widział padających kolegów i czuł dookoła swąd prochu. Ruiny nie robiły już na nikim wrażenia, do gruzów przez te wszystkie lata już się przyzwyczaili. Zresztą Powiśle i tak było mniej zniszczone niż na przykład ścisłe Śródmieście – Krucza, Marszałkowska, Świętokrzyska...

Ludność cywilna całe dnie przesiadywała w piwnicach, warszawiacy bali się wychodzić, walki toczyły się bez przerwy. Gdzie spojrzeć, na ulicach leżały sterty cegieł, fragmenty obłupanego tynku, kawałki potrzaskanego szkła, rozwalonych ścian; pod nogami walały się porozbijane meble i ciała – lub szczątki ciał – zabitych żołnierzy, powstańców i osób cywilnych. Zewsząd dochodziły zawodzenia, krzyki bólu, rozpaczy, słowa modlitwy.

– Nie mogę już słuchać tych jęków i szlochów – złościł się Jaskier, kolega Chabra. – Od razu ja też mam ochotę wyć i rwać sobie włosy z głowy.

– Czasami mam wrażenie, że to wszystko tylko nam się śni – dodał Mak, brat Jaskra. – Zamykam oczy i widzę łąkę w Trzylasku, rodzinnej wsi naszych rodziców. Spędzaliśmy tam wszystkie wakacje – rozmarzył się.

– Tak – podsumował rozmowę Łubin, inny chłopak z ich grupy. – Krowy ryczą podobnie jak na wsi. Tylko zapachy nie te. Przestańcie z tymi wspomnieniami, bo żal serce ściska.

Mieszkańcy Warszawy organizowali się, jak potrafili. W ramach pomocy powstańcom na niektórych podwórkach urządzano zaimprowizowane kuchnie, stały tam kotły i zwykłe garnki na małych rusztowaniach z cegieł. Jako opał służyły porozrzucane po ulicach kawałki mebli, a także książki z okolicznych mieszkań. Czasami w jakiejś piwnicy znalazł się też węgiel i oddawano go na potrzeby takich kuchni.

Niestety, przybywało mogił, a w niektóre dni, szczególnie po nalotach sztukasów, nie nadążano z grzebaniem zabitych.

Siódmego dnia walk zginął dowódca Chabra, porucznik Włodawa. Podczas ataku na niemiecki bunkier przy szpitalu Czerwonego Krzyża porucznik wraz z dwoma młodymi powstańcami zajęli stanowisko w domu naprzeciwko placówki wroga. Mieli granatnik PIAT, doskonały do takiego ataku. Pierwszy strzał był chybiony, wywalił dziurę w chodniku i roztrzaskał część wejścia do szpitala. Za drugim razem Włodawa przesunął się w bok, by zmienić tor pocisku. Wypalił i niestety trafił we framugę okna. Pocisk zrykoszetował i wybuchnął w pokoju, zabijając całą trójkę.

– Rany boskie! – krzyknął Chaber.

Leżeli wraz z Makiem i Łubinem na ulicy, mając za zadanie strzelać do wybiegających ze szpitala Niemców. Zobaczywszy wybuch, Mak zerwał się na równe nogi i nie bacząc na nic, pognał do mieszkania, gdzie wraz z Włodawą był Jaskier, jego starszy brat.

– Wracaj natychmiast! – zawołał Chaber, ale sam siebie nie słyszał, bo w tej chwili nadleciał niemiecki bombowiec, za nim drugi i trzeci, a zaraz potem spadł grad pocisków. Chaber i Łubin zdążyli się wtoczyć między leżące na ulicy betonowe kręgi studzienne, naszykowane chyba przez powstańców do wzmocnienia powstającej obok barykady. Ale Mak nie zdołał już się dowiedzieć, że jego brat zginął wraz z ich dowódcą. Nie dotarł tam, dokąd biegł, zginął parę minut po śmierci Jaskra.

Drużyna Chabra została rozbita w proch. Tych, którzy ocaleli, przydzielono do grupy Swena. Stacjonowali w dalszym ciągu przy Smulikowskiego. Mieli tam nieźle, bo otrzymywali całodniowe jedzenie, które zresztą w większości sami zdobywali.

Pod wiaduktem mostu średnicowego Niemcy urządzili magazyny żywności; obili miejsca między przęsłami deskami i założyli sztaby na prowizoryczne wejścia. Powstańcy zrobili wypad na te magazyny, udany, mimo że po wiadukcie jeździła niemiecka pancerka.

W kilku rajdach powynosili worki z mąką, cukrem, kaszą, makaronem, a najwspanialszą zdobyczą były blaszane puszki smalcu.

*

– Chłopcze! – Ciotka Adela złapała się za głowę na widok Piotra, stojącego w drzwiach. Jej bratanek trzymał pod pachą jakiś blaszany pojemnik. – Co tu robisz? I co to jest? Skąd to masz? – zarzuciła go bezsensownymi pytaniami.

– Ciociu, wszystko w porządku. – Piotr wniósł baryłkę do kuchni i postawił przy oknie. – To zdobyczne, na Niemcach. Zrobiliśmy wypad na magazyny, całe zapasy przenieśliśmy na kwaterę, ale tę jedną puszkę wziąłem dla ciebie. Może jakoś wszyscy święci mi to wybaczą.

Nie martw się o mnie, mam co jeść i, jak widzisz, jestem cały i zdrowy.

Długo jednak cały i zdrowy nie był.

Po walkach o elektrownię, po działaniach w okolicy kościoła Świętego Krzyża, Prudentialu, walkach o PAST-ę, przyszedł bój o uniwersytet.

Niełatwo było strzelać do ludzi; mimo że to wrogowie i chociaż obowiązywała zasada „ja albo on" – gdy Piotr zabił pierwszego Niemca, ciężko to odchorował. Wydawało mu się, że strzela na oślep, a tu nagle, parę metrów przed nim, pędzący ulicą niemiecki żołnierz podskoczył w górę jak drewniana kukiełka pociągana za sznurki – i na oczach osłupiałego Chabra głowa tej kukiełki rozleciała się na krwawe kawałki. Jeden, największy, osłonięty hełmem, upadł Piotrowi prawie pod nos, bo strzelali na leżąco. Chłopak odruchowo przetoczył się na bok, a potem nie zważając na nic, zerwał się na równe nogi, gdyż targały nim torsje. Wymiotował i wymiotował, najpierw tym, co miał w żołądku, następnie już tylko żółcią. Gdy całkiem opadł z sił, zobaczył, że z domu przy Smulikowskiego wybiegają kolejni niemieccy żołnierze. Miał przy sobie dwa zdobyte granaty, rzucił więc obydwa i nie czekając na rezultat, ruszył w drugą stronę, kuląc się przy murze. Widział jednak, jak bezwładne kukiełki znowu wyskakują w górę, a biegnący za nim kolega zawołał:

– Dobra robota, stary!

Piotr przestał mieć jakiekolwiek obiekcje, gdy parę godzin po tym wydarzeniu nadleciały sztukasy i skosiły kolejkę ludzi czekających na chleb przed jeszcze działającą piekarnią. Po wyrzutach sumienia nie zostało już ani śladu, gdy słyszał – on i wszyscy w okolicy

– charakterystyczny ryk nebelwerferów, niemieckich wieloprowadnicowych wyrzutni rakietowych, rozlegający się podczas odpalania pocisków.

– Ryczą jak krowy – mówili ludzie.

Ale te pociski nie były tak nieszkodliwe jak spokojne krowy, tylko śmiertelnie niebezpieczne. Nie dosyć bowiem, że ich odłamki zabijały ludzi i niszczyły wszystko, co nieopancerzone, to jeszcze gwałtowne zmiany ciśnienia powstające w epicentrum wybuchu powodowały pękanie pęcherzyków płucnych i naczyń krwionośnych, wywołując natychmiastową śmierć nawet tych, którzy nie zostali rażeni odłamkami.

Tak więc po usłyszeniu charakterystycznych dźwięków nadlatujących „krów", należało natychmiast szukać schronienia w najbliższej piwnicy. Nie zawsze jednak jakaś piwnica była w pobliżu.

*

Uniwersytet Warszawski został opanowany przez Niemców i powstańcy nie mieli połączenia ze Starówką. Zdecydowano się więc na atak ze wszystkich stron. Ze wszystkich oddziałów wybrano ludzi do walki o uniwersytet. Chaber też miał wziąć udział w tej akcji, co stanowiło dla niego wielkie wyróżnienie.

Strategia została starannie przemyślana przez dowódców powstania, nic jednak nie wyszło tak, jak zaplanowano.

Przed główną bramą uniwersytetu nieprzyjaciele postawili bunkier, a cały teren został szczelnie opasany drutami kolczastymi. Niemcy urządzili sobie stanowiska także w budynkach zniszczonych jeszcze w czasie obrony Warszawy w 1939 roku.

Grupa, w której był Piotr, miała za zadanie zrobić wyłom w zasiekach otaczających uniwersytet. Z domu na Skarpie wybiegli saperzy z materiałami do wysadzenia drucianych zapór. Wydawało się, że wszystko poszło jak należy, zrobił się głośny huk i cały teren otoczyły kłęby dymu. Powstańcy, wśród których był też Chaber, wskoczyli w ten dym – i, niestety, okazało się, że zasieki przetrwały. Chłopcy wpadali więc na druty, zaplątywali się w nie, a Niemcy strzelali ze wszystkich stron i rzucali granatami.

Nie można było się przedrzeć.

– Zawracamy! – Chaber usłyszał głos kolegi z oddziału.

– Rozumiem! – odkrzyknął i powoli uniósł się z ziemi, aby się wycofać. Ten ruch ocalił mu życie, w tym momencie bowiem nieopodal wybuchł granat i jeden z odłamków wbił się Piotrowi w płuco, mijając od góry serce, i utknął po lewej stronie klatki piersiowej. Chłopak upadł, a wtedy został jeszcze postrzelony, kula trafiła go – znowu szczęśliwie – w kość skroniową, o centymetry omijając oko.

Chaber wyglądał tragicznie. Krew lała mu się z głowy, pluł krwią z rany w płucach. Osłabiony i oszołomiony nie dałby sobie rady, gdyby nie Łubin, towarzyszący mu w tej akcji. Pomógł rannemu koledze doczołgać się pod dom, z którego wyruszyli, bo Piotr nie miał już siły, żeby się podnieść. Z domu wybiegł sanitariusz i nie zważając na to, że Niemcy cały czas strzelali, wraz z Łubinem podali Chabra, trzymając go nogami do góry, wychylonym z okna dziewczynom, łączniczce i sanitariuszce.

Dziewczyny złapały rannego, ale nie miały dość sił, żeby go wciągnąć – podnosiły go, a po chwili opadał, stukając hełmem o chodnik pod oknem. Dopiero gdy do mieszkania wpadli Łubin z sanitariuszem, połączonymi siłami udało im się wciągnąć do środka nieprzytomnego Chabra. Kiedy posadzili go do pod ścianą, z hełmu wylała się krew, cieknąca z rany na głowie podczas tego „transportu powietrznego". Wyglądało to makabrycznie, ranny jednak żył.

– Nieee – wykrztusił z trudem Piotr, odzyskując przytomność, gdy ujrzał przed sobą sanitariuszkę z wielką strzykawką. Mogli do niego strzelać, rzucać granatami, ale zastrzyków bał się panicznie.

– Nie ma... artw się, bra-cie – wystękał inny ranny powstaniec, siedzący pod tą samą ścianą. – Nie de... ner... wuj... sięęę. U ciebie już jest po zas-trzy-ku. Teeraz moja kolej. – Zbladł.

Piotr pomyślał, że czasami dobrze stracić przytomność.

Ot, dzielne chłopaki.

Chabra i innych rannych zabrano do szpitala polowego przy Konopczyńskiego. Piotr uprosił jedną z sanitariuszek, żeby ktoś powiadomił ciocię Adelę, że został ranny i jest w szpitalu. Ciotka przyszła następnego dnia.

– Oj, chłopcze drogi, jakie to wszystko brudne. – Pani Adela wiedziała już, że bratanek przeżyje i teraz wydawało się, że najbardziej martwi ją widok jego ubrania, istotnie bardzo zakrwawionego. Zielona bluza straciła całkiem swój prawdziwy kolor, stała się brunatna. Spodnie nie wyglądały dużo lepiej. – Zabiorę to wszystko, wypiorę i jak tylko wyschnie, przyniosę ci z powrotem.

Nie zdążyła jednak odnieść ubrania, następnego dnia bowiem szpital zbombardowano. Rannych, którzy przeżyli, przeniesiono do piwnic. Piotr przeleżał tam dzień, ale nie mógł znieść takiej bezradności. Najgorzej było, gdy zaczynał się nalot lub ryczała krowa, a on tkwił uwięziony w tej piwnicy, oczekując, wraz z całą resztą, która ocalała, że zaraz strop zawali im się na głowę. Nie było też nic do jedzenia, wszystko zostało zasypane. W piwnicy uchowały się tylko butelki z czerwonym winem i kartony z cukrem w kostkach. Ranni dostawali więc po kilka kostek wraz z winem do picia – lepsza taka dieta od całkowitego postu.

Następnego dnia ogłoszono, że kto może iść, niech sam spróbuje dotrzeć do innych punktów sanitarnych, byle nie na Powiślu, zapadła bowiem decyzja o oddaniu tej dzielnicy.

Piotr nie miał ubrania, ale chciał już wyjść z tej piwnicy, owinął się więc kocem i w takim stroju jakoś dobrnął Tamką w górę.

– Halo, młodzieńcze! – usłyszał czyjś głos, ale się nie zatrzymał, nie spodziewając się, że to do niego.

Dostrzegł jednak, że krucha starsza pani kiwa nań energicznie ręką.

– Co się stało z twoim ubraniem? – spytała, a Piotr tylko wzruszył ramionami. – Ach, to przecież nieważne – zreflektowała się. – Chodź ze mną. – Pociągnęła go za sobą, a gdy za nią poszedł do mieszkania, podarowała mu granatowe bryczesy do jazdy konnej, szarą koszulę i granatową marynarkę. Nie wszystko dokładnie pasowało, ale i tak było to lepsze od koca.

Piotr dotarł do szpitala polowego na Wspólnej. Tam zajął się nim doktor Michał Mostowski – okazało się także, że w tym samym szpitalu pracuje jako sanitariuszka

Marysia Malczewska, sąsiadka z Kruczej. Piotr poprosił Marysię o powiadomienie ciotki, która przybiegła następnego dnia z naręczem ubrań i taką ilością jedzenia, że wystarczyło go dla paru rannych.

Doktor Mostowski, po prześwietleniu płuca Piotra, oświadczył, że odłamek utkwił w tkance miękkiej i nie zagraża życiu ani zdrowiu rannego.

– Pacjent musi się teraz wzmocnić i nic mu nie będzie – zakomunikował pani Adeli, gdy ta przyszła następnego dnia, przynosząc cały gar rosołu, którym ponownie posiliło się kilka osób.

Piotr znowu bardzo źle znosił przymusowy odpoczynek w szpitalu. Usłyszał, że nic mu nie będzie, osłabienie mijało i nie mógł już dłużej wytrzymać tego leżenia w łóżku.

Na szczęście następnego dnia przyszedł Łubin.

– Stary! – ucieszył się Piotr. – Skąd wiedziałeś, że tu jestem? – zdziwił się.

– Limba kazała mi przyjść, nawet nie wiedziałem, że po ciebie. – Kolega wzruszył ramionami.

– Limba? – Piotr uniósł brwi, ale po chwili przypomniało mu się, że słyszał kiedyś, jak pan Józiek mówi: „Limba, rączki całuję". W domu – na Dobrej – był wtedy tylko on i ciotka Adela. Więc chyba to całowanie rączek nie było do niego.

Limba... zamyślił się. Przypomniało mu się, jak kilka razy ciotka wysyłała go do punktu Czerwonego Krzyża z jakimiś tajemniczymi paczuszkami. Kiedyś, no cóż, z ciekawości zajrzał do środka. Było tam mydło, tubki pasty do zębów, jakieś leki. No tak, przecież ciotka organizowała wysyłkę paczek dla jeńców, przekazując je przez PCK. Pewnego razu zrozumiał jednak, że to nie są takie zwykłe niewinne paczuszki. Widział przez uchylone drzwi, jak pan Józiek podaje cioci Adeli małe metalowe tutki, a ona wkłada je do przemyślnie otwartego od tyłu opakowania pasty do zębów, a potem zamyka tubę, ściskając ją jakimś malutkim imadłem.

Nie wytrzymał.

– Ciociu? – Wszedł do pokoju. – Przepraszam, ja nie podglądam, szedłem do łazienki, a drzwi są uchylone. Co robicie? Pytam, bo chcę pomóc. Siedzę tylko i czekam na jakiś sygnał, już mnie nosi.

Ciotka spojrzała na pana Józka.

– Cóż, chłopcze – odezwał się jej gość. – Jesteś w organizacji, złożyłeś przysięgę, nie będziesz chyba paplał na lewo i prawo. Wysyłamy za granicę mikrofilmy, rozumiesz? Biuletyny informacyjne i różne zdjęcia. Owszem, możesz pomóc, zawijaj te tubki, będzie prędzej.

Teraz Piotr wiedział, kto to Limba. I przekonywał się z dnia na dzień, że to nie jakiś szeregowy pionek w organizacji. Był dumny.

Łubin zabrał Chabra ze szpitala i powędrowali na Noakowskiego, do swojej kwatery. Nagle gdzieś w pobliżu rozległ się wielki huk, tak straszliwy, że wszyscy zostali ogłuszeni i przez kilka dni nic nie słyszeli. Ze stojącej obok kamienicy opadł tynk, odsłaniając czerwone cegły. Wyleciały też prawie wszystkie szyby, raniąc odłamkami szkła tych, którzy akurat znajdowali się pod tym domem.

To eksplodował Goliat, wypuszczony przez Niemców z politechniki. Wybuchł przed barykadą na Noakowskiego, nie czyniąc nikomu żadnej krzywdy ani nie robiąc wyłomu.

– Potknął się – zażartował Łubin. – Popatrz na tego biedaka, potknął się o narożnik!

Rzeczywiście, Goliatowi nie udało się sforsować narożnika i ładunek eksplodował przed barykadą.

Trwały walki pod politechniką. Ludność cywilna zaczynała już powoli mieć dość tego wszystkiego, tych ciągłych walk i siedzenia w piwnicach. Piotr do piwnic w ogóle nie schodził, nie mógł patrzeć na tych głodnych ludzi o wrogich i martwych spojrzeniach. A głód był coraz większy.

Warszawiacy oczywiście wspierali powstańców. „Nasi chłopcy – mówili o nich ludzie – nasi bohaterowie". Ale niekiedy – szczególnie w przypadkach, gdy w zasypanych gruzami piwnicach ginęły matki z dziećmi, a tym, którzy spod tych gruzów wyszli, głód skręcał kiszki do tego stopnia, że byliby gotowi zjeść nawet własnego kota, gdyby nie to, że okoliczne koty zostały już dawno zjedzone – zwykli, udręczeni, poszarzali na twarzach ludzie patrzyli na powstańców jak na bezpośrednich sprawców swojej gehenny. Tym bardziej, że coraz wyraźniej było widać, że „nasi chłopcy" nie mają szans na zwycięstwo. A Warszawa coraz bardziej stawała się miastem gruzów, miastem-widmem, w którym, jak duchy, przemykały zmęczone sylwetki o udręczonych twarzach. I w tym mieście-widmie najbardziej cierpieli zwykli mieszkańcy.

Chłopcy z grupy Piotra przyjęli zawieszenie broni – jak pewnie wszyscy powstańcy – z mieszanymi uczuciami.

Żal, rozpacz, ból po stracie bliskich i przyjaciół. Złość z powodu własnej bezradności. Przygnębienie, że to już koniec. Że tyle wysiłku poszło na marne. Że nic więcej nie można zrobić. I w pewnym sensie ulga, że już po wszystkim. Że już nikt z naszych nie zginie, że ja sam nie umrę. Że może niedługo skończy się jednak ta beznadziejna wojna.

I dręcząca, uporczywa myśl – co teraz? Co dalej? Jak długo jeszcze i ile można?

*

W pierwszych dniach Powstania Warszawskiego stan liczebny mieszkańców przy Kruczej 46 zwiększył się o dwie osoby.

Któregoś dnia w drzwiach gabinetu mecenasa pojawiła się jego żona, z jakimś zawiniątkiem w zgięciu ramienia, trzymając za rękę pochlipującą, umorusaną Wiesię, córkę dobrego znajomego Malczewskich, Władysława Wołyńskiego. Dziewczynka mieszkała z rodzicami na Woli. Wołyńscy przyjęli do siebie kuzyna, Staszka Towiańskiego, i jego narzeczoną, gdyż młodzi w wyniku działań wojennych nie mieli gdzie się podziać. Staszek przybył do Warszawy z majątku rodziców na Kujawach, przejętego przez Niemców, którzy zajmując dwór, zabili matkę i ojca chłopaka. Jemu udało się ukryć, przeżył, przyjechał do Warszawy i zatrzymał się u kuzyna. Anna, narzeczona – a następnie żona Staszka – zamieszkała u Wołyńskich, gdy jej dom trafiła bomba, obracając go w kupę gruzu.

Anna Towiańska kilka dni temu urodziła córeczkę. Szóstego dnia powstania dziecko straciło rodziców, których Niemcy wygarnęli z domu przy Elektoralnej 47. Rodzice malutkiej Anusi, bo tak miała na imię dziewczynka, zginęli wraz z dużą grupą ludzi rozstrzelanych przez Niemców przed Szpitalem Zakaźnym imienia Świętego Stanisława przy Wolskiej.

Wiesię i malutką Anusię, które cudem ocalały, znalazł dozorca z ich domu i wypytawszy dziewczynę o jakichś krewnych, przyprowadził ją z dzieckiem na Kruczą, do „wujka Wacława".

Wyjaśnił pani Malczewskiej, co się stało na Elektoralnej. Sam ocalał, bo kiedy Niemcy wyprowadzali mieszkańców kamienicy, jego akurat nie było w mieszkaniu. O tym, co zaszło, opowiadali mu po drodze ludzie z sąsiednich budynków, którzy widzieli wszystko na własne oczy.

Wiesia tej opowieści nie usłyszała, bo pan Karol przezornie poprosił panią Malczewską do drugiego pokoju, co mecenasowa bardzo pochwaliła.

Stała teraz wraz z Wiesią w drzwiach kancelarii pana Wacława, który spoglądał na zawiniątko, trzymane przez żonę.

Pod kocykami coś się poruszało.

– Zosiu – zwróciła się pani Izabella do starszej córki, której właśnie dziś udało się na chwilę wpaść do domu, by uspokoić rodziców, że jest cała i zdrowa – zaprowadź Wiesię do łazienki i przygotuj ciepłą kąpiel. Daj jej też jakieś swoje rzeczy do przebrania – poleciła. – A ty, Jadziu – zwróciła się do służącej, która zaglądała z przedpokoju, ciekawie chłonąc wszystko, co udało jej się usłyszeć – przygotuj gościnny pokój. Wiesia i Anusia będą teraz mieszkały z nami.

Tym jednym zdaniem pani Izabella poinformowała wszystkich, co, a właściwie kto się znajduje w zawiniątku. Malutka zresztą zaczynała dawać o sobie znać, bo po oszołomieniu spacerem z Elektoralnej na Kruczą do głosu doszedł głód, co Anusia właśnie gromko oznajmiała.

Od tej pory więc państwo Malczewscy zyskali jeszcze dwie córki, gdyż było oczywiste, że obie dziewczynki zostaną z nimi już na zawsze.

*

Malutka Antonina skończyła już cztery lata i absolutnie nie miała pojęcia, że wokoło jest wojna. Wszystkie okropności tych okrutnych dni do tej pory na szczęście omijały Ostanieckich i, oczywiście, Tosię. Dziewczynka nie znała żadnej innej rzeczywistości niż obecna. Jej życie rozpoczęło się przecież, gdy w kraju trwała okupacja i gdy jej biologiczni rodzice podjęli najważniejszą decyzję dla całej trójki, a momentu zamiany jednych rodziców na drugich Antosia po prostu nie mogła pamiętać. Niebieskooka i jasnowłosa dziewuszka wyglądała jak aniołek. Była dzieckiem absolutnie szczęśliwym, zadowolonym, rozszczebiotanym i kochanym przez mamę i tatę.

Tosia cieszyła się z tego, co miała, nie tęskniła do czekolady, ciastek, do lalek z porcelanowymi buziami. Po prostu nigdy tego wszystkiego nie widziała.

Potrafiła się bawić lalką z gałganków i starym powycieranym misiem, który kiedyś był ukochaną zabawką jej obecnej mamy.

– Mama, mysio ce buzi. – Przystawiała pluszowego zwierzaczka do twarzy pani Weroniki, a ta posłusznie dawała misiowi buziaka. A zaraz potem córeczce.

I były szczęśliwe, a pan Alfred oczywiście też.

Niedługo przed wybuchem powstania z grona mieszkańców Kruczej 46 ubyła jedna osoba. Pod wieczór na korytarzu przed drzwiami mieszkania Ostanieckich, na pierwszym piętrze, rozległ się stukot butów. Takie odgłosy zazwyczaj nie wróżyły niczego miłego, więc pan Alfred ostrożnie zamknął drzwi od pokoju, w którym spała Antosia, i podszedł cicho do drzwi wejściowych. Stała tam już jego żona. Stukot butów ucichł, lecz po chwili rozległy się strzały. Tylko dwa. Nie z karabinu automatycznego, brzmiały raczej jak strzały z visa lub innego pistoletu. A kiedy huk ucichł, na korytarzu znowu słychać było stukot butów. Gdy tylko odgłos kroków się oddalił, Alfred Ostaniecki ostrożnie uchylił drzwi, choć pani Weronika ciągnęła go za sweter, kręcąc przecząco głową. On jednak chciał wiedzieć, co się dzieje. Ale ujrzał tylko cienie dwóch postaci, zbiegających po schodach. Pan Alfred poczekał chwilę. Drzwi mieszkania naprzeciwko były uchylone i skrzypiały trochę.

Po kilku chwilach uchyliły się także drzwi po lewej stronie, te od mieszkania Malczewskich, i na korytarz wyjrzał mecenas. Pan Alfred skinął głową panu Wacławowi.

– Dobry wieczór, sąsiedzie. Zajrzymy tam? – zaproponował odważnie.

Panu mecenasowi nie pozostało nic innego, jak tylko wyjść zza swoich drzwi. Stanął obok Ostanieckiego i razem podeszli do drzwi prowadzących do mieszkania Jana Kowala.

– Halo! – niezbyt głośno odezwał się mecenas. – Jest tam kto? Sąsiedzie, proszę się odezwać.

Cisza.

– Dobry wieczór! – spróbował pan Alfred. – To my, spod czwórki i piątki.

Cisza.

Spojrzeli na siebie i pchnęli drzwi. Zza ich pleców usiłowała zajrzeć do środka pani Weronika.

– Wracaj do domu – zdenerwował się Ostaniecki. – Dziecka pilnuj!

Poskutkowało, jak każda wzmianka o dziecku, i żona cofnęła się szybko.

A mężczyźni weszli do mieszkania sąsiada. Zaraz po przekroczeniu progu przedpokoju natknęli się na Johanna Schmieda, leżącego na plecach. Miał niewielką dziurę na środku czoła. Krew zabarwiła też koszulę w okolicy serca. Na zwłokach leżał jakiś papier.

Mecenas Malczewski pochylił się.

– Nie żyje, z całą pewnością – stwierdził, niepotrzebnie zresztą. Podniósł kartkę i pokazał ją Alfredowi Ostanieckiemu.

„Z wyroku Rzeczpospolitej, zdrajco" – napisano na niej drukowanymi literami.

Pan Wacław pieczołowicie odłożył kartkę tam, skąd ją wziął, i obydwaj mężczyźni wyszli z mieszkania folksdojcza, zatrzaskując za sobą drzwi. Uzgodnili między sobą, że ich tu w ogóle nie było, niczego nie słyszeli i nie widzieli.

– Ale czy nie powinniśmy jednak kogoś powiadomić? – spytał pan Alfred.

Mecenas tylko popatrzył na niego z politowaniem, a Ostaniecki wycofał się natychmiast.

– No tak, tak, oczywiście, głupstwa plotę – powiedział pan Alfred. – Pomyślałem tylko... – Dostał jakiegoś ataku niepohamowanego śmiechu. – Przepraszam, to z nerwów, bo przyszła mi do głowy najgłupsza myśl z możliwych. Pomyślałem właśnie – znowu zachichotał nerwowo – że jak nic nie zrobimy, to za parę dni będzie nam tu śmierdzieć.

Wacław Malczewski jeszcze raz popatrzył z politowaniem na sąsiada, uścisnął mu rękę i wszedł do swojego mieszkania.

A pan Alfred wrócił do swojego, gdzie czekała na niego szalenie zdenerwowana żona. Nie spali całą noc. Zastanawiali się, w jaki sposób zawiadomić, kogo trzeba, żeby zabrali ciało. Nie mogli tylko uzgodnić, kogo należałoby zawiadomić. Okazało się jednak, że sprawa rozwiązała się sama. Następnego dnia bowiem ktoś zaczął dzwonić i pukał, a potem łomotał do drzwi Schmieda. Nikt nie otwierał, oczywiście. Drzwi zatrzaskiwały się automatycznie i wtedy można było je otworzyć albo kluczem, albo od wewnątrz. A od środka nikt nie mógł ich otworzyć.

Po chwili więc ktoś zapukał do drzwi Ostanieckich.

– Nie widział pan sąsiada? – zapytał jakiś jegomość, wyglądający na bardzo dobrego koleżkę Johanna Schmieda. Miał na sobie czarny skórzany płaszcz i tyrolski kapelusz.

– Niestety, nie – odparł pan Alfred. – Nie widziałem go już chyba ze trzy dni. A wie pan, my tak często teraz z domu nie wychodzimy – powiedział jeszcze.

Jegomość jeszcze trochę postukał do drzwi folksdojcza i poszedł. Wrócił wieczorem z kolegą i obydwaj zaczęli walić w drzwi. Ponieważ nie przynosiło to rezultatu, jeden z nich wyciągnął parabellum i strzelił w zamek.

Wtedy otworzyły się drzwi Ostanieckich i Malczewskich. Normalnie w tych czasach na odgłos strzałów wszyscy raczej głębiej zaszywali się w swoich mieszkaniach, widocznie jednak mieszkańcy Kruczej 46 byli inni.

Panowie wyjrzeli więc i zobaczyli, a raczej usłyszeli odgłosy świadczące o tym, że koledzy Johanna znaleźli jego zwłoki. Mecenas i pan Alfred spojrzeli na siebie i cichutko cofnęli się do mieszkań.

Na drugi dzień drzwi od mieszkania Szmieda były zamknięte i cały dzień nic się nie działo. Nie działo się nic aż do wyzwolenia, kiedy ktoś się tam wprowadził. Mecenasa jednak już wtedy nie było wśród żywych, a Ostanieckich nowi sąsiedzi w ogóle nie obchodzili; nie przedstawili się im, więc i oni ich ignorowali.

*

Jeszcze przed końcem powstania, pierwszego października 1944 roku, do mieszkania Malczewskich przybyły kolejne dwie osoby. W nocy do drzwi zapukała Helena, żona Witolda, syna i wspólnika mecenasa. Ich mieszkanie przy Żurawiej spłonęło doszczętnie wraz z całym domem, gdy uderzyły w niego dwie bomby. Niczego nie dało się uratować z pożaru. Śródmieście dogorywało...

Syn Witolda, Boguś, miał cztery lata.

A Witold zginął w walkach, o czym rodzina dowiedziała się kilka dni później.

Rozdział 10

1944 c.d.

Wychodzili z Warszawy całą grupą, wśród szpaleru Niemców. Wszędzie widzieli leżącą broń, oni swoją też musieli oddać. Rzucali ją więc, przedtem uszkodziwszy. Całkiem już bez sensu, ale dzięki temu czuli się lepiej.

Szli ulicami Warszawy, mijali kolejne gruzy, okrążali kolejne groby, wypalone domy, rozbite i rozgrabione sklepy. Odwracali głowy na widok szczątków ludzi i zwierząt. To, co widzieli, na zawsze wryło im się w pamięć.

Na Piotrze ogromne wrażenie zrobił szkielet konia, częściowo okrojony z mięsa, z wzdętym brzuchem, a raczej pozostałością po brzuchu. Widok i ten zapach...

Choć, oczywiście, najbardziej zapadały w pamięć ciała poległych mieszkańców bohaterskiego miasta. Nie wszyscy zostali pochowani, wielu zabitych dopiero czekało na kogoś, kto ich pogrzebie.

Powstańcy szli ze zwieszonymi głowami, powłócząc nogami. Nie mieli już siły. Byli głodni i spragnieni. Ale najbardziej dręczyła ich rozpacz. Rozpacz na myśl, że tyle istnień ludzkich, tyle młodych serc, tyle wiary ludzkiej, tyle potu, krwi i łez... że wszystko to poszło na marne.

Chaber miał rozciętą piętę. Przysiadł na chwilę na jakimś kawałku muru i zdjął but, by wytrząsnąć z niego kamyk. Buty były za duże, dostał je od ciotki, chyba zostały jeszcze po wuju. Przed wyjściem z Warszawy zdążył wpaść na Dobrą, żeby zameldować, że żyje i jest cały. Buty miał wtedy niezbyt dobre do dłuższego marszu, chodził w kaloszach, które dała mu wraz z ubraniem pewna starsza pani, gdy opuścił szpital.

– Chłopcze, Jezus Maria, co ty masz na nogach? – Ciotka Adela złapała się za głowę. Nie słuchając nawet wyjaśnień, pobiegła do jednego z pokoi i wróciła z porządnymi skórzanymi butami typu kamasze. – Przymierz – zarządziła.

Były trochę za duże, czego ani ciotka Adela, ani Piotr, nie uznali za wadę.

– Masz tu jeszcze długie wełniane skarpety, jak je włożysz, będą w sam raz.

Do butów ciotka dołożyła kilka puszek z rybkami, kawał mocno uwędzonej i ususzonej kiełbasy oraz dużą puszkę herbaty.

– Ciociu, przecież nie mogę tego zabrać. Co ty będziesz jeść? – Piotr cofnął się o krok, ale po chwili, zmuszony spojrzeniem pani Adeli, wziął zawiniątko z jedzeniem i przypadł do jej rąk.

– Z Bogiem, kochany. – Ciotka zrobiła mu znak krzyża na czole, Piotr mocno ją uścisnął i pobiegł na miejsce zbiórki.

A teraz siedział na murze z jednym butem w ręku, bo coś go uwierało w stopę. Opuścił bosą nogę na ziemię i syknął głośno. Akurat trafił na jakieś rozbite szkło i rozciął sobie piętę.

Niestety, przed nim – i przed wszystkimi – był jeszcze długi marsz.

Szli.

Aż doszli do Ożarowa, gdzie zarządzono postój i nocleg w Fabryce Kabli. Zmęczeni, pokładli się na podłodze wielkiej hali. Co sprytniejsi powyciągali z jakichś kątów coś w rodzaju wełny drzewnej – dziwnego różowego koloru – i umościli sobie całkiem wygodne legowiska. Rano ci sprytniejsi okazali się pechowcami, bowiem w nocy, najprawdopodobniej pod wpływem potu, różowa wełna oddała swój kolor śpiącym w niej powstańcom. A nie bardzo było czym tego zmyć.

Ranek był więc wesoły, głównie dla tych, dla których tej wełny nie wystarczyło.

Jeńców wtłoczono do wagonów towarowych i ruszyli. Wyładowano ich w okolicach Kostrzynia nad Odrą, na leśnej polanie ogrodzonej drutem kolczastym. Dostali bochenek chleba na dziesięciu, duży, dwukilogramowy, ale wszyscy byli przecież tak głodni, że każdemu się wydawało, iż sam mógłby zjeść cały ten chleb. Podzielili się jednak sprawiedliwie, rozrywając bochenek na dziesięć w miarę równych kawałków. Dostali też do picia jakąś lurę w blaszanych kubkach. Była to niby kawa, pewnie zbożowa, obrzydliwa w smaku i mocno przesłodzona. Pili jednak, bo nikt z nich nie wiedział, kiedy znowu dostaną jakiś posiłek.

Piotra bolała rozcięta pięta. Obejrzał ją z bliska; była zaogniona i wyglądała kiepsko. Poszukał wzrokiem sanitariusza.

– Głupio mi, słuchaj, że takim drobiazgiem zawracam ci głowę – powiedział, gdy już go wypatrzył. – Ale, cholera, ledwo stoję, a jeśli będę musiał iść, boję się, że mi się nie uda.

Sanitariusz miał spory zapas penicyliny, niezawodnej na wszystko. Piotr nawet się nie obejrzał, jak otrzymał polecenie spuszczenia spodni. Pociemniało mu w oczach i bohatersko zemdlał. Gdy odzyskał przytomność, było już po wszystkim. Zastrzyk został zrobiony, a sanitariusz ze zrozumieniem kiwał głową – takich bohaterów, bez jęku znoszących najcięższe rany i mdlejących na widok strzykawki, widział już wielu.

– Dawaj jeszcze tę piętę, posmaruję ją jodyną i przykleję plaster.

Piotr nawet nie chciał go pytać, dlaczego nie można było ograniczyć się tylko do takiego zabiegu. Zastrzyk i tak już dostał, podziękował więc z bladym uśmiechem. Pięta nie przestała boleć, ale pokładał dużą nadzieję w tym plastrze.

W istocie pięta szybko przestała być problemem. Problemem stał się głód. Czekali na tej polanie dwa dni i jeszcze tylko raz dano im chleb do podziału. Zapasy Piotra, te od ciotki Adeli, już dawno się skończyły, została mu tylko herbata w puszce, ale nie było gdzie i w czym jej zaparzyć. Piotr niósł więc tę puszkę, wierząc święcie, że przyjdzie jeszcze dzień, w którym napiją się dobrej herbaty.

W końcu wepchnięto ich do wagonów i pojechali. Pociąg zatrzymał się w Bremen-Farge, a powstańców umieszczono w barakach wojskowych. Dostali po pięć zimnych ziemniaków w mundurkach. Przysięgali, że w życiu nie jedli niczego smaczniejszego.

Piotr obrał swoje ziemniaki ze skórki, a potem patrzył z zazdrością na kolegów, którzy pochłaniali je w całości, bez obierania. Mieli więcej, pomyślał i obiecał sobie, że następnym razem też tak zrobi.

Następnego razu jednak nie było, później dostawali zupę z brukwi i chleb, do podziału na kilku. Ten, któremu wypadał dyżur w kuchni, wyrzucał obierki od ziemniaków przez okno, a ktoś, kto stał pod tym oknem, zbierał obierki i potem piekli je sobie na olejowym piecu do ogrzewania.

W obozie najlepszą walutę stanowiły papierosy, za które można było dostać wszystko. Piotr pohandlował z jednym z wartowników niemieckich i zamienił swoją puszkę z herbatą na paczkę papierosów. A za pięć papierosów można było dostać od innego Niemca bochenek chleba. Mieli więc dodatkowy chleb przez cztery dni.

Po dwóch tygodniach na apelu wywołano około dwustu osób, był też między nimi Piotr. Wszystkich wsadzono znowu do wagonów towarowych i powieziono aż do Austrii, do Stalagu XVIII C w Markt Pongau. Tam było już nieco lepiej, bo zaczęli dostawać paczki z genewskiego Czerwonego Krzyża.

W paczkach były frykasy – na przykład puszka neski, mleko w proszku, czekolada, papierosy – te ostatnie natychmiast wymieniali z Niemcami za chleb, tak bardzo głodni więc już nie byli. Brakowało natomiast świeżych warzyw i owoców, w związku z czym wielu jeńców zaczęło chorować na szkorbut.

Droga ciociu! – pisał Piotr, gdy już wolno było wysyłać listy. – Nie jest tak źle, żyję i trzymam się dzielnie. Ogólnie jestem zdrowy, trochę tylko krwawią mi dziąsła i ruszają mi się zęby.

Ciotka spisała się na medal, jak zwykle. Przysłała paczkę, a w niej największy skarb – cebulę. Dużo cebuli.

Największym problemem były wszechobecne pluskwy. Mnóstwo pluskiew, na które nie można było nic poradzić. Nie pomagało wstawianie nóg od łóżek w puszki z wodą, bo cwane insekty wchodziły po ścianach na sufit i stamtąd spadały na swoje śpiące ofiary.

– Myślałem, że do wszystkiego można się przyzwyczaić – mówił Łubin – ale te pluskwy doprowadzą mnie do szału. – Drapał się do krwi i rzeczywiście miał obłęd w oczach. Lekarze dawali im witaminę B oraz wapno, co rzekomo miało łagodzić skutki ukąszeń, jednak słowo „rzekomo" było tu najwłaściwsze.

Po pewnym czasie Niemcy zaczęli wozić jeńców do różnych prac. Najlepiej było tym, którzy pracowali na wolnym powietrzu, na przykład przy budowie lub naprawie dróg, od czasu do czasu bowiem udawało im się złapać jakąś zabłąkaną kurę i ukręcić jej łeb. Trzeba przyznać, że uczciwie wkładali potem taką kurę do wspólnego garnka, do którego każdy dorzucał, co tam miał – ziemniaki, rzepę, brukiew, pietruszkę. Ugotowana w ten sposób zupa może nie była najsmaczniejsza, ale była... Jedli, ciesząc się z tego, co mieli.

Piotr i kilku kolegów pracowali w Mittelbergu, budowali sztolnie w skałach. Wożono ich tam codziennie o szóstej rano dwiema ciężarówkami. Piotr pracował w warsztacie, ostrzył i naprawiał wiertła, które przy drążeniu skał zużywały się dość prędko. Była to lepsza robota niż wiercenie otworów w litej skale i wywożenie gruzu, szczególnie dla Piotra, który ze względu na swoje płuco powinien unikać wdychania pyłu. Oczywiście nie z tego względu skierowano go do warsztatu; przy przydziale pracy brano pod uwagę wykształcenie, a przecież miał dyplom mechanika.

Mimo że praca była jednostajna i nudna, Piotr wolał to niż bezczynne siedzenie w barakach obozowych, tym bardziej że robotnicy dostawali dodatkowe porcje żywności.

Po tygodniu tej pracy Piotr wstał z łóżka, jak zwykle, parę minut po piątej – ale nie czuł się jak każdego innego dnia. Kręciło mu się w głowie, wszystko go bolało i ledwo trzymał się na nogach. Wsiadł jednak wraz z innymi do podstawionej ciężarówki. W warsztacie robota mu nie szła. Pocił się i trudno mu było utrzymać wiertło w imadle.

– Chaber, co z tobą? – zaniepokoił się kolega, widząc jak Piotr się chwieje.

– Nie wiem właśnie – odparł z niewyraźną miną. – Dziwnie się czuję.

Wytrzymał jednak przez całą zmianę, lecz po przyjeździe zgłosił się do Krankenrevieru. Tam najpierw zmierzono mu gorączkę, a ponieważ słupek rtęci zatrzymał się w pobliżu czterdziestu stopni, zapakowano go do łóżka. Następnego dnia całe ciało miał obsypane krostami.

– Panie doktorze, chyba mam ospę wietrzną – powiedział do polskiego lekarza, wyznaczonego przez Niemców do pomocy Polakom, z których niewielu znało niemiecki. A jeśli nawet znali, nie chcieli w tym języku rozmawiać.

– Ja jestem tylko okulistą, ale Niemcy uważają, że powinienem znać się na wszystkich chorobach – odparł biedny *Polnischer Arzt*. – Wygląda jak ospa, ale na ospę na ogół chorują dzieci. Był pan na to chory w dzieciństwie?

– Nie pamiętam, naprawdę – odparł po chwili zastanowienia Piotr.

Polski lekarz skonsultował się z niemieckim; Piotr wprawdzie się nie dowiedział, co ustalili, ale jakoś mu pomogli, smarując go różnymi maściami. Dostawał też zastrzyki z wapnem, na dziurawe płuco, i z witaminą C, która bardzo pomogła mu na szkorbut. Biedny Chaber był zbyt osłabiony, żeby protestować przeciwko tym torturom i jakoś zniósł ukłucia. Pozostał w lazarecie przez trzy tygodnie, jak się okazało – do końca wojny.

Z jednego Piotr był bardzo zadowolony podczas swojego pobytu w obozowym szpitalu. Otóż Niemcy mieli – chyba z paczek przysyłanych jeńcom przez amerykański Czerwony Krzyż – proszek DDT, niezawodny na pluskwy. Robili z niego jakiś roztwór, którym opryskiwali ściany i sufity, co rzeczywiście pomagało. Pluskiew było bardzo mało, a w niektóre noce nawet wcale się nie pojawiały.

Gdy Piotra podleczono już na tyle, że pozwolono mu opuszczać łóżko, przyszedł czas na decyzję, co dalej. Wojna się skończyła i stopniowo wszystkie obozy były rozwiązywane. Jeńcy, a właściwie już nie jeńcy, tylko oswobodzeni sojusznicy, dostawali teraz spore racje żywieniowe. Najbardziej lubili amerykańskie puszki, których zawartość wystarczyło zalać wrzącą wodą i otrzymywało się gotowe danie, może nie pierwszej jakości, lecz bardzo treściwe.

Obóz odwiedził najpierw przedstawiciel Rządu Lubelskiego, namawiający jeńców do powrotu do Polski. Potem przyjechał oficer z armii Andersa. Nie wszyscy byli zdecydowani, wielu nie wiedziało, co robić. Jeden radził się drugiego...

Piotr miał już dosyć wojaczki, tułaczki i poniewierki. Postanowił wrócić do Polski, bo... po prostu tęsknił.

I mimo tych wszystkich amerykańskich frykasów ciągle chodził głodny. Oczywiście już nie tak, jak uprzednio, ale chciało mu się jeść. Marzył o bigosie i wielkim kotlecie schabowym. A były to popisowe potrawy ciotki Adeli.

Wreszcie zorganizowano Polakom transport do Salzburga i stamtąd w jedną stronę pojechały ciężarówki z ochotnikami do Andersa, a w drugą stronę wagony kolejowe do Polski.

Piotr na razie został na dworcu. Postanowił dojechać do kraju na własną rękę. Podjął decyzję, że najpierw obejrzy trochę świata, skoro teraz właśnie ten świat stoi przed nim otworem.

A kotlet schabowy na niego poczeka…

Rozdział 11

1945

Elżbieta Jaskólska wysiadła z wagonu. Była wymiętoszona, brudna, głodna i bez grosza przy duszy. No, może jakiś grosz miała, a nawet kilka, ale niezbyt dużo. Bez względu na wszystko jednak – była szczęśliwa.

Swoją współtowarzyszkę podróży pożegnała kilka dni temu, gdy Małgorzata postanowiła zostać w Monachium. Ona, Elżbieta, obejrzała – na ile mogła – Monachium i gnało ją dalej. Rozpoczął się jeden z najmilszych miesięcy, czerwiec.

Był najcudowniejszy czas, trzy tygodnie temu skończyła się wojna. I dosłownie kilkanaście dni wcześniej Elżbieta dowiedziała się o tym od przejeżdżających przez wioskę żołnierzy. Bauer, u którego przepracowała ostatnie trzy lata, Wilhelm Liebert, w ogóle jej nic nie powiedział. Podejrzewała, że najchętniej nie powiedziałby jej o tym nigdy. Do jego gospodarstwa, położonego w prześlicznym Werttingen, niedaleko Augsburga, trafiła z warszawskiego Żoliborza, zabrana, wraz z kilkunastoma innymi nieszczęśnikami z ulicznej łapanki, w lecie 1942 roku.

Kilkanaście kobiet powieziono prawie przez całe Niemcy; zabierano po kilka na kolejnych przystankach

– w Dreźnie, Chemnitz, Norymberdze, Elżbieta została w Augsburgu, a transport pojechał w stronę Monachium. Z dworca odebrał ją grubas w charakterystycznych krótkich skórzanych spodniach i – mimo upału – w dziwacznym, trójkątnym, ozdobionym piórkiem kapeluszu z grubego filcu.

Powiedział, że nazywa się Wilhelm Liebert i poinformował, że jadą do jego gospodarstwa pod Werttingen, gdzie Elli, jak ją ochrzcił, będzie pomagać przy krowach i produkcji mleka oraz żółtego sera. Po przybyciu na miejsce okazało się, że u Liebertów – bo była jeszcze frau Liebert, Johanna – pracuje już druga Polka, przywieziona tam pół roku temu, Małgorzata, przechrzczona przez gospodarzy na Gretę.

Małgorzata była prawie dwa razy starsza od Elżbiety, miała trzydzieści dwa lata, podczas gdy Ela skończyła siedemnaście. Bardzo kiepsko mówiła po niemiecku, właściwie prawie wcale; Elżbieta natomiast znała ten język doskonale, bo jej dziadek był Niemcem, urodzonym i wychowanym w Prusach Wschodnich, nazywał się Albert Jaskula. Babcia natomiast miała korzenie czysto polskie, co zaowocowało podjętą później decyzją. Ojciec Elżbiety urodził się jeszcze na ziemi pruskiej, lecz potem jego rodzice przenieśli się do Warszawy „za pracą" i tam osiedlili się na stałe. W Warszawie zmienili nazwisko na Jaskólscy, bo chcieli zamknąć za sobą przeszłość. Matka Eli była warszawianką, ale ponieważ w domu jej męża mówiło się po niemiecku, ona też bardzo dobrze opanowała ten język. Mała Elżunia od urodzenia mówiła dwoma językami i w tej chwili znajomość niemieckiego przydała jej się bardzo.

Obie Polki mieszkały w dobudowanym nad oborą stryszku, gdzie było im całkiem dobrze. Nie miały szczególnie ciężkiej roboty i nawet polubiły swoją „współpracę" z bydłem herr Lieberta.

Jednak Elżbiecie było w gospodarstwie dużo gorzej niż Małgorzacie. Bowiem pan Liebert przyznał sobie prawo do wykorzystywania swojej pracownicy w charakterze – cóż, sama nie wiedziała, jak to określić... Mówiąc najprościej, gwałcił ją co kilka dni i dziewczyna nie mogła się obronić. Za pierwszym razem pobiegła z płaczem do frau Johanny, żony Wilhelma, zyskała jednak tylko tyle, że gospodyni wytrzaskała ją po twarzy i „nauczyła" kilku nowych słów po niemiecku. Herr Liebert strasznie się potem z tego śmiał, a Elżbieta zrozumiała, że już taki jej los.

Niestety, ten los okazał się podwójnie okrutny, ponieważ teraz, gdy odzyskała wolność, nie mogła się nią cieszyć w pełni. Jeszcze przed końcem wojny okazało się bowiem, że Elżbieta jest w ciąży. Powiedziała nawet o tym swojemu dręczycielowi, ten jednak dał jej tylko trochę pieniędzy, mówiąc: *mach was du willst*[*]. A cóż ona mogła zrobić? Chciała, żeby ten jej problem sam zniknął, ale tak się nie stało. Myśl, żeby szukać jakiegoś lekarza i prosić o zabieg, w ogóle nie przyszła jej do głowy. A gdyby nawet przyszła, Elżbieta odrzuciłaby ją natychmiast. Teraz więc była w czwartym miesiącu, wiedziała już, że za niecałe pół roku zostanie mamą i jej beztroskie życie się skończy. Już nigdy nie będzie swobodna, nigdy nie będzie wolna, nigdy nie będzie mogła robić tego, o czym marzy każda młoda dziewczyna.

Poznawać życie, bawić się, uczyć, studiować, kochać... – to już nie dla niej. Zostanie matką, samotną

---

[*] Zrób, co chcesz (niem.).

matką i taki będzie jej świat. Nie miała pojęcia, gdzie będzie mieszkać, nie wiedziała nawet, czy jej rodzice żyją i czy ich mieszkanie ocalało. Postanowiła, że będzie się martwić tym wszystkim za jakiś miesiąc, może półtora. Dopóki ciąża nie jest jeszcze widoczna i dopóki nieźle się czuje – a czuła się nadzwyczaj dobrze, nie miała w ogóle żadnych typowych ciążowych dolegliwości – postara się wykorzystać ten czas i użyje tyle z tego życia, świata, młodości i wolności, ile zdoła.

Pieniądze otrzymane od herr Wilhelma miały jej w tym pomóc.

Postanowiła, że na początek obejrzy trochę świata, choćby tego tu, najbliższego. Wsiadły więc obydwie z Małgorzatą do pierwszego pociągu, który przyjechał na dworzec w Augsburgu i nie kłopocząc się brakiem biletów, wyruszyły w swoją wielką podróż. Rozstały się w Monachium i teraz oto Elżbieta znalazła się na peronie dworca w Salzburgu, dokąd dotarła, wsiadłszy, swoją metodą, do tego pociągu, który właśnie podjechał. Cały czas podróżowała bez biletu i jeszcze nie spotkała jej z tego powodu żadna przykrość. Wkalkulowała sobie ewentualną karę w ogólne koszty podróży. I na razie wychodziła na plus.

Przeszła na koniec peronu, tam, gdzie było wyjście z dworca, i zaczęła się rozglądać w poszukiwaniu kogoś, kto udzieliłby jej informacji. Chciała się dowiedzieć o możliwość taniego noclegu. I tak, patrząc na boki, zamiast przed siebie, wpadła na jakąś żywą przeszkodę.

– *Entschuldige* – powiedziała do stojącego przed nią wysokiego mężczyzny. Przyjrzała mu się dokładniej.

– Bardzo przepraszam – powtórzyła po polsku, ponieważ z radością dostrzegła, że ów mężczyzna ubrany był

141

w battle dress, a na rękawie widniała naszywka „Poland". – Ojejku, prawdziwy żywy żołnierz z Polski – zachwyciła się głośno.

– Cześć, jestem Piotr – usłyszała w odpowiedzi. – I nie jestem ani nie byłem żołnierzem. Walczyłem w Powstaniu Warszawskim.

– A ja jestem Elżbieta.

I tak, od słowa do słowa, całkiem przypadkowo zawarta znajomość rozwinęła się w bliską znajomość. Młodzi obejrzeli razem Salzburg, potem dotarli aż do Wiednia, zwiedzając po drodze jeszcze Mondsee z jego przepiękną kolegiatą i uroczym jeziorem oraz Enns z bazyliką St. Laurenz i Schloss Ennsegg. Samym Wiedniem byli zachwyceni i zauroczeni, ale trochę ich przygnębiał. Nie umieli się poruszać pośród tych wszystkich ogromnych, rozłożystych budowli. Po kilku dniach opuścili więc stolicę Austrii i poprzez Brno, a następnie Ostrawę dotarli do Polski. Zabytki w Brnie szczęśliwie ocalały, choć w 1944 roku miasto było dwukrotnie zbombardowane przez amerykańską Piętnastą Flotę Powietrzną.

Piotr i Elżbieta obejrzeli więc zamek i twierdzę Špilberk oraz oryginalną romańską, przebudowaną następnie na neogotyk, katedrę Piotra i Pawła, wzniesioną na szczycie wzgórza Petrov. W Ostrawie nie chciało im się już nic zwiedzać, pragnęli jak najszybciej dotrzeć do Warszawy. Całe to szalone poznawanie świata zajęło im półtora miesiąca.

Widok rodzinnego miasta po prostu zwalił Elżbietę z nóg. Przed oczami miała jeszcze sielskie obrazki przepięknych miast i miasteczek Górnej Bawarii, monumentalne budowle Wiednia, a także spokojne miasta czeskie.

Nie spodziewała się aż takiego ogromu zniszczeń w Warszawie, choć Piotr usiłował ją na to przygotować. Gdy on opuszczał stolicę po powstaniu, właściwie już wtedy nie było to miasto, a jedynie wielkie gruzowisko.

Teraz były tu wyłącznie gruzy, tak obojgu się zdawało; nie mogli więc uwierzyć własnym oczom – a najbardziej Piotr – gdy dotarli na Kruczą i ujrzeli dom numer 46. Ostał się prawie w całości. Pierzeja południowa, zwalona przez bombę w 1941 roku, nie istniała oczywiście, ale poza tym kamienica była w zadziwiająco dobrym stanie. Owszem, na murach widniały ślady i dziury po kulach, ale nie na wylot, więc na razie nikt się nimi nie zajmował. Prawie we wszystkich oknach błyszczały szyby – nawet w mieszkaniu Tarnowskich – oprócz jednego, które zasłonięto dyktą.

Druga strona ulicy, ta z numerami nieparzystymi, wydawała się mniej zniszczona, kilka domów – na przykład kamienica, w której mieszkał pan Józiek – ocalało w całości. Strona parzysta została zniszczona prawie doszczętnie. Trwał tylko dom przy Kruczej 46.

Piotr stał przed bramą i chłonął ten widok. Dawno nie czuł się tak szczęśliwy. Nie wiedział jednak, co ma zrobić. Wyglądało na to, że w dawnym mieszkaniu jego rodziców ktoś już mieszka, miał wszakże nadzieję, że jemu i Elżbiecie uda się jednak znaleźć tam jakiś kąt. Jemu i Elżbiecie, właśnie. Oraz dziecku, które miało przyjść na świat za niespełna trzy miesiące.

O dziecku Elżbieta opowiedziała mu jakieś dwa tygodnie po tym, jak się spotkali i podjęli decyzję o wspólnej podróży. Decyzja była spontaniczna, obydwoje byli młodzi – Piotr miał osiemnaście lat, Elżbieta była o dwa lata starsza. Zbliżyli się bardzo do siebie; nie wiedzieli, czy to miłość, czy tylko są spragnieni normalnego życia, w każdym razie dobrze im było razem. Zaczęli też sypiać ze sobą i dla Piotra oznaczało to, że muszą już być razem przez całe życie.

Ciąża Elżbiety, o której mu opowiedziała – a zresztą było ją już widać – z początku nieco go przeraziła. Dziecko? Na dodatek owoc gwałtu. Mały szwab??? Ale szybko zawstydził się tych myśli. Bardzo mu było żal Elżbiety. A gdy pewnego wieczoru, przytulony do dziewczyny, poczuł jakieś poruszenie w jej brzuchu, uznał, że ma rodzinę. Żonę – którą Ela zostanie po powrocie do Polski – i dziecko, które już jest z nimi, więc jest ich. Polskie dziecko. Które nigdy się nie dowie, jak i przez kogo zostało spłodzone.

– Elżuniu – powiedział Piotr zaraz po tym, gdy poczuł ruchy dziecka. – Popatrz tylko, to dziecko się do mnie przytula. Nie rozmawialiśmy jeszcze na ten temat, ale chciałbym, żeby naprawdę było moje. Mam nadzieję, że to dziewczynka. Amelka. Wiesz, to najpiękniejsze kobiece imię, jakie znam. – Przytulił ją, bardzo wzruszony. – A czego ty beczysz? – zapytał po chwili. W ogóle nie rozumiał, o co chodzi. O to, że dziecko się do niego przytula, czy o to, że on chciałby mieć córeczkę?

I w taki oto sposób uzgodnili, a właściwie Piotr o tym zadecydował, że będą rodziną. Mieli nadzieję, że przynajmniej jedno warszawskie mieszkanie ocalało – Tarnowskich na Kruczej albo na Cieszkowskiego, gdzie mieszkali rodzice Eli i ona sama przed wojną, czy też na Dobrej, gdzie mieszkała ciotka Adela.

Tak się stało, że najpierw stanęli przed kamienicą na Kruczej. Piotr, trzymając mocno Elżbietę za rękę, wszedł w bramę, pokonali kilka schodów i już byli przed drzwiami jego dawnego mieszkania. Tabliczka „Stefania i Mieczysław Tarnowscy" zniknęła, nie było też żadnej innej. Piotr podniósł rękę, chcąc zapukać, i omal nie uderzył w nos rezolutnej dziewczynki, około trzynastoletniej, która z impetem otworzyła drzwi.

– Ojej, ale mnie przestraszyłeś – pisnęła, podskakując. – To znaczy pan mnie przestraszył – poprawiła się grzecznie. – Ale ja chyba wiem, kto ty jesteś. Kto pan jest – terkotała, podskakując.

– No, kto? – spytał z uśmiechem. – I dobrze, możesz mi mówić po imieniu. Nazywam się Piotr.

– No właśnie wiem. – Dziewczynka dalej podskakiwała. – Mama mi mówiła, bo jej powiedział pan Alfred, i pokój dla pana, to znaczy dla ciebie, jest przygotowany. Mama co tydzień ściera w nim kurze i codziennie otwiera okno. A mnie tam nie wolno samej wchodzić. I nie wchodzę, bo przecież drzwi są zamknięte na klucz – trzepała, a Piotr zrozumiał z tego tylko, że jest dla niego jakiś pokój.

A sprawa wyglądała tak, że po śmierci mecenasa Malczewskiego pani Izabella, jego żona, przekazała księgi meldunkowe i klucze do różnych pomieszczeń, „odziedziczone" po Mieczysławie Tarnowskim, panu Alfredowi Ostanieckiemu, który tym samym zgodził się pełnić funkcję administratora. Przyjął nawet do pracy dozorcę – a był nim właśnie ojciec tej podskakującej małej Krysi, pan Olszewski.

Żona pana Olszewskiego podjęła się prowadzenia sklepu spożywczego, dopóki nie zgłoszą się jacyś krewni Szelenbaumów. Całkiem dobrze sobie radziła, jeśli wziąć pod uwagę, że zaczynała od pustych półek i opróżnionego magazynu. Teraz, po trzech miesiącach, sklep miał coraz lepsze zaopatrzenie, ku wielkiej radości mieszkańców Kruczej.

Ostaniecki znał Olszewskich jeszcze sprzed wojny, mieszkali na Nowogrodzkiej, a ich kamienica została zburzona w ostatnich dniach powstania. Pan Alfred natknął się na całą rodzinę, gdy wszyscy troje stali w osłupieniu przed dymiącymi jeszcze gruzami, które parę chwil wcześniej były ich domem. Szczęśliwie nikogo nie było w mieszkaniu w momencie, gdy w budynek trafiła bomba.

Pan Ostaniecki zaprowadził całą rodzinę do mieszkania Tarnowskich, do którego też miał klucze – i pozwolił zająć dwa pokoje. Trzeci, największy i najładniejszy, miał stać pusty.

– Wierzę, że Piotr żyje i kiedyś wróci. Oby jak najprędzej. Ten pokój ma więc na niego czekać – oświadczył.

Rodzinie Olszewskich te dwa „przydzielone" pokoje spadły jak z nieba i czuli się w nich jak w pałacu. W sytuacji, w której setki tysięcy ludzi nie miało dachu nad głową, dwa pokoje stanowiły taki luksus, że rodzice Krysi czuli się zażenowani. Powiedzieli panu Alfredowi, że jeśli znalazłby się ktoś w wielkiej potrzebie, są w stanie odstąpić mniejszy pokój. Pan Alfred jednak nie znalazł nikogo takiego, aczkolwiek trzeba przyznać, że nazbyt gorliwie nie szukał.

Mieszkańcy Kruczej 46 – ci, którym udało się powrócić z Pruszkowa lub z popowstańczej zawieruchy – teraz już stanowili tylko niewielką część dawnej przedwojennej społeczności lokatorów kamienicy. Nie żyli rodzice Piotra, nie żył mecenas Malczewski i jego syn, który, aczkolwiek już kilka lat przed wojną się stąd wyprowadził, był jednak częstym bywalcem na Kruczej i mieszkańcy uznawali go za swojego. Szymon Kornblum i jego młoda żona, Magdalena, zniknęli w czerwcu 1940 roku i nie pojawili się do tej pory. Zniknęła też panna Edyta. Nie żył Jan Kowal, ale jego braku jakoś nikt boleśnie nie odczuł. Zosia Malczewska, starsza córka mecenasa, też nie pojawiła się w domu od końca powstania i nikt nie wiedział, co się z nią dzieje.

Ci, którzy przetrwali, okopali się w swoich kącikach, wykrojonych z dawnych mieszkań i czekali, co będzie dalej.

W kamienicy zamieszkało kilkanaście nowych osób, dokwaterowanych do dawnych lokatorów, ci starzy jednak się z nimi nie integrowali. Trwali we własnym kręgu i czekali na wieści o zaginionych sąsiadach.

Teraz więc powrót Piotra stał się dla wszystkich radosnym wydarzeniem. Olszewscy chcieli nawet oddać Piotrowi i Elżbiecie drugi pokój, szczególnie gdy zauważyli ciążę kobiety. Ale Piotr podziękował. Pokój, który na niego czekał, był naprawdę duży, miał dwa okna i Piotr sprytnie przedzielił go ścianką działową, tworząc niewielką sypialnię.

Krysia (Kryska, jak kazała na siebie mówić) była bardzo zaintrygowana ciążą Elżbiety. Ogromnie się cieszyła, że niedługo przybędzie w ich mieszkaniu malutkie dziecko.

– A czy to będzie dziewczynka? – dopytywała się. – Bo ja bym chciała dziewczynkę. Miałabym taką siostrzyczkę, prawda?

– Prawda, Krysiu – przytakiwał jej Piotr. – Ja też chciałbym dziewczynkę, ale nie wiemy, co się urodzi. Chłopca też pokochamy, prawda?

I właśnie urodził się chłopiec, w październiku 1945 roku. Zgodnie z życzeniem Elżbiety otrzymał na imię Paweł. Ale przedtem Piotr i Elżbieta pobrali się w kościele Świętego Aleksandra. Nikt w tych czasach nie wytykał specjalnie palcami panien młodych z widocznymi brzuszkami. Były to przecież ciąże wojenne, a podczas wojny, wiadomo, nie zawsze natychmiast można wziąć ślub. Tak też było w przypadku Elżbiety i Piotra Tarnowskich. Pawełek przyszedł na świat jako szczęśliwe dziecko szczęśliwych rodziców i nikt nigdy się nie dowiedział, że nie Piotr jest jego ojcem.

Mieszkanie na Cieszkowskiego nie ocalało. Elżbieta nigdy się nie dowiedziała, w jakich okolicznościach i kiedy zginęli jej rodzice. Dom został zburzony przez jedną z bomb w czasie powstania; zbiorowa mogiła ze szczątkami poległych pod gruzami, znajdująca się na podwórzu, po wojnie została przeniesiona na cmentarz wojskowy na Powązkach.

Mieszkanie ciotki Piotra na Dobrej przetrwało wszystko. W kamienicę wprawdzie uderzyła bomba, ale nie uczyniła dużych szkód. Adela Karlicka przeżyła całą wojnę w zasadzie bez szwanku. Jej mieszkanie ocalało, gdyż bomba trafiła w inną część domu. Powiśle nie ucierpiało tak, jak inne dzielnice, choć oczywiście podczas powstania tam też było dużo nalotów. Przeżył też Brylek, który nie zaprzestał wizyt na Kruczej. Pobiegał tam, powęszył, powarował przy grobie pana i wracał na Dobrą. Teraz Piotr zabrał go do domu i pies znowu był rozdarty, bo tęsknił do pani Adeli.

Problem sam się rozwiązał, choć połowicznie. Piotr otrzymał powołanie do wojska i wysłano go do Bydgoszczy, dostał skierowanie do jednostki lotniczej na bydgoskim Szwederowie. Uprosił więc ciotkę, żeby w czasie jego nieobecności zamieszkała na Kruczej z Elżbietą i dzieckiem. Tak więc Brylek wrócił do domu, a zarazem był z panią Adelą. Jednak znowu zniknął jego pan. Pies miał więc naprawdę ciężkie życie, wojna czy nie wojna.

*

Wojna obeszła się dość łaskawie z Weroniką i Alfredem Ostanieckimi. Nie stracili nikogo z bliskich, ponieważ już przed wojną nie mieli żadnych żyjących krewnych. Nie chcieli mówić nikomu, skąd w ich życiu wzięła się Antosia, a sami codziennie dziękowali za nią Bogu, aczkolwiek wiedzieli, że nie tak to powinno brzmieć. Mówili więc tylko między sobą, że wojna przyniosła im jedynie szczęście. Za każdym razem, gdy rozległ się dźwięk dzwonka przy drzwiach, drżeli, spodziewając się powrotu chociaż jednego z rodziców Antoniny. Kornblumowie jednak się nie pojawili.

Tosia wyrosła na śliczną dziewczynkę i wyglądało na to, że wojna na niej też nie pozostawiła żadnego trwałego śladu. Weronika spędzała z córką każdą chwilę dnia; nauczyła ją czytać i pisać, a także liczyć.

– Mamo, wyobraź sobie, co mnie dziś spotkało. – Antosia wyrosła na mądralę, i wyrażała się górnolotnie, co zapewne było wynikiem mnóstwa przeczytanych wraz z mamą książek. – Ciocia Iza podarowała mi tę niebieską kokardę. – Pokazała wstążkę pani Weronice. – I powiedziała, że do moich włosów będzie pięknie pasować.

– Zaraz zobaczymy – odrzekła pani Ostaniecka, przytulając dziewczynkę, po części dlatego, żeby ukryć uśmiech po tym oświadczeniu, przedstawionym tak, jakby to, co spotkało Antosię, było wydarzeniem wręcz epokowym.

– Bo wiesz, mamo, do szkoły to muszę iść wystrojona, prawda? – Tosia nie mogła doczekać się września, w tym roku bowiem zaczynała szkolną edukację.

Ciocią Izą była mecenasowa Malczewska, która rozpieszczała małą Tosię, jak zresztą cała „stara gwardia" z Kruczej. Weronika Ostaniecka w głębi serca była przeświadczona, że dawni mieszkańcy – wszyscy Malczewscy, Wiesia Wołyńska, Piotr Tarnowski, pani Maria Parzyńska, a nawet Koryccy z sutereny we wschodniej pierzei – znają całą prawdę o pochodzeniu Antoniny. Jednak oczywiście nikt nigdy nie dał niczego po sobie poznać. Raz tylko, jeszcze przed powstaniem, mecenas Malczewski, który już nie żył, niestety, rozmawiał na ten temat z panią Weroniką.

Pani Ostaniecka wplotła wstążkę we włosy dziewczynki. We wczesnym dzieciństwie Tosia była jasną blondynką, obecnie jednak włosy jej ściemniały i stała się raczej szatynką. Tosia miała dwa dość grube warkocze, teraz jednak mama zaplotła jej jeden, bo przecież wstążka była tylko jedna. Dziewczynka obejrzała się, z pomocą mamy, w lustrze, klasnęła w ręce z radości i wołając: „to ja lecę pokazać się cioci", zniknęła za drzwiami.

Przebiegając przez podwórze, bo Malczewscy mieszkali teraz w tylnej części mieszkania, wpadła po drodze na Piotra Tarnowskiego.

– Hej, wolniej, malutka, bo złapiesz zająca. – Złapał ją w objęcia, żeby się nie przewróciła.

Nie wiedziała – bo i skąd – że prawie w identyczny sposób jej prawdziwa mama, Magdalena, wpadła na jej prawdziwego tatę, który jeszcze wtedy nawet nie miał pojęcia, że w ogóle zostanie czyimkolwiek tatą.

– Jestem Antonina Ostaniecka. – Uniosła głowę do góry. – Przepraszam, że na pana wpadłam, mam nadzieję, że nic panu nie zrobiłam – powiedziała, nie mając poczucia *dejà vu* – choć miałaby, gdyby mogła znać przeszłość. – Ale chcę podkreślić, że nie jestem malutka. – Główka dziewczynki powędrowała jeszcze bardziej w górę, choć wydawało się to już niemożliwe.

– Nie, nic mi się nie stało – odpowiedział Piotr, słuchając ze zdumieniem tej przemowy w wykonaniu malutkiej… a nie, prawda, wcale nie malutkiej – dziewczynki. – I przepraszam cię bardzo, rzeczywiście nie jesteś malutka, Antonino. Miło mi cię poznać, nazywam się Piotr Tarnowski i jesteśmy sąsiadami. Mieszkam na parterze. – Wyciągnął rękę, którą Tosia z wielką powagą uścisnęła, a potem pobiegła do mieszkania Malczewskich.

Nie wiedziała, że w ten oto sposób rozpoczęła się jej PRZYSZŁOŚĆ.

Rozdział 12

1950

– Tosiu... – Panu Alfredowi zadrżał głos. – Nie wiem, jak zacząć... Dobrze, powiem wprost. Tylko, proszę, usiądź i wysłuchaj wszystkiego spokojnie i nie mów nic, dopóki nie skończę.

Dziewczynka skinęła potakująco głową, choć tata wyglądał, jakby jej zapewnienia nie były mu do niczego potrzebne. Nawet na nią nie patrzył. Patrzył na mamę, a mamie zaczęły dziwnie błyszczeć oczy.

– A więc, kochana córeczko – rozpoczął tata – chyba wiesz, jak bardzo cię kochamy. Jesteś naszym skarbem, naszym słoneczkiem, naszym szczęściem. Nie mamy na świecie niczego ani nikogo droższego od ciebie. Będziemy cię kochać aż do śmierci, zawsze, nawet, gdybyś z jakiejś przyczyny odwróciła się od nas.

Tosia, nie, nie Tosia, tylko Antonina podniosła wyżej brodę, która zaczęła jej się trząść zdradziecko. Podciągnęła nogi i objęła rękami kolana. Już bardziej nie mogła się skurczyć, a chciałaby móc gdzieś się schować. Pomyślała, że gdyby była Alicją, mogłaby wskoczyć w króliczą norę, ale była tylko zwyczajną Tosią, więc musiała siedzieć teraz na kanapie i słuchać, co mówi tata, choć cały czas wydawało jej się, że wolałaby, aby już przestał mówić. Dobrze chociaż, że obok, bliziutko, siedziała mama, ale Tosia – przepraszam, Antonina – nie chciała się chować pod maminym ramieniem. Przysunęła się jednak do pani Weroniki, ale ot tak, tylko troszkę.

– Tosiu, córeńko – tata mówił dalej – widzisz, jak ciężko mi idzie, ale to naprawdę jest dla nas bardzo trudna sprawa. Chyba bardziej dla nas niż dla ciebie.

– Tatusiu – pisnęła Tosia – no powiedz w końcu, o co chodzi, bo widzisz, trochę się denerwuję.

– A więc, kochanie, chcę ci powiedzieć, że chociaż kochamy cię jak tata i mama, w rzeczywistości nie jesteśmy twoimi prawdziwymi rodzicami. Twoja mama miała na imię Magdalena, a tata Szymon. Zaginęli podczas wojny, a opiekę nad tobą powierzyli nam obojgu.

Tata wstał, wyjął z szuflady komody jakieś papiery i pokazał je Tosi.

– Tu, popatrz, są dokumenty mówiące o twoim przyjściu na świat – wyjaśnił i opowiedział jej całą historię od początku.

Zapewnił też, że po wojnie usiłowali odnaleźć Kornblumów i udało im się tylko ustalić, że Szymon Kornblum trafił do Oświęcimia. Dalej ślad się urywał i nie wiadomo, czy ojciec Tosi tam zginął, czy doczekał wyzwolenia. O matce Tosi niczego nie udało im się dowiedzieć. Żadnego szczegółu, żadnego tropu. Odnaleźli tylko w Łodzi pannę Edytę, która szczęśliwie przeżyła wojnę, ale niestety zmarła parę tygodni po tym, jak trafili na jej ślad i nie zdążyli się z nią spotkać.

Antosia słyszała już o Oświęcimiu w szkole, jednak, z uwagi na wiek dzieci, informacje o tym miejscu były mocno okrojone. Rodzice teraz też nie chcieli jej

153

martwić jeszcze bardziej, obiecali więc tylko, że kiedyś wszyscy razem pojadą do Oświęcimia.

– Mamo, ale czy być Żydem to coś złego? – Tosia nie mogła pojąć tego wszystkiego. – Czy ja też jestem Żydem? – zapytała.

– Nie, dziecko, to nic złego, ale niektórzy ludzie uważają się za lepszych od innych i w ten sposób doprowadzają do prześladowań rasowych. Na pewno jeszcze będziesz się o tym uczyć w szkole. A ty nie jesteś Żydówką, tylko katoliczką jak twoja mama i my – wyjaśniał pan Alfred.

– Czyli ja nie jestem Ostaniecka, tylko Kornblum? – wydedukowała dziewczynka i jej bródka znowu trochę zadrżała.

– Jesteś Ostaniecka. Jesteś naszą córką nie tylko dlatego, że tego chcieli twoi rodzice i że cię kochamy. Jesteś Ostaniecka także w dokumentach, bo nadaliśmy ci nasze nazwisko i zarejestrowaliśmy cię jako naszą córkę w świetle prawa. I wiesz, Tosiu, chcielibyśmy cię prosić, żebyś nikomu nie wspominała o tej naszej rozmowie. Zdołasz zachować tajemnicę? Uznaliśmy cię za dorosłą na tyle, żeby o wszystkim ci opowiedzieć. Ale to nasza rodzinna sprawa i powinna zostać między nami.

Antonina była tym oszołomiona. Musiała sobie wszystko po swojemu poukładać, bo teraz w ogóle nie wiedziała, co ma myśleć.

– Ale kochacie mnie naprawdę? – chciała wiedzieć.

Pani Weronika i pan Alfred zapewnili ją, że tak.

*

Tosia, która przecież była jeszcze dzieckiem, bardzo przeżyła tę rozmowę. Nie do końca rozumiała, dlaczego prawdziwi rodzice ją zostawili i nie do końca rozumiała, o co chodzi w tym byciu Żydem. Postanowiła sobie, że ona będzie kochać wszystkich ludzi na świecie, bez względu na ich wyznanie i bez względu na wszelkie inne różnice – na przykład na kolor skóry. Czytała „Chatę Wuja Toma" i była bardzo poruszona losem czarnych niewolników. Przemoc i bezwzględność, z jaką traktowano Murzynów, wywoływała w niej współczucie i płakała w poczuciu bezsilności. Na próżno mama przekonywała ją, że to się działo dawno, a teraz jest inaczej.

– Ale było tak, mamo. – Antosia pociągnęła nosem. – I ja nie mogę tego znieść. Tak bardzo mi żal tych wszystkich biednych niewolników.

Wyobraziła sobie teraz, że Żyd to taki Murzyn i była strasznie oburzona, że jedni ludzie mogą prześladować innych.

– Mówiłaś, mamo, że to wszystko działo się dawniej. To, co napisano w „Chacie Wuja Toma". Więc dlaczego to źle być Żydem? – drążyła. – Ja tego nie rozumiem – dodawała.

Pani Weronika nie umiała jej tego wszystkiego wytłumaczyć.

– Tosieńko – uciekła się do najstarszego wybiegu wszystkich rodziców – porozmawiamy o tym później, jak będziesz starsza.

Odtąd Tosia przeżywała to wszystko sama, tworząc w wyobraźni własne obrazy i historie, z których – w każdym przypadku – wynikał jeden główny wniosek, mianowicie taki, że biologiczni rodzice bardzo ją kochali i może kiedyś odnajdą ją i przyjdą odwiedzić. Nie chciała, aby się okazało, że ktoś – nawet gdyby tym „ktosiem" byli jej prawdziwa mama czy tata – chciałby ją zabrać od tych rodziców, których miała teraz. Nie pozwoliłaby na to. Ale odwiedzić... czemu nie. Wyobrażała sobie w myślach, że owi prawdziwi rodzice mieszkają tuż obok, za rogiem, a jeszcze lepiej – w sąsiednim mieszkaniu. A zaraz potem myślała, że jednak właściwie to nie chce poznać tamtych rodziców, bo nie chce żadnych komplikacji w swoim życiu. „Komplikacje w życiu" – to określenie bardzo jej się podobało i ostatnio starała się go używać jak najczęściej.

Dziewczynka patrzyła na inne dzieci z ukrytą wyższością, myśląc że tylko ona wie, jak skomplikowane i poplątane może być życie. Co ty wiesz, myślała, obserwując skaczącą po podwórku Krysię, córkę dozorcy, mieszkającą z rodzicami w dwóch pokojach dawniej należących do państwa Tarnowskich. Nie masz pojęcia o prawdziwym życiu, mówiła w myślach, patrząc na wbiegającą do bramy Wiesię z pierwszego piętra, z mieszkania, do którego wchodziło się obecnie przedwojennymi schodami kuchennymi.

I zastanowiła się przez chwilę. Wiesię bardzo lubiła, właściwie najbardziej ze wszystkich sąsiadek. Choć Wołyńska była starsza od Tosi o siedem lat, nigdy nie zadzierała nosa i często chętnie grała z nią w klasy albo po prostu siedziały na ławce, a dziewczyna opowiadała o przeczytanych ostatnio książkach.

– Mam tajemnicę. – Antonina nie wytrzymała (a jednak nie, nie Antonina, tylko mała Tosia). – Mam tajemnicę – powtórzyła, spoglądając na starszą koleżankę.

I opowiedziała jej swoją historię, z pewną dumą zauważając, jak oczy słuchaczki otwierają się szeroko ze zdziwienia.

– Przysięgnij – zażądała tylko – że nikomu tego nie opowiesz.

– Choćby mnie przypiekano na wolnym ogniu – obiecała Wiesia. I, w istocie, dochowała tajemnicy, dopóki nie została zwolniona z przyrzeczenia.

Sama też miała taką przyszywaną rodzinę, bo przecież mecenasostwo Malczewscy przyjęli jedenastoletnią Wiesię pod swój dach, gdy jej rodziców rozstrzelali Niemcy.

Dlatego teraz dobrze rozumiała dziesięcioletnią Antosię, która właśnie się dowiedziała, że ma przybranych rodziców.

Chociaż tak naprawdę to nie to samo, uznała Wiesia, obecnie już siedemnastoletnia.

Rozdział 13

1956

Szesnastego marca Antosia stała wraz z rodzicami na balkonie zwróconym w stronę Alej Jerozolimskich i z zapartym tchem oglądała rozgrywający się przed jej oczami spektakl. Całą szerokością jezdni szli powoli ludzie, a środkiem ulicy czwórka pięknych koni ciągnęła lawetę, na której leżała trumna przykryta polską flagą. Za trumną szło czterech wysokich mężczyzn w czarnych garniturach, którzy nieśli na wyciągniętych rękach poduszki z przypiętymi medalami i orderami. Po obu stronach trumny maszerowali wojskowi w pełnym galowym umundurowaniu.

Tosia wychylała się, jak mogła, w prawą stronę, ale nie było widać końca tego pochodu. Oczywiście wiedziała, na co patrzy. Był to pogrzeb Bolesława Bieruta, który zmarł w Moskwie w niewyjaśnionych okolicznościach.

– Tato, czy to prawda, że naszego prezydenta otruli? – chciała wiedzieć Tosia, która była chyba najmniej wyedukowana w polityce z całej szkoły. – Bo koleżanki w szkole mówiły, że tak właśnie było. Nie mogę zrozumieć, jak to możliwe – dziwiła się.

Ostanieccy wykreślili politykę z życia rodzinnego. Nie było rzeczą bezpieczną ujawniać swoje poglądy, choćby nawet tylko trochę inne niż te jedynie słuszne. A Ostanieccy takie właśnie mieli – inne od tych właściwych. Woleli więc milczeć, a jeśli kiedykolwiek coś mówili, to na pewno nie w obecności córki. Tosia żyła do tej pory w swoistym kokonie ochronnym, którym otoczyli ją rodzice od pierwszej chwili, gdy do nich trafiła – i udawało im się go utrzymać aż do teraz. Było to jednak coraz trudniejsze, bo dziewczyna dorastała i zaczynała już wysuwać się z owej osłony.

– Mówią, córeczko, że rzeczywistą przyczyną śmierci prezydenta był zły stan zdrowia, od dawna już bowiem cierpiał na postępującą miażdżycę i chorobę nerek – odpowiedział pan Alfred. – Ale jaka jest prawda? – Zamyślił się. – Niektórzy twierdzą nawet, że Bierut popełnił samobójstwo.

– Samobójstwo? – Tosia aż zadrżała. Nie mogła pojąć, jak ktoś mógłby dobrowolnie pozbawić się życia. – Ale dlaczego, mamo? – zwróciła się teraz do pani Weroniki, instynktownie czując, że właśnie kobiety bardziej szanują życie ludzkie.

– Tosiu, to jedynie plotki – odparła matka. – Jak było, nie wiemy i z pewnością się nie dowiemy. Słyszałam, że miał jakieś kłopoty w partii, ale jak wiesz, polityka nas nie obchodzi, więc ani plotkami, ani nawet prawdą na ten temat nie jesteśmy zainteresowani. Nie opłakujemy pana prezydenta, choć oczywiście żal nam każdego, kto umiera.

Antosia zdawała sobie sprawę z tego, że rodzice nie popierali obecnego ustroju. Widziała też, że nie sprzeciwiali się mu aktywnie, a raczej tylko krytykowali rzeczywistość w domowych i towarzyskich dyskusjach. Ponieważ zaczynała się już interesować życiem wokół siebie, rozumiała też, że należy uważać z wszelkimi takimi wypowiedziami, bo nigdy nie wiadomo, kto stoi po czyjej stronie i kto komu co donosi. Najlepiej więc było nic nie mówić. Rodzice Tosi słyszeli już o wielu osobach, które nagle w dziwny sposób zniknęły ze swoich mieszkań. Uczulali więc córkę, gdy ta nie mogła pojąć wielu otaczających ją rzeczy, żeby raczej niczemu głośno się nie dziwiła. Tośka zaczynała się trochę buntować, ale na razie tylko trochę, bo miała dopiero szesnaście lat, czyli, jak na lata pięćdziesiąte dwudziestego wieku, była jeszcze dzieckiem.

A wokoło działo się mnóstwo innych ciekawych rzeczy. Postępowała odbudowa i rozbudowa Warszawy. Tosia czekała z niecierpliwością na otwarcie Centralnego Domu Towarowego, powstającego w Alejach Jerozolimskich, naprzeciwko kamienicy na Kruczej. Jego oficjalnym adresem była Krucza 48, choć po wojnie Krucza kończyła się na skrzyżowaniu z Alejami Jerozolimskimi, a ostatnim domem po stronie parzystej była właśnie kamienica pod numerem czterdzieści sześć. Inne, stojące dalej na północ, przestały istnieć.

– Mamo – mówiła Tosia – skoro ten wielki dom towarowy ma mieć adres Krucza czterdzieści osiem, to znaczy, że nasz budynek zostanie. – Bardzo się bała, że ich kamienicę rozbiorą, bo już krążyły takie pogłoski. – Bo, zobacz, skoro został dom przy Kruczej czterdzieści siedem, naprzeciwko naszego, to czemu mieliby wyburzyć właśnie nasz? Może tylko trochę go odbudują, odremontują i zostawią?

Istotnie, zaczynało się mówić, że kamienica przy Kruczej 46 zostanie zburzona. Może nawet nie dlatego, że dom był zniszczony, nie istniało przecież całe jedno skrzydło. I choć zwały gruzów już uprzątnięto, a teren po zbombardowanej południowej pierzei był ogrodzony, nic więcej się nie działo. Podobno rozważano różne możliwości, nawet ewentualną odbudowę i restaurację kamienicy – była już przecież zabytkiem, domem-bohaterem – istniała jednak podstawowa przeszkoda. Otóż Kruczą poszerzano, a na miejscu ruin powstawały budynki administracji publicznej. A dom-bohater przy Kruczej 46, stanowiący wybrzuszenie u zbiegu dwóch arterii, dość istotnie ograniczał ruch w tym miejscu.

Do tej pory nie podjęto jednak decyzji o losie Kruczej 46, choć wszyscy mieszkańcy domu, nawet ci napływowi, trzymali kciuki, by kamienica pozostała. Bo choć nie było tam centralnego ogrzewania ani gazu, spacerowały za to insekty i gryzonie – jednak to był DOM. Wielkimi literami pisany.

A poza tym – mieszkali przecież w centrum Warszawy, nie gdzieś na peryferiach.

Na razie budowano CDT, czyli popularny „Cedet"; w zawrotnym jak na owe czasy tempie postawiono go w latach 1949–1952. Był niesłychanie nowoczesny, sześciokondygnacyjny, cały przeszklony, z dębowymi wykończeniami okien i ruchomymi schodami, stanowiącymi niesłychaną atrakcję szczególnie dla dzieci. Atrakcją stał się też ogromny neon w kształcie spirali z pionowo ułożonymi literami CDT.

Uroczyste otwarcie przyciągnęło tłumy warszawiaków, a wśród oglądających „Cedeciak" była oczywiście także Antonina Ostaniecka z rodzicami. Rodzice kupili jej śliczny sweterek z golfem.

– Mamo, chodź, wjedziemy jeszcze raz na górę. – Tosię także zafascynowała największa atrakcja CDT, ruchome schody, przesuwające się niezmordowanie w górę i w dół, którymi jeździły przejęte dzieciaki, z równie przejętymi rodzicami.

Potem Tosia obserwowała budowę Pałacu Kultury i Nauki. Tempo było po prostu oszałamiające, pałac powstał w trzy lata, uroczyście oddano go do użytku dwudziestego drugiego lipca 1955 roku.

– Czy wiesz, Tosiu – pan Alfred uśmiechnął się do córki, bardzo przejętej, że już za parę dni będzie można zwiedzić pałac w środku – że dla pracujących przy budowie robotników ze Związku Radzieckiego wybudowano na warszawskich Jelonkach całe osiedle, z kinem, stołówką, świetlicą i basenem? Teraz te domki mają być przeznaczone dla warszawskich studentów – opowiadał.

Na usilną prośbę Tosi rodzice zapisali ją na zajęcia do Pałacu Młodzieży. Dla śródmiejskich dzieciaków chodzenie do pałacu było nobilitacją, przechwalano się tym na podwórkach. Gdy wprowadzono brązową, srebrną i złotą odznakę Pałacu Młodzieży, Tosia jako jedna z pierwszych zdobyła wszystkie trzy. Aby tego dokonać, należało uzyskać pięć sprawności: umiejętność pływania, fotografowania, tańca towarzyskiego, prowadzenia pojazdu samochodowego, a także znajomość języka obcego. To dzięki uczestnictwu w pałacowych zajęciach Tośka, idąc na studia, znała już dość dobrze angielski i miała prawo jazdy, choć wszyscy jej znajomi, jak również rodzice, śmiali się z tej „sprawności", jako że posiadanie własnego auta było wtedy po prostu fantasmagorią.

Nadszedł rok 1956, Tosia właśnie zaczynała dorastać. I po raz pierwszy w życiu zakochała się. Obiektem jej westchnień stał się o trzy lata starszy Ludwik Bukowski, którego poznała na kursie angielskiego w Pałacu Młodzieży. Ludwik szalenie imponował Antoninie. Zawsze, niezależnie od pogody, chodził w baskijskim berecie nasuniętym na prawe ucho, co nadawało mu zawadiacki wygląd. To właśnie Ludwik zainteresował ją polityką.

– Nic nie rozumiesz – tłumaczył, gdy usiłowała spierać się z nim o jakąś „wielką sprawę". „Wielkimi sprawami" były dla niego zarówno amnestia ogłoszona w kwietniu, jak i wygrana Stanisława Królaka w Wyścigu Pokoju.

Ale teraz najważniejsze stały się wydarzenia w Poznaniu i Ludwik starał się wytłumaczyć Tosi, o co w tym wszystkim chodzi. Oczywiście wszystko dobrze wiedział, był bowiem w samym centrum wydarzeń, gdyż właśnie od pierwszego czerwca rozpoczął pracę w Ministerstwie Przemysłu Maszynowego.

– Wiesz – powiedział jej dwudziestego szóstego czerwca – dzisiaj przyjechała do ministerstwa delegacja robotników z Ceglorza. Oddelegowano mnie do obsługi spotkania, ale nie wchodziłem do środka, pomagałem tylko dwóm paniom przy parzeniu herbaty i rozkładaniu wafelków w czekoladzie na talerze.

– Zostałeś bufetową – śmiała się z niego Tosia, zupełnie nieprzejęta tym wydarzeniem.

– No przecież mówię, że nic nie rozumiesz – złościł się Ludwik. – To bardzo ważne spotkanie, a ja się tym dodatkowo interesuję, bo w zakładach Cegielskiego pracuje Przemek, mój cioteczny brat. Opowiadałem ci o nim, razem spędzaliśmy wakacje w Kądziołce pod Radomiem, tam mieszkała nasza babcia. Przemek to syn siostry mojej mamy i mama wierci mi dziurę w brzuchu, żebym się czegoś dowiedział. Tylko jak? – Prychnął zdenerwowany.

Ludwik się denerwował, wiadomości było mało, a te, które docierały do ludzi, nie nastrajały optymistycznie.

– Pewnie nie słuchałaś przemówienia premiera – zirytował się, gdy Tosia spytała go, dlaczego jest jakiś taki nieprzytomny. – Było wspaniałe, on jest porywający – mówił. – Wiesz, co powiedział? – Wyciągnął z kieszeni jakiś notes. – Zapisałem sobie, nie tylko dlatego, że to wstrząsające słowa, ale też dlatego, że w pracy mam redagować gazetkę ścienną, więc taki cytat musi być dokładnie przytoczony.

I przeczytał Antosi te najważniejsze słowa Józefa Cyrankiewicza: „Każdy prowokator czy szaleniec, który odważy się podnieść rękę przeciw władzy ludowej, niech będzie pewny, że mu tę rękę władza ludowa odrąbie!".

– To okrutne. – Tośka aż się wzdrygnęła, a Ludwik znowu był wściekły, że ona nic nie rozumie.

– A jak należy mówić do takich wichrzycieli, żeby zrozumieli? – syknął. – Przez nich produkcja stoi, ludzie są zdezorientowani, wszędzie wkrada się nieporządek i zamieszanie.

O tym, co naprawdę zaszło w Poznaniu, w innych miastach dowiadywano się z opóźnieniem, wszelkie oficjalne informacje były bowiem zablokowane.

Jednak powoli wiadomości o wydarzeniach poznańskich odbiły się głośnym echem w kraju i na świecie.

Zginęło około siedemdziesięciu osób, dokładnej liczby ofiar nie udało się ustalić. Ponad sześćset osób odniosło rany.

Wśród ofiar śmiertelnych był też, niestety, Przemek Markowski.

Ludwik bardzo przeżył śmierć kuzyna. Bardzo mało podawano konkretnych wiadomości o tym, co wydarzyło się naprawdę. Środki masowego przekazu – prasa i radio – głosiły oczywiście wersję narzuconą przez władze.

Wypadki poznańskie były szokiem zarówno dla władz, jak i dla spacyfikowanych robotników.

Bukowski, syn robotnika, przed wojną należącego do PPS, a od 1948 roku aktywnego członka PZPR, został wychowany w duchu socjalizmu i ze wszystkich sił chciał wierzyć w idee, które wyznawał jego ojciec. Jednak Poznański Czerwiec trochę ten zapał ostudził i Ludwik spierał się z ojcem, który – mimo śmierci siostrzeńca żony – w dalszym ciągu wierzył święcie w to, co głosiła partia.

– Synu – tłumaczył starszy Bukowski. – Przemek by nie zginął, gdyby ci wszyscy wichrzyciele i szaleńcy nie rozpętali tej całej rozróby. Niestety, to oni i wciągnięci w tę rozgrywkę robotnicy są sprawcami i jedynymi winnymi tych wypadków.

– Wszystko rozumiem, ale myślę, że całą sprawę można było zakończyć bez użycia broni – odpowiadał syn.

– Zgadzam się z premierem i rozumiem jego słowa o odrąbaniu ręki podnoszącej się na władzę, uważam jednak, że zrobiono, niestety, coś więcej, o wiele więcej. I po prostu za dużo.

Takie dyskusje, jak u Bukowskich, toczyły się zapewne w wielu polskich domach, w niektórych zapewne w dużo ostrzejszej formie.

Jednak komórki partyjne w zakładach pracy były dość prężne i potrafiły wpoić zarówno członkom partii, jak i tym, którzy do niej nie należeli, jedną jedynie słuszną wersję wydarzeń poznańskich.

Mimo wszystko wydarzenia te stały się impulsem do przyspieszenia procesów demokratyzacji w Polsce i rozpoczęły tak zwane przemiany gomułkowskie.

W październiku, gdy na placu Defilad w Warszawie Władysław Gomułka porwał setki tysięcy ludzi, Ludwik też tam był. I śpiewał „Sto lat" do ochrypnięcia.

– Teraz nareszcie będzie prawdziwa demokracja. Zaczęła się odwilż – wyjaśniał Antosi, która w dalszym ciągu nie rozumiała zbyt wiele z tego, co się działo. Nie mogła pojąć, jak Polacy mogli strzelać do Polaków i nie dała sobie wytłumaczyć, że sprawcami zajść są „agentura imperialistyczna i reakcyjne podziemie", którym udało się sprowokować uliczne zamieszki, by obalić legalną władzę ludową.

Rodzice Antoniny niezmiennie byli umiarkowanie prawicowi, choć w dalszym ciągu nie afiszowali się ze swoimi poglądami. Chodzili do kościoła, Tosia też chodziła, zresztą również z własnej woli. Trochę „poboczyła się" na Pana Boga po tym, jak się dowiedziała prawdy o swoim pochodzeniu, o losie Żydów w czasie wojny, o Oświęcimiu i innych okropnościach lat 1939–1945. Z pokorą jednak przyjmowała wyjaśnienia rodziców, że woli Pana Boga nie trzeba rozumieć, tylko należy się z nią godzić, wszystko bowiem ma swój boski cel – i taką uproszczoną filozofię wyznawała do dziś, nie przyjmując prawd objawianych jej przez Ludwika. To – oraz fakt, że była jeszcze bardzo młoda – spowodowało powolny kres pierwszej miłości, która się zakończyła, zanim właściwie się zaczęła. Tośka powiedziała sobie, że już nigdy więcej się nie zakocha, bo mężczyźni nie są tego warci.

*

Mieszkańcy Kruczej 46 obecnie nie stanowili już tak zwartej społeczności, jak przed wojną i podczas okupacji. Wielu lokatorów zginęło lub zaginęło, przybyło wielu nowych, w ramach dokwaterowań lub samowolnego zajmowania części mieszkań tuż po wyzwoleniu. Tak stało się z mieszkaniem mecenasa Malczewskiego. Po powstaniu w lokalu pod czwórką pozostało sześć osób – pani Izabella, jej młodsza córka Marysia, Helena, synowa Izabelli, z synem Bogusławem oraz Wiesia Wołyńska i Anusia Towiańska. Mieli dwa pokoje i kuchnię od strony tylnego wejścia przez podwórze.

Pozostałe pokoje zostały zajęte przez dokwaterowanych lokatorów, którzy wchodzili przez drzwi frontowe. Rodzina Malczewskich i tak była szczęśliwa, że udało się jakoś odgrodzić tę część mieszkania, by stanowiło odrębną całość. Chociaż było im bardzo ciasno, mieszkali jednak razem i bez obcych.

W 1948 roku Marysia wyszła za mąż za doktora Mostowskiego i wyjechała z mężem do Bydgoszczy, gdzie Michał był ordynatorem ortopedii w szpitalu miejskim. Marysia chciała zabrać ze sobą panią Izabellę, ta jednak – pamiętając powiedzenie o nieprzesadzaniu starych drzew – postanowiła zostać w Warszawie. Ale Mostowscy zabrali ze sobą jedną lokatorkę z Kruczej 46, małą Anusię, która straciła matkę i ojca w powstaniu; postanowili więc, że zastąpią jej rodziców. Pani Izabella i Wiesia Wołyńska z żalem rozstały się z dziewczynką, wiedziały jednak, że u Mostowskich będzie jej lepiej. Państwo Mostowscy przeprowadzili formalną adopcję, a Anusia poznała swoją prawdziwą historię dopiero po śmierci Marysi *.

Z lokatorami mieszkającymi obecnie w odgrodzonej części mieszkania rodzina mecenasa nie utrzymywała bliższych kontaktów, choć oczywiście wszyscy grzecznie witali się ze sobą przy przypadkowym spotkaniu.

Mostowscy w Bydgoszczy mieli telefon, mogliby więc kontaktować się z rodziną w Warszawie, gdyby nie to, że numer Malczewskich – mecenas miał telefon jeszcze przed wojną – przydzielono dokwaterowanemu lokatorowi, aktywnemu członkowi organizacji partyjnej. Marysia z matką pisywały więc do siebie listy.

Kochana Mamo! – pisała Marysia dziewiętnastego listopada 1956 roku. – U nas jakieś zamieszki. Wczoraj manifestanci zniszczyli na Wzgórzu Dąbrowskiego maszt radiowy i urządzenia radiostacji, zagłuszającej audycje rozgłośni Wolna Europa. Wieczorem nareszcie posłuchałam sobie audycji bez zakłóceń, ale Michał mówi, że nie ma się z czego cieszyć, bo i tak będą zagłuszać, na pewno znajdą jakiś sposób.

Michał Mostowski, jak zwykle, miał rację.

Malczewscy byli najbardziej zżyci z Ostanieckimi, a Tosia przyjaźniła się z Wiesią, mimo że dzieliła je spora

* Szczegóły w „Sosnowym dziedzictwie" Marii Ulatowskiej.

różnica wieku. Próbowała dołączyć do nich Krysia, córka rodziny dokwaterowanej do Tarnowskich, ale tamte dwie jakoś jej nie zaakceptowały. Chociaż mieszkała obok, według nich „nie była z Kruczej". Do pewnego czasu świetnym partnerem zabaw był też Boguś Malczewski, rówieśnik Antosi. Z czasem jednak przestał być kolegą, a stał się „chłopakiem". Nie rozumiał już języka dziewcząt.

Zmieniło się też miejsce ich zabaw. Do niedawna wszystkie dzieci z Kruczej 46 najlepiej bawiły się na gruzowisku pozostałym po południowej pierzei kamienicy. Gruzy leżały sobie spokojnie przez cały czas, gdyż władze Warszawy ciągle nie mogły się zdecydować, co zrobić z ocalałą częścią domu. Oczywiście wszyscy rodzice zabraniali dzieciom tam chodzić, ale dorośli mogli sobie gadać...

Zniknęły tylko wszystkie mogiły z podwórka, zwłoki przeniesiono do grobów na wojskowym cmentarzu komunalnym na Powązkach. Effi von Alpine Valley pozostała w dawnym miejscu, lecz nikt już nawet nie pamiętał – poza Piotrem Tarnowskim – gdzie była zakopana.

Dziewczynki z Kruczej nie bawiły się już w gruzach, które zresztą w końcu uprzątnięto, co mieszkańcy kamienicy przyjęli z drżeniem serca, gotowi bić się wprost o te – ich przecież – gruzy. Wojenne, powstańcze, pamiątkowe. Komu przeszkadzały? Czy to znaczy, że teraz wezmą się do rozbierania naszego domu? – martwili się wszyscy.

Budynek jednak stał, jak stał. I wyglądał tak samo – z balkonami od frontu i niezbyt urodziwą, podziabaną przez kule elewacją, dumnie błyskający oczodołami powstawianych elegancko szyb. Sklepy od frontu też istniały – tyle że teraz zamiast tego z maszynami do szycia był sklep z rowerami; mieszkańcy byli dumni z nowoczesności kamienicy. „Sprzedaż i naprawa rowerów" – głosiła wywieszka, a sklep prowadzili państwo Koryccy ze wschodniej sutereny. Podobno ojciec pana Koryckiego dawno temu, oczywiście przed wojną, a nawet chyba przed pierwszą wojną, był kolarzem. Wprawdzie nie była to wiadomość w pełni sprawdzona, mieszkańcy jednak przyjęli ją na wiarę. Pan Korycki był „swój", starzy mieszkańcy pamiętali przecież Grzesia, bohaterskiego małego chłopca, roznoszącego pocztę powstańczą, który zginął, przebiegając wzdłuż barykady przez Aleje.

Oczywiście sklep był państwowy, a pan Korycki pracował „na posadzie". Ale czy to ważne? Ważne, że były sklepy, jak przed wojną. Choć ten bławatny już nie istniał. W dawnym sklepie Szymona sprzedawano teraz pasmanterię: guziki, tasiemki, zatrzaski, agrafki, motki bawełny. Panna sklepowa – teraz: sprzedawczyni – była „obca", czyli nie z Kruczej. Ale taka pasmanteria całkiem się przydawała.

Spożywczy jednak był i warsztat szewski też – a że pracowali tam „obcy"? Cóż, znak czasów.

Dziewczęta z Kruczej 46 teraz często przesiadywały na ławce, którą w rogu podwórka postawił pan Olszewski, obecny dozorca. Z czasem jednak i ta ławka opustoszała; Wiesia zaczęła studiować, Tosia przygotowywała się do matury, każda miała już swoje sprawy i powoli więź między nimi się rozluźniała.

Trochę wcześniej

Rozdział 14

1947–1950

W 1947 roku Piotr Tarnowski wrócił z wojska. Podczas służby miał możliwość zrobienia matury, po powrocie więc zapisał się na studia na Wydziale Mechanicznym Politechniki Warszawskiej i wybrał kierunek lotniczy. Studia rozpoczął w październiku 1948 roku.

Paweł rósł jak na drożdżach, Piotr go uwielbiał, tym bardziej że, niestety, okazało się, że Elżbieta nie będzie mogła mieć więcej dzieci. Któregoś dnia poczuła silne bóle w podbrzuszu, pojawiły się też długotrwałe plamienia. Z początku lekceważyła te objawy, ale kiedy zdarzyły się znowu i znowu, powiedziała o tym mężowi.

Piotr poszedł na pierwsze piętro, do mieszkania Malczewskich. Oprócz rodziny aktywisty partyjnego do mieszkania została tam dokwaterowana lekarka ze szpitala przy Lindleya (nie używano wtedy nazwy Szpital Dzieciątka Jezus).

– Panie Piotrze – powiedziała mu doktor Roszkowska, internistka. – To nie moja specjalność, wygląda mi to na coś ginekologicznego. Mogę państwu polecić świetnego lekarza, doktora Władysława Dunińskiego.

Pracuje w szpitalu przy placu Starynkiewicza, znamy się jeszcze ze studiów. Może się pan na mnie powołać.

Po badaniach okazało się, że na jajnikach Elżbiety usadowiła się jakaś rozległa narośl i w rezultacie wszystko skończyło się operacją, jajniki i macicę usunięto. Na szczęście guz nie był złośliwy, jednak oczywiście Elżbieta dzieci mieć już nie mogła.

Pawełek wystarczał im więc za wszystkie te, o których dawniej marzyli. Piotr rozpoczął studia, a na rodzinę zarabiała Elżbieta, która miała bardzo dobrą, jak na owe czasy, pracę – była sekretarką ministra przemysłu morskiego*. Chociaż nie należała do partii, zdobyła i utrzymała swoje stanowisko dzięki jeszcze przedwojennej znajomości, a nawet wręcz przyjaźni obecnego ministra z jej ojcem, zaginionym i najprawdopodobniej zmarłym podczas wojny. Okazało się nawet, że minister coś tam zawdzięczał ojcu Elżbiety i o swoim zobowiązaniu nie zapomniał. Pan minister był członkiem Stronnictwa Demokratycznego i nie uznawał teorii, że w ministerstwie mogą pracować wyłącznie członkowie partii lub jednego z dwóch stronnictw.

Spotkali się – pan minister i Elżbieta – przypadkiem w Ogrodzie Saskim, gdy pewnego ciepłego dnia pani Tarnowska wybrała się na spacer z malutkim synkiem. Elżbieta rozpłakała się na widok najlepszego przyjaciela swojego ojca, niestety, on też nic nie wiedział o losie państwa Jaskólskich. Ostatni raz widzieli się w 1940 roku.

Ciocia Adela po powrocie Piotra z wojska została z nimi na Kruczej. Na Dobrej nikt na nią nie czekał, miała jeszcze sporo sił i energii i chciała być z rodziną. Mieszkanie na Dobrej, obecnie okrojone do pokoju

* Ministerstwo „utworzone" dla potrzeb tej książki.

z kuchnią, wynajęła po cichu dwóm studentom ekonomii i pieniądze dokładała do wspólnego gospodarstwa. Takie rozwiązanie odpowiadało wszystkim, choć w mieszkaniu – dzielonym przecież z Olszewskimi – było dość ciasno, mimo że Olszewscy odstąpili Tarnowskim jeszcze jeden pokój. W tym „nowym" pokoju rezydowała ciotka Adela i gotowała obiady mieszkańcom lokalu, z czego wszyscy byli bardzo zadowoleni, a ciocia najbardziej.

Nie, jednak najbardziej zadowolony był Brylek, który nareszcie miał rodzinę w komplecie. Pies, już prawie dwunastoletni, trzymał się jeszcze całkiem dobrze, choć trochę niedowidział i niedosłyszał.

Piotr był zachwycony studiami. Uczył się intensywnie, brał też udział w życiu studenckim i współtworzył komórkę ZMP na politechnice. W wojsku został członkiem PZPR, a w zasadzie został uczyniony członkiem PZPR, podsunięto mu bowiem deklarację bez pytania o zgodę, a on po prostu ją podpisał. Nie zastanawiał się zbytnio nad tym krokiem i go nie rozważał. Jego wcześniejsza przynależność do Armii Krajowej widać nikomu nie przeszkadzała, a może właśnie była powodem, dla którego wojskowa komórka partyjna postanowiła zwerbować tego konkretnego kandydata. Po ogłoszeniu pierwszej amnestii w sierpniu 1945 roku większość żołnierzy podziemia ujawniła się, posłuchawszy wezwania Radosława, legendarnego dowódcy warszawskiego Kedywu, pułkownika Jana Mazurkiewicza, choć mówiono, że do tego wezwania został zmuszony torturami. Piotr ujawnił się także, przeszedł procedury, wypełnił kilkanaście ankiet i odbył kilkanaście przeróżnych rozmów, w trakcie których zawsze mówił to samo, bo mówił po prostu prawdę. Wiele do ukrycia nie miał. Po tym wszystkim nie podjęto w stosunku do niego żadnych działań represyjnych, widocznie nikomu nie chciało się zawracać sobie głowy takim malutkim pionkiem.

Po wstąpieniu do partii Piotr początkowo zachwycił się ideologią socjalistyczną. Wierzył, że ten ustrój polepszy byt milionów ludzi w Polsce, tak ciężko doświadczonych przez ostatnie lata. Jednak już na studiach, gdy obserwował z bliska niektórych działaczy ZMP, jego entuzjazm powoli zaczął opadać. Podskoczył jednak w górę, jak wielu członkom, po wydarzeniach października 1956 roku.

Na razie jednak był pilnym studentem i w miarę gorliwym działaczem młodzieżowym. W nagrodę otrzymał skierowanie na wczasy do Szklarskiej Poręby dla całej rodziny. Ponieważ w domu wczasowym nie było odpowiedniego pokoju, przekierowano ich do kwatery prywatnej u gospodarza, który podpisał stosowną umowę z Funduszem Wczasów Pracowniczych.

Zanim Piotr mógł wyjechać, musiał uzyskać odpowiednie zaświadczenie z uczelni, potwierdzające, że obywatel Piotr Tarnowski, syn Stefanii i Mieczysława, jest studentem Wydziału Mechanicznego Politechniki Warszawskiej. W zaświadczeniu stwierdzono, że obywatel Piotr Tarnowski korzysta z ferii wakacyjnych w okresie od piętnastego czerwca do trzydziestego września 1950 roku i udaje się na powyższy okres na wakacje, mając prawo przebywać w Szklarskiej Porębie, a następnie w Gdyni i Gdańsku. Zaświadczenie było niezbędne w razie wylegitymowania Piotra przez jakiekolwiek władze administracyjne.

Tę Gdynię i Gdańsk Piotr dodał do podania o zaświadczenie, ot tak sobie, a nawet z ciekawości, czy wpiszą mu całą Polskę do zezwolenia pobytowego. Wpisali, bez żadnych zastrzeżeń. Oczywiście Piotr bardzo chciałby pojechać także nad morze, ale wiedział, że dla ich rodziny już nawet urlop w Karkonoszach będzie dużym obciążeniem finansowym. Tak więc musiała wystarczyć Szklarska Poręba.

*

Po raz pierwszy Piotr zdradził Elżbietę właśnie na wczasach w Szklarskiej Porębie, na które żona nie pojechała. Wolała zostać w domu, w pracy, gdziekolwiek, byle nie być z mężem, którego przestała kochać, o ile w ogóle kiedykolwiek go kochała.

Po operacji wycięcia macicy i jajników Elżbieta uznała, że seks już nie jest jej do niczego potrzebny. Ba, więcej, uważała nawet, że teraz uprawianie seksu to grzech, ponieważ współżycie nie może już służyć prokreacji. Zanim wykonano analizę wyciętej tkanki i okazało się, że guz nie jest złośliwy, minęło trochę czasu. Jeszcze przed zabiegiem, a potem w trakcie oczekiwania na wyniki badań młoda kobieta zrobiła się wręcz do przesady religijna. Piotr natomiast, który z urodzenia był katolikiem, podczas wojny stał się zdeklarowanym ateistą. Nie mógł przyjąć, że to, co się wtedy działo – między innymi śmierć jego rodziców – ma jakieś boskie uzasadnienie i obróci się na dobre, wystarczy tylko w to wierzyć. Nie przeszkadzało mu, że żona chodzi do kościoła, byle nie namawiała na to także jego. Nie protestował, gdy zaczęła prowadzić do kościoła Pawełka, bo wierzył, że syn kiedyś, gdy już będzie wystarczająco dorosły, sam wybierze swoją drogę.

Jednak odsunięcie od łoża przez żonę trochę Piotrowi przeszkadzało. Był normalnym młodym mężczyzną i miał normalne potrzeby. Żona była stale zmęczona, rozdrażniona i niemiła, a żadne z nich nie wiedziało, że to skutki operacji. Doktor Duniński, choć przepisywał pacjentce hormony i inne niezbędne leki, nie miał pojęcia o jej niechęci do seksu. Trwałej niechęci, bo przemijająca abstynencja po takiej operacji zdarza się dość często. U Elżbiety taka postawa dodatkowo miała jeszcze podłoże histeryczne, wynikała z jej bigoterii.

Z czasem więc Piotr zupełnie odsunął się od żony, a raczej odeszli od siebie obydwoje. Nie mówili i nawet nie myśleli o rozwodzie, bo po pierwsze, mieli na względzie dobro Pawła, a po drugie, sam rozwód niczego by w ich życiu nie zmienił. Było wprawdzie mieszkanie po ciotce Adeli, która zmarła w 1949 roku, ale – mimo, że cały dom przy Dobrej należał do ciotki – niestety, Piotr nie był tam zameldowany, mieszkał przecież przy Kruczej, a w owych czasach żadnego dziedziczenia nie brano pod uwagę. Mieszkaniem, jak i całym domem, zaopiekowało się państwo ludowe i kropka. Rozwód nie wchodził więc w grę także z tego prostego powodu, że i tak nie mogliby się rozstać.

Żyli więc razem – obok siebie.

Na wczasy do Szklarskiej Poręby – a zresztą gdziekolwiek – Elżbieta też jechać nie chciała, Piotr pojechał więc z Pawełkiem, który miał już pięć lat i można powiedzieć, że był samodzielny. Potrzebował tylko trochę pomocy przy ubieraniu, myciu, jedzeniu; akurat tyle, ile potrafił dać mu tata. Radzili sobie razem doskonale.

Mały był zafascynowany górami, lasem, wodospadem Szklarka. Wszystko to ogromnie mu się podobało, ciągle chciał zobaczyć więcej i jeszcze więcej. Chodzili więc na wycieczki, zwiedzali okolice, korzystali ze wszystkich atrakcji wczasowych.

Do takich atrakcji niewątpliwie można było zaliczyć wieczorek zapoznawczy, który zorganizowano w „Sasance" piątego dnia turnusu. Piątego, nie pierwszego czy drugiego, bo pan kaowiec był chory i bal dla wczasowiczów zorganizował dopiero, gdy wydobrzał. Pawełek był zachwycony, tańczył z tatą i jeszcze z jakąś miłą panią, z którą siedzieli przy stoliku podczas posiłków.

Najbardziej podobał się chłopcu taniec z miotłą, który polegał na tym, że gdy przestawano grać, wszyscy musieli stanąć przy ścianie, a po rozpoczęciu kolejnej melodii każdy łapał do tańca osobę znajdującą się obok. Kto nie znalazł partnera, musiał tańczyć z miotłą aż do następnej przerwy w muzyce. Paweł ani razu nie tańczył z miotłą, zawsze ktoś go porywał do tańca, ale jego tacie raz miotła się trafiła. Chłopiec zaśmiewał się z tego głośno, a pani, która właśnie z nim tańczyła, spytała:

– To twój tata, malutki?

Pawełek wcale nie czuł się „malutki", przecież miał już całe pięć lat, co zaraz oznajmił tej pani, ale musiał też przyznać, że ten pan z miotłą to właśnie jego tata – tym bardziej, że tata do nich podszedł.

– Dziękuję za taniec z moim synem. – Ukłonił się. – Jestem Piotr Tarnowski, bardzo mi miło.

– Wiga – odparła pani, wyciągając rękę. – Jadwiga Kamińska – uściśliła.

Pani Kamińska, Wiga, od dawna mężatka, uwielbiała seks. Mąż był naukowcem, sprawy łóżkowe niezbyt go interesowały – tak, od czasu do czasu. Ale od czasu do czasu dla pani Wigi było za mało. Organizowała więc sobie życie, dostosowując wszystko do tej najważniejszej potrzeby. Mąż zarabiał dość dobrze, poza pensją miał jeszcze różne dodatkowe zajęcia, wykłady, artykuły, wyjazdy zagraniczne. Wiga nie musiała więc pracować, zatrudniła się jednak jako masażystka na basenie w Pałacu Kultury i Nauki, ukończywszy uprzednio odpowiedni kurs. Taka posada dawała jej wiele możliwości, z których skwapliwie korzystała, a jakże. Ale podczas urlopu, na wczasach, też mogła sobie kogoś znaleźć.

Piotr spodobał jej się od pierwszego wejrzenia i specjalnie starała się wkupić w łaski jego synka. Nie było to trudne. Wieczorem, po tańcach, poszli razem do gospodarza, u którego mieszkali Piotr z Pawełkiem.

– Jaki uroczy chłopczyk – wdzięczyła się Wiga, zauważając, że ojciec świata poza malcem nie widzi. – Pomogę ci, to znaczy, przepraszam, pomogę panu położyć go spać, dobrze? – Zrobiła smutną minę. – Ja niestety, nie mam dzieci, jakoś się nie zdarzyło.

Poszli więc razem, choć Pawełek wcale nie miał zachwyconej miny.

– Tata, a kto mi poczyta? – pytał.

– Może ja ci poczytam, Pawciu? – zaproponowała Wiga, ale chłopiec z miejsca odrzucił jej ofertę.

– Nie – odrzekł. – Ty nie, tata – zarządził, a Piotr wzruszył ramionami, patrząc na panią Kamińską.

Czytał więc synkowi „Kubusia Puchatka", aż chłopczyk usnął. Prawie usnęła też Wiga, ale obudziła się, gdy

Piotr wyszedł z malutkiej sypialni do większej części sprytnie podzielonego regałem pokoju.

Dalej już wszystko poszło po jej myśli. Piotr, spragniony seksu, rozgrzeszył się jeszcze przed popełnieniem grzechu zdrady małżeńskiej i miło spędzili całą noc. Potem powtarzało się to jeszcze dwa razy i może trwałoby dłużej, gdyby któregoś razu Pawełek się nie obudził – ujrzawszy, że taty nie ma w łóżku, nie krzyczał, tylko rezolutnie postanowił go znaleźć.

– Tata, tata! – Piotra obudziło szarpanie i z przerażeniem ujrzał synka stojącego obok kanapy w części pokoju, która udawała salon. – Dlaczego śpisz tu, a nie w swoim łóżku? I dlaczego tu śpi ta pani? – dopytywał się chłopiec.

– Kochanie, zgaś światło. – Na wpół przytomna zaspana Wiga usiadła na łóżku, a Pawełek wpatrzył się w jej piersi, oczywiście gołe.

– Tatusiu, a dlaczego ta pani jest goła? – dociekał dalej malec.

Dalszą część rozmowy pomińmy, w każdym razie rano, gdy Pawełek obudził się ponownie, a właściwie gdy tata obudził go, mówiąc: „czas na śniadanie, syneczku", pani Kamińskiej już u nich nie było.

– Tata, ja nie lubię tej pani – oznajmił mu chłopiec. – Ona mówi do mnie „Pawciu", a przecież mam na imię Pawełek, nie żaden Pawcio. I ona jest gruba, i nie taka ładna, jak mamusia. I ja chcę do mamy, już tu nie chcę być.

Dużo kosztowało Piotra, żeby przekonać syna do pozostania, wczasy kończyły się za kilka dni i szkoda byłoby wyjeżdżać wcześniej, tym bardziej że pogodę mieli piękną. Piotrowi udało się w końcu namówić synka, żeby jednak zostali, ale warunkiem – bezwzględnym – było zerwanie znajomości z panią Wigą. Co nie poszło tak łatwo… Ostatecznie jednak pani Kamińska przegrała w konkurencji z malcem.

Piotr zastanawiał się teraz, jak przekonać synka do zachowania całej sprawy w tajemnicy przed mamą. Nie bał się właściwie, bo małżeństwem w pełnym znaczeniu tego słowa już dawno nie byli, ale chciał mieć w domu spokój, a nie wiedział, jak Elżbieta (bądź co bądź żona) zareaguje na wieść o jego zdradzie.

– Pawełku – zaczął nieśmiało w przeddzień wyjazdu. – Wiesz, będziemy mieć wspólny sekret, dobrze? Nie powiemy mamusi, że w nocy zobaczyłeś panią Wigę u tatusia w pokoju. To będzie taki nasz dorosły sekret. Mama martwiłaby się, że ty zostałeś sam w pokoju, a nie chcemy jej martwić, prawda?

– Ale ja mogę być sam w pokoju – zaoponował chłopiec. – Nie boję się.

Oczywiście Piotr popełnił błąd, bo gdyby nic nie mówił, dziecko pewnie samo nie pamiętałoby tej historii, ale skoro ojciec ją przypomniał…

– Mamo, mamo, a my z tatą mamy sekret, wiesz? – oznajmił Pawełek zaraz po przyjeździe.

– Tak? A jaki? – Elżbieta przytuliła chłopczyka, szczęśliwa, że synek jest już w domu. Pierwszy raz rozstali się na tak długo i przez te dwa tygodnie strasznie za nim się stęskniła.

– No, tata spał w drugim pokoju i ja wstałem, bo taty nie było i tam była też taka pani, której nie lubiłem, bo mówiła do mnie „Pawciu". Goła była ta pani i gruba. – Pawełek przygryzł wargę. – Oj, ale ja miałem ci nic nie mówić, żebyś się nie martwiła, że spałem sam w pokoju.

182

Ale przecież ja już jestem duży i wcale nie boję się spać sam – mówił malec, a Piotr patrzył i słuchał – i nie wiedział, jak się zachować.

Elżbieta poczekała, aż synek poszedł spać – i dopiero wtedy zrobiła mężowi awanturę. Jednak nie o to, że ją zdradził, tylko że nie zadbał, aby dziecko tego nie widziało.

Piotrowi nie pozostało nic innego, jak tylko zgodzić się z żoną.

– Więcej już nigdy nigdzie sam z Pawełkiem nie wyjedziesz. – I to było ostatnie słowo Elżbiety na ten temat.

*

Znowu ubył jeden z mieszkańców Kruczej 46. Życie zakończył Brylek. Wierny przyjaciel czekał na powrót ukochanego pana. Wyzionął ducha na jego rękach, następnego dnia po tym, gdy Piotr i Pawełek przyjechali ze Szklarskiej Poręby. Miał piętnaście lat.

Piotr owinął psa w swój stary sweter, który Brylek zaanektował i spał na nim na swoim legowisku, a potem pogrzebał biedaka późnym wieczorem obok Effi. Jej grób nie był oczywiście jakoś zaznaczony na podwórku, Piotr jednak – chyba on jedyny spośród obecnych mieszkańców domu – pamiętał, gdzie została pochowana. Sam przecież ją powtórnie zakopał w 1941 roku.

Piotr spiesznie kończył zasypywać psa, żeby synek tego nie widział. Pawełka nie było przy śmierci Brylka; Elżbieta zabrała chłopca na wieczorny spacer, specjalnie żeby malec tego nie widział.

Wrócili, gdy już było po wszystkim.

– Tataaaa! – zawołał Pawełek. – Gdzie jesteś? I gdzie Brylek? Mama mówi, że on nie żyje. Jak to?

– Syneczku – Elżbieta przytuliła malca – posłuchaj, Brylek gania teraz po leśnych drogach, po polach i innych wspaniałych miejscach. Bawi się z kolegami i jest mu dobrze.

– Ale, buuu – rozpłakał się Pawełek – ja nie chcę! Tu mu było dobrze. Zostaw mnie! – Wyrywał się mamie. – Tato, zrób coś, ja chcę Brylka. Brylkaaa! – Prawie wył i trząsł się cały.

Wpadł w tak wielką rozpacz, że Piotr i Elżbieta porzucili wszelką dyskusję o innych sprawach, jednocząc siły, by pocieszyć synka. Ale nie wiedzieli, co powiedzieć i jak sobie z nim poradzić.

Pawełek nie mógł się uspokoić. To było jego pierwsze zetknięcie się ze śmiercią, z odejściem kogoś bliskiego. Nie mógł tego zrozumieć i nie chciał przyjąć tego do wiadomości. Przyzwyczajony, że wszystkie jego zachcianki były spełniane przez rodziców natychmiast, nie godził się z tym, że ani mama, ani tata nie mogą sprawić, by pies wrócił. Cały dzień marudził, popłakiwał, wołał Brylka, nie chciał jeść. W końcu wieczorem usnął zmęczony, a Elżbieta spojrzała na Piotra z rozpaczą.

– Tak nie może być – szepnęła. – On nie je, płacze, tęskni. Rozchoruje się.

– Wiesz – powiedział Piotr, trąc czoło. – Tak myślę… Popatrz, w kamienicy rozpleniły się myszy. Posłuchaj, a może byśmy wzięli kota? Może Pawełek zainteresuje się kociakiem i powoli zapomni o Brylku?

Elżbieta się zgodziła.

Od kilku już lat do kamienicy przychodziła – a właściwie przyjeżdżała – pani Stasia z Falenicy. Przywoziła

184

mieszkańcom sery, mleko, śmietanę, kurczaki, jajka, czasami nawet cielęcinę.

– Pani Stasiu, nie macie przypadkiem gdzieś tam w gospodarstwie małego kota? – spytał Piotr, gdy kobieta zawitała na Kruczą. – Chętnie odkupilibyśmy, bo, wie pani, jakieś gryzonie nam się tu pojawiły.

Na słowo „odkupilibyśmy" pani Stasi zaświeciły się oczka i zaczęła skwapliwie kiwać głową.

– Tak, tak, panie, jest kot – zapewniała, myśląc, że nawet jeśli nie mają, to już ona jakiegoś kota znajdzie.
– Na przyszły wtorek przywiezie – obiecała.

Przyszły wtorek był dla Tarnowskich trochę długim terminem, bo Pawełek w dalszym ciągu popłakiwał i marudził, tęskniąc za Brylkiem – jednak nie mieli wyjścia. Piotr wpadł na pomysł i zabrał Pawła do sklepu zoologicznego przy Nowym Świecie. Mieli tam dwa piękne kotki, które Piotr pokazał synkowi, umawiając się ze sprzedawcą, by ten powiedział, że te są już sprzedane, ale w przyszłym tygodniu będą następne.

Ponieważ „umowa" została przypieczętowana stosownym argumentem, szeleszczącym już w kieszeni pana sprzedawcy, wszystko poszło zgodnie z planem. Chłopiec zachwycił się puszystymi maluchami, a tata obiecał mu, że jak będzie grzeczny, za parę dni dostanie podobnego kotka.

I tak w domu Tarnowskich nastał Burasek. To wielce oryginalne imię nadał kociakowi oczywiście Pawełek, ponieważ, jak łatwo się domyślić, kot był szaro-bury, pręgowany.

Trochę
później

Rozdział 15

1957

Tosia z wypiekami na policzkach i łzami w oczach, weszła do kuchni, tuląc do piersi książkę.

– Mamo – powiedziała. – Zaczęliśmy tę rozmowę, ty, tata i ja, już dawno, kilka lat temu. Ale nie wyjaśniliście mi zbyt wiele, a ja chyba po prostu nie chciałam wtedy nic więcej wiedzieć.

Weronika odłożyła ścierkę, naczynia mogą poczekać, zdecydowała. Usiadła przy stole i odsunęła drugie krzesło. Nie musiała o nic pytać, doskonale wiedziała, o czym mówi Tosia.

– Siadaj, kochanie. – Skinęła głową w stronę krzesła. – Chcesz porozmawiać dłużej czy tylko o coś zapytać? Może poczekamy na tatę? I co to za książka?

Antonina wyciągnęła przed siebie rękę z „Dziennikiem Anny Frank".

– Pani Małgosia mi odłożyła. To właśnie wyszło, a ona jest taka kochana i chowa dla mnie wszystkie nowości.

Pani Małgosia pracowała w szkolnej bibliotece. Tosia miała u niej specjalne przywileje, z pewnością dlatego, że czytała chyba najwięcej z całej szkoły. A poza tym z własnej i nieprzymuszonej woli pomagała bibliotekarce; okładała książki, ustawiała oddane egzemplarze na półki, prowadziła listę czytelników, którzy przetrzymywali lektury – robiła wszystko, co jej kazano, a te prace sprawiały jej autentyczną przyjemność. W trakcie niby nudnych czynności chłonęła wiedzę o książkach i ich autorach, przekazywaną przez panią Małgosię, która robiła to chętnie, widząc zainteresowanie dziewczyny. Bibliotekarka zostawiała jej niektóre tytuły i chyba zawsze wybór był trafny. Antosia pochłaniała książki, a pani Małgosia już dobrze znała jej gust. W zasadzie Tosia czytała wszystko. Mogła, mimo „poważnego" już wieku, skończyła bowiem siedemnaście lat, czytać bajki (bo właśnie ktoś oddał, a ona akurat miała baśniowy nastrój), a potem wziąć sobie poważną biografię któregoś z uczonych. Lubiła powieści historyczne na równi z przygodowymi, a także książki o miłości.

„Dziennik Anny Frank" trafił w jej ręce niedługo po wydaniu książki przez PIW. Pani Małgosia potrafiła uzyskać dla biblioteki tyle pieniędzy z rocznego budżetu szkoły, że mogła sobie pozwolić na kupno nowości w zaprzyjaźnionej księgarni przy Hożej. Odłożyła nowy nabytek dla swojej ulubienicy, bo wiedziała, że Tosia przeczyta go jednym tchem. Najpierw, oczywiście, przeczytała „Dziennik" sama.

– Mamo! – Tosia wyciągała teraz książkę w stronę pani Weroniki. – Chciałabym, żebyś to przeczytała, bo muszę z kimś porozmawiać. To takie przejmujące. – Rumieńce na jej twarzy jeszcze się pogłębiły. – I, wiesz, chciałabym potem wrócić do tamtej naszej rozmowy sprzed kilku lat. Tej… o moich rodzicach. To znaczy, przecież to wy jesteście moimi rodzicami… – Zająknęła się i umilkła na chwilę. – Ale... – podjęła wątek – chciałabym porozmawiać o moich rodzicach biologicznych, szczególnie po przeczytaniu tej książki. Już nie pamiętam – ciągnęła – bo nie wracaliśmy do tego przez wiele lat, widocznie nikt z nas nie czuł takiej potrzeby. Ja nie chciałam pamiętać, że jestem adoptowana, wy pewnie nie chcieliście, żebym o tym myślała. Ale... – urwała znowu – nie wiem, czy ja jestem Żydówką?

Rzeczywiście, od tamtej rozmowy z rodzicami, gdy skończyła dziesięć lat, Antonina nie zastanawiała się nad swoim pochodzeniem i po pewnym czasie przeszła do porządku dziennego nad tym, że jest adoptowanym dzieckiem. Bez szczególnych emocji, po przemyśleniu wszystkiego wyparła ową sprawę z pamięci i już później nie widziała powodu, żeby się nad tym zastanawiać. Weronika i Alfred Ostanieccy byli dla niej jedynymi rodzicami, jakich znała, kochała ich i nie wyobrażała sobie innej rodziny. Ostanieccy z kolei też nie mieli powodu, by przypominać Tosi, że nie jest ich prawdziwą córką. Uznali, że spełnili swój obowiązek, informując dziewczynkę o faktach i stwierdzili, że sprawa jest zamknięta. Byli święcie przekonani, że obydwoje Kornblumowie nie żyją, bo przecież gdyby było inaczej, z pewnością zgłosiliby się po córkę. Tym bardziej że nie musieliby jej nigdzie szukać – od urodzenia mieszkała w tym samym domu przy Kruczej 46.

– Tosiu, córeńko. – Pani Weronika ją przytuliła. – Nie jesteś Żydówką. Jesteś katoliczką, bo zostałaś przez nas ochrzczona i wychowaliśmy cię w wierze katolickiej. Przyjmowałaś sakramenty, byłaś przecież u komunii i u bierzmowania. Gdybyś jednak zechciała przejść na judaizm... byłoby nam przykro, ale chyba nie moglibyśmy się sprzeciwiać. Pamiętaj jednak, że twoja biologiczna matka też była katoliczką. Twój ojciec był Żydem, ale z tego, co wiem, chyba nie bardzo praktykującym, widywałam go nawet w naszym kościele Świętego Aleksandra, razem z twoją mamą, jeszcze przed twoim urodze...

– Mamo! – przerwała jej Antonina. – Ja nie chcę przechodzić na judaizm, nie obawiaj się! Zapytałam tylko i sama mnie zrozumiesz, gdy przeczytasz tę książkę. Jak ją czytałam, to mi się przypomniało to, co mówiliście o moim urodzeniu. Źle zrozumiałam, bo wtedy chyba w ogóle nie chciałam was – ciebie i taty – słuchać, coś mi się wydawało, że mówiliście o Żydach i teraz sobie pomyślałam, że i ja jestem Żydówką. Bardzo mnie przygnębiła ta książka. Pani Małgosia opowiedziała mi trochę o obozach, o losie Żydów podczas wojny. Opowiedziała mi dużo więcej, niż uczyli nas w szkole. Wiem, że ta dziewczynka, ta, która napisała tę książkę, umarła w jednym z obozów. Mnie się dopiero teraz otwierają oczy, bo, mamuś, w szkole, wiesz, człowiek uczy się czegoś tam na pamięć, a potem zapomina, nie zastanawiając się długo nad niczym. A o rzeczach smutnych w ogóle nie chce się pamiętać. A ja teraz chcę być dumna z tego, że w moich żyłach płynie też krew żydowska. Chcę być dumna ze swojego ojca biologicznego, tylko, mamuś, jak to zrobić, bo nie chcę, żeby mój prawdziwy tata – tata Alfred – tym się martwił. No... – zawahała się dziewczynka – nie umiem tego wyrazić, ale... – Urwała, patrząc na matkę z nadzieją, że ta zrozumie.

– Tosieńko, ja rozumiem – uspokoiła ją matka. – Teraz muszę skończyć obiad, a ty pewnie masz jakieś lekcje do odrobienia. Ale wieczorem porozmawiamy, dobrze? Opowiemy ci wszystko, co wiemy o twoich rodzicach.

Pani Weronika powtórzyła tę rozmowę mężowi, gdy ten wrócił z pracy.

– Kiedyś to musiało nastąpić – stwierdził pan Alfred.

– Przecież Tosia nie chce uciec z domu, nie krzyczy, że nas nienawidzi, nie żąda zmiany nazwiska ani nic takiego. Pragnie tylko dowiedzieć się czegoś o swoich rodzicach. Wcześniej dziwiliśmy się nieraz, że o nic nas nie pyta.

– Widocznie byliśmy dobrymi rodzicami – uznała jego żona. – I wystarczało jej to. Biologicznych rodziców upchnęła gdzieś głęboko w podświadomości. Ale już jest prawie dorosła. Ma prawo do swoich decyzji.

Wieczorem Ostanieccy opowiedzieli Antosi wszystko, co wiedzieli o Magdalenie i Szymonie Kornblumach. Opowiedzieli jej nawet o pannie Edycie oraz o Effi.

– A wiesz? – przypomniała sobie pani Weronika. – Twój biologiczny ojciec przez jakiś czas pracował, zdaje się, z doktorem Mostowskim. A po wojnie Mostowski ożenił się z Marysią Malczewską spod czwórki. To znaczy teraz to cztery A, od podwórza. I wyjechali do Bydgoszczy. Ale porozmawiam z Wiesią Wołyńską albo z panią Izabellą, przecież one utrzymują kontakt z Marysią i doktorem. Poproszę, żeby do niego napisały z prośbą o parę słów o twoim tacie. – Zerknęła na męża. – To jest, o twoim biologicznym ojcu.

Alfred Ostaniecki spojrzał na żonę i uśmiechnął się do niej.

– W porządku – powiedział. – Obydwoje wiemy, że Tosia odróżnia swoich biologicznych rodziców od nas, jej przybranych rodziców. I nie ma problemu, prawda, córeczko?

– Prawda, przecież to chyba jasne – przytaknęła Tosia. – Mamo, to porozmawiaj z panią Malczewską, bardzo proszę. A z Wiesią ja sama pogadam. Dziękuję wam za wyjaśnienia. I kocham was bardzo. – Nie chciała zdradzać, że Wiesia wie o wszystkim od dawna. Obiecała przecież rodzicom, że zachowa tajemnicę, więc nie chciała teraz się przyznać, że jednak tego nie uczyniła.

I to był koniec tematu. A właściwie nie tyle tematu, ile rozmów z rodzicami na ten temat. Antonina, zyskawszy już jakąś wiedzę, teraz zaczęła się bardzo interesować judaizmem. Kilka tygodni po dodatkowych rozmowach z Wiesią oraz panią Izabellą, dziewczyna otrzymała list. Prywatny, do niej zaadresowany, chyba pierwszy w jej życiu, nie licząc jakichś tam kartek wakacyjnych od koleżanek ze szkoły.

Pani Antonino, miła Tosiu!

Pewnie mnie nie pamiętasz, bo jak wyjeżdżałam z Warszawy w 1948 roku, byłaś jeszcze małą dziewczynką. Przepraszam, że zwracam się do Ciebie po imieniu, choć jesteś już teraz prawie dorosłą panną, ale pamiętam Cię właśnie jako śliczną, małą Tosię z warkoczykami (masz jeszcze warkocze?) i trudno byłoby mi nazywać Cię: „panią Antoniną", chociaż tak właśnie zaczęłam swój list.

Piszę w imieniu męża, bo on jest potwornie zajęty, ciągle w szpitalu i w szpitalu, a ponadto jeszcze przyjmuje pacjentów w domu, prywatnie. Rozmawiałam z nim jednak, przekazując prośbę o parę słów o Twoim tacie (tacie? – biologicznym ojcu? – jak wolisz). Michał mówił o nim w samych superlatywach. Świetny lekarz, dobry człowiek, doskonały kolega. Opowiadał o pasji Twojego ojca, jaką była ortopedia, mówił o jego zamiłowaniu do pracy w szpitalu, o tym, jak umiał przekazać swą wiedzę młodszym kolegom. O poświęceniu, z jakim pracował i pielęgnował chorych, bez limitu godzin, bez ustalania grafiku dyżurów. Wszyscy lubili i szanowali Twojego ojca i bardzo im było przykro, gdy doktor Kornblum nagle przestał przychodzić do szpitala. Nikt nie wiedział, co się stało, ale czasy były takie, że każdy spodziewał się najgorszego.

Antosiu kochana! Naprawdę masz szczęście. Odziedziczyłaś wspaniałe geny, bo i Twoja mama była mądrą, dobrą i wspaniałą kobietą. A później trafili Ci się najlepsi rodzice, jakich mogłabyś sobie wymarzyć – piszę teraz oczywiście o Pani Weronice i Panu Alfredzie.

Serdecznie Cię pozdrawiam, kochanie, a gdyby los rzucił Cię kiedykolwiek do Bydgoszczy, bardzo miło mi będzie Cię powitać – i zapraszam w nasze progi.

Przekaż ukłony rodzicom, bardzo sympatycznie ich wspominam.

Maria Mostowska, z domu Malczewska

– Mamo, nie idę na polonistykę – oznajmiła Antosia wieczorem, ściskając w ręku list z Bydgoszczy. – Dostałam list od pani Mostowskiej.

– Od Marysi Malczewskiej – mruknęła pani Weronika do męża, widząc, że nie bardzo wie, o kim mówi córka.

– Proszę, przeczytajcie, co pisze, was też bardzo serdecznie pozdrawia – ciągnęła dziewczyna. – Ale zwróciła mi uwagę na coś, co dopiero teraz stało się dla mnie oczywiste. Pamiętacie, jak bawiłam się w dzieciństwie? Najczęściej w lekarza, robiłam operacje misiom, zszywałam im rany, bandażowałam łapki i tak dalej. I już rozumiem, dlaczego. Bo miłość do medycyny mam w genach. Pójdę na medycynę i mam wielką nadzieję, że się dostanę.

Ostanieccy spojrzeli na siebie. W oczach pani Wiktorii błyszczały łzy. Pokiwali głowami, jednak żadne nic nie powiedziało. Tosia dorastała i takie decyzje należały już do niej.

*

– Kici, kici, Buraaasek! – wołał Pawełek, ale kota nie było.

Chłopiec był bardzo zdziwiony, bo kot codziennie czekał na niego przed drzwiami. Skąd wiedział, którego dnia o której Paweł wróci ze szkoły, nikt nie miał pojęcia, ale zwierzak nie mylił się nigdy. Po prostu wiedział i już. Gdy ktoś chciał go zabrać spod drzwi, protestował gwałtownie głośnym „mrrrau" i wracał natychmiast, czekając tak długo, aż jego ukochany pan wejdzie do domu. Wtedy wyginał grzbiet, podnosił sztywno wyprostowany ogon i ocierał się o nogi Pawełka. Opowiadał mu przy tym wydarzenia całego dnia, akcentując te swoje „mrau, mrau" odpowiednio do tematu opowiadania. Pawełek rzucał w kąt teczkę z książkami, co zawsze niepomiernie irytowało Elżbietę, kucał przy kocie i rozmawiali tak długo, aż Burasek uznał, że opowiedział już wszystko, do końca. Potem szli do kuchni, chłopiec szykował ulubieńcowi coś do jedzenia (kot bardzo lubił pokruszony biały ser wymieszany z surowym jajkiem) i dopiero wtedy Paweł sam siadał do obiadu.

– Ten dzieciak mnie denerwuje – mówiła Elżbieta do Piotra. – Kot jest dla niego najważniejszy. Nie przywita się ze mną ani nawet (nawet!, pomyślał Piotr) z tobą, tylko Burasek i Burasek.

– Daj spokój – śmiał się. – Sama lubisz tego Buraska, nie bądź zazdrosna.

Ale Piotr się mylił. Elżbieta nie lubiła kota. W ogóle nie lubiła zwierząt, ta niechęć tkwiła w niej od czasu pobytu u bauera Lieberta w Werttingen. Przez cały dzień plątały się tam obok niej różne zwierzaki. Na ogół brudne i niezbyt ładnie pachnące, na dodatek zapchlone i często z innymi insektami. W nocy koty włazíły przez otwarte okno stryszku, gdzie mieszkała Elżbieta z Małgorzatą i wskakiwały na materac, na którym spała Ella, jak ją tam nazywano. Budziło ją ich mruczenie, a kiedyś jakiś kot zjadł jej kanapkę, którą zostawiła sobie na rano. Znienawidziła te stworzenia. Psów też nie lubiła, bała się ich, bo zawsze na nią szczekały. Brylka, który zamieszkał z nimi, przybywszy wraz z ciotką Karlicką z Dobrej, musiała tolerować. Miał większe prawa do Piotra niż ona, a zresztą wtedy Elżbieta nie ośmieliłaby się wystąpić przeciwko mężowi (na dodatek ciotka była po jego stronie). Potem Pawełek pokochał Brylka, więc znosiła psa z uwagi na uczucia synka. Poza tym Brylek był wyjątkowo miłym psem i nawet zdołał sobie jakoś zaskarbić jej przychylność, niewielką, ale zawsze.

Tego kota też tolerowała wyłącznie z miłości do Pawełka. Ale zaczynała już mieć dość tego, że synek chętniej rozmawia z Buraskiem niż z nią; tego, że kot wyraźnie stawia na pierwszym miejscu chłopca, choć tak naprawdę, to ona, Elżbieta, karmiła zwierzaka i zmieniała mu piasek w blaszance; tego, że kot zawsze wybierał kolana Piotra, a nie jej, gdy oboje siedzieli na kanapie. Jednak szalę przeważyło…

– Piotr, chodź, popatrz, ten kot ma pchły. – Elżbieta z obrzydzeniem podtykała mężowi pod nos coś czarnego i rozgniecionego. – Już drugą złapałam.

– Mówiłem ci, żebyś go nie wypuszczała na podwórze – przypomniał jej mąż. – Ale tobie blaszanka śmierdziała. Cóż, skutkiem takich podwórkowych spacerów są pchły.

Następnego dnia, gdy Pawełek wrócił ze szkoły, kota nie było przy drzwiach.

– Tato, Burasek zginął! – oznajmił chłopiec z płaczem po powrocie ojca z pracy, nawet nie dając mu się rozebrać. – Chodź ze mną, poszukamy go, mama nie chceee...

Piotr spojrzał z ukosa na Elżbietę, ale ta tylko wzruszyła ramionami. Wziął więc syna za rękę i wyszli na podwórze. Kota nigdzie nie było. Nikt go nie widział. Obeszli pół ulicy, wołając go aż do ochrypnięcia. Jednak Burasek się nie pokazał.

Wrócili więc do domu, chłopiec nie chciał jeść kolacji, nie chciał iść spać, co parę chwil otwierał okno i wołał:

– Burasek, chodź, masz, Burasek, chodź.

Aż w końcu ktoś z sąsiadów nie wytrzymał i wrzasnął ze swojego okna:

– A bądźże już cicho, utrapieńcze jeden.

W końcu mały jakoś zasnął. Rano, jeszcze przed pójściem do łazienki, podbiegł do drzwi, otworzył je i...

– Burasek! – wrzasnął na cały głos, a kot wskoczył do środka i zaczął swój taniec wokół nóg chłopca.

Mrrauuu, mrau, opowiadał mu swoją historię.

– Panie Piotrze – pani Parzyńska rano zaczepiła Tarnowskiego – widziałam rano państwa kota, jak pędził po schodach. Ale to mądra bestia, sam trafił z powrotem, no, no!

– Skąd trafił, pani Mario? – nie zrozumiał Piotr.

– No, jak to, to pan nie wie? – zdziwiła się sąsiadka. – Sama widziałam panią Elżbietę, jak kota wczoraj w „Cedecie" zostawiła. – Oj, może nie powinnam tego mówić? – dodała zakłopotana. – Ale skoro już powiedziałam, to powiem jeszcze, że niedobry to człowiek, który zwierzaka z domu wynosi. Żona, nie żona, powiedziałam, co musiałam i już. – Stanowczym ruchem uniosła brodę do góry.

– Pani Mario – Piotr uścisnął jej rękę – dobrze, że mi pani powiedziała. Tylko małemu, proszę, ani słowa. Z żoną sam porozmawiam.

I w tej chwili ostatecznie przestał kochać Elżbietę. O ile w ogóle kiedykolwiek ją kochał.

Za radą pani Parzyńskiej, Piotr kupił w aptece proszek na insekty. Razem z Pawełkiem wykąpali wyrywającego się kota, a potem wysypali go DDT i zawinęli w stary ręcznik. Musieli jeszcze okręcić zwierzaka bandażami, bo usiłował się drapać i koniecznie chciał zedrzeć z siebie to coś, w co go zakutano. Po kilku godzinach kota wykąpano ponownie, a następnego dnia całą operację powtórzono. Pchły zniknęły, a Burasek więcej już nie wychodził z domu.

Środek
historii

Rozdział 16

1960

W 1960 roku zakończyło się życie domu przy Kruczej 46. Władze Warszawy nareszcie podjęły decyzję o kontynuowaniu odbudowy ulicy. Postanowiono ją wyrównać, czyli poszerzyć, a więc należało usunąć dom zawalidrogę. W „Życiu Warszawy" ukazało się zdjęcie budynku-weterana właśnie z takim podpisem: „Dom zawalidroga nareszcie zniknie". Weronika Ostaniecka starannie wycięła z gazety tę fotografię i schowała do jednej z dużych kopert, opatrzonych informacją: „ważne dokumenty". Nie włożyła go do koperty z napisem „pamiątki", choć zastanawiała się przez chwilę. Uznała jednak, że dokumentacja domu to jakby akt urodzenia, a raczej, w tym wypadku – świadectwo zgonu. Nie pamiątka, tylko dokument.

Mieszkańcy domu zostali przeniesieni na dalekie Bielany. Stanęło tam całe osiedle, zlokalizowane w trójkącie zwanym przez miejscowych serkiem, między ulicami: Marymoncką, Podczaszyńskiego i Żeromskiego. Ostanieccy dostali dwa pokoje z kuchnią na pierwszym piętrze w bloku stojącym bokiem do Marymonckiej, prawie naprzeciwko Instytutu

Hydrologiczno-Meteorologicznego. W bloku obok znalazły się pani Izabella Malczewska z Wiesią Wołyńską, mieszkające razem od 1944 roku, gdy po tragicznych wydarzeniach na Woli dziewczynka stała się członkiem rodziny Malczewskich. Po zburzeniu kamienicy, którą wszyscy mieszkańcy przy każdym spotkaniu wspominali z sentymentem, Wiesia oraz pani Izabella trafiły na to samo osiedle, na którym zamieszkali prawie wszyscy z Kruczej. Dostały dwupokojowe mieszkanie – tylko dlatego, że miały inne nazwiska i kwaterunek uznał je za dwie odrębne rodziny, co w sumie było prawdą. Boguś Malczewski z matką dostali tylko jeden pokój – władzom nie przeszkadzało, że syn jest dorosły, studiuje, a matka pracuje i będą sobie wzajemnie przeszkadzać. Byli jedną rodziną, na osobę przypadało tyle i tyle metrów kwadratowych – a więc tyle otrzymali.

Dwa bloki dalej, w głębi osiedla, zamieszkała pani Maria Parzyńska, która mimo swoich prawie siedemdziesięciu lat trzymała się jeszcze całkiem nieźle. Jej mąż zmarł kilka lat temu – na szczęście, myślała pani Maria – nie dożył tej przeprowadzki. Pani Parzyńska dostała mieszkanie na parterze, więc dobrze dawała sobie radę. Zaprzyjaźniła się z sąsiadami, którzy od czasu do czasu pomagali jej w różnych sprawach. Poza tym w tym samym bloku, na czwartym piętrze, mieszkali Tarnowscy: Elżbieta, Piotr i Paweł, który przestał już być Pawełkiem. Pani Maria Parzyńska żartowała więc, że czuje się jak na starych dobrych śmieciach, choć do Kruczej tęskniła bezustannie. Mimo że tu było o niebo wygodniej, cieplej, czyściej... Ale starych drzew się nie przesadza. Nikt jednak nie pytał pani Marii o zdanie.

Jakieś pół roku przed przeprowadzką do drzwi pani Parzyńskiej zapukał listonosz. On też nie dzwonił – jak dawni mieszkańcy, sam był „stary", w sensie obsługiwania tego rejonu. Na Kruczą 46 zaczął przynosić listy zaraz po wyzwoleniu, znał więc swoich „klientów" wystarczająco długo, żeby czuć się tutaj jak w domu. Często siadał przy herbacie lub – jak się poszczęściło – przy kawie, u któregoś z mieszkańców i rozmawiali o świecie i ludziach.

– Pani Mario – oznajmił – przyszedł list z Ameryki.

– Do mnie? – przestraszyła się pani Parzyńska.

Listy z Ameryki po wojnie nie były w Polsce mile widziane. Wprawdzie zmieniło się to trochę po 1956 roku, ale ów fakt nie dotarł do pani Marii. Ameryka była zakazana i ona to wiedziała. Poza tym nigdy nie miała nikogo znajomego w tej Ameryce, więc o co chodzi?

– Od kogo? – zapytała i rozejrzała się spłoszona po klatce schodowej. – Niech pan wejdzie, panie Stefanie – zaprosiła listonosza. – Napijemy się herbaty.

Pan Stefan westchnął. Akurat ten napój u pani Parzyńskiej nie należał do najsmaczniejszych, starsza pani żyła bardzo oszczędnie i piła herbatę z któregoś parzenia. Ale przecież byłoby niegrzecznie odmówić. Listonosz wszedł więc do środka i wyjął książkę pokwitowań, bo każda przesyłka zza granicy musiała być należycie potwierdzona.

– O, tu proszę podpisać. – Położył na stole książkę, wskazując palcem pozycję, w której powinien się znaleźć podpis odbiorcy listu.

Pani Maria założyła ręce do tyłu.

– Nic nie podpiszę – oświadczyła bardzo stanowczo. – Od kogo ten list? – zapytała ponownie.

Listonosz przytrzymał palcem zsuwające się z nosa okulary.

– Od Maddy Kaczmarek – przeczytał adres nadawcy. – Z Nowego Jorku.

– Nie znam żadnego Kaczmarka, żadnego Maddy też nie. Ani żadnej. Bo co to w ogóle jest – to Maddy? – denerwowała się pani Maria. – I nigdy nie znałam nikogo w Nowym Jorku. Ja nie chcę tego listu – zaparła się. – Proszę napisać, że adresat nieznany.

– Nie mogę tego napisać, bo przecież dostarczam pani inne przesyłki – perswadował pan Stefan. – Ale wie pani, co? Napiszę, że adresat odmówił przyjęcia listu, bo nie zna nadawcy.

– O, świetnie pan to wymyślił! – ucieszyła się pani Parzyńska i wyciągnęła z kredensu jakieś herbatniki (chyba stuletnie, pomyślał listonosz). – To przecież święta prawda.

I list został zwrócony do nadawcy. Następny przyszedł po pół roku, ale już wtedy pan Stefan z czystym sumieniem sam napisał na zwrotce: „Zwrot do nadawcy, adresat się wyprowadził, nowy adres nieznany".

Rozdział 17

1961–1964

Tosia studiowała medycynę. Oczywiście marzyła o ortopedii, lecz do wyboru specjalizacji jeszcze trochę jej brakowało. Życie studenckie polubiła, miała grono bliskich przyjaciół, często spędzali miło czas w klubie „Medyk".

I pewnego dnia właśnie tam spotkała ponownie Ludwika Bukowskiego.

– Antosia? – usłyszała pytający męski głos.

Obejrzała się i wpadła, dosłownie, bo było dość ciasno, na idącego za nią mężczyznę, który starał się zrobić unik, ale niestety, nic z tego nie wyszło i wylał – na szczęście na siebie, nie na nią – dwie szklanki z jakimś napojem.

– Ludwik?

– O, cholera – syknął i chciał wziąć obie te szklanki w jedną rękę, żeby wytrzeć się drugą, a wtedy reszta napojów się wylała i teraz cały tors miał już mokry.

– Daj te szklanki. – Antonina wyjęła mu je z ręki. – Masz chusteczkę, wytrzyj się choć trochę. A w ogóle to witaj, tak, to ja, Tosia.

Zaczęli się znowu spotykać.

Ludwik był dość wysoką figurą w Związku Młodzieży Socjalistycznej, piastował funkcję wiceprzewodniczącego warszawskiego koła ZMS. Skończył politologię i znalazł się na właściwym miejscu. Oddany Sprawie (przez duże S), działał z prawdziwą pasją, niekiedy nawet zbyt dużą.

Tosia do tej pory nie zaangażowała się uczuciowo, miała wielu kolegów, niektórzy próbowali zbliżyć się do niej, ale im nie pozwalała. Szczerze mówiąc, po prostu nikt jej się jakoś specjalnie nie spodobał. Inaczej było z Ludwikiem. Przecież już podkochiwała się w nim, mając szesnaście lat. Wtedy był to związek, który tak naprawdę nie stał się związkiem, a poza tym Tosia zniechęciła się do swojego pierwszego ukochanego, ponieważ miał inne poglądy niż jej rodzice (jej własne poglądy jeszcze wtedy nie istniały). Teraz zapomniała, a może chciała zapomnieć o tamtej różnicy w postrzeganiu świata – lub kraju.

Stał przed nią już nie chłopiec, a mężczyzna. Wysoki, postawny, jakiś taki mroczny ogólnie. Czarne oczy, bardzo ciemne włosy. Cień ciemnego zarostu na szczęce. I to chmurne spojrzenie spode łba. Romantyczne, stwierdziła Tosia – i zakochała się ponownie w Ludwiku. Tym razem bardziej dojrzale.

Chodzili razem do klubu, na tańce, na spacery i koncerty.

– Tośka, dziś jemy kolację u mnie w domu.

Ludwik miał kawalerkę przy ulicy Stawki, zaledwie dwadzieścia metrów kwadratowych, z wnęką na kuchenkę (mieściła się tylko dwupalnikowa, ale dla potrzeb kawalerskich to aż nadto) i miniłazienką.

Tosia wymigiwała się już kilka razy od takich zaproszeń, rozumiała przecież intencje Ludwika. A ona, najprościej mówiąc, bała się. Mimo swoich dwudziestu jeden lat była jeszcze dziewicą. Jej koleżanki ze studiów (koleżanki, nie przyjaciółki) miały już za sobą to pierwsze doświadczenie – a przynajmniej tak twierdziły w „Medyku" przy piwie. Antonina milczała i robiła tajemniczą minę. Zarozumialec – mówiły jej koleżanki, wzruszając ramionami.

Teraz Tośka zdecydowała się w końcu. Kochała – albo tak jej się wydawało – Ludwika, a ponadto imponował jej stanowiskiem (wiceprzewodniczący, duża sprawa!), możliwościami (nie było biletów, których by nie zdobył), znajomościami (był nawet po imieniu z kilkoma znanymi aktorami). Przystojny i szarmancki, wydawał jej się taki dorosły. Na każde spotkanie przychodził z czerwoną różą. Jedną, ale długą. Tosia złościła się czasami, bo kiedy na przykład szli do kina, ona musiała pilnować tej róży i często nie miała jej gdzie położyć. Raz „zapomniała" wziąć ją z kawiarni i wracali po tę nieszczęsną różę z połowy drogi do domu, gdy tylko Ludwik spostrzegł, że kwiat gdzieś zniknął.

Tym razem więc, słysząc zdecydowane zaproszenie, Antonina tylko skinęła głową. Najpierw poszli do Stodoły na jakiś kabaret; Tosia usiłowała się śmiać, gdy widziała, że inni się śmieją; udawało jej się odpowiadać na czyjeś pytania; jadła jakieś ciastko – ale cały czas była spięta i zdenerwowana.

Siłą rzeczy ten jej pierwszy raz nie był szczególnie udany. Ludwik zorientował się natychmiast, że ma do czynienia z dziewicą i naprawdę bardzo się starał, żeby to przeżycie było dla niej jak najmniej bolesne. I w zasadzie prawie mu się udało. Prawie – bo choć dziewczyna nie przeżyła „ekstazy rozkoszy", jak sobie wyobrażała to wcześniej, nie było to jednak szczególnie nieprzyjemne. A już następny raz... i następny... Każdy był lepszy i w rezultacie orzekła, że „może być". Orzekła w duchu, oczywiście, bo – mądrala, nauczona na książkach – wobec Ludwika była pełna zachwytów już od pierwszej nocy.

Do pierwszego zgrzytu – i to dość poważnego – doszło w przeddzień wyborów do Sejmu i rad narodowych. Szesnastego kwietnia 1961 roku Tosia pierwszy raz w życiu mogła głosować.

Ludwik bardzo angażował się w te wybory, organizował grupy ochotników do komisji, pomagał przy drukowaniu kart do głosowania, nadzorował tworzenie list osób uprawnionych do oddania głosu.

Głosować można było na listę Frontu Jedności Narodu lub na... listę Frontu Jedności Narodu. Innej nie było, aczkolwiek kto chciał, mógł dokonywać skreśleń. Więc choć były to pierwsze wybory, w których dorosła już Antonina mogła wziąć udział, raptem stwierdziła, że nie pójdzie.

– Mam iść tylko po to, żeby mnie odhaczyli? I żeby wrzucić kartę do urny? – złościła się, leżąc w łóżku. Wieczór był bardzo miły do momentu, w którym Ludwik zapytał, o której idzie głosować. – W ogóle nie pójdę, choć w ten sposób okażę sprzeciw – oznajmiła.

– Dziewczyno, zastanów się, co ty mówisz! – odparł Ludwik, wkładając koszulę. – Ubieraj się, odprowadzę cię do domu, bo muszę jeszcze wpaść do warszawskiej komisji wyborczej. Przeciwko czemu ma być ten sprzeciw? Przeciw demokratycznym, wolnym wyborom parlamentarnym? Przeciw kandydatom wyłonionym spośród najlepszych? Ktoś ci nie odpowiada? Przecież

210

możesz go skreślić, to jest właśnie twoje prawo wyboru
– irytował się.

Antonina wstała, ubrała się i pozwoliła, by odprowadził ją do domu. Następnego dnia poszła jednak na wybory, wraz z rodzicami. Wrzucili do urny kartki, na których przekreślili na krzyż wszystkie nazwiska.

Oczywiście frekwencja wyborcza wyniosła więcej niż dziewięćdziesiąt procent, a PZPR zdobyła ponad pięćdziesiąt pięć procent mandatów. Gomułka umocnił się ponownie i kontynuował walkę z Kościołem. Ze szkół usunięto lekcje religii, zniesiono niektóre święta kościelne, wprowadzono zakaz procesji Bożego Ciała na ulicach miast.

Tosia, za wzorem rodziców, a ponadto z własnej woli i potrzeby, całe swoje życie chodziła do kościoła i jej wiara w dogmaty religii katolickiej była dość silna. I chociaż dość szczegółowo zapoznała się z podstawami judaizmu, robiąc to dla uczczenia pamięci biologicznego ojca, nigdy nawet nie pomyślała o zmianie wyznania lub odejściu od religii w ogóle. Tak więc antykościelne posunięcia rządu, a w zasadzie PZPR-u, bardzo jej się nie podobały – tym bardziej że krytykowali je ostro także jej rodzice oraz wszyscy ich znajomi, którzy podczas spotkań na Kruczej, a teraz już na Bielanach – nie kryli swoich opozycyjnych poglądów. Obecnie, mimo że ruch reformistyczny, zapoczątkowany w 1956 roku, szybko wygasł, czasy były jednak nieco inne niż na początku lat pięćdziesiątych, kiedy każda ściana miała uszy. Dziś już ludzie trochę śmielej wyrażali swoje przekonania, choć prawda była taka, że i tak nikt ich nie słuchał.

Antonina więc, trochę biorąc przykład ze swoich najbliższych, głośno krytykowała poczynania partii.

Ludwika strasznie denerwowały te jej – jak mawiał – wsteczne poglądy.

– Mogłabyś – mówił – nie gadać głupstw choćby ze względu na mnie.

– Na ciebie? – odpowiadała i rozpoczynali – nie, nie dyskusję, kłótnię. Z czasem owe kłótnie stawały się coraz gwałtowniejsze.

Następna – już nie kłótnia, a wręcz awantura – rozgorzała w sierpniu, po tym jak Antonina usłyszała komentarze rodziców o zamknięciu granic między Berlinem Wschodnim i Zachodnim.

– Mur? – krzyczała wręcz do Ludwika. – Zasieki? Druty kolczaste? Posterunki z psami? Czy ty wiesz, jak to się kojarzy?

I tak pod wpływem różnic światopoglądowych jej uczucie zaczęło znowu przygasać. Jednak Ludwik nie rezygnował. Pokochał ją jakąś zaborczą miłością, wielkie znaczenie miał dla niego fakt, że był jej pierwszym mężczyzną, i powziął szalone postanowienie, że będzie ostatnim.

Ponieważ zauważył, że Tosia zaczyna się od niego oddalać, wmówił sobie, że ma kogoś innego. Wystawał pod jej domem, czekał pod Akademią Medyczną, wymuszał spotkania, zamęczał dziewczynę swoją nieustanną obecnością. Na swoje szczęście miał nienormowane godziny pracy i mógł nawet kilka dni nie pokazywać się na Smolnej. Musiał tylko podać, gdzie można go znaleźć, a w razie potrzeby przyjeżdżał po niego kierowca.

Antonina zaczynała mieć go dosyć. Widywała się z nim jeszcze, bo jakoś nie umiała wywinąć się od tych spotkań, poza tym wygodnie jej było z kimś, kto zawsze wszystko wszędzie załatwił, tak że nie musiała się o nic martwić. Dodatkowo bardzo pomógł, gdy zachorował tata Tosi. Pan Alfred dostał zapalenia płuc, znalazł się w szpitalu i dzięki układom Ludwika umieszczono go w izolatce, a opiekę nad nim sprawował sam ordynator. Tośka – oraz Weronika Ostaniecka – były nieskończenie Ludwikowi za to wdzięczne.

*

W 1963 roku Antonina ukończyła studia i rozpoczęła staż w Szpitalu Bielańskim. Pomógł jej w tym oczywiście Ludwik, bo niby o pracę nie było trudno, ale o staż w dobrym szpitalu już tak.

Któregoś dnia wróciła z pracy i znalazła mamę na podłodze, w małym pokoju. Pani Weronika była półprzytomna, zdołała jedynie wskazać ręką na dół brzucha, a wyraz bólu na twarzy wyjaśnił resztę. Antosia wypadła z mieszkania i pobiegła na róg, do pobliskiego automatu telefonicznego. Na szczęście telefon był czynny. Pogotowie przyjechało dość szybko i pacjentka, już nieprzytomna, została zabrana do szpitala na Lindleya, gdzie w tym dniu był ostry dyżur chirurgiczny. Okazało się, że Weronice pękł wyrostek robaczkowy. Niestety, pomoc lekarska przyszła za późno. Nastąpiła perforacja jelita oraz rozległe zapalenie otrzewnej. Weronika Ostaniecka zmarła po dwóch dniach walki lekarzy o jej życie.

Miała pięćdziesiąt siedem lat.

Pan Alfred stał się kompletnie bezradny. Sprawy związane z pogrzebem spadły w całości na Tosię, której bardzo pomagał Ludwik. Właściwie to on załatwił wszystko sam. Panią Weronikę pochowano na Wojskowych Powązkach. Na pogrzebie zjawili się, poza dalszą rodziną zmarłej, prawie wszyscy mieszkańcy Kruczej 46. Antosię bardzo to podniosło na duchu. Z wdzięcznością ściskała ręce dawnych sąsiadów.

– A to Paweł. – Zza pleców Piotra Tarnowskiego wyszedł przystojny młody człowiek, który uśmiechnął się do Tosi.

– Pamiętam cię – powiedział – jesteś Ostaniecka, mieszkałaś na pierwszym piętrze, prawda?

– Pawełek! Ale wydoroślałeś. I jaki jesteś przystojny – zachwyciła się Antonina, przytulając chłopaka. – Ile ty masz już lat? Już z pewnością jesteś Paweł, nie Pawełek.

– Osiemnaście – odrzekł za syna dumny tata. – Przyjmij wyrazy współczucia i do zobaczenia, może gdzieś na osiedlu – dodał. – Właściwie to bardzo dziwne, że prawie się nie spotykamy, chociaż mieszkamy tak blisko siebie.

– Rzeczywiście – zgodziła się Tosia. – Każdy zapędzony, zapracowany, na nic nie ma czasu. Dziękuję wam, że przyszliście – pożegnała się, ponaglana przez Ludwika, który musiał jeszcze wrócić do pracy, a chciał przedtem odwieźć ją do domu. Nie zdążyła – może to i dobrze – zapytać Piotra o żonę, panią Elżbietę.

– Jedź sam, ja tu sobie jeszcze posiedzę. Wrócę razem z tatą – powiedziała do Ludwika, który zerknął na nią z ukosa, ale nie zaprotestował, skinął głową i odszedł.

A Tosia przysiadła na skrawku trawy obok grobu. Po drugiej stronie usypanego kopczyka stanął pan Alfred i każde z nich rozpoczęło swoją rozmowę z ich najkochańszą, nieżyjącą żoną i matką.

*

Teraz życie Antoniny zaczęło wyglądać nieco inaczej. Postanowiła, że w zastępstwie matki będzie prowadziła dom. Było to konieczne, ponieważ jej ojciec strasznie się zmienił po śmierci żony. Do tej pory był energicznym, wesołym i towarzyskim człowiekiem, teraz stał się zgarbionym i niedołężnym odludkiem. Przychodził z pracy do domu i siadał w fotelu. Włączał telewizor i patrzył w ekran, bez względu na to, co nadawano. Dopóki córka nie podała mu jedzenia, mógłby nie jeść nic w ogóle.

Antosia gotowała więc obiady, szykowała kolacje, rano przygotowywała śniadania. Robiła zakupy, sprzątała i dbała, aby ojciec codziennie miał czystą koszulę i świeżą bieliznę. Zaczynała już być zmęczona, tym bardziej że nie pracowała przecież od ósmej do szesnastej. Pracowała w różnych godzinach, często miała dyżury nocne, czasami musiała biec do szpitala poza normalnym grafikiem.

– Pobierzmy się – zaproponował Ludwik. – Pomogę ci przy ojcu.

Te tak odległe od romantyzmu oświadczyny wystarczyły. Tosia rzeczywiście dosłownie padała na nos i już nie dawała sobie rady. Nie kochała Ludwika, poza tym nie akceptowała jego poglądów, ale nie miała siły, żeby teraz zmieniać swoje życie.

W tamtych czasach nikt jeszcze nie rozpoznawał ani nie leczył depresji. A tym bardziej alzheimera. A ojciec Tosi, zdaje się, zapadł na obydwie te choroby jednocześnie. Lekarze przepisywali mu witaminy i rozkładali bezradnie ręce.

– Pani ojcu właściwie nic nie jest – mówili. – On chyba po prostu nie chce żyć bez żony.

I absolutnie mieli rację.

Jednak życie pana Alfreda trwało, w końcu miał dopiero pięćdziesiąt osiem lat. Niestety, stał się całkowicie niezdolny do pracy, nie był w stanie nawet wyjść z domu. Otrzymał rentę inwalidzką, bardzo mizerną. W domu Ostanieckich zrobiło się dość biednie, więc Ludwik – ze swą ofertą pomocy przy panu Alfredzie i bardzo dobrą pensją – cóż, stał się świetną partią.

Tak więc w grudniu 1963 roku Antonina została panią Bukowską. Ślub wzięli, oczywiście, tylko cywilny. Tosia nawet była z tego zadowolona, bo od samego początku wiedziała, że nie zostanie Bukowską do końca życia. Nawet odczuwała z tego powodu lekkie wyrzuty sumienia. Ale tylko lekkie – przecież nie składała przysięgi: „I że cię nie opuszczę aż do śmierci...".

Po tym dziwnym ślubie poszli ze świadkami, przyjaciółmi Ludwika, do restauracji na kolację z dancingiem – i była to największa ekstrawagancja, jakiej Tosia zaznała w swym małżeńskim życiu. W zasadzie – w całym swym dotychczasowym życiu. Uznała, że ten wieczór znajdzie się na pierwszym miejscu jej ekscytujących przeżyć, na drugim była jazda ruchomymi schodami w „Cedeciaku", co wydarzyło się jednak w jej „poprzednim życiu".

*

Od momentu ślubu Antosia coraz częściej zaczęła spotykać Piotra Tarnowskiego na osiedlu. Być może mijali się i wcześniej, ale dopiero na pogrzebie matki Tosia uprzytomniła sobie, że przecież mieszkają tak blisko siebie, a nie mają żadnego kontaktu. Teraz więc, gdy spotkali się przypadkiem w alejce wiodącej w stronę przystanku tramwajowego, szli kawałek razem, a potem wsiadali do tramwajów i każde z nich jechało w inną stronę, Antonina do Szpitala Bielańskiego, Piotr do Instytutu Lotnictwa, gdzie pracował już ładnych parę lat. Czasami z ojcem szedł też Paweł. Żony Piotra Tosia nigdy nie spotkała, aż któregoś dnia odważyła się o nią zapytać.

– Piotrze, przepraszam za wścibstwo, ale widzisz, my, kobiety, musimy, no rozumiesz, po prostu musimy wszystko wiedzieć. Nie gniewaj się więc, że pytam, tylko odpowiedz z własnej i nieprzymuszonej woli: czy ty się rozwiodłeś? Bo gdyby twoja żona umarła, dowiedziałabym się o tym choćby z jakiegoś nekrologu. Delikatnie więc pytam, co z panią Elżbietą?

Piotr najpierw śmiał się kilka minut z tej jej delikatności, a następnie spoważniał i wyjaśnił:

– Nie, nie umarła, masz rację. Umarła tylko nasza miłość, można tak powiedzieć, nie wchodząc w szczegóły. Kochamy natomiast obydwoje Pawła i jesteśmy razem dla jego dobra. No i dlatego, że tak nam wygodniej. No i jeszcze dlatego, że nawet gdybyśmy się rozstali, to gdzie miałoby się podziać któreś z nas? Jeśli sama tego nie zauważyłaś do tej pory, w Warszawie dość trudno o mieszkanie.

To akurat Antosia wiedziała. Jak wszyscy zresztą.

*

Życie Bukowskich zrobiło się unormowane i – jak Tosia przyznawała sama przed sobą i tylko przed sobą

– śmiertelnie nudne. Praca, dom, obiad, spacer z ojcem. Obiad robił ten, kto pierwszy wrócił do domu (prawie zawsze Ludwik), spacer z ojcem także stał się obowiązkiem Ludwika. Kolacja, gazety, trochę telewizji. U Tosi – obowiązkowo – zawsze też jakaś książka. Trochę rozmowy, ale nie za dużo, bo praca Tosi nie interesowała jej męża, a praca Ludwika nie interesowała Tosi. Gorzej – ona jego pracy nie mogła znieść i bez przerwy próbowała go namówić na jakąś zmianę.

– Nienawidzę tego, że jesteś taki aparatczyk – ciskała się. – Jak kukiełka pociągana za sznurki. Przecież to niemożliwe, żebyś naprawdę ze wszystkim się zgadzał i o wszystkim myślał to samo, co ci twoi na górze. Potrafisz nieźle pisać, może zatrudniłbyś się w jakiejś redakcji, na przykład w „Itd."?

– Dziwię się, że chwalisz moje pisanie, ale przecież to, co piszę, zawsze krytykujesz.

– Krytykuję to, o czym piszesz, a nie to, jak piszesz – sprecyzowała jego żona. – A czasami uda ci się nawet napisać coś, czego z żadnego względu nie mogłabym skrytykować.

Ludwik rzeczywiście pisał artykuły, do „Trybuny Ludu", a niekiedy do „Polityki", w której zrobił furorę, recenzując wydane w 1961 roku fragmenty pamiętników Adolfa Eichmanna.

Jednak o przejściu do którejś z redakcji nawet nie chciał myśleć. Jego praca była w zgodzie z jego światopoglądem i bardzo go drażniły „zaściankowe" poglądy żony. Nie chciał się z nią kłócić, wiedział, że jej nie przekona – tak, jak ona nie mogła przekonać jego. Antonina żyła więc w swoim świecie, chodziła do kościoła i szukała sobie znajomych o przekonaniach podobnych do jej własnych; Ludwik miał swój świat, swoich znajomych i swoje zainteresowania. Aż nie do wiary, jakim sposobem dwoje tak zupełnie różnych ludzi mogło ze sobą wytrzymać. A jednak żyli razem – Tosia niejako z konieczności (tata), Ludwik – bo kochał Antoninę. Sam nie mógł pojąć tej miłości, w zasadzie wszystko w żonie mu przeszkadzało, w zasadzie to on jej się oddawał całkowicie, nie dostając nic w zamian, w zasadzie powinien był już dawno wykreślić ją ze swojego życia, a jednak... miał ją we krwi. W zasadzie...

Bardzo przeżywał jej krytykę tego, co robił, co reprezentował, w co wierzył. Bolało go nie to, że Tosia postrzega świat inaczej, tylko to, że nie może zrozumieć jego widzenia rzeczywistości. Nawet nie usiłuje, a każda próba wytłumaczenia jej jakiejś idei z góry skazana jest na niepowodzenie.

– Tosiu, kochanie, musisz zrozumieć, że zależy nam na propagowaniu idei sprawiedliwości społecznej i równości gospodarczej – usiłował jej tłumaczyć, ale w ogóle nie chciała słuchać.

– Wiesz, co? Idź sobie pisać jakiś artykuł do tej swojej „Trybuny", a ode mnie się odczep z tymi teoriami. Śmieszny jesteś i głupi po prostu. Nie chce mi się nawet gadać z tobą.

I to był koniec dyskusji.

Ale czasami Tosia zaczynała pierwsza.

W październiku 1964 roku doszło do procesu Melchiora Wańkowicza. Bezpośrednim powodem było podpisanie przez pisarza słynnego Listu 34, w którym właśnie tylu pisarzy i intelektualistów protestowało między innymi przeciw zaostrzeniu cenzury. List był odczytany i komentowany w Radiu Wolna Europa, którego to radia Antonina namiętnie słuchała, oczywiście wbrew zakazom męża.

Po wyroku, wydanym w listopadzie, kiedy to Wańkowicza skazano na trzy lata więzienia, Tosia nie wytrzymała i choć wiedziała, że to nic nie da, zarzuciła męża oskarżeniami.

– To taka ta wasza sprawiedliwość społeczna, tak? Starszego człowieka wsadzać do więzienia tylko za to, że coś tam podpisał? Coś, co się twoim kacykom nie podoba? A czy któryś z nich w ogóle przeczytał cokolwiek Wańkowicza? Przecież sam masz „Ziele na kraterze" – o, tu na półce stoi. A może teraz nie wolno już trzymać jego książek w domu? Bo my mamy jeszcze „Monte Cassino", pamiętasz? I też ci się podobało.

Była wściekła i nie chciała słuchać żadnych argumentów. Ludwik usiłował tłumaczyć, że pisarza nie aresztowano za podpisanie Listu 34, tylko za szkalowanie PRL i przedstawianie jej fałszywego obrazu za granicami kraju.

– Zrozum, przecież potraktowano go ze szczególną atencją – próbował przekonać żonę. – Właśnie z uwagi na jego zasługi w dziedzinie literatury i ze względu na jego wiek. Ma jednoosobową celę i może dostawać paczki z żywnością.

– A skąd ty tak dobrze to wszystko wiesz? – złościła się Antonina. – Jednoosobowa cela, atencja, no proszę, trele-morele. W więzieniu siedzi, prawda? Nie w sanatorium.

– Nie, z tobą naprawdę nie można rozmawiać! – wrzasnął Ludwik i doprowadzony do ostateczności jej „głupim uporem", cisnął o podłogę radiem, rozbijając aparat na kawałki. – Przynajmniej w domu nie będziesz słuchała tego plugawstwa – oznajmił, siny z wściekłości.

– Tyle razy cię prosiłem, żebyś tego nie robiła, choćby ze względu na mnie.

Tośka wyszła z pokoju, usiadła w kuchni i policzyła do dziesięciu. Jakieś dziesięć razy.

Trzymała się tylko dlatego, że jej biedny chory ojciec bardzo lubił Ludwika i uważał go za ideał. We wszystkim go słuchał i wykonywał jego polecenia. Z córką w ogóle już się nie liczył. Nawet nie chciał jeść tego, co Tosia postawiła przed nim na stole, tylko czekał, aż Ludwik podsunie mu talerz. Wtedy posłusznie zjadał wszystko, a było to przecież to samo, co podała mu córka.

Antonina wiedziała oczywiście, że winna temu jest choroba pana Alfreda, ale było jej bardzo przykro i niezasłużenie obwiniała męża, że nastawia ojca przeciw niej.

Rozdział 18

1964–1967

Pewnego marcowego dnia 1964 roku Tosia miała nocny dyżur i właśnie rozpoczynała wieczorny obchód. Weszła do drugiej sali i na łóżku pod oknem rozpoznała znajomą twarz.

– Piotr? O, jak miło cię widzieć – zaśmiała się, patrząc na dawnego sąsiada, leżącego na wznak z zagipsowaną nogą na wyciągu. – Co my tu mamy? – Wzięła do ręki kartę choroby. – Śliczne złamanie z przemieszczeniem; widzę, że już wszystko opanowane, teraz tylko trochę poleniuchujesz sobie w łóżeczku. Jakieś trzy, cztery tygodnie. – Zaśmiała się ponownie.

– Pani doktor, ratunku! – jęknął Piotr, który nie zdążył wyjechać w góry na narty, jak planował. Złamał nogę, wychodząc z tramwaju. A właściwie gdy tłum wysiadających wypchnął go z wagonu.

– Przecież już pan, panie pacjencie, został uratowany, jak widzę. Wpadnę po obchodzie, przyniosę jakąś herbatę, opowiesz mi, co się stało.

Po pewnym czasie kontuzja Piotra, o ile można tak to określić, została opanowana na tyle, że zdjęto mu nogę z wyciągu i mógł zacząć trochę kuśtykać z tym całym gipsem, przynajmniej do łazienki, co już było małym zwycięstwem.

Podczas nocnych dyżurów Antoniny Piotr siedział u niej w dyżurce i gadali, gadali, gadali... Opowiadali sobie nawzajem swoje życie, choć w zasadzie jedynie Piotr miał co opowiadać. O Powstaniu Warszawskim, pobycie w obozie, poznaniu Elżbiety i ich „turystycznym" powrocie do ojczyzny. Nie wspomniał jedynie o tym, że Paweł nie jest jego rodzonym synem. Jeszcze wtedy nie...

Obydwoje byli zdziwieni, odkrywszy nagle, że są w sobie zakochani. Piotr został wypisany do domu i wtedy zrozumiał, że owo „do domu" jest w jego przypadku pojęciem abstrakcyjnym. Przez ten miesiąc jego domem stał się szpital, głównie dlatego, że była tu Tosia. Teraz, na myśl, że ma opuścić ten „dom", nie umiał się odnaleźć. Tęsknił, oczywiście, do syna, choć Paweł przychodził w czwartki, soboty i niedziele, czyli we wszystkie dni odwiedzin. (Elżbieta nie pojawiła się ani razu, ale też nie spodziewał się jej wizyty). Przez cały czas jednak czuł przy sobie obecność Antoniny, nawet wówczas, gdy jej nie było w szpitalu.

A Tosia każdego wieczoru, przed zaśnięciem, widziała delikatne piegi na nosie Piotra. Wzruszały ją te piegi i to w nich zakochała się najpierw.

Ta miłość, która spadła na nich tak gwałtownie, była jakaś nierealna i całkowicie niespełniona – no, bo jak? – ale trwała i stawała się coraz silniejsza.

Kilka dni po wypisaniu Piotra ze szpitala Ludwik oznajmił żonie, że wyjeżdża na tydzień na jakieś szkolenie do Krynicy Górskiej. Tosia musiała wziąć urlop, bo ojciec nie mógł zostać sam w mieszkaniu. Ludwik nie dosyć, że wracał do domu około piętnastej, to jeszcze często zaglądał na Bielany w ciągu dnia; mając do dyspozycji służbowy samochód z kierowcą, bez skrupułów korzystał z tego przywileju do własnych celów (choć trzeba przyznać, że ten akurat cel był szlachetny). Antonina natomiast – pomimo że do pracy miała dość blisko – nie mogła „wyrwać się" ze szpitala choćby na godzinę w ciągu dnia, a przecież pełniła jeszcze dyżury nocne i całodobowe. Dlatego też Ludwik na ogół, korzystając ze swej pozycji przełożonego, sam prawie nigdy nie jeździł na żadne szkolenia ani kursokonferencje. Teraz jednak sytuacja była wyjątkowa – miał zorganizować i przeprowadzić szkolenie, jako że był głównym i najważniejszym prelegentem.

Tosia nawet w sumie ucieszyła się z tego przymusowego urlopu, gdyż była naprawdę zmęczona, a poza tym...

Wiedząc, o której mniej więcej Piotr wraca z pracy i którym tramwajem jeździ – opowiedzieli sobie przecież prawie wszystko – po południu czekała na niego na przystanku.

– Nie znam nawet twojego numeru telefonu do pracy – powiedziała, gdy rozpromienił się na jej widok. – A mam wiadomość...

W jej mieszkaniu spotkali się tylko raz. Spędzili razem kilka godzin, nerwowo nasłuchując w nocy, czy czasem nie obudził się ojciec Antoniny.

– To nie dla mnie – powiedziała Tośka. – W ogóle zachowujemy się jak jakieś pomylone nastolatki.

– Chyba napalone – zaśmiał się Piotr, ale zaraz spoważniał. – Nie wiem, co zrobimy, ale ja mam wrażenie, że kochamy się od zawsze i wiem, że musimy być razem.

– A w jaki sposób? – odparła Antonina i zaraz dodała: – To istne szaleństwo, naprawdę, taka miłość nie jest możliwa. Coś nas opętało i tyle. Musimy się opamiętać, każde z nas ma swoje życie, którego, przynajmniej na razie, zmienić się nie da.

I na tym stanęło. Unikali się gorliwie, a nawet gdy przypadkowo znaleźli się w tym samym czasie, na przykład, w sklepie, obchodzili się wielkim łukiem.

Tosia jednak nie mogła stłumić w sobie tego uczucia, tak bzdurnego, że aż niemożliwego, jak przekonywała sama siebie; cóż, bezskutecznie. Źle spała, schudła, zrobiła się jeszcze bardziej nerwowa. Najlepiej czuła się w pracy, ale przecież musiała wracać do domu.

*

W listopadzie 1964 roku pan Alfred ponownie zachorował na zapalenie płuc i po kilku dniach leczenia w szpitalu zmarł.

Na pogrzebie był oczywiście Piotr Tarnowski, znowu z synem.

– Proszę przyjąć nasze kondolencje – powiedział przyszły inżynier mechanik, podchodząc razem z ojcem do Tosi, stojącej wraz z Ludwikiem nad zasypanym już grobem. Piotr tylko uścisnął jej rękę.

– To mój mąż – Antonina powiedziała to raczej do Pawła niż do Piotra.

Elżbiety oczywiście nie było.

*

Tym razem Piotr czekał na Tosię przed szpitalem.

– Wykupiłem kwaterę prywatną w Zakopanem. Od dwudziestego listopada do czwartego grudnia.

Termin niezbyt atrakcyjny, dlatego mi się udało. Mam też bilety na sypialny, w pierwszej klasie, a więc tylko dwie osoby w przedziale. Nie przyjmuję odmowy. Jeśli nie masz urlopu, załatw sobie zwolnienie lekarskie.

Tosia spojrzała na niego nieprzytomnie. Wciąż rozpaczała po śmierci ojca, robiła sobie wyrzuty, obwiniała się, że dopuściła do zapalenia płuc. Nie mogła pojąć, jak do tego doszło, tata miał przecież cały czas taką dobrą opiekę. Wieczorem albo ona, albo Ludwik oklepywali ojcu plecy, zabierali go regularnie na spacery, dobrze go karmili. A jednak stało się i Antonina traktowała to jako karę boską za zdradę. Tak, jako karę boską, choć przecież ślub był tylko cywilny, więc Pan Bóg nie miał z nim nic wspólnego.

A teraz wspólnik jej winy kusi ją jakąś księżycową propozycją...

– Ja nie mogę... – zaczęła mówić, ale po chwili umilkła. – Dobrze, pojadę – zdecydowała nagle.

Pomyślała, że musi jakoś oderwać się od tego, co zaszło, przestać myśleć o winie i karze, a także o Ludwiku, ach, o wszystkim zresztą. A szczególnie o tej swojej wielkiej miłości, która właśnie teraz miała swoją szansę.

Dwa tygodnie, pomyślała, może to wystarczy. Potem będzie znowu szaro i smutno, bo przecież inaczej być nie może, ale te dwa tygodnie sobie podaruję, postanowiła.

Okazało się, że dwa tygodnie nie wystarczyły. Okazało się, że decyzja o wspólnym wyjeździe była najgorszą, jaką Antonina mogła podjąć. Okazało się też, że jej miłość do Piotra jest prawdziwa. Tak jak miłość Piotra do niej. Kochali się, jak kochać się mogą kochankowie, których miłość jest niemożliwa. A była niemożliwa, bowiem...

– Powiem ci coś, czego nie wie nikt, poza Elżbietą oczywiście... – Piotr postanowił powiedzieć Tosi o pochodzeniu Pawła. I opowiedział jej wszystko, od momentu spotkania Elżbiety na stacji w Salzburgu. – Może cię to rozśmieszy, ale pewnego wieczoru, gdy już leżeliśmy w łóżku, przytuliłem się do brzucha Eli i poczułem ruchy dziecka. To było tak, jakby to maleństwo chciało mnie dotknąć, objąć, przytulić. Pokochałem je w tym momencie – bardziej niż jego matkę i nie zważając na to, kto jest jego ojcem. Marzyłem, że to będzie dziewczynka, Amelka. A potem, jak już zobaczyłem malusieńkiego chłopaczka, a on ścisnął mnie za palec, natychmiast zapomniałem, że kiedykolwiek chciałem mieć córkę. Poczułem się, jakby ten malec chwycił mnie za serce. I trzyma do dzisiaj. Kocham go tak, jak nigdy nikogo nie kochałem. Kocham go bardziej od ciebie, choć nie wiem, jak to możliwe. Mam nadzieję, że rozumiesz, co mam na myśli, chociaż zdaję sobie sprawę, że to tak nieskładnie brzmi.

– Jak wiesz, nie mam dziecka – odrzekła Antonina, trochę zła na Piotra za to wyznanie. – Ale wydaje mi się, że cię rozumiem. I uznaję twój wybór, choć jest mi smutno. Bo ja kocham tylko ciebie. Ludwika nie kochałam nigdy, on chyba o tym wie. Byłam z nim dla ojca. Teraz już nie muszę. Nie wiem jeszcze, co zrobię, wiem tylko, że muszę się z tobą widywać, chociaż sporadycznie i ukradkiem. Może za parę lat przejdzie mi ta miłość.

– Paweł jest już dorosły i wiem, że zrozumiałby, gdybym odszedł od jego matki. Ale Elżbieta postraszyła mnie, że jeśli kiedykolwiek chciałbym ją zostawić, powie mu całą prawdę o jego pochodzeniu. Nie wiem, jak on by to odebrał, boję się, że miałoby to koszmarny wpływ na jego życie. Tym bardziej, że nienawidzi Niemców, pilnie śledził procesy zbrodniarzy hitlerowskich, interesuje się historią wojny, a teraz studiuje wszystkie procesy norymberskie. – Piotr przytulił Antosię i po chwili odsunął się od niej. – Sądzę, że Elżbieta byłaby zdolna spełnić swoją groźbę. Postanowiłem więc zaczekać, aż Paweł skończy studia. Wtedy sam mu wszystko powiem. Jeśli zechcesz czekać... – Zawiesił głos. – Jeśli nie, zrozumiem.

– Nie wiem, kochany – szepnęła Tosia. – To przecież jeszcze dobrych parę lat. Teraz wydaje mi się, że mogę czekać na ciebie do końca życia. Jak będzie, zobaczymy. Ale wiesz... nie, nie, już nic, nieważne. – Chciała powiedzieć, że Piotr powinien przestać traktować syna jak małego chłopca, umilkła jednak, myśląc, że przecież ona nie ma pojęcia o miłości do dziecka. – Kocham cię – dodała jeszcze.

I na tym stanęło. Począwszy od wiosny, spotykali się do jesieni pod szpitalem i jeśli tylko nie padało, szli do pobliskiego Lasku Bielańskiego. Tam mieli taki swój, „już wydeptany", jak mówili, zakątek i spędzali w nim parę przyjemnych godzin. Jeśli padało, siadywali w jakiejś kawiarence i przynajmniej trzymali się za ręce. Antonina przestała już odpowiadać na pytania męża: „gdzie byłaś tak długo?", wzruszała tylko ramionami albo w ogóle nie reagowała.

Z czasem Ludwik przestał pytać. Nie spali już ze sobą od kilku miesięcy, Antonina przeniosła się do dawnego pokoju ojca i tam urządziła sobie intymny mały świat. Wersalka, fotel, stojąca lampa i małe biurko. Oraz półki z książkami. Wszystko, co potrzebne do życia. Życia obok drugiego człowieka.

Z czasem przestali nawet rozmawiać ze sobą na inne tematy niż rachunki do zapłacenia (czym zajmował się mąż), niezbędne zakupy (tym też zajmował się Ludwik) i nagłe sprawy, które należało pilnie załatwić (czym również on się zajmował). Tosia co miesiąc wkładała część swojej pensji do ozdobionego szarotką pudełka, pamiątki z jakiejś dawnej górskiej wyprawy z rodzicami. Ludwik nigdy nie komentował wysokości wkładanej przez nią kwoty, choć zawsze na pierwszego do pudełka wędrowała inna suma. Antonina sama nie wiedziała, dlaczego raz do wspólnej kasy dokłada właśnie tyle, a innym razem – więcej lub mniej. Ludwik nie zwracał na to uwagi i miała ogromną ochotę, żeby któregoś razu nic nie włożyć – albo tylko złotówkę – ale nie zdobyła się na to.

Nie miała wyrzutów sumienia, że zdradza męża. Już dawno wytłumaczyła sobie, że byłaby to zdrada, gdyby kiedykolwiek kochała Ludwika albo była mu winna miłość. A ona była mu winna tylko wdzięczność i uznała, że już spłaciła swoje zobowiązania, pozostając z nim do tej pory. Nie brała pod uwagę tego, że rozstawszy się z mężem, nie miałaby przecież dokąd pójść. Uznała, że zostając z Ludwikiem, robi mu jakąś wyjątkową łaskę i przysługę – bo mieszkanie jest przecież jej, nie jego, po jej rodzicach. Nie pomyślała w ogóle, że mieszkanie jest kwaterunkowe i gdyby przyszło co do czego, to fakt, iż lokal kiedyś tam przyznano Ostanieckim, znaczy niewiele. Teraz mieszkają w nim Bukowscy i z pewnością Ludwik Bukowski wygrałby każdy spór o to mieszkanie – czy jakiekolwiek – gdyby do takiego sporu doszło.

Ludwik pełnił teraz wysoką funkcję w PZPR i miał wysoką pensję. Było mu obojętne, ile żona włoży do wspólnej kasy, najważniejsze, żeby w ogóle coś włożyła. W jego rozumieniu oznaczało to wspólne życie. Martwiło go oczywiście, że Tosia wyprowadziła się z sypialni i wyraźnie się odizolowała.

Jednak jego potrzeby seksualne nie były nazbyt wielkie, a miłość do żony przybrała dziwną formę.

Teraz kochał Antoninę tak, jak kocha się ulubionego misia i wystarczało mu, że ona znajduje się pod wspólnym dachem. Kiedyś, dawno temu, był zazdrosny, chodził za nią, śledził ją i sprawdzał. Wtedy jednak w życiu Tosi nic się nie działo i Ludwik przekonał się, że jego podejrzenia są bezzasadne. Nawet się tego wstydził i już nigdy taka myśl nie przyszła mu do głowy. Czasami dziwił się, że żona wraca do domu o jakiejś dziwnej porze, ale wytłumaczył sobie, że Antonina jest przecież lekarzem, więc, jak wiadomo, ma różne godziny pracy. Sam zresztą też nierzadko wracał do domu bardzo późno.

A Tosia, gdy już odkryła w sobie miłość do Piotra, przestała zwracać uwagę na inne sprawy. Absolutnie nie interesowała się teraz polityką i w ogóle nie obchodziło jej, co się wokół dzieje. Można powiedzieć, że „przyzwyczaiła" się do przewodniej roli partii i przestała mieć jakąkolwiek nadzieję, że cokolwiek może się zmienić. Ponieważ miała teraz co innego w głowie, nie irytowały jej poczynania rządu, nie sprzeczała się z Ludwikiem i, szczerze mówiąc, nie myślała prawie o niczym poza tą jej nie do końca spełnioną miłością.

Inna sprawa, że poczynania rządu (czyli partii) nie były zwykłym ludziom „tłumaczone na polski". Do tych, którzy nie mieli nadzwyczajnych możliwości śledzenia i rozumienia, co się dzieje w kraju, docierały jedynie wiadomości z gazet lub Dziennika Telewizyjnego. Tosia machnęła ręką na Polskę i resztę świata, kochała

Piotra i przymierzała się do doktoratu. Rozmawiała już o otwarciu przewodu doktorskiego z ordynatorem oddziału i sprawdzała swoje szanse. Chciała pisać pracę o dysplazji stawu biodrowego u dzieci.

*

W kwietniu 1967 roku sensacją stał się przyjazd do Warszawy grupy Rolling Stones. Bilety były praktycznie nie do zdobycia, rozprowadzały je Ministerstwo Kultury oraz Polska Agencja Artystyczna. Do tak zwanej wolnej sprzedaży trafiła jedynie garstka i w zasadzie można je było kupić tylko u koników – a i tak rozeszły się błyskawicznie.

Dla Ludwika załatwienie dwóch biletów było fraszką. Ale on sam Rolling Stonesów nie lubił, pomyślał jednak, że Tosia chętnie poszłaby na ten koncert. Ich gust muzyczny różnił się tak, jak większość poglądów. Przyniósł więc dwa bilety i po obiedzie (który oczywiście sam przygotował) położył je na stole przed żoną.

– Mam dwa bilety do Kongresowej na trzynastego kwietnia – powiedział. Nie musiał dodawać, co to za bilety. Antosia aż podskoczyła do góry, krzycząc „huraa!".

– Ale ty przecież nie lubisz Stonesów – powiedziała, gdy jej radość już opadła.

– Toteż wcale nie mówię, że z tobą pójdę – odparł. – To bilety dla ciebie, wziąłem dwa, bo sama pewnie byś nie chciała iść. Jestem przekonany, że ktoś chętnie się z tobą wybierze, masz przecież jakieś koleżanki.

„Jakieś koleżanki" Tosia miała, w pracy. Ale przyjaciółki żadnej, nawet na studiach. Od razu pomyślała o Piotrze. On, mimo że znacznie od niej starszy, miał takie same upodobania muzyczne, jak ona. Czy naprawdę, czy też tylko pod jej wpływem, nie dociekała; nigdy nawet do głowy jej nie przyszło, żeby się nad tym zastanawiać. Ona kochała zespół Rolling Stones, on mówił, że też ich kocha i w porządku. Piotr uwielbiał Chopina i umiłowanie do jego muzyki zaszczepił również Tosi. Kupiła sobie kilka płyt, najbardziej lubiła obydwa koncerty fortepianowe i nie mogła się zdecydować, który woli. Gdy słuchała e-moll, właśnie ten był jej ulubionym. A gdy włączyła f-moll, uważała, że jednak ten jest najpiękniejszy. Obydwa koncerty na tej płycie grał Artur Rubinstein, a robił to tak, że rzeczywiście trudno było któryś wybrać, oba brzmiały wspaniale.

Kiedy było jej smutno – czyli dość często – włączała płytę z „Balladami". Tu miała zdecydowaną faworytkę, była nią ta ostatnia, f-moll, finezyjnie grana przez Vladimira Horowitza. Jednak Żydzi chyba najlepiej czują Chopina, pomyślała kiedyś i poczuła się dumna, że ma w sobie połowę krwi żydowskiej.

Teraz jednak nie myślała o Chopinie. Z pracy zadzwoniła do Piotra.

– Mam dwa bilety na Rolling Stonesów! – krzyknęła.
– Do Kongresowej, na trzynastego.

– Wiem przecież, gdzie i kiedy występują – zaśmiał się Tarnowski. – Paweł od kilku dni chodzi i narzeka, że nie ma biletów. Posłuchaj – umilkł nagle. – Czy… – Zawahał się.

– Oczywiście – powiedziała Antonina. – Oddam mu te bilety.

– Nie, nie o to mi chodziło – szepnął Piotr, trochę jakby zawstydzony. – Pomyślałem tylko, że może…

– Chętnie pójdę z Pawłem, jeśli tylko on zechce ze mną pójść – wpadła mu w słowo. – Naprawdę, mówię szczerze. Nawet z nim chyba lepiej mi się będzie słuchało tej ich zwariowanej muzyki.

No tak, różnica wieku między Antoniną i Pawłem wynosiła pięć lat. Między nią a Piotrem było ich trzynaście.

I tak Antosia poszła z Pawłem. Ludwik zawiózł ich samochodem pod Pałac Kultury, gdzie kłębił się dziki tłum i przez chwilę wejście na koncert wydawało się niemożliwe. Ludwik podjechał jednak pod same schody, machnąwszy swoją legitymacją przed nosem milicjantowi. Mundurowy stanął prawie na baczność i ułatwił im dojazd przed główne wejście do Sali Kongresowej.

Ludwik od niedawna miał samochód, kremową warszawę 223, jego dumę i wielką miłość. Chętnie zawiózł żonę i Pawła na koncert i umówił się, że za dwie godziny będzie na nich czekał przy Emilii Plater.

A dwoje wielbicieli Rolling Stonesów zajęło swoje miejsca. O koncercie można powiedzieć przynajmniej jedno – na pewno był głośny. I dla wygimnastykowanych. Nie można było siedzieć i słuchać spokojnie. Trzeba było skakać, wrzeszczeć i wymachiwać, czym się dało. Jak wszyscy.

Krzyczała więc Antonina, robił to też Paweł. Ale gdy Tosia spojrzała na chłopaka, nie dostrzegła na jego twarzy ekstazy. Ani nawet entuzjazmu. Ot, machał kurtką i podskakiwał, oczy jednak miał puste.

Oczy miał wręcz smutne i Tośce wydało się, że dostrzega w nich łzy.

– Mały, co jest? – spytała.

„Mały" był o jakieś półtorej głowy wyższy, nie gniewał się jednak o to pieszczotliwe przezwisko. Antonina czasami tak do niego mówiła – oprócz tego wypadu na koncert, który był wyjątkowym wydarzeniem, często spotykali się na osiedlu, w sklepie spożywczym na rogu i w osiedlowej bibliotece. Obydwoje namiętnie czytali i polecali sobie wzajemnie książki, bo Antonina czytała raczej męską literaturę, choć sama zżymała się na taki podział. Kilka razy nawet Paweł był u Bukowskich w domu, bo książki, które wypożyczyła i przeczytała Tosia, miały potem przejść w ręce chłopaka, załatwiali to więc, nie chodząc do biblioteki. To znaczy – Antonina nie szła, wszystko załatwiał jej młodszy przyjaciel.

Słysząc to pytanie, zadane w przerwie koncertu, kiedy to nikt z publiczności nie ruszył się nawet ze swojego miejsca, wiedząc, że nie wcisnąłby się na nie z powrotem, Paweł prawie się rozpłakał.

– Nie ma go – wyszeptał, zagryzając wargi i zaciskając powieki.

Tosia nie zrozumiała. Nie ma go? Kogo, u licha?

– Nie ma, to jego strata, nie martw się – spróbowała go pocieszyć, kompletnie nie wiedząc, o co chodzi, ale uzyskała tylko to, że Paweł zaczął przecząco kręcić głową i szukać po kieszeniach.

Antosia zrozumiała, że poszukiwania dotyczą chustki, wyciągnęła więc z torebki swoją, czystą i wykrochmaloną, i wetknęła mu ją w rękę.

– No, mów, co jest. – Szturchnęła go w bok. – Jakiś kolega wyjechał? Najlepszy profesor ci umarł? – spróbowała zażartować, ale zaraz sama się zorientowała, że to wcale nie śmieszne. – Gadaj, proszę.

– Owszem, umarł – powiedział cicho chłopak, uspokajając się trochę. – Smutno mi, bo dzisiaj w nocy umarł mój Burasek. Wiesz, miałem go od malutkiego, jeszcze na Kruczej. Żył siedemnaście lat, jak na kota to dość długo, ale dla mnie za krótko. Kochałem go, wiesz? Naprawdę kochałem. Kiedyś mieliśmy psa, ale zakończył życie, jak byłem malutki i nie bardzo go pamiętam. Potem od zawsze był ze mną ten kot. Był bardzo mądry, naprawdę mogłem z nim pogadać, on wszystko rozumiał. Wiem, że jako mężczyzna...

Biedny mężczyzna, pomyślała Magdalena, patrząc na tego skulonego biedaka, autentycznie zrozpaczonego, który budził w niej uczucia wręcz macierzyńskie, choć była od niego niewiele starsza.

– ...powinienem być twardy. Ale nic na to nie poradzę, okropnie mi smutno i już. Nie śmiej się.

– Wcale się nie śmieję – odparła Antosia, przytulając chłopaka, który nawet dość chętnie na to pozwolił. – Rozumiem cię i bardzo ci współczuję. Wiesz, może chodźmy już stąd. Straszny tu hałas i wcale nie jest aż tak fajnie.

I wyszli, odprowadzani spojrzeniami osłupiałych fanów zespołu.

Ponieważ byli umówieni z Ludwikiem, pospacerowali sobie godzinę wokół pałacu. Na Marszałkowskiej szła na całego budowa wielkich domów towarowych, warszawiacy nie mogli już doczekać się finiszu. Warszawianki tym bardziej. W tej chwili największym obiektem handlowym był CDT. A zaraz za nim – CDD na Brackiej, w dawnym domu braci Jabłkowskich.

*

Kilka dni po koncercie Antonina weszła po coś do dyżurki pielęgniarek i usłyszała słowa, będące odpowiedzią na jej myśli.

– I została mi już tylko taka najmniejsza kotka, czarno-
-biała. Dwa koty, całe czarne, poszły do znajomych Kaśki,
a tej małej nikt nie chce. Ojciec się odgraża, że ją utopi,
matka wydziera się na niego, że niech tylko spróbuje. Ale
ja się boję, że spróbuje – mówiła młodziutka pielęgniarka.
Tace z lekarstwami stały na biurku, wszystkie koleżanki
siedziały zasłuchane w kocią historię.

– Hej, dziewczyny! – Głos pani doktor sprawił, że aż
podskoczyły. – Lekarstwa proszę roznieść, szybciutko.
A ty zostań chwilkę. – Antonina zwróciła się do właścicielki zwierzaka. – Opowiedz mi coś więcej o tym małym
kotku, bo wiesz, może bym go wzięła.

– Ją – szepnęła z wahaniem pielęgniarka. – Ją, to
dziewczynka. To znaczy, kotka.

– No kotka, w porządku – odpowiedziała zdziwiona
Tosia.

– A, nie, ja tylko tak, bo myślałam – zaczęła się tłumaczyć pielęgniarka – że pani doktor też tylko kotem jest
zainteresowana. A to kotka.

Wyjaśniły sobie wszystko i następnego dnia pani doktor Bukowska, trzymając na kolanach wyłożony ciepłą
chustką koszyk z przykrywką, jechała z pielęgniarką
tramwajem, piętnastką, aż na Filtrową, gdzie mieszkała
dziewczyna z rodzicami i młodszą siostrą.

– Daleko masz do pracy – zauważyła Antonina, patrząc ciepło na młodziutką pracownicę.

– Ale, pani doktor, mam świetny dojazd – zapewniła ją gorąco dziewczyna, jakby przestraszona, że raptem okaże się, iż odległość od miejsca jej zamieszkania
do miejsca jej pracy jest jakąś przeszkodą. – Wsiadam
w tramwaj i sobie jadę. Bez żadnej przesiadki. Bardzo
wygodnie.

*

Kotka przepłakała pół nocy w mieszkaniu Bukowskich; biedne maleństwo nie rozumiało, co się dzieje i gdzie się znalazło. W końcu Tosia wstała z łóżka, weszła do przedpokoju, gdzie w koszyku, na zwiniętej chustce siedziała mała, trzęsąca się czarno-biała kupka sierści. Wzięła tę futrzastą kuleczkę na ręce i położyła obok siebie na łóżku. Kotka otworzyła pyszczek, jakby chciała miauknąć, lecz zaraz go zamknęła i wdrapała się, nie bez wysiłku, na Tosiny brzuch. Udeptała sobie kółeczko i zwinęła się w kłębuszek. Ludwik, słysząc jakiś ruch w przedpokoju, wychynął ze swojego pokoju i zajrzał do żony. Tosia nie zamknęła drzwi, jak to robiła zwykle, bo w przedpokoju stał pojemniczek z piaskiem, podebranym dzieciom z piaskownicy.

Widząc Antoninę, leżącą bez ruchu, na baczność na plecach, mąż popukał się tylko w głowę i wzruszył ramionami. Tosia w ogóle tego nie zauważyła, nie widziała nawet Ludwika, oczy miała zamknięte, bo gdy raz je otworzyła, ujrzała wpatrzone w siebie szarozielone ślepki i miała wrażenie, że kotka boi się spojrzenia tego kogoś, z kim postanowiła spać. Szybko więc zamknęła oczy z powrotem i nawet starała się oddychać, jak mogła najostrożniej, żeby maleństwo nie spadło. Tym sposobem kotka wyspała się, i owszem, natomiast pani doktor wcale.

– Co to jest? – Ludwik wyszedł rano z kuchni, wskazując czarno-białe kocię, które wcinało kawałek gotowanego kurczaka, przetartego na miazgę. – Czy nie uważasz, że decyzję o nowym domowniku powinniśmy podjąć razem?

– Tak, przepraszam – odparła Antosia, podskakując na jednej nodze i usiłując wcisnąć drugą w nogawkę spodni. – Powinnam ci powiedzieć, że będziemy mieć sublokatora na jedną noc. Nie martw się, ten kot nie jest dla nas. Wzięłam go od koleżanki z pracy, to prezent dla Pawła Tarnowskiego, którego kot umarł kilka dni temu.

– Umarł! – prychnął Ludwik, ale chyba tylko z przekory. Sam też lubił zwierzaki i właśnie zaczął się zastanawiać, dlaczego do tej pory nie mają żadnego w domu.

– Posłuchaj… – zaczęła Tosia, ale machnęła ręką. Nie będzie przecież teraz z nim dyskutować, spieszy się. Teraz ani nigdy, czyli jak zawsze. – Ja już muszę szybko lecieć do szpitala. Jak będziesz wychodził z domu, zamknij drzwi od swojego pokoju, żeby kotka ci tam nie napsociła. Po południu ją oddaję.

I wybiegła z domu, nie słuchając męża, który właśnie szykował się do dyskusji o wzięciu kota. Ich kota. Uznał, że to świetny pomysł. Takie kocie dziecko byłoby jak własne. Zapewne żona odsunęła się od niego, bo nie mają dzieci. Kiedyś, jakieś sto lat temu, Antonina poruszyła ten temat.

– Chciałabym mieć taką malutką dziewczynkę z warkoczykami… – powiedziała. – Albo rudego piegowatego łobuziaka. Bardzo bym chciała. A ty?

Ludwik się przestraszył. Wszystko, tylko nie dzieci. Nie lubił dzieci, nie rozumiał ich, nie interesował się nimi. Nie miał najmniejszej ochoty na takie zamieszanie w domu.

– Żadnym sposobem nie moglibyśmy mieć piegowatego rudzielca – próbował obrócić słowa żony w żart.

Fakt, Tosia była niebieskooką blondynką, on był ciemnowłosy i miał czarne oczy.

Ale nie ciągnęła już tej rozmowy. Dzieci nie mieli, tak wyszło, ku wielkiej uldze Ludwika. Ale Tosia w głębi serca nad tym bolała. Kiedyś. Bo teraz już nie chciała. Nie chciałaby mieć dziecka ze swoim mężem.

*

Plan przekazania kotki jej nowemu właścicielowi Antosia ustaliła oczywiście wcześniej z jego ojcem. Piotr widział rozpacz syna po śmierci jego szaro-burego przyjaciela i serce mu się ściskało, bo nie wiedział, jak pocieszyć Pawła. Na rozwiązanie najprostsze: nowy kot – oczywiście nie wpadł, może trochę dlatego, że Elżbieta wyglądała i zachowywała się, jakby… jakby była zadowolona, że Buraska ma już z głowy. Piotr nie zapomniał, jak wyniosła kota do „Cedetu", jeszcze na Kruczej. Nigdy nie wyjawił synowi prawdy o tym, co się stało. Cieszył się, że Burasek się znalazł i był szczęśliwy, widząc radość chłopca. Elżbieta wówczas chyba sama zrozumiała, ile znaczy ten kot dla jej syna, bo już więcej nie próbowała się pozbyć zwierzaka.

A teraz?

– Skąd wytrzasnąłeś tego kocura? I po co? – wysyczała wieczorem, gdy Paweł poszedł już spać, oczywiście z nowym kotem.

– Myślałem, że już się przyzwyczaiłaś do zwierzaka w domu – odpowiedział spokojnie Piotr. – Poza tym to nie kocur, tylko kotka. Widziałaś, jak nasz syn się cieszy? Nie jesteś zadowolona, że przestał rozpaczać?

Elżbieta już tylko machnęła ręką. Nie chciała nowego kota, nie wierzyła, że dorosły chłopak może rozpaczać po stracie zwierzaka; uznała, że to fanaberia po prostu. Ale wiedziała, że z tymi dwoma nie wygra. Ojciec zawsze trzymał stronę syna – i odwrotnie. Aż była zła z tego powodu, taka komitywa, myślałby kto. Przecież tak naprawdę wcale nie są spokrewnieni.

Wcześniej, na prośbę Antoniny, Piotr z Pawłem czekali na nią na ławce przed przedszkolem, obok bloku, w którym mieszkali Bukowscy.

– Tata, ale o co chodzi? – pytał zaciekawiony Paweł, kręcąc się niecierpliwie, Tośka bowiem trochę się spóźniała.

– Poczekaj, zaraz zobaczysz... O już idzie. – Piotr ujrzał Antoninę, spieszącą w ich stronę. W ręku trzymała dużą torbę, w której coś się poruszało.

– Cześć, Piotr. Cześć, Mały, daj pyska. – Tosia, ignorując wiercący się pakunek, pocałowała Pawła w policzek i klepnęła Piotra w ramię. – Mam dla was nowego lokatora. A właściwie lokatorkę. Szukała domu, więc powiedziałam, że mam dla niej najlepszy. – Z tymi słowami wręczyła Pawłowi torbę wraz z całą zawartością.
– Ostrożnie – uprzedziła. – Nie wypuść jej.

Chłopak, z wypiekami na twarzy jak u małego dziecka, zajrzał ostrożnie do torby. Ze środka rozległo się obrażone: „miauuu" i czarny pyszczek, ozdobiony białymi wąsami, z białą bródką i podbródkiem, zaczął się wysuwać na zewnątrz.

– O, nie, kochana. Jeszcze nie teraz. – Antonina delikatnie wepchnęła zwierzaka z powrotem do torby, nie zwracając uwagi na głośne protesty. – Biegnijcie szybko do domu. – Uśmiechnęła się do Tarnowskich.
– Niech ona dłużej się nie denerwuje. I tak od wczoraj jest w wielkim stresie. I trzeba wybrać jej imię, sama nie chciałam was wyręczać.

Paweł zrobił ruch, jakby chciał rzucić jej się na szyję, w końcu jednak uścisnął tylko rękę Tosi, trochę niezręcznie, drugą ręką bowiem mocno ściskał torbę z kociakiem.

– April – ogłosił. – Tak będzie miała na imię. Przyszła do nas w kwietniu, niech więc tak się nazywa.

*

Doktor Bukowska weszła do dyżurki i trochę się zdziwiła. W pokoju panował grobowy nastrój.

– Dziewczyny, co jest? – Spojrzała na pielęgniarki, zazwyczaj wesołe i rozgadane, przynajmniej te na oddziale ortopedii. – A gdzie siostra Maria? – spytała o przełożoną.

Najmłodsza, Krysia, rozpłakała się i wybiegła z pokoju, patrząc na Antoninę ze złością.

Pozostałe wyjaśniły pani doktor, że Maria Grosman zwolniła się z pracy.

– Ale dlaczego? – zdziwiła się Tosia. – Przecież to świetna pielęgniarka. I chyba niezła przełożona, prawda?

– Oj, pani doktor, naprawdę pani nie wie? – odrzekła z przekąsem Zośka Piekarska. – Męża niech pani spyta.

To ostatnie zdanie dźwięczało w uszach Antosi cały dzień. Po pracy czekał na nią Piotr, poszli tylko na krótki spacer, był już początek grudnia i zrobiło się zbyt zimno na inne atrakcje. Przeszli dwa przystanki i postanowili dalszą drogę przejechać tramwajem. Kiedy tak czekali chwilę, Tosia przypomniała sobie rozmowę w pokoju pielęgniarek. Opowiedziała ją Piotrowi, pytając czy wie, dlaczego Ludwik mógłby jej wyjaśnić powód odejścia jednej z pracownic szpitala.

– Tylko jednej? – zapytał Piotr. – Jesteś pewna?

Pomyślał, że przecież Tosia do tej pory chyba nie wie, że i on mógłby jej wyjaśnić przyczynę tego „dobrowolnego" odejścia z pracy kogoś, kto nosi nazwisko Grosman lub podobne. Nigdy nie dyskutowali o polityce, nigdy nie rozmawiali o swoich poglądach ani przekonaniach religijnych. Piotr nie wstydził się, że jest członkiem partii, choć tak naprawdę czasami nie bardzo mógł zrozumieć pewnych rzeczy, nie pochwalał ich i nie utożsamiał się z nimi. Jednak nie przeciwstawiał się, no cóż...

– Wiesz, podobno zaczęła się jakaś nagonka na Żydów – powiedział. – Co jakiś czas dzieje się coś takiego, od zarania dziejów.

– Ale co Ludwik ma z tym wspólnego? – Tosia już teraz nie interesowała się polityką i wręcz nie dostrzegała, co się dzieje. Widząc jednak spojrzenie Piotra, szybko się zorientowała, o co chodzi. – No tak, jasne. – Spuściła głowę. – Ukochana siła przewodnia narodu.

Postanowiła porozmawiać z mężem, ale ledwo rozmowa się zaczęła, natychmiast się skończyła.

– Nic nie rozumiesz, aż mi wstyd – oświadczył Ludwik i tak tym zezłościł Antoninę, że trzasnęła drzwiami i zamknęła się w swoim pokoju.

Sprawy nie było? Oj, była, była, niestety.

Rozdział 19

1968

Antonina bardzo lubiła teatr. Nie chodziła na przedstawienia tak często, jakby chciała – a najchętniej oglądałaby każdą premierę – nie dlatego że nie miała takich możliwości, raczej dlatego, że brakowało jej na to czasu.

Dwudziestoczterogodzinne dyżury w szpitalu zdarzały się dość często; kierownictwo oddziału przyzwyczaiło się już, że doktor Bukowska nie protestuje przeciwko dodatkowej pracy – i skwapliwie to wykorzystywano. Szczególnie przy okazji różnych świąt, sobót i niedziel. Antosi nie zależało na wolnym czasie – i tak właściwie nie miała z kim go spędzać. Dwa razy w roku, na ogół w kwietniu i we wrześniu, brała po dwa tygodnie urlopu (i tak zostawało jej mnóstwo nieodebranych wolnych godzin, właśnie za dyżury). Wyjeżdżali wtedy z Piotrem od kilku lat do tego samego prywatnego pensjonatu w Zakopanem, niedaleko pomnika Sabały, a więc świetnie położonego.

Mąż przestał już pytać, dokąd i z kim się wybiera, bo kilka razy w takiej sytuacji odpowiedziała, że w zasadzie to jej sprawa, ale skoro pyta, to ona informuje go, że jedzie w góry, odpocząć od miasta i wszystkich ludzi.

Unikała w ten sposób wyjaśnień, z kim jedzie, a Ludwik uznał, że sama, skoro twierdziła, że chce odpocząć od ludzi.

Szczerze mówiąc, powoli zaczynało mu być wszystko jedno, czy Antonina jedzie sama, czy z kimś. Już od dawna była jego żoną tylko z nazwy. Dawna szalona miłość wypaliła się w nim, tym bardziej że nawiązał bliższe stosunki z Magdą, koleżanką z pracy. Odpowiadała mu taka sytuacja; status żonatego chronił go przed potencjalnymi zakusami ze strony kochanki (których zresztą w ogóle nie było, jej bowiem też odpowiadało to, co było i niczego więcej nie chciała).

Tak więc Ludwik i Antonina mieszkali obok siebie, nie wchodzili sobie w paradę i czasami widywali się zaledwie przez parę chwil w ciągu całego dnia. Od czasu do czasu jednak pokazywali się we dwoje – bo tak wypadało – a przyjęli niepisaną zasadę, że uczestniczą razem w tych uroczystościach, które nie stoją w zbytniej sprzeczności z ich osobistymi przekonaniami. Tak więc na pochody pierwszomajowe Tosia nigdy z Ludwikiem nie chodziła, mimo jego próśb (które skończyły się chyba po tej drugiej odmowie, bardzo stanowczej).

Podobnie reagował jej mąż na przyjęcia urodzinowe księdza Stanisława z parafii Świętego Stanisława Kostki, przyjaciela Tosi. Choć kościół ten nie był jej kościołem parafialnym, chodziła właśnie tam od momentu, gdy poznała księdza Stanisława – spotkała go u siebie w szpitalu, gdzie pełnił, jako wolontariusz, obowiązki spowiednika i pocieszyciela chorych. Wprawdzie na ortopedii rzadko leżeli śmiertelnie chorzy pacjenci, ale dla wielu starszych ludzi kontakt z księdzem był bezcenny. Ksiądz Stanisław wyglądał jak mały Koszałek-Opałek, okrąglutki, z wianuszkiem siwych włosów wokół głowy i wielkimi drucianymi okularami na nosie. Zawsze był uśmiechnięty, a może tylko na oddziale ortopedii, gdzie nie musiał udzielać ostatniego namaszczenia?

Antonina bardzo go lubiła, z wzajemnością zresztą. Ksiądz Stanisław miał jedną słabość – uwielbiał pączki, a już za te od Bliklego dałby się posiekać. Tak więc czasami, gdy miała nocny dyżur, przynosiła pudełko tych smakołyków, uzgodniwszy wcześniej z księdzem, jak długo będzie w szpitalu. Kończył obchód, jak nazywał swoje obowiązki („obchodził" zresztą nie tylko oddział ortopedii), i zaglądał do dyżurki lekarzy, gdzie już na niego czekała jego przyjaciółka. Zawsze przynosił ze sobą herbatę, jakąś ziołowo-owocową mieszankę, której składu zazdrośnie strzegł i nie chciał go zdradzić. Często siedzieli tak sobie po kilka godzin. Nigdy nie dyskutowali o religii, nie rozmawiali też o polityce ani otaczającej ich rzeczywistości. Na ogół gawędzili o książkach, jako że mieli podobny gust czytelniczy – i sztukach teatralnych, bo ksiądz Stanisław, tak jak Tosia, był wielkim entuzjastą teatru. Czasami także o podróżach, na które obydwoje mieli wielką ochotę, ale na razie były to tylko marzenia.

Co roku ksiądz Stanisław uroczyście obchodził swoje urodziny. Z uwagi na brak miejsca w domu – mieszkał w tak zwanej księżówce, gdzie miał mały pokoik – urodziny odbywały się u kuzynki, która chętnie mu użyczała swojego niewielkiego ogródka – a właściwie trawnika na działce. Goście siedzieli na leżakach, krzesełkach, stołeczkach lub po prostu na ziemi. Objadali się porzeczkami, agrestem i wiśniami, popijając własnoręcznie przez jubilata zrobioną nalewkę na owocach derenia. Dereniówka także powstawała na działce kuzynki i była to jedyna tajemnica, jaką ksiądz Staś miał przed całą swoją wspólnotą (łącznie z księdzem proboszczem). A kuzynka występowała zawsze z drożdżowym plackiem z wiśniami – i goście urodzinowi nie wiedzieli, co im bardziej smakuje – placek czy nalewka. Pochłaniali jedno i drugie z identycznym zapałem.

Od kilku lat ksiądz Stanisław zapraszał także Antoninę na swoje urodziny. Oczywiście z mężem, jak zaznaczył za pierwszym razem.

– Do księdza? – Ludwik wzruszył ramionami. – Chyba odmówiłaś, prawda?

– Nie, nieprawda – postawiła się jego żona. – Nie tylko nie odmówiłam, ale powiedziałam, że przyjdziesz z wielką przyjemnością. I podziękowałam serdecznie za zaproszenie, także w twoim imieniu. I żebyś wiedział, że jeśli „coś ci wypadnie", odbiorę to bardzo osobiście. Zależy mi, żebyś poznał mojego przyjaciela, wielkiego erudytę i wspaniałego człowieka.

Ludwik poszedł, ale tylko ten jedyny, pierwszy raz. Czuł się jak dziwoląg, wydawało mu się, że wszyscy wytykają go palcami i podśmiewają się z niego. Nie brał udziału w rozmowach, bo w ogóle nie znał obecnych tam ludzi, nie miał pojęcia, o czym mówią. Książek, o których opowiadali, nie czytał. Sztuki teatralne, które oglądali, odbierał inaczej. Dowcipy, które tam padały, w ogóle go nie bawiły.

Nie było prawdą, że ktoś się z niego wyśmiewał. Goście urodzinowi zupełnie go nie znali, nie mieli więc powodu, żeby go obmawiać lub wykpiwać. Owszem, może ktoś spytał kogoś, kim jest ten pan – ale usłyszawszy, że to mąż naszej pani doktor, pytający kiwał głową i zajmował się innym tematem. Antosi też prawie nikt nie znał, ale była bardziej komunikatywna, dała się oprowadzić w koło księdzu Stanisławowi, który przedstawił ją wszystkim jako naszą panią doktor, i tak się w pamięci przyjaciół jubilata zapisała.

Ją natomiast prowadzone tam rozmowy interesowały, a dowcipy śmieszyły. No cóż, na ogół Tosia i jej mąż mieli inne spojrzenie prawie na wszystkie sprawy.

Tak więc Ludwik zapowiedział kategorycznie, żeby już nigdy nie przyjmowała żadnych zaproszeń w jego imieniu, bo on nigdzie nie pójdzie.

I na tym stanęło – Antosia sama uczestniczyła w przyjęciach urodzinowych księdza Stanisława, a Ludwik chodził sam na pochody pierwszomajowe i inne uroczyste akademie ku czci.

Jedno Tosia sobie wyprosiła – można powiedzieć, że wręcz kategorycznie tego sobie zażyczyła. Chodziło o premiery teatralne. A jeśli nie premiery – dobrze, tu się nie upierała, nie musiała być zawsze na pierwszym przedstawieniu, tym bardziej że często to właśnie ona w dniu premiery miała dyżur w szpitalu, potem Ludwik miał coś i znowu ona miała coś. W końcu jednak oglądali tę sztukę razem. Nie chodzili oczywiście na wszystkie przedstawienia, Tosia wybierała te, które chciała zobaczyć, a Ludwik tylko załatwiał bilety. Chodził z nią do teatru, trzeba przyznać, naprawdę bez szemrania.

Gdzieś tak w połowie stycznia 1968 roku Antosia przypomniała sobie, że mieli iść na „Dziady", w reżyserii Kazimierza Dejmka, wystawiane w Teatrze Narodowym. Lubiła ten teatr, czuło się tam naszą wielowiekową kulturę, jak powtarzała mężowi.

– Słuchaj – odezwała się przy obiedzie. – Mieliśmy iść na „Dziady", pamiętasz? Zaraz sprawdzę – mówiła prawie do siebie – o cholera, co za miesiąc, tu dyżur i tu dyżur, a dwudziestego siódmego stycznia musimy iść na imieniny do cioci Anieli. Może dwudziestego ósmego, jak myślisz?

– Do Anieli? – skrzywił się Ludwik.

– Przecież to twoja ciotka. – Tosia pokiwała głową.

– A nie, dwudziestego ósmego obiecałam koleżance, że się z nią zamienię na dyżur, bo ma rocznicę ślubu.

– A my nie obchodzimy… – zaczął z pretensją w głosie Ludwik.

– Bo my nie mieliśmy ślubu – odparła z taką samą pretensją Tośka, a mąż tylko machnął ręką, wiedział przecież, że dla Antoniny ślub cywilny się nie liczył.

– Mam – ucieszyła się małżonka (cywilna, ale zawsze) – mogę iść trzydziestego. Może być?

Ludwik skinął głową, zapisał sobie na kartce i następnego dnia oznajmił, że bilety już załatwił.

Poszli więc na te „Dziady" trzydziestego stycznia, nie wiedząc, że to już ostatnie przedstawienie. Ludwik, zajęty organizowaniem uroczystości związanej z prezentacją pierwszego Fiata 125p, wyprodukowanego przez FSO, a następnie przygotowaniami do wyborów przewodniczącego Prezydium Rady Narodowej Miasta Stołecznego Warszawy, jakoś przeoczył informację o „niesłusznym spojrzeniu" reżysera na utwór wieszcza i decyzji cenzury, nakazującej zdjęcie przedstawienia z afisza. Tego wieczoru, gdy Bukowscy wybrali się do Narodowego, „Dziady" grano właśnie po raz ostatni.

Byli nieco zdziwieni reakcją publiczności, bo na kolejnym przedstawieniu rzadko się zdarzała aż tak gorąca owacja, przecież „Dziady" wystawiano chyba od listopada ubiegłego roku. Antonina i Ludwik klaskali również, owszem, sztuka im się podobała, chociaż odebrali ją wyłącznie jako dzieło artystyczne, nie byli nastawieni na wychwytywanie elementów antyrosyjskich, uwypuklonych przez Dejmka. Wyszli z teatru i chcieli wsiąść do samochodu, ale drogę zatarasował im tłum widzów, którzy ruszyli w pochodzie, kierując się na Krakowskie Przedmieście. Bukowscy ze zdziwieniem spostrzegli transparenty z żądaniami następnych przedstawień. Zrozumieli, że ta swoista demonstracja nie jest spontaniczna, tylko musiała być zorganizowana.

– Dokąd idziecie? – spytała Antonina młodego człowieka, niosącego transparent.

– Pod pomnik Mickiewicza, „Dziady" zdjęli, nie wiesz? – zawołał i pobiegł.

– Nie wiem – odpowiedziała Tosia, ale tamten już jej nie słuchał. Spojrzała pytająco na męża, lecz ten tylko wzruszył ramionami i rozłożył ręce.

Wrócili do domu i nie rozmawiali już na ten temat. Antosia widziała, że Ludwik naprawdę nie rozumie, o co chodzi, więc nie prosiła o wyjaśnienia. A Ludwik w sumie był zły, że nic nie wie.

Następnego dnia w pracy popytał sekretarkę; dowiedział się, o co chodziło i dowiedział się o represjach (już nie od sekretarki), jakie dotknęły organizatorów demonstracji. Adama Michnika i Henryka Szlajfera relegowano z Uniwersytetu Warszawskiego.

Minęło parę dni i Tosia znowu spytała Ludwika, czy wie coś o tych „Dziadach" i o co w ogóle chodzi.

– Studenci rozrabiają – odpowiedział.

– Wciąż rozrabiają? – Antonina spojrzała na niego z niedowierzaniem. – Ty chyba czegoś mi nie mówisz.

– A co ci mam mówić? – odparł. – Ja się zajmuję całkiem innymi sprawami. Wiem tylko, że zdrowo narozrabiali, protestują już nie tylko na uniwerku, włączyła się politechnika i wszystko idzie na cały kraj. Zdaje się, że już aresztowano przywódców i największych rozrabiaków.

– Zdaje się? – spytała z przekąsem Tosia. – Myślałby kto, że nie wiesz...

Początkowo Antonina niewiele wiedziała o wydarzeniach marcowych, dopiero dziewiątego marca co nieco wyjaśnił jej Piotr, uświadamiany na bieżąco przez Pawła. W Tosi natychmiast z powrotem obudziły się uczucia patriotyczne, społeczne i opozycyjne. Dziesiątego marca pobiegła na uniwersytet. Była umówiona z Pawłem, przeszli do politechniki i przesiedzieli razem dwie doby na materacach porozkładanych na korytarzach. Antosia czuła się wśród studentów jak wśród swoich kolegów i nie dostrzegała żadnej różnicy wieku.

Dwunastego marca musiała być w szpitalu, wpadła więc wczesnym rankiem do domu, żeby się porządnie umyć i przebrać.

W przedpokoju natknęła się na ogromnie zdenerwowanego Ludwika.

– Gdzieś ty była? – napadł na nią. – Obdzwoniłem wszystkie szpitale i mało brakowało, żebym zaangażował milicję w poszukiwania zaginionej żony. Nie przyszło ci do głowy, żeby mnie zawiadomić, gdzie się podziewasz? A przynajmniej, że żyjesz i nic ci nie jest?

– Rzeczywiście mogłeś się trochę denerwować, nie pomyślałam o tym – mruknęła nieco zawstydzona Tosia.

– Ale tak naprawdę to nie miałam możliwości zadzwonić, bo tam, gdzie byłam, telefony raczej nie działały – spróbowała ataku.

– Ale gdzieś ty była, u diabła? – wrzasnął Ludwik.

– U diabła? A wiesz, dobrze trafiłeś, byłam prawie w piekle – i opowiedziała mu, gdzie była.

Nie rozmawiali więcej, bo każde spieszyło się do pracy. Tosia wróciła dopiero następnego dnia w południe; tym razem mąż wiedział, że miała dyżur w szpitalu.

Potem już nie wrócili do tej rozmowy, bo obydwoje rozumieli, że jedno drugiego nie przekona.

A w pracy dowiedziała się znowu od pielęgniarek, że robotnicy nie przyłączyli się do studentów; władze skutecznie potrafiły zdezinformować społeczeństwo.

– W FSO zorganizowano masówkę – opowiadała Zośka Piekarska, która po odejściu Marii Grosman została przełożoną pielęgniarek na ortopedii. Jej mąż pracował jako lakiernik w fabryce samochodów. – Mówili, że nie należy popierać studentów, bo to tylko rozruchy. Że takie nacjonalistyczne żydowskie prowokacje, a także antyradzieckie wystąpienia trzeba tłumić w zarodku, bo mogą przynieść wiele złego. A w ogóle wszystko to działania nudzącej się wywrotowej bananowej młodzieży. I robotnicy poparli postulat partii, żeby zignorować te awantury. I wiecie? Mają takie fajne hasło: „Studenci do nauki, literaci do pióra, syjoniści do Syjonu".

– Co też pani opowiada? – zdenerwowała się Antonina, która pamiętała już kilka takich tłumaczeń o działaniach nieodpowiedzialnej masy wichrzycieli i szaleńców. – Jakiego Syjonu? Matko Święta, co za bzdury.

Żadna z pielęgniarek nie podjęła dyskusji. Nie miały pojęcia, co myśleć o pani doktor. Wiedziały przecież, kim jest jej mąż. Wprawdzie ona sama często zachowywała się tak, jakby nie popierała systemu, ale... Zawsze lepiej mieć pracę, niż jej nie mieć, pielęgniarki wolały więc być ostrożne.

A Tosia w ogóle nie myślała o tym, że jej poglądy, czy też poglądy jej męża, mogły być kiedykolwiek tematem rozmów w dyżurce pielęgniarek. Naiwnie wierzyła, że w pracy rozmawia się głównie o pracy i tyle.

– Poprzednia przełożona dobrze zrobiła – usłyszała któregoś dnia Antonina, podchodząc do dyżurki. – Lepiej, że sama odeszła, bo teraz i tak pewnie by ją wywalili, jak innych żydków. Dobrze, że nareszcie czystkę robią.

– Nie chcę słuchać takich głupich uwag – oświadczyła, energicznie wkraczając do środka. Aż się trzęsła ze złości. – Pomyślcie tylko, przecież gdyby tak każdemu pogrzebać wstecz w życiorysie, u niejednego można by się dokopać żydowskich korzeni. I nie ma w tym nic złego. Wstyd mi za was, naprawdę. Myślałam, że jesteście przynajmniej jako tako wykształcone, a okazało się, że tylko wyuczyli was zawodu, co jednak z ogólnym wykształceniem nie ma nic wspólnego.

Trzasnęła drzwiami, co niezbyt dobrze jej wyszło, bo były przesuwne.

– I proszę nie siedzieć bezczynnie i nie gadać. Nie macie nic do roboty? – Wróciła, bo ze zdenerwowania nie zostawiła im rozpiski leków dla chorych.

A jednak antysemicka atmosfera, jaką udało się wytworzyć po tego rodzaju masówkach, jak ta w FSO, spowodowała w rezultacie nagonkę na obywateli żydowskiego pochodzenia. Relegowano ich z uczelni, pozbawiano stanowisk, zwalniano z pracy.

Zmiany przetoczyły się w także w kręgach partyjnych (wyrzucono kilka tysięcy członków) i rządowych, szczególnie w resorcie obrony narodowej. Ludwik nie był jednak zagrożony i utrzymał wysoką pozycję we władzach PZPR.

Życie znowu zaczęło się toczyć utartym torem.

Piotr wyjeżdżał służbowo na trzy dni do Krakowa i zaproponował Tosi, żeby z nim pojechała.

– Oderwiemy się od zwykłych zajęć, wyskoczymy chociaż na pół dnia do Zakopanego… – Nie musiał jej długo namawiać, zgodziła się bez namysłu, choć i tak już mieli zarezerwowany pokój w kwietniu, jak co roku. Chciała jednak uspokoić myśli i chciała chociaż tych dwóch nocy w ramionach Piotra.

Spędzili wspaniałe chwile i zrelaksowani wrócili do Warszawy.

A po powrocie Antosia dowiedziała się, że ordynator, który bardzo ją namawiał do otwarcia przewodu doktorskiego i obiecał wszelką pomoc, wyjechał z kraju i to bez prawa do powrotu.

– Musiał podpisać oświadczenie, że zrzeka się obywatelstwa polskiego, zabrano mu paszport i dostał tak zwany dokument podróży w jedną stronę – opowiadał ksiądz Stanisław, który wiedział wszystko, a Tosia wolała nie pytać skąd.

– To on był Żydem? – zdziwiła się tylko, bo nie miała o tym pojęcia. Nazwisko „Abramowicz" wydawało jej się polskie, a przecież nikt nigdy nie pytałby szefa o pochodzenie.

Ksiądz pokiwał tylko głową i to był koniec rozmowy. Antonina pomyślała, że właśnie rozwiały się jej nadzieje na doktorat.

Rozzłościła się i w domu napadła na męża.

– Czy w tym kraju nie można żyć spokojnie? – krzyczała. – Co z was za bydlaki, żeby tak gnębić ludzi? Jak można wymuszać na kimś zrzeczenie się obywatelstwa? Za co? Za to, że czyjś przodek był obrzezany? Jesteście gorsi od hitlerowców, wstyd mi, że mam z tobą cokolwiek wspólnego!

Ludwik, nie panując nad sobą, uderzył ją w twarz. Tosia zbladła i umilkła; w pierwszym odruchu przyłożyła dłoń do policzka.

– Nie skończyłam jeszcze – powiedziała cicho po chwili. – Dowiedz się więc, że i mój przodek był obrzezany. A nawet niejeden, bo zapewne i ojciec, i dziad, i pradziad. I na tym skończę, nad resztą sam się zastanów.

Do tej pory Ludwik nie miał pojęcia o pochodzeniu Antoniny. Nigdy nie widziała potrzeby, aby mu wyjawić, że nie jest prawdziwą Ostaniecką. Nie był jej na tyle bliski, aby wtajemniczać go w tak prywatne, osobiste sprawy. Teraz wymknął jej się ten „obrzezany przodek", bo była wściekła na Ludwika i na cały świat.

Widząc osłupiałą minę męża, w wielkim skrócie opowiedziała mu swoją historię.

– Nie dziw się więc, że ta sprawa boli mnie bardzo. A tobie, jak widzę, antysemityzm nie przeszkadza. Więc nasze małżeństwo, i tak przecież wyłącznie na papierze, tym bardziej jest bez sensu. Chyba warto, żebyś się zastanowił nad celowością naszego pseudozwiązku, a właściwie życia obok siebie w tym mieszkaniu. Byłabym najszczęśliwsza, gdybyś złożył pozew o rozwód i wyprowadził się stąd.

Tosia dobrze wiedziała, że nawet gdyby sama złożyła pozew o rozwód, nie uzyskałaby go, gdyby Ludwik się sprzeciwiał. A nie widziała powodu, dla którego nie miałby się sprzeciwić. O bliskiej znajomości męża z panią Magdą nie wiedziała, a zresztą nawet gdyby wiedziała, niczego by to nie zmieniło, Ludwik bowiem bez względu na wszystko nie zamierzał się wiązać z tamtą kobietą. Rozwód nie był mu więc do niczego potrzebny.

I teraz właśnie oświadczył to żonie.

– Rozwód mnie nie interesuje, nie mam czasu na sprawy papierkowe. Wyprowadzać się też nie mam zamiaru, bo mi tu wygodnie. – Zmienił ton. – Przepraszam, że cię uderzyłem, ale naprawdę straciłem panowanie nad sobą, kiedy porównałaś mnie do hitlerowca.

– Nie ciebie, tylko twoją partię... – zaczęła Tosia, ale Ludwik, chcąc ją uciszyć, uniósł rękę.

– Nie przerywaj, jeszcze nie skończyłem – powiedział. – Już kilka razy mówiłem ci, że niczego nie rozumiesz. Teraz znowu dałaś dowód swojej ignorancji. Nie mam siły i nie chce mi się tłumaczyć ci oczywistych rzeczy...

– Może dla ciebie oczywistych – przerwała mu Tosia.

– Nie wysilaj się i nie kontynuujmy tej dyskusji. Masz rację co do jednego – rzeczywiście nasza rozmowa do niczego nie doprowadzi, bo to ty niczego nie rozumiesz. Jeśli nie chcesz rozwodu i nie chcesz się stąd wyprowadzić, muszę to zaakceptować, bo wiem, że z tobą nie wygram. Skończmy jednak przynajmniej z udawaniem, że cokolwiek nas łączy – od dziś ty szykujesz sobie obiad i ja gotuję sobie obiad. Oraz inne posiłki. Raz ty sprzątasz mieszkanie, raz ja. Zakupy robimy jak dotychczas – to znaczy ty je robisz; wspólne pieniądze wkładamy, jak do tej pory, do pudełka na szafce. Ale nie wypytuj mnie więcej, dokąd idę, gdzie byłam i co robię – bo nic ci do tego. Mnie twoje sprawy też nic nie obchodzą. A co do przeprosin za policzek – wsadź je sobie, gdzie chcesz, mnie one niepotrzebne.

Wyszła do swojego pokoju i starannie zamknęła za sobą drzwi. Dopiero wtedy ponownie przyłożyła dłoń do piekącego policzka i rozpłakała się żałośnie. Nie bolało aż tak bardzo, bardziej bolała ją dusza. O istnieniu której ten ateista, jej dotychczasowy mąż, nie miał najmniejszego pojęcia.

Płakała nad nimi wszystkimi: nad jej ordynatorem, pozbawionym ojczyzny; nad losem studentów relegowanych z uczelni; nad tym, że ona, Antonina, nic nie może zrobić. I nad tym, że to życie jest takie beznadziejne. Płakała też dlatego, że czuła się odtrącona, wykluczona, niechciana. Nie działała w żadnej wspólnocie, nie należała do żadnej organizacji, nie była uczestnikiem… niczego. Na spotkania ze studentami czuła się już za stara, na coś w rodzaju kółka różańcowego za młoda. Nie miała nic swojego, nawet Piotr nie był jej. I gdyby się tak zastanowić, nie była pewna, czy chciałaby tego. Ta miłość, taka mało pielęgnowana, niepodsycana, bez wielkich uniesień – też stawała się coraz bardziej letnia. Byli ze sobą, jeśli można tak to określić, bardziej z przyzwyczajenia, z braku czegoś innego, by poczuć obok siebie drugą osobę, od czasu do czasu chociaż. Bo te ich „drugie połowy", choć fizycznie istniały, tak naprawdę dawno już nie były ich.

Piotr przynajmniej miał Pawła, rozżaliła się Tosia. I teraz jeszcze April. A ona co? Nawet kota nie miała.

Czuła się taka samotna i przygnębiona.

Rozdział 20

1968 c.d.

W kwietniu Antonina i Piotr jak zwykle pojechali do Zakopanego. Tam przez prawie dwa tygodnie żyli z daleka od rzeczywistości, relaksowali się wśród wspaniałych krajobrazów i napełniali płuca balsamicznym powietrzem, które miało im wystarczyć do września lub października.

Ale któregoś dnia...

– Nie masz pojęcia, jak mnie mierzi ten antysemityzm. I jak mi żal, że nie mogę nic zrobić. Ludwik i ta cała jego zbrodnicza organizacja... tylu wspaniałych ludzi ucierpiało. I za co? Za pochodzenie? A cóż to za bzdury, przecież wszyscy jesteśmy Polakami... – oburzała się Antosia, która wyczytała właśnie w jakiejś gazecie o interpelacji poselskiego Koła Znak, omawianej na kwietniowym posiedzeniu Sejmu i machała teraz gazetą, objawiając swoje oburzenie.

Piotr, członek PZPR, stał po stronie tych, którzy poparli wystąpienie Zenona Kliszki.

I teraz usiłował wytłumaczyć to Antoninie.

– Posłuchaj, nie uogólniaj – powiedział. – To nie takie proste. Widzisz, Koło Znak jest jednoznacznie antypartyjne. Broni rewizjonistów, którzy organizowali prowokacje wymierzone w żywotne interesy narodu, w spokój całej ojczyzny. To była naprawdę reakcyjna interpelacja.

– Co? – spytała zdziwiona Antosia. – Co ty mówisz? Tobie też zatruli umysł? Myślałam, że tylko Ludwik jest otumaniony. Widać przyciągam samych oszołomów. Wybacz, ale to, co mówisz, jest idiotyczne i nigdy by mi do głowy nie przyszło, że możesz tak myśleć. No cóż, nigdy nie rozmawialiśmy na takie tematy. Choć po tym, jak spędziłam dwa dni z twoim synem na politechnice, byłam w stu procentach przekonana, że i ty myślisz tak samo jak Paweł. Ale racja, przecież ty z nami nocy na materacach nie przesiedziałeś. – Zamyśliła się, patrząc na Piotra, który wyglądał, jakby chciał jej coś tłumaczyć. – Nie, nic już nie mów, wystarczy mi to, co usłyszałam – dodała. – Albo nie, powiedz mi jeszcze tylko jedno, bo nie wiem, nigdy nie pytałam. Czy ty należysz do partii?

– Nie wiesz? – zdziwił się Piotr. – Wydawało mi się to oczywiste. Jestem w partii od młodych lat. Jestem, bo chciałem być i w dalszym ciągu chcę. Szczególnie w chwilach, gdy słyszę, że są jeszcze ludzie, którzy myślą tak jak ty.

– Wiesz, co? – odpowiedziała, niby spokojnie, choć w rzeczywistości cała się trzęsła. – Już od dawna wydawało mi się, że przestałam cię kochać. A teraz widzę wyraźnie, że tak naprawdę to nigdy cię nie kochałam. Nie mogłabym kochać takiej gnidy. Wmówiłam sobie tylko tę miłość, bo nie kochałam męża, nie kochałam żadnego innego mężczyzny, a każda kobieta potrzebuje miłości. I marzy o tej jedynej, wyśnionej, prawdziwej, wielkiej. No to się doczekałam.

Powiedziawszy to, spokojnie spakowała plecak, nie patrząc na Piotra i nie słuchając tego, co próbował jej wyjaśniać.

– Od dziś nie chcę cię znać – oświadczyła. – I mówię to śmiertelnie poważnie. Oczywiście w dalszym ciągu będę się przyjaźnić z twoim synem, bo naprawdę bardzo go lubię. Oczywiście w dalszym ciągu będę cię traktować jak sąsiada z osiedla, nie zamierzam na twój widok odwracać głowy i przechodzić na drugą stronę ulicy. Ale już nic nigdy między nami nie będzie. Nic nas nie łączy.

Nie wiedziała, że się myli – i to najbardziej, jak można.

*

W grudniu 1968 roku, w przeddzień Wigilii, urodziła się Amelka, córka Antoniny Bukowskiej i Piotra Tarnowskiego. Przyszła na świat nieco przed terminem, planowo powinna się urodzić na początku stycznia, ale podobno dziewczynki zawsze są mniej cierpliwe od chłopców i spieszą się na świat.

Zanim Tosia stwierdziła, że jest w ciąży, przeszła wszystkie etapy tłumaczeń; wymioty – to znaczy, że się czymś zatruła; zawroty głowy – to tylko przemęczenie; dziwne napady apetytu – czytaj: nie wiem, dlaczego znowu jestem głodna. Bo i skąd ona, lekarz ortopeda, mogła wiedzieć, że to ciąża? Gdy więc stało się to już faktem potwierdzonym przez ginekologa, przyszła mama wpadła w panikę.

Przez moment zastanawiała się nawet, czy nie zdecydować się na zabieg, była to jednak wyłącznie chwila słabości. Antosia odrzuciła tę myśl, nie tylko dlatego, że była praktykującą katoliczką, lecz głównie dlatego, że po tym dziwnym strachu przyszło zupełnie inne uczucie. Zadowolenie, wielka radość i spokój. Ani przez chwilę nie pomyślała o Ludwiku, nie zastanawiała się, jak mu powiedzieć, co się stało. Wiedziała, że mąż nie pomyśli, iż to jego dziecko, już od dawna mieli bowiem osobne sypialnie i nigdy nie odwiedzali się wzajemnie. Nie przejmowała się tym, co powie Ludwik, miała w nosie jego zdanie, ale z czasem zaczęła się zastanawiać nad kwestią nazwiska dziecka. Nie zamierzała też mówić o swojej ciąży Piotrowi, choć wiedziała, że za dwa-trzy miesiące sam się zorientuje. Mijali się przecież od czasu do czasu na osiedlu, ale zgodnie z wcześniejszą zapowiedzią, Antonina nawet nie chciała zamienić z nim słowa, mimo że Piotr, szczególnie zaraz po powrocie z Zakopanego, kilka razy próbował z nią porozmawiać. Mijała go, patrząc w bok i nie zatrzymywała się nawet na chwilę. Chyba że Piotr szedł z synem, wówczas przystawała, ale rozmawiała tylko z Pawłem.

Najchętniej dałaby dziecku swoje nazwisko, lecz dopóki była żoną Ludwika, raczej wydawało się to niemożliwe. Wątpiła, żeby mąż zgodził się na inne nazwisko dziecka, niż swoje, bo stanowiłoby to oczywisty dowód, że go zdradziła. Antosia miała sto procent pewności, że taki mężczyzna, jak Ludwik, typowy przykład dominującego samca, pan i władca, nigdy się na to nie zgodzi.

Postanowiła więc złapać byka za rogi. Któregoś wieczoru przygotowała kolację, co zaskoczyło jej męża, jadali bowiem osobno, obiady w stołówkach, a śniadania i kolacje – każde o swojej porze, w swoim pokoju.

– Chcę ci coś powiedzieć – oznajmiła mężowi, gdy już kończyli jeść.

– Domyślam się, bo przecież wspólna kolacja to nie jest coś, co zdarza nam się na co dzień – odparł z sarkazmem, ale leciutkim, bo jedzenie było naprawdę smaczne. Tosia się postarała, zrobiła nawet sałatkę jarzynową, ulubioną jej męża. – Aż się boję tego, co mam usłyszeć – dodał. – Nie mów tylko, że znowu masz zamiar brać udział w jakichś protestach. Ostatnio zresztą nic takiego się nie dzieje.

– W jakich protestach, tobie tylko ta ukochana partia w głowie – odpowiedziała zirytowana. – Masz jednak rację, niestety, ostatnio nic się nie dzieje, co mnie martwi. Ale nawet gdyby się działo, to i tak przez pewien czas nie będę mogła w niczym brać udziału. Jestem w ciąży – wypaliła.

Nie tak miała przebiegać ta rozmowa, ale ten jej głupi mąż zawsze potrafił ją zdenerwować.

– Co takiego? – Ludwik osłupiał.

– Dobrze słyszałeś, co. Jestem w ciąży. Nie pytaj tylko, jak to się stało, bo chyba dobrze wiesz, jak to się dzieje, choć twoje wykształcenie jest dość dalekie od medycznego. I od wykształcenia w ogóle – zirytowała się Tośka. Cóż, hormony szalały i dość często zdarzały jej się napady złego humoru. – Nie pytaj, z kim, bo i tak ci nie powiem, to wyłącznie moja sprawa. Jeśli cię to interesuje, dodam jeszcze, że ojcu dziecka też nic do tego i dziecko będzie wyłącznie moje. A ponieważ wiem, co myślisz o dzieciach, przecież nigdy ich nie chciałeś, od razu ci mówię, że chcę rozwodu. Dziecko będzie nosić moje panieńskie nazwisko i ja też chcę do niego wrócić, bo poza wszystkim po prostu bardziej mi się podoba. Dość już mam tego robotniczo-chłopskiego Bukowskiego czy Bukowskiej.

Ludwik siedział i słuchał, nic nie mówiąc. Poruszyła go dopiero krytyka jego nazwiska.

– Jasne, Ostaniecka to dopiero nazwisko. Że już o tym żydowskim – wymówił to wręcz z obrzydzeniem – nie wspomnę, choć nawet nie pamiętam, jak brzmiało.

– Nie pamiętasz, bo nigdy go nie słyszałeś. Nawet nie zapytałeś wtedy, kiedy był na to czas – odpowiedziała cicho Antonina. Im ciszej mówiła, ty bardziej była wściekła, Ludwik dobrze o tym wiedział. – Sam widzisz – ciągnęła – że już nigdy nie będzie nam razem po drodze. Po co więc mamy się nawzajem dręczyć, tym bardziej że musiałbyś znosić we wspólnym mieszkaniu cudze dziecko. Które, jak możesz się domyślić, ani trochę nie będzie do ciebie podobne. Poza tym mogę się upierać przy nadaniu dziecku swojego nazwiska i choć wiem, że i tak z tobą nie wygram, narobię ci wstydu. A nawet chętnie bym to zrobiła.

Ludwik zastanawiał się nad rozwodem już od samego początku tej rozmowy. Z pewnością nie chciał żadnego wrzeszczącego bachora w swoim mieszkaniu – o tym, że tak naprawdę to mieszkanie najpierw należało do Ostanieckich, w ogóle nawet nie pomyślał, dla niego było to jego mieszkanie i już. Teraz zastanawiał się już tylko nad tym, jak ten rozwód najlepiej przeprowadzić. Wiedział, że trzeba to zrobić błyskawicznie, bo kiedy ciąża żony stanie się widoczna, rozwodu nie dostaną. Ale przecież dla niego załatwienie czegokolwiek nie było żadnym problemem, więc za bardzo się nie martwił. Zastanawiał się tylko, gdzie by tu upchnąć Antoninę, z tym całym jej brzuchem, zanim zacznie być widoczny.

I przypomniało mu się wtedy, że przecież nadal ma kawalerkę na Stawkach, w której dotychczas mieszkał jakiś jego daleki kuzyn. Zaniepokoił się tylko, czy ów kuzyn jeszcze tam mieszka, bo od dawna nie miał z nim żadnego kontaktu. Za wynajem kawalerki nie brał pieniędzy, kuzyn jedynie pokrywał koszty związane z utrzymaniem mieszkania. I tak było to wbrew przepisom, Ludwik po wymeldowaniu się stamtąd powinien był oddać klucze do kwaterunku, przecież kawalerka była komunalna. Ale, cóż, wprawdzie wszystkich obowiązywały równe prawa, lecz tak wysokich działaczy partyjnych już nie. I nawet mu do głowy nie przyszło przez te wszystkie lata, że to, co robi, jest nielegalne.

Teraz myślał już tylko, jak przekonać żonę, żeby przeprowadziła się na Stawki. Doskonale zdawał sobie sprawę z tego, że kawalerka, maleńka i niewygodna, tak naprawdę nie jest właściwym miejscem dla samotnej matki z dzieckiem.

Ale Tosia skwapliwie zgodziła się na jego propozycję, zachwycona, że tak szybko zgodził się na rozwód. Było jej wszystko jedno, gdzie zamieszka, a trudnymi warunkami w ogóle się nie przejmowała. Liczyło się dla niej tylko to, że będzie miała centralne ogrzewanie i ciepłą wodę, bo w Warszawie ciągle jeszcze znalazłoby się wiele domów, w których o takie luksusy było trudno.

Ludwik uruchomił więc swoje kontakty i rozwód został orzeczony w dwa miesiące od tej rozmowy. Ciąża zaczynała już być widoczna, ale dla niewtajemniczonych Tosia wyglądała po prostu, jak gdyby nieco przytyła. We wrześniu 1968 roku pani Bukowska z powrotem stała się Antoniną Ostaniecką, z czego bardzo się ucieszyła.

Przeprowadzka na Stawki nieco się jednak opóźniała, ponieważ mieszkający tam do tej pory kuzyn Ludwika trochę protestował i nie chciał się wyprowadzić. Nie miał jednak szans na wygraną z towarzyszem Bukowskim, nawet gdyby spróbował taką walkę rozpocząć. Rozumiał to, nie był idiotą, a poza wszystkim nawet nie był tam zameldowany. Wyprosił więc tylko dwumiesięczną zwłokę, ponieważ pokój, który sobie znalazł u pewnej starszej pani, miał się zwolnić dopiero od pierwszego listopada.

Tak więc Tosia obnosiła się ze swoim, już teraz wyraźnie ciążowym, brzuchem po osiedlu.

Oczywiście Piotr dostrzegł jej stan i zaczepił ją przy sklepie, gdzie zazwyczaj na siebie wpadali.

– Czy to moje dziecko? – spytał ostro, nie mówiąc nawet „dzień dobry".

– Owszem, twoje, wiesz przecież, że od ubiegłego roku nie sypiałam z Ludwikiem. A nie sądzisz chyba, że natychmiast po powrocie z Zakopanego znalazłam sobie jakiegoś kochanka. Dosyć mam wszystkich mężczyzn, przynajmniej na jakiś czas – oznajmiła Antonina, stanowczym ruchem wysuwając brodę do przodu.

– Ale twoje tylko biologicznie, bo tak naprawdę tylko moje. Może nie wiesz, że rozwiodłam się z Ludwikiem i od pierwszego listopada będę mieszkać gdzie indziej. Nie pytaj, gdzie, i nie szukaj mnie, nie zmieniłam zdania i w dalszym ciągu nie chcę mieć z tobą nic wspólnego. Dziecko będzie nosić moje panieńskie nazwisko i ja też do niego wróciłam.

Piotr był nieco zszokowany, ale widział, że Tosia jest zdeterminowana i żadna dyskusja niczego nie zmieni.

– Trudno – powiedział więc tylko. – Skoro tak postanowiłaś, nie mogę nic poradzić. Chcę tylko powiedzieć, że gdybyś kiedykolwiek czegoś potrzebowała, zawsze możesz na mnie liczyć. Życzę ci wszystkiego najlepszego.

I tak się rozstali.

Dziecko urodziło się już wówczas, gdy Antonina zamieszkała na Stawkach – Ludwik przepisał na nią mieszkanie, mogła więc tam oficjalnie się zameldować i zamieszkać, choć kawalerka w dalszym ciągu była komunalna.

Dziewczynka otrzymała imię Amelia i był to jedyny gest w stronę jej ojca, na jaki zdobyła się Tosia. Tak naprawdę to nie mogła wyrzucić Piotra z pamięci i z myśli, choć bardzo chciała. I tak naprawdę nie mogła usunąć Piotra ze swojego serca, choć bardzo się o to starała.

Wmówiła więc sobie, że imię, jakie nadała córeczce, jej samej bardzo się podoba i tylko dlatego tak nazwała malutką. Poza tym, pomyślała, przecież Piotr i tak niczego się nie dowie.

Myliła się jednak; Piotr się dowiedział, on też miał swoje kontakty. Wiedział, gdzie zamieszkała Antonina, kiedy urodziło się dziecko, a także, oczywiście, jak dziewczynka ma na imię. Postanowił jednak uszanować na razie wolę Tosi i nie narzucał się, nie niepokoił jej wizytami i nie usiłował się z nią kontaktować. Na razie wystarczało mu, że wie to, co wie. I ucieszył się, gdy poznał imię córeczki.

Mieszkał już teraz tylko z Pawłem, bo Elżbieta zmarła prawie w tym samym czasie, w którym urodziła się Amelka. Rak, z którym walczyła od kilku lat, okazał się jednak złośliwy i ostatecznie ją pokonał.

Paweł skończył studia i zaczął pracować w Ministerstwie Przemysłu Maszynowego, na razie na dość niskim stanowisku, jako stażysta. Nie zapisał się do PZPR, choć oczywiście w pracy na to naciskano. Ojciec w ogóle nie wtrącał się w jego życie i decyzje. A już był jak najdalszy od wywierania na syna jakiejkolwiek presji światopoglądowej.

*

Antonina była tak szczęśliwa po narodzinach córki, że w ogóle nie zastanawiała się nad przyszłością. W maleńkiej kawalerce urządziła się całkiem wygodnie, miała tu wszystko, co było jej potrzebne. Wersalkę dla siebie, obok łóżeczko dla malutkiej, stół, cztery krzesła. Zmieściła się też stojąca lampa, a przy niej wygodny fotel. Trzydrzwiowa szafa jak na potrzeby Tosi okazała się aż za duża. Na ścianach znajdowały się półki z książkami. Czyż można chcieć więcej? Mieszkała sama, a to w tej chwili było dla niej najważniejsze. Nie męczyło jej nocne wstawanie do dziecka, dawała sobie radę z zakupami, z gotowaniem, praniem pieluszek i sprzątaniem. Dzięki szczęśliwemu zrządzeniu losu obok, w mieszkaniu trochę większym, dwupokojowym, mieszkała sąsiadka, która również miała córeczkę, o rok starszą od Amelki. Poznały się i natychmiast polubiły. Tosia, która do tej pory nie miała bliskiej przyjaciółki – tylko zaledwie kilka koleżanek ze studiów i z pracy – bardzo przylgnęła do Małgorzaty Kacperskiej. Może z powodu dzieci, może dlatego, że same były w podobnym wieku, a może po prostu Antonina czuła się teraz bardzo samotna i brakowało jej czyjegokolwiek wsparcia.

Mąż Małgosi pracował jako kierowca w przedsiębiorstwie transportowym. Jeździł po całej Polsce, a czasami był w trasie cały tydzień.

– Bardzo dobry układ – śmiała się sąsiadka, opowiadając o tym Tosi. – Nie mamy czasu na kłótnie. Czuję się jak żona marynarza. I z każdej trasy dostaję prezent. No i nie muszę pracować, bo Heniek świetnie zarabia.

– Ale przecież nic ci nie pomaga – zauważyła Antosia.

– Jeździ sobie i tyle. A ty siedzisz sama z dzieckiem.

– A tobie ktoś pomaga? – zaśmiała się Małgosia. – Ale popatrz, jak dobrze, że tu zamieszkałaś. Teraz obydwie będziemy sobie wzajemnie pomagać. Cieszę się.

I tak właśnie było – raz Tosia, innym razem Małgosia zostawała z dwójką dzieci, a ta druga załatwiała swoje sprawy, robiła zakupy albo po prostu szła do kina, żeby odpocząć. Ten system świetnie się sprawdzał, Antonina zdawała sobie jednak sprawę, że to tymczasowe rozwiązanie. Gdy skończy się urlop macierzyński, będzie musiała znaleźć jakąś opiekę do Amelki. Najprostszym wyjściem wydawał się żłobek, ale Tosia nie chciała tego dla swojej córeczki. Wydawało jej się, że mała w żłobku zmarnieje, nabawi się wszystkich chorób naraz i w ogóle spadnie na nią wszelkie zło całego świata. Szukała więc innego rozwiązania. Myślała o jakiejś opiekunce, kimś w rodzaju niani. Ale musiałaby to być taka niania, o jakiej dotychczas tylko czytała w książkach. Mary Poppins najlepiej. Dla jej dziecka jakaś tam zwyczajna kobieta po prostu się nie nadawała. Tak – tyle że nie było to takie proste. Nikt z jej znajomych – a zaangażowała w poszukiwania pół szpitala – nie znał takiej pani, jaką wymarzyła sobie jedyna matka jedynego dziecka na świecie. Każda kandydatka miała jakieś wady.

Pewnego dnia Antonina przypomniała sobie o sąsiadce z Bielan, Marii Parzyńskiej, starszej pani, która też mieszkała przy Kruczej 46. A wszyscy mieszkańcy Kruczej byli doskonali pod każdym względem.

Ileż ona może mieć lat? – zastanawiała się Tosia, myśląc o pani Marii. Wyszło jej, że sporo. Ale spróbować nie zawadzi, postanowiła. Następnego dnia zostawiła Amelkę pod opieką Małgosi i pojechała na Bielany.

– Oj, dziecko kochane, jak dobrze cię widzieć – przywitała ją pani Parzyńska, kręcąc się po niewielkim mieszkanku. – Jakbym przewidziała, że taki miły gość do mnie zawita – cieszyła się. – Właśnie zaparzyłam świeżutką herbatę. Ale, mów, dziecko, mów. Co cię sprowadza? Gdzie teraz mieszkasz? Jak dzieciątko? I co ci się urodziło? Jak sobie radzisz? – zarzuciła ją pytaniami, nie dając szans na odpowiedź, bo po kolejnym pytaniu następowało kolejne, i znowu kolejne.

– Kochana pani Mario – roześmiała się Antonina. – Niech mi pani da szansę i pozwoli dojść do słowa, bo za chwilę zapomnę, o co pani pytała.

Opowiedziała sąsiadce, co się z nią działo od momentu przeprowadzki na Stawki, nie wyjawiając jedynie, kto jest ojcem Amelki.

– Amelka – zachwyciła się pani Parzyńska. – Jakie śliczne imię. I dziewuszka pewnie śliczna, szkoda, że jej nie przywiozłaś.

– A bo ja właściwie w jej sprawie, kochana pani Mario – zaczęła Antosia i wyartykułowała swoją prośbę, a właściwie pytanie, o ewentualną opiekę nad córką. – Przywoziłabym Amelkę do pani codziennie rano, a po pracy przyjeżdżałabym po nią. Tylko wie pani, ja przecież pracuję w szpitalu. Czyli czasami miałabym nocne dyżury i dwudziestoczterogodzinne, więc nie wiem... Bo to bardzo męczące.

– Ależ dziecko drogie! – Pani Maria spojrzała na Tosię prawie z oburzeniem. – Jakie męczące? Przecież ja

268

przedwojenny materiał jestem. Wytrzymały. Męczące? Żarty. A czy ty wiesz, jak ja się teraz męczę? Z tego powodu, że nie mam co robić? Chętnie się zaopiekuję tą twoją kruszynką, już się nie mogę doczekać. Kiedy ją przywozisz?

I w taki oto sposób największy problem został rozwiązany. Tosia gratulowała sobie pomysłu i była zadowolona, że sprawiła też radość pani Marii, która – jak się okazało – miała teraz siedemdziesiąt cztery lata.

– A cóż to za wiek, kochane dziecko? – oburzyła się starsza pani. – Jeszcze tę twoją córeczkę do szkoły będę mogła odprowadzać. I za mąż wspólnie ją wydamy.

Rozdział 21

1970

Wydarzenia grudniowe wstrząsnęły Piotrem. Pamiętna rozmowa z Tosią przeszło dwa lata temu, w Zakopanem, w wyniku której nastąpiło dramatyczne rozstanie, już wtedy dała mu dużo do myślenia. Analizował zarzuty Antoniny, ale nie zgadzał się z nimi. Przyjął, że Tosia jest pod wpływem Kościoła, a poza tym jej poglądy od dziecka były kształtowane przez bardzo prawicowych rodziców. Na dodatek ten jej mocno partyjny mąż, z którym życie jej się nie ułożyło... przyjmował więc, że jego przekonania automatycznie wywoływały w niej odruchowy sprzeciw.

Piotr od momentu, w którym wstąpił do partii, aczkolwiek sam akces nastąpił prawie poza jego świadomością, przyjął doktrynę socjalistyczną za pewnik i wyznawał ideały komunizmu z wiarą i nadzieją. Wierzył Gomułce, wierzył w przemianę 1956 roku, ufał Komitetowi Centralnemu PZPR i ze wszystkich sił starał się przekonać swoje otoczenie do haseł i tez głoszonych po kolejnych posiedzeniach plenarnych – z wyjątkiem własnej rodziny. Elżbiety i tak by nie przekonał, a Pawłowi dawał swobodę wyboru.

Awantura, jaką mu urządziła Antonina, tak bowiem odebrał ich wymianę zdań, nie zmieniła jego przekonań, choć oczywiście wszystko dogłębnie przemyślał. Nie wierzył, że to naprawdę ostateczne zerwanie; miał nadzieję, że słowa, które wówczas padły, nie były przemyślane i że miłość obojga jest większa od różnic światopoglądowych.

Cały czas kochał Tosię, tęsknił za nią i miał nadzieję, że w końcu ziemi zdanie. Ciążę ukochanej przyjął z radością, był pewny, że Antosia uzna go jako ojca dziecka i że ich wspólne dni powrócą.

Gdy Antonina się wyprowadziła, o niczym oczywiście go nie powiadamiając, natychmiast uruchomił wszystkie swoje znajomości, a miał ich sporo i to na różnych szczeblach, i niebawem wiedział o wszystkim, co się dzieje w życiu jego ukochanej.

W listopadzie 1968 roku stan Elżbiety bardzo się pogorszył i żona Piotra zmarła w połowie grudnia.

W jego życiu – mówiąc brutalnie – zmieniło to jedynie liczbę metrów kwadratowych przypadających na jednego mieszkańca w lokalu Tarnowskich. Teraz całe mieszkanie należało do Piotra i jego syna. Każdy miał swój pokój i zrobiło im się wygodniej. Paweł oczywiście inaczej odebrał śmierć matki. Był chłopcem – nie, już dawno nie chłopcem, z czego Piotr nie do końca zdawał sobie sprawę – był młodym mężczyzną, po studiach i pracującym. Jednak bez względu na wiek dziecka, matka jest matką, a Paweł był niezmiernie wrażliwy. I choć oczywiście kochał obydwoje rodziców, Elżbietę kochał bardziej, gdyż zdawał sobie sprawę z jej choroby i wybaczał matce napady złego humoru, jakie zdarzały jej się coraz częściej. Z przykrością patrzył na stosunki między rodzicami, które – aczkolwiek na pozór poprawne – tak naprawdę przypominały relacje dwojga obcych lub prawie obcych sobie ludzi. Śmierć matki była dla niego bolesnym ciosem, choć właściwie należało się spodziewać, że to nastąpi.

Nie miał pojęcia o miłości ojca i Antoniny, a tym bardziej nie wiedział, że ma siostrę. I oczywiście nie zdawał sobie sprawy z tego, że ta niby siostra tak naprawdę jego siostrą nie jest. Elżbieta zabrała swoją tajemnicę do grobu. Piotr nie zamierzał ujawniać prawdy i miał nadzieję, że Paweł tej prawdy nigdy nie odkryje. No bo w jaki sposób?

Piotr wiedział dokładnie, kiedy urodziła się jego córka, postanowił jednak, że na razie da Tosi spokój. Tym bardziej że i tak po śmierci matki Pawła nie chciał synowi przysparzać więcej napięć, do których niewątpliwie by doszło, gdyby ten dowiedział się o nowej rodzinie ojca.

W marcu 1969 roku Piotr spotkał, przypadkiem, Antoninę, która odebrała właśnie córeczkę od pani Marii i wiozła małą w wózeczku do tramwaju.

– Daj mi tylko na nią popatrzeć – poprosił, a Tosia zmiękła, słysząc czułość w jego głosie, i przystanęła na chwilę.

– Ale, zaraz, a skąd wiesz, że to dziewczynka? – spytała podejrzliwie.

– Przecież ma różowy kocyk i różową czapeczkę – odpowiedział niespeszony. – Chyba nie włożyłabyś chłopcu ubranka w tym kolorze.

Zabrzmiało to przekonująco. Tosia uniosła kocyk, którym zasłoniła buzię małej – wszak było zimno – i pozwoliła Piotrowi spojrzeć na dziecko. Amelka otworzyła oczka, zdziwiona jakimś ruchem wokół buzi i spojrzała ojcu prosto w twarz. Oczy miała granatowe, takie same jak jej matki.

– Jest piękna – powiedział cicho do Tosi. – Wciąż cię kocham, wiesz? – zapytał, choć wcale nie miał zamiaru tego mówić.

– Do widzenia – odparła Antosia, przykryła starannie malutką i prawie biegiem ruszyła na przystanek tramwajowy.

„Wciąż cię kocham", nadal brzmiało w jej uszach. Znała te słowa, sama szeptała je dość często, myśląc o Piotrze.

Tak, ona też ciągle go kochała, postanowiła sobie jednak, że to koniec, że w jej życiu nie będzie już mężczyzny. A na pewno w jej życiu nie będzie już Piotra. Choć... czasami marzyła, żeby zdarzyło się coś, co wymazałoby przeszłość, tę od kłótni w Zakopanem, i żeby wszystko między nimi było tak, jak dawniej. Wiedziała o śmierci Elżbiety, pani Parzyńska miała najnowsze wiadomości o życiu całego osiedla. Czasami więc Antonina pozwalała sobie na chwilę marzeń i wyobrażała sobie, że ona, Piotr i Amelka są rodziną. I Paweł, dodawała. Po chwili jednak przypominała sobie powody, dla których zerwała z Piotrem, i umacniała się w przekonaniu, że postąpiła słusznie. Chciała się umacniać, póki mogła.

I wszystko pozostawało tak, jak było.

Ale, prawdę mówiąc, zainteresowanie Antoniny polityką zdecydowanie zmalało po urodzeniu dziecka, teraz nie miała bowiem czasu na żadne spotkania z dawnymi znajomymi. Jednak w dalszym ciągu nie do przyjęcia był dla niej związek z aktywnym członkiem partii, nawet jeśli chodziło o ojca jej dziecka. Ta bezkompromisowość dziwiła nawet ją samą, a już zupełnie nie do przyjęcia była dla jej przyjaciółki, Małgosi, która z czasem poznała historię życia Antoniny. Łącznie z tym, że Tosia nie jest prawdziwą Ostaniecką.

– Wiesz – mówiła Małgorzata – ty to chyba jakaś głupia jesteś. Bardzo głupia, niestety. Wolisz przez całe życie sama szarpać się z dzieckiem i wszystkimi problemami dla jakiejś wydumanej idei? Co ci po tej całej polityce? Po co w ogóle zawracać sobie tym głowę? Przecież niczego nie zmienisz, a tracisz tyle życia. I zabierasz ojca swojej córce. Teraz Amelka jest jeszcze mała, ale co jej odpowiesz, gdy zapyta cię kiedyś, gdzie jest jej tata? I dlaczego tego ojca nie miała? Myślisz, że zrozumie twój punkt widzenia? Tak bezdennie głupi, że aż trudno uwierzyć?

Antonina pozwalała Małgosi na te ostre słowa, tylko jej pozwalała. Kochała ją jak siostrę, której nigdy nie miała, i wiedziała, że to, co mówi przyjaciółka, jest podyktowane tylko i wyłącznie troską. I miłością. A także pragnieniem, by ona, Tosia, ułożyła sobie życie.

Niektóre argumenty trafiały jej do przekonania. Sama się zastanawiała nad tym, co powie córce, gdy ta zapyta o ojca. Spotkanie Piotra na Bielanach, jego zainteresowanie małą, miłość, którą dostrzegła w jego oczach – to wszystko naprawdę ją wzruszyło. Zdziwiła się, że Piotr nie spytał o imię dziecka, ale po chwili przypomniała sobie, że od razu wiedział, iż to dziewczynka – wtedy uwierzyła w jego opowieść o różowych ubrankach, ale teraz była prawie pewna, że dobrze wiedział, iż urodziła córeczkę, a zatem wiedział, jak ta córeczka ma na imię. I ucieszyła się w duchu z jego zainteresowania. Może... nie, nie będzie o tym myśleć.

Teraz nie będzie.

*

Następne spotkanie Piotra z córką już nie było przypadkowe. W grudniu 1969 roku, w dniu pierwszych urodzin Amelki, w porze, kiedy Antonina zazwyczaj odbierała małą, w mieszkaniu pani Parzyńskiej zadźwięczał dzwonek. Otworzyła, nawet nie patrząc przez wizjer, co raczej nigdy się jej nie zdarzało. Teraz jednak po pierwsze, była pewna, że to Antosia, a po drugie, Amelce właśnie zdarzyło się zabrudzić pieluchę, wierzgała więc sobie beztrosko gołymi nóżkami, leżąc na kanapie i czekając na przewinięcie, otoczona ze wszystkich stron poduchami, żeby, broń Boże, nie spadła.

– Wchodź szybciutko i zamknij drzwi, żeby nie nawiało, bo mała goła – oznajmiła pani Maria, nie patrząc przed siebie, tylko obejrzała się, sprawdzając, czy aby ta pracowicie ułożona barykada z poduszek nie rozsunęła się na boki.

– Dzień dobry, pani Mario – usłyszała męski głos i ze zdumienia aż dech jej zaparło.

– Piotr? A ty co tu robisz? – Znała go od dziecka i przez całe jego życie mówiła mu po imieniu, nie widziała więc powodu, dla którego miałaby teraz zmienić ten zwyczaj.

– Przyszedłem złożyć życzenia urodzinowe córeczce. – Wyciągnął zza pleców pluszowego tygryska, do którego już się śmiały oczka jego dziecka.

Pani Maria opadła na fotel i zagapiła się na Piotra, nie bacząc na to, że mała w dalszym ciągu leży rozebrana i nie ma czystej pieluchy. Staruszka siedziała z otwartymi ustami, ze świstem łapiąc oddech.

– No, niech pani nie mówi, pani Mario, że pani nie wiedziała, kto jest ojcem dziecka – zaśmiał się niepewnie Piotr, ale zdumiony wzrok pani Parzyńskiej wyjawił mu, że jednak istotnie nie wiedziała.

I w tym momencie ponownie zabrzmiał dzwonek, podrywając na nogi panią Marię, która rzuciła się w stronę Amelki, zadowolonej z niespodziewanej wolności, pozwalającej jej na energiczne wierzganie nóżkami. W rączkach ściskała nową zabawkę, obśliniając ucho tygryska.

Dzwonek rozdzwonił się gwałtownie, a pani Maria spojrzała z niemą prośbą na Piotra. Zrozumiał, podszedł do drzwi i otworzył. Teraz to Antosia stanęła jak słup soli.

Po wszelkich wyjaśnieniach, co Piotr tu robi, i przepraszaniu pani Parzyńskiej...

– Jutro wszystko pani opowiem, pani Mario, bardzo przepraszam – kajała się Antonina...

...wyszli razem, a Piotr pchał wózek.

– Cały czas cię kocham – powiedział. – I nie myśl, że nie będę widywał mojego dziecka. Córeczki – wyszeptał rozmarzony. – Amelki.

– Wiem, jak moja córka ma na imię – rozzłościła się Tosia. – Myślisz, że jak będziesz mi się pokazywał raz na pół roku, powtarzając swoje „ciągle cię kocham", to coś zmieni?

– Tak właśnie myślę – odparł Piotr. – Ale masz rację, raz na pół roku to zdecydowanie za rzadko. I właśnie chcę ci powiedzieć, że zaprosiłem na Wigilię panią Marię oraz moją córeczkę. Mam nadzieję, że i ty przyjdziesz.

– Zapraszasz mnie? – spytała Tosia. O matko, ja z nim flirtuję, pomyślała, łapiąc się za głowę. W myślach. Bo w rzeczywistości spojrzała na niego wyniośle i usłyszała swój głos: – Dobrze, przyjdę – odrzekła, chociaż chciała powiedzieć coś całkiem innego.

*

A powracając do wydarzeń grudniowych 1970 roku – to, co się stało siedemnastego grudnia, zachwiało wiarą Piotra w nieomylność i uczciwość partii, której był członkiem i zwolennikiem. Wiadomości docierające z Wybrzeża nie były jednoznaczne.

– Cholera, znowu rozrabiają „wandale, męty, awanturnicy i wrogowie ustroju" – zirytował się, pokazując Pawłowi „Trybunę Ludu" z przemówieniem Józefa Cyrankiewicza.

– Tato! – Paweł pozwolił sobie na sarkastyczny uśmiech. – Czyżbym słyszał w twoim głosie ironię? Ty krytykujesz premiera?

– Owszem – odpowiedział spokojnie ojciec, choć w środku cały gotował się ze złości. – Bo, widzisz, chociaż w sumie popieram politykę partii, wiem przecież, że partia to tylko ludzie, nie bogowie. Ludzie są różni, a więc i spojrzenie na pewne sprawy mają różne. Nie chcę już słuchać o nieodpowiedzialnych jednostkach, które po raz kolejny wywołują tragiczne wydarzenia. – Zmiął gazetę i cisnął nią o stół.

Po chwili jednak podniósł ją i przeczytał do końca całe przemówienie Cyrankiewicza.

Przemówienie to zachwiało pewnością Piotra co do nie-omylności partii i nadwątliło wiarę w ideały, które do tej pory wyznawał. Kiedyś już ginęli niewinni ludzie: przy-pomniał sobie Poznański Czerwiec 1956 roku. Wtedy też słyszał o nieodpowiedzialnych elementach, które spowodo-wały tę tragedię.

Potem był pamiętny wieczór na placu Defilad, po-rywające przemówienie Gomułki – tego samego, który teraz wydał rozkaz strzelania do ludzi. Piotr zdawał so-bie sprawę, że ktoś taki rozkaz musiał wydać, a nawet jeśli nie, to w każdym razie wojsko i milicja nie wyszły na ulice z własnej woli. Późniejszy rozwój wydarzeń był już tylko logicznym następstwem.

A teraz co? Historia zatoczyła koło...

– Tata, myślisz, że teraz coś się zmieni? – Paweł spytał o VII Plenum KC PZPR, na którym odsunięto od wła-dzy Władysława Gomułkę i wybrano Edwarda Gierka na pierwszego sekretarza.

– Nie wiem, synu – odrzekł Piotr, który już nie wie-dział, co o tym wszystkim sądzić. – Powiem ci tylko, że zaimponował mi Cyrankiewicz. To jego trzepnięcie papierami i dramatyczne zejście z mównicy było bardzo efektowne. Zobaczymy, co zaprezentuje nam towarzysz Jaroszewicz. Wątpię jednak... sam nie wiem... zobaczy-my.

Nadwątloną wiarę Piotra w jedyną słuszną drogę, jaką wskazywała partia, wzmocniło słynne pytanie Edwarda Gierka, wygłoszone po raz pierwszy dwudzie-stego piątego stycznia 1971 roku.

– Pomożecie? – spytał nowy pierwszy sekretarz.

– Pomożemy – ryknęła gromko cała sala, ryczeli wszyscy wszędzie, gdzie tylko padało to pytanie.

I Piotr dał się porwać talentom oratorskim i niezłemu wyglądowi nowego przywódcy partii.

Rozdział 22

1971–1980

Antonina widywała się teraz z Piotrem dość często. Pozwoliła mu odwiedzać córeczkę u pani Parzyńskiej i przychodził tam, zanim odebrała małą. Amelka miała dopiero półtora roku, więc nie interesowała się zbytnio kimś, kto od czasu do czasu pochylał się nad nią, robił śmieszne miny i przez parę minut huśtał ją na kolanie. Ale poznawała Piotra i wyciągała do niego łapki, co za każdym razem wprawiało go w ekstazę.

Po wydarzeniach grudniowych ubiegłego roku, o których nie rozmawiali, nic się w ich życiu nie zmieniło. Antonina złagodniała nieco i nie chodziła już na spotkania do księdza Stanisława, choć nadal pili razem herbatkę, gdy „dyżur" księdza Stasia zbiegł się z dyżurem doktor Ostanieckiej. Mieli jednak mnóstwo innych spraw do obgadania, politykę zostawiali na boku. Tym bardziej że się wydawało, iż naprawdę idzie ku lepszemu. Edward Gierek potrafił rozwinąć przemysł i budownictwo; w iście rekordowym tempie powstawały mieszkania, drogi, fabryki, autostrady. Prowadził też politykę zagraniczną bardziej otwartą na kraje zachodnie niż kiedykolwiek po wojnie, poza tym dążył do normalizacji stosunków z Watykanem.

Pozornie więc wszystko zmierzało w dobrym kierunku i mało kto zdawał sobie sprawę, do czego to wszystko doprowadzi. Z pewnością nie wiedzieli tego szeregowi członkowie partii, ba, nawet ci bardziej znaczący nie bardzo się w tym wszystkim orientowali. A już zupełnie nic nie wiedzieli zwykli ludzie, którzy na razie cieszyli się, że żyje im się trochę lepiej, że w sklepach jest dość dobre zaopatrzenie, że dawno niewidziani krewni zza granicy mogą ich wreszcie odwiedzić, a do kraju przyjeżdża papież Polak.

*

Antonina nie wiedziała, co robić. Ona też kochała Piotra. Wprawdzie chciała definitywnie wykreślić go ze swojego życia, zapomnieć, znienawidzić za ten jego obrzydliwy światopogląd, ale... nie mogła. Jeszcze dopóki go nie spotkała, jakoś to było. Pierwsze po narodzinach ich córeczki spotkanie na Bielanach wstrząsnęło nią i ożywiło jej głupie serce, które od tego momentu wysyłało sygnały do mózgu: „Zobaczyć go, dotknąć, przytulić" – potem już wyłączała marzenia, bo jej umysł – do spółki z sercem – zaczynał pragnąć coraz więcej. Po spotkaniu w mieszkaniu pani Marii i po pierwszej wspólnej Wigilii, którą Piotr od początku do końca sam przygotował, nie pozwalając żadnej z pań na przyrządzenie ani jednej potrawy, głupie serce Antosi do końca zawładnęło jej myślami i teraz znowu stale wypatrywała szpakowatej już nieco głowy Piotra, wyłaniającej się zza bzów okalających domy na osiedlu bielańskim.

I stało się tak, że w maju 1971 roku Piotra nie było przez dwa tygodnie u pani Marii, nie pokazywał się też pod domem na Stawkach. Ambicja nie pozwalała Antoninie zapytać pani Parzyńskiej, czy nie wie, co się z nim stało. Wyobrażała sobie, że zachorował, miał wypadek, leży gdzieś w szpitalu. Posunęła się nawet do tego, że sprawdziła w rejestrach Szpitala Bielańskiego, czy nie mają takiego pacjenta, nie wpadłszy na to, że gdyby Piotr rzeczywiście miał wypadek, wcale nie musiałby trafić do swojego szpitala rejonowego.

No i po tych dwóch tygodniach, gdy Tosia wyszła ze szpitala, dostrzegła raptem Piotra, który stał dokładnie w tym miejscu, gdzie czekał na nią w czasach, gdy jeszcze była mężatką i gdy – wobec braku innego miejsca – zaraz po jej wyjściu z pracy biegli do Lasku Bielańskiego, gdzie mieli swój kącik pośród gęstych krzaków.

Spojrzała teraz na Piotra i twarz jej pojaśniała; podeszła do niego i wzięła go za rękę bez słowa, gdyż obydwoje dobrze wiedzieli, dokąd teraz pobiegną.

Od tej pory spotykali się bardzo często, ale teraz nie musiał to być Lasek Bielański. Piotr przychodził na Stawki i zostawał długo po tym, jak położyli Amelkę spać. Malutka kawalerka została przemeblowana przez Antosię tak, że łóżeczko dziewczynki było zasłonięte, częściowo regałem z książkami, częściowo parawanem. Mieli więc trochę prywatności.

W 1974 roku Amelka miała już pięć lat, nawet z kawałkiem – i chodziła do przedszkola. Szczęśliwie przedszkole mieściło się niedaleko od mieszkania Antosi, zaprowadzanie tam małej nie stanowiło więc problemu. Trochę kłopotów było wtedy, gdy wypadał dwudziestoczterogodzinny dyżur Tosi w szpitalu, ale korzystała wówczas z pomocy pani Marii Parzyńskiej bądź Małgosi, w której życiu zmieniło się tylko to, że teraz była dumną mamą dwojga dzieci. Córeczka również chodziła do tego samego przedszkola, co Amelka. Młodszy Jacuś, ukochanie mamy i taty, miał pół roku.

Mąż Małgorzaty nadal jeździł po całej Polsce i w dalszym ciągu zarabiał tyle, że spokojnie wystarczało na życie całej rodziny. W te dni, kiedy Antonina pracowała w szpitalu od ósmej, prowadziła do przedszkola obydwie dziewczynki, Amelkę i córeczkę Małgosi, która je potem odbierała. Tosia wracała ze szpitala o różnych porach – niekiedy udawało jej się być już około piętnastej, innym razem – dużo później. Jednak współdziałanie z Małgosią na odcinku przedszkolnym sprawdzało się bardzo dobrze.

Gdy Małgosia była bardzo zmęczona – taki półroczny brzdąc czasami umiał dać się we znaki – Tosia zawoziła Amelkę do pani Marii, która pomimo swoich prawie osiemdziesięciu lat trzymała się świetnie, a dziewczynka bardzo ją lubiła.

– Mamusiu, czy ja nie mam tatusia? – Pewnego dnia padło pytanie, którego Antonina od dawna się obawiała. – Bo dzieci w przedszkolu mówią, że nie mam, bo nigdy nie przychodzi. I ja nie umiałam powiedzieć, jak ma na imię. – Amelce zaczęła się trząść bródka.

– Chodź tu do mnie, córeczko. – Antosia usiadła na fotelu przy lampie, który Amelka bardzo lubiła. Wsuwała się często na niego z którąś ze swoich książeczek i „czytała", po raz setny oglądając obrazki. – Opowiem ci o twoim tatusiu. Oczywiście, że go masz. Twój tata ma na imię Piotr i bardzo cię kocha. Przecież znasz go, odwiedzał cię u babci Marii (pani Parzyńska była dla dziewczynki babcią) i często z nami spaceruje. Przychodzi też tutaj.

– Ale, mama, wszystkie tatusie przychodzą do przedszkola, więc dlaczego nasz nie może choć raz przyjść? – padło logiczne pytanie. – I ten pan to mój tatuś? Przecież to wujek.

– Wszyscy tatusiowie. Mówi się... – zaczęła Tosia i urwała.

Cóż miała powiedzieć? Jak wytłumaczyć, że tatuś Amelki nie jest taki, jak „wszystkie tatusie"? Sami niepotrzebnie namieszali dziecku w głowie. Kiedyś Antonina na widok Piotra powiedziała do córki: „O, popatrz, wujek idzie". Mała przyjęła to w naturalny sposób i zaczęła mówić do Piotra „wujku", a on nie protestował. Teraz trzeba to jakoś odkręcić, ale jak? Pomyślę o tym później, zdecydowała Tosia i...

– Oj, zupełnie zapomniałam. – Poderwała się z fotela. – Coś ci przyniosłam, zobacz! – I ruchem prestidigitatora wyciągnęła z kieszeni płaszcza płaski pakunek, owinięty w szary papier.

Dziewczynka natychmiast zapomniała, o czym rozmawiały przed chwilą, i zajęła się rozpakowywaniem podarunku. Nie robiła tego tak, jak zrobiłaby większość dzieci. Nie rozerwała niecierpliwie papieru, tylko odwijała go pieczołowicie, najpierw precyzyjnie zwinęła sznurek, którym paczuszka była obwiązana, a potem zdejmowała ostrożnie warstwy papieru. Ze środka wyłoniła się ilustrowana przez Marcina Szancera „Lokomotywa" Juliana Tuwima.

– Czytaj, mama, czytaj – zażądała Amelka, sadowiąc się na swoim ulubionym miejscu.

– Na razie obejrzyj sobie obrazki, córuniu – odparła Antonina. – Mama jest teraz zajęta.

Właśnie, mama była stale zajęta. Jak nie gotowanie, to pranie – a pralki nie było, bo nawet nie miałaby gdzie stanąć w tych kilkunastu metrach, w których mieszkały – albo prasowanie, przyszywanie guzików lub zszywanie rozerwanych sukieneczek, sprzątanie i wszystkie te domowe prace. A do tego obowiązkowy spacerek z małą, choćby półgodzinny, ale musiał być, bo...

– Ftaszki czekajom na chlebek – przypominała Amelka, która naprawdę już bardzo dobrze mówiła i starannie wymawiała wszystkie wyrazy, czasami zdarzało się jednak, że język zakręcił jej się w trąbkę.

*

Gdy Antonina opowiedziała Piotrowi historyjkę z pytaniem Amelki o tatusia, ten zgłupiał na chwilę.

– Rzeczywiście, o rany, jaki cymbał ze mnie! – Pacnął się dłonią w czoło. – Tak się zająłem własnym szczęściem, że w ogóle przestałem myśleć.

– Nie tylko własnym – nie wytrzymała Tosia, która mocno przeżyła to, że o ślubie Pawła dowiedziała się po fakcie i prawie przypadkiem. Piotr oznajmił jej, że ma synową, gdy tłumaczył, dlaczego nie mogą się spotykać wieczorami w mieszkaniu Tarnowskich.

– Wiesz, młodzi teraz ze mną mieszkają – powiedział, nie myśląc w ogóle o czymś tak oczywistym, że Tosia i tak nie mogłaby przyjść do niego wieczorem, ponieważ nie zostawiłaby Amelki samej.

– Dziękuję, że chociaż w ten sposób powiadomiłeś mnie o ślubie syna – odparła z przekąsem, naprawdę wściekła. – Zawsze bardzo lubiłam Pawła, nie pamiętasz? A jak tam April? Mam nadzieję, że jeszcze żyje – zapytała o kotkę, którą podarowała mu po koncercie Rolling Stonesów.

– Żyje, żyje i ma się świetnie – zapewnił ją spiesznie Piotr, niezadowolony z przebiegu rozmowy. – Masz rację, przepraszam, powinienem wcześniej ci powiedzieć. Ale wiesz, to był taki dziwny ślub. Żadnego wesela, tylko obiad dla rodziców i świadków. Młodzi tak postanowili, zbierają pieniądze na własny kąt i zdecydowali, bardzo słusznie zresztą, że urządzanie wesela to głupie wyrzucanie pieniędzy.

– To w takim razie jeszcze jedno pytanie. – Antosia wciąż była zła. – Czy mówiłeś Pawłowi o Amelce? I o nas?

Piotr dotąd tego nie zrobił i nie wiedział teraz, jak ma się do tego przyznać wyraźnie wściekłej Tosi. I raptem wpadł na pomysł tak oczywisty, że aż się zdziwił w duchu, czemu dopiero teraz przyszło mu to do głowy.

– Nie powiedziałem – odrzekł – bo chcę to zrobić hurtem. To znaczy chcę go powiadomić nie tylko o Amelce, ale także o tym, że będzie miał macochę. Wyjdziesz za mnie?

Zatkało ją. Chciała być zła i obrażona, chyba w ogóle chciała się pokłócić. Cóż, była przed okresem, a wiadomo, że kobiety są wtedy podminowane. Jednak usłyszawszy to: „Wyjdziesz za mnie?" – nie wiedziała, jak ma się zachować. Z jednej strony nieraz się zastanawiała, czy chciałaby zostać żoną Piotra. Czasami odpowiedzią było „nie", a innym razem z kolei „tak". Ale on do tej pory nie pytał, a Tośka przyrzekła sobie, że nigdy w życiu sama nie skieruje rozmowy na ten temat.

I teraz on ją pyta: „Wyjdziesz za mnie?". Jak to? A gdzie świece, kwiaty, muzyka, pierścionek?

„Wyjdziesz za mnie?" – ot tak, na ulicy, w zasadzie chyba przypadkiem.

Zaraz go palnę, pomyślała, rzucając się Piotrowi na szyję.

– Tak, tak, tak! – wykrzyczała.

*

Pobrali się w 1975 roku.

A jeszcze przedtem zdarzył się cud.

– Pani doktor, telefon. – Do pokoju lekarzy zajrzała dyżurna pielęgniarka. Antosia zerwała się na równe nogi, serce jej zadygotało – bo telefon mógł oznaczać tylko jedno – coś się stało Amelce.

– Halo – wykrztusiła z trudem w słuchawkę.

Okazało się, że nie chodzi o Amelkę, tylko dzwoni Ludwik, którego nie widziała – aż nie do uwierzenia – od chwili rozwodu. Nie natknęła się na niego nigdy nawet na osiedlu, choć mieszkał w bloku tuż obok pani Parzyńskiej.

– Chcę z tobą porozmawiać. To dość pilne – oznajmił. – Będę czekał pod szpitalem, o której wychodzisz?

Nawet nie spytał, czy dzisiaj mogę, czy w ogóle mogę, czy chcę, pomyślała, bardzo jednak zaintrygowana. O co chodzi? Ale nie mogła sobie wyobrazić żadnego powodu, dla którego były mąż chce się z nią spotkać.

Zadzwoniła do Piotra z prośbą o odebranie Amelki z przedszkola.

– Opowiem ci wszystko później. Przecież na razie sama nic nie wiem – odpowiedziała na jego pytanie.

Ludwik czekał na nią w swoim nowym aucie. Nie zauważyła go, pamiętała tylko jego warszawę. A teraz wartburg? Nie znała się na samochodach, nie miała więc pojęcia, który jest lepszy, dla niej nie było między nimi żadnej różnicy. Zresztą w ogóle jej to nie obchodziło. Wsiadła, bo Ludwik otworzył przed nią drzwi, i popatrzyła na niego pytająco.

– Nie będę toczył uprzejmej rozmowy o tym, jak ci idzie, jak się czuje dziecko i co porabiasz. Nie mam na to czasu i przypuszczam, że ty też się śpieszysz. Pojedziemy gdzieś na kawę, czy chcesz porozmawiać w samochodzie?

– Skoro mamy porozmawiać, to kawa owszem. W samochodzie nie byłoby wygodnie – odparła Antonina, choć niezupełnie miała rację, bo siedzenia w wartburgu Ludwika były bardzo wygodne. I nogi mogła swobodnie wyciągnąć. Ale niech mi postawi kawę, pomyślała, nawet ciastko zjem, a co!

Gdy już usiedli w kawiarni i złożyli zamówienie, Ludwik obwieścił coś, co w uszach Tosi zabrzmiało jak bajka.

– Wyjeżdżam, przynajmniej na cztery lata. Jadę do Kolumbii, gdzie mam zostać chargé d'affaires, kimś w rodzaju zastępcy ambasadora – wyjaśnił, widząc pytające spojrzenie byłej żony. – I chodzi o mieszkanie. Jak wiesz, nie mam żadnej rodziny, nawet ciotka Aniela już nie żyje, więc nie mam komu go zostawić. Wynajmować nie będę, bo to skomplikowane, a zbyt dużo mam do stracenia, żeby się martwić jakimiś duperelami. Pomyślałem, że tobie ciasno na Stawkach z dzieckiem. Poza tym mieszkanie na Bielanach i tak w zasadzie jest twoje. Mieszkałem tam, bo się przyzwyczaiłem. No i chciałem się zemścić za to dziecko... już mi przeszło, nawet dość dawno. Wiem, że nie pasowaliśmy do siebie i z naszego małżeństwa nic by nie wyszło bez względu na wszystko.

Antonina siedziała jak zamurowana i nie chciała uwierzyć w to, co usłyszała. Aż się bała, że za chwilę Ludwik powie: „Ale cię nabrałem, co? Wracaj teraz do tej swojej klitki, a ja jadę do Ameryki Południowej".

Ale tak się nie stało. Zapytał:

– No i co ty na to?

– Co? – rzuciła półprzytomnie, bo pogrążona w tych pesymistycznych przewidywaniach nie usłyszała dalszego ciągu. – Co mówisz?

– No, ogłuchłaś? Pytam, czy chcesz się przeprowadzić na stare śmieci?

– Ale jak to? Od kiedy? Do kiedy? – Wreszcie dotarło do niej, co powiedział, w dalszym ciągu jednak nic nie rozumiała.

– Od kiedy chcesz, nawet od poniedziałku, bo ja wyjeżdżam, a właściwie wylatuję, w niedzielę. Klucze zostawię u pani Marii Parzyńskiej. Będziemy musieli tylko pójść do wydziału lokalowego, przepiszę mieszkanie na ciebie. A kawalerkę na Stawkach po prostu oddasz swojemu kwaterunkowi.

– A co będzie, jak wrócisz? – zapytała oszołomiona Antosia.

– Jeszcze raz wyjdziesz za mnie za mąż i będziemy żyć długo i szczęśliwie – zażartował Ludwik, ale widząc jej przerażoną minę, dodał zaraz: – Nie, nie martw się, takie rozwiązanie nie wchodzi w grę. Jak pamiętasz, nie lubię dzieci – żartował dalej, a Tośka pomyślała, że chyba zaraz oszaleje. – Jak wrócę, to już będzie na mnie czekało nowe mieszkanie. Założyłem sobie książeczkę mieszkaniową i właśnie zaczynają budować mój blok na Wilanowie. Z pewnością za cztery lata skończą, więc się nie martw. Poza tym nie wiadomo, może zostanę w Kolumbii na kolejne cztery lata. Jak wiesz, wśród naszych towarzyszy nie ma zbyt wielu osób ze znajomością angielskiego – pozwolił sobie na lekki sarkazm. – W każdym razie to mieszkanie już definitywnie będzie twoje. Oczywiście jeśli odpowiada ci mój pomysł.

Antonina omal nie rzuciła się Ludwikowi na szyję. Jednak, mimo wszystko, porządny z niego facet, pomyślała. I przypomniała sobie, jak opiekował się jej chorym ojcem. W sumie to ona okazała się tą gorszą połową w ich małżeństwie. Ludwik tylko po prostu nie chciał dzieci. I po prostu miał inny światopogląd niż ona.

– Ale... – Spojrzała na niego niepewnie. – Ja wyszłam za mąż.

– Wiem, za ojca twojego dziecka – nie dał jej dokończyć. – Nic mnie to nie obchodzi.

– Skąd wiesz... – zaczęła i urwała. – Dziękuję ci bardzo. Oczywiście, że zgadzam się na twoją propozycję.

*

Dwudziestego drugiego września 1975 roku rano Antonina, jeszcze przed pójściem do pracy, spotkała w osiedlowym sklepie spożywczym Wiesię Wołyńską.

– Wiesz, co się stało? – spytała ze smętną miną dawna sąsiadka z Kruczej.

– Nie, nic nie wiem – zdenerwowała się na zapas Tosia, robiąc w myślach szybki przegląd wspólnych znajomych, zmartwiona że któryś z nich właśnie zmarł.

– Spalił się Dom Towarowy – powiedziała Wiesia.

– Jaki dom towarowy? – nie zrozumiała Antosia, myśląc o jakiejś enigmatycznej hurtowni i zastanawiając się, dlaczego koleżanka informuje ją o tym z grobową miną. Oczywiście jakikolwiek pożar z pewnością był smutnym wydarzeniem, jednak nie czuła się szczególnie związana z jakimś konkretnym miejscem tego rodzaju i naprawdę nie mogła pojąć, o co chodzi.

– Centralny Dom Towarowy – wyjaśniła Wiesia. – Ten naprzeciwko naszego domu na Kruczej. Chyba go pamiętasz.

Czy pamiętała? Ależ oczywiście i nie tylko dlatego, że było go widać z ich kamienicy. Popularny „Cedet" był pierwszym nowoczesnym budynkiem, jaki wybudowano po wojnie w ich okolicy. Antonina chodziła tam od dziecka, najpierw z rodzicami, potem sama kupowała sobie różne rzeczy, a ostatnio także ubranka dla córeczki. A teraz już go nie będzie, bo się spalił?

– Jak to? Skąd wiesz? Co się stało? – zarzuciła Wiesię pytaniami. Był poniedziałkowy ranek, Tosia nie czytała jeszcze gazet, nawet nie zdążyła żadnej kupić, nie miała więc o niczym pojęcia. – W gazetach piszą? – domyśliła się.

– Może piszą, jeszcze nie czytałam, zaraz kupię – odpowiedziała koleżanka. – Ale ja to widziałam na własne oczy.

I wyjaśniła Tosi, że wczorajszego dnia była wieczorem na kolacji u Bogusia Malczewskiego, a właściwie niezupełnie na kolacji, tylko na brydżu.

Boguś Malczewski, też dawny sąsiad z Kruczej, jak wszyscy stamtąd przeniesiony na Bielany, od paru lat już mieszkał przy Świętokrzyskiej w dwupokojowym mieszkaniu, które bardzo lubił. On i jego znajomi. Bardzo dobrze grało się tam w brydża. Był to brydż z widokiem na Pałac Kultury – rzeczywiście widok z okien w mieszkaniu Bogusia zapierał dech w piersiach. Można było podziwiać nie tylko Pałac Kultury, ale i MDM, plac Zbawiciela, a nawet dostrzec Wisłę. Zależy, w którą stronę się spojrzało.

W piątek Boguś zadzwonił do Wiesi na uniwersytet i uprosił ją, żeby przyszła w niedzielę.

– Jeden z naszych kompanów od brydża ma jakąś głupią grypę czy coś takiego. Nie gniewaj się, że tak w ostatniej chwili cię zapraszam, ale właśnie teraz mnie zawiadomił, że nie przyjdzie. Może zechcesz uratować nasze cotygodniowe spotkania i zastąpisz tego chorego biedaka?

Wiesia za brydżem aż tak bardzo nie przepadała, ale lubiła Bogusia, więc nie dała się długo prosić.

Poszła i nawet pomogła zrobić jakieś kanapki. Grali już z godzinę, aż raptem jeden z brydżystów – ten rozłożony na stole – wyszedł na balkon rozprostować kości.

– Pali się! – krzyknął z tego balkonu. – Widać jakiś wielki pożar gdzieś w okolicach Brackiej, może na Kruczej!

Na Kruczej? Wiesia i Boguś przerwali grę i po chwili cała czwórka znalazła się na niewielkim balkonie, a właściwie loggii. W istocie, gdzieś w okolicach Kruczej wybuchł wielki pożar. Po chwili jeden z brydżystów wpadł na to, że pali się CDT. Brydż został zakończony, wszyscy chcieli zobaczyć, co się dzieje. Wiesia i Boguś poszli tam nie dlatego, że lubili takie widowiska, ale dlatego, że paliła się część historii ich życia. Czuli się związani z tym miejscem, było częścią ich młodości, należało do ich przeszłości, wrosło we wspomnienia.

Teraz ulatywało z dymem...

Antonina słuchała Wiesi z wielkim smutkiem. Miała identyczne odczucia. Dla niej to też były piękne wspomnienia.

Wróciła do domu przygnębiona i tego dnia spóźniła się do pracy.

*

W grudniu 1979 roku urodził się Bartek. Piotr nie wiedział, czy się cieszyć czy martwić, gdy Tosia oznajmiła, że jest w ciąży. Miał już pięćdziesiąt dwa lata i trochę się bał, że jest za stary na ojca. Antonina też nie była już młodziutka – choć trzydzieści dziewięć lat to jeszcze nie wiek podeszły. Ale Małgosia, w dalszym ciągu jej przyjaciółka, choć już nie mieszkały po sąsiedzku, wyśmiała te obawy.

– Daj spokój, nie bój się, poradzisz sobie śpiewająco – zapewniała. – Przy drugim dziecku wszystko robi się samo. Wszystko już wiesz i umiesz.

– Ale teraz nie mam takiej sąsiadki – narzekała Tosia, która podczas tej drugiej ciąży zrobiła się bardzo płaczliwa. Może dlatego, że miał kto o nią dbać. Za pierwszym razem sama musiała dawać sobie radę. No ale była o dziesięć lat młodsza. A obecnie miała Piotra, który we wszystkim bardzo jej pomagał.

– Ty po prostu najchętniej urodziłbyś za mnie, gdybyś tylko mógł – śmiała się, widząc, jak mąż skacze koło niej, znosi różne smakołyki i wyręcza ją w domowych zajęciach.

– Oj, chyba nie – odparł Piotr po dłuższym namyśle.

Z drugiej strony jednak nie miała teraz w pobliżu ani takiej sąsiadki, jak Małgorzata, ani takiej niani, jak nieodżałowana pani Maria Parzyńska, która zmarła w ubiegłym roku. Tak więc po upływie urlopu macierzyńskiego pani doktor Ostaniecka, a właściwie już od kilku lat Tarnowska (ku jej ukrytemu żalowi, bo własne nazwisko podobało jej się najbardziej), wróciła do pracy, a Bartuś wylądował w żłobku, który szczęśliwym trafem mieścił się dość blisko bloku, gdzie mieszkali Tarnowscy. Tylko kto miał go stamtąd odbierać?

I znowu pomogła mieszkanka Kruczej 46. Jednak ta stara gwardia trzyma się najlepiej i jest niezastąpiona, pomyślała Tosia, po spotkaniu i rozmowie z Wiesią Wołyńską, która od 1965 roku, po śmierci pani Izabelli Malczewskiej, została panią na dwóch pokojach, jak o sobie mawiała. Wykładała literaturę angielską na Uniwersytecie Warszawskim, za mąż nie wyszła i ogólnie była zadowolona z życia.

Na Kruczej Antonina i Wiesia były ze sobą bardzo zaprzyjaźnione, potem każda z nich poszła w swoją stronę i ta młodzieńcza przyjaźń nieco osłabła, ale jeśli tylko się spotkały – o co na tym samym osiedlu nietrudno – przynajmniej przystawały, żeby chwilę porozmawiać.

Któregoś dnia, w lutym 1980 roku, znowu na siebie wpadły – a Tosia miała taką minę, że Wiesia po prostu musiała zapytać, co się stało.

– Albo wiesz, na razie nie mów nic – powiedziała Wiesia. – Chodź do mnie, napijemy się herbaty, jest tak zimno, że można zamarznąć na stojąco. Jesteśmy przecież przed moim blokiem.

Tosia zastanowiła się chwilę. Amelka była już w domu, Bartkiem przez kilka chwil może się zająć Piotr – doskonale mu to wychodziło, małego po prostu uwielbiał, jakby to było jego pierwsze dziecko. Czuł się przy nim, jakby miał co najmniej trzydzieści lat mniej. Zresztą tak naprawdę to było jego pierwsze dziecko, którym zajmował się od początku. Jego prawdziwe pierwsze dziecko, bo chociaż Pawła traktował też jak własnego syna, to przecież tak naprawdę chłopak nie był jego dzieckiem. A z kolei Amelkę poznał, gdy już z tego wczesnego okresu wyrastała.

Teraz więc miał prawdziwego synka, maleństwo do kochania i kumpla, którym ten będzie... za jakieś dwadzieścia lat. O ile dożyję, myślał z wisielczym humorem „młody tatuś".

– Wiesz co? – powiedziała teraz Antonina do Wiesi. – To ty idź rób tę herbatę, a ja pobiegnę do sklepu, muszę kupić pieczywo, bo potem zapomnę, jak się zagadamy.

Tosia kupiła pieczywo i... Sowietskoje Igristoje, które właśnie ustawiano na półkach.

– Wiesiu, popatrz, co mam. – Wręczyła triumfalnie prezent zaskoczonej koleżance, uśmiechając się z dumą. – Wiem, że nie pora na szampana, ale nie mogłam się powstrzymać, kiedy zobaczyłam tę butelkę. Kurczę, uwielbiam szampana, a nie pamiętam już, kiedy go piłam. Otwieraj, zaszalejemy. A co tam!

I przy tym szampanie opowiedziała Wiesi, że zdecydowała się wracać do pracy.

– Bartek w żłobku, Amelka do szkoły sama pobiegnie, musi sobie radzić. Ale kto mi synka odbierze? Wiesz przecież, że mam różne godziny pracy, nie zawsze mogę wyjść przed trzecią. A żłobek czynny do piętnastej. Dla kogo, pytam? Dla mam na pół etatu? Do kitu z tym wszystkim. Muszę koniecznie znaleźć jakąś opiekunkę.

Taką, która odbierze Bartusia ze żłobka, poda obiad Amelce i popilnuje dzieci do powrotu z pracy któregoś z nas. Znasz może kogoś takiego? – zapytała, jednak bez większej nadziei na odpowiedź twierdzącą.

– A, wiesz, popytam – odpowiedziała ku jej zdziwieniu Wiesia. – Jest przecież mnóstwo młodych dziewczyn u nas na wydziale. Może któraś z nich chciałaby zarobić parę groszy. Musiałaby być w żłobku przed piętnastą i posiedzieć z dziećmi jakieś dwie godziny dziennie, tak? Myślę, że znajdą się chętne. Muszę tylko zrobić odsiew.

– Kochana, życie mi ratujesz! – wykrzyknęła Antosia i pobiegła do domu, gdzie Piotr już odchodził od zmysłów, że coś się stało.

I rzeczywiście, Wiesia znalazła odpowiednią dziewczynę. Bożena Misiak, studentka drugiego roku filologii angielskiej, pochodziła z Siedlec, i wynajmowała pokój z dwiema koleżankami przy placu Komuny Paryskiej. Mieszkała blisko, lubiła dzieci i umiała się nimi zajmować, w domu pomagała przy trójce młodszego rodzeństwa. Pieniądze, które dostawała od Tarnowskich, bardzo jej się przydawały – tak więc wszyscy byli zadowoleni.

Rozdział 23

1980–1981

Antonina wróciła do pracy w zasadzie z radością. Mały czort, jak mówili na Bartusia, dał jej się we znaki. Amelka była spokojniejsza, cichsza i prawie w ogóle nie sprawiała kłopotów. Jadła jak w zegarku, nie marudziła, była bardzo grzeczna i nie domagała się stałej uwagi. Jeśli nikogo przy niej nie było, potrafiła bawić się tym, co miała w zasięgu ręki. A kiedy nie znalazła niczego specjalnego, bawiła się nawet paluszkami rączki czy nóżki, co miała bliżej.

Bartuś natomiast chciał być w centrum zainteresowania. Bez przerwy. Jadł, kiedy sam uznał, że właśnie pora na jedzenie, a najczęściej było to w nocy, o różnych godzinach. W dzień natomiast chciał, aby ciągle ktoś przy nim był, gaworzył wtedy i uśmiechał się czarująco, śliniąc się bez opamiętania. Najbardziej lubił, jak ktoś przy nim stał lub siedział, mówił do niego, bujał go – a najlepiej – nosił. Udręczona Antonina sprzeczała się z mężem, który ulegał małemu terroryście i bez przerwy brał go na ręce.

– Rozpuściłeś go okropnie, przez ciebie jest taki „obnośny" – robiła wyrzuty Piotrowi. – Amelki prawie

297

w ogóle nie brałam na ręce i w ogóle się tego nie domagała.

– A ja chętnie bym ją ponosił, gdybym mógł – odpowiadał Piotr, patrząc na Tosię wzrokiem skrzywdzonego ojca, odsuniętego od opieki nad malutką córeczką.

Powrót do pracy był więc dla Tosi wybawieniem. Wszystko ułożyło się doskonale, Bożenka w roli opiekunki sprawdzała się świetnie i dzieci ją polubiły.

Niestety, tak w ogóle działo się kiepsko. Zaopatrzenie sklepów stopniowo się pogarszało, aż wreszcie zrobiło się właściwie żadne – jeśli pojawiały się jakieś towary, znikały natychmiast, kupowane przez ludzi, którzy akurat tam się znaleźli, bez względu na to, czy dana rzecz była komuś potrzebna, czy nie. Po świeże pieczywo stało się w kolejkach, a już przed wolnym dniem zdobycie „jadalnego" chleba czy bułek było dość trudne. Kolejki ustawiały się w zasadzie po wszystko – nie tylko po mięso i wędliny, ale również po pastę do zębów, mydło, proszek do prania, a na papier toaletowy po prostu się polowało. W zasadzie dostępny był tylko cukier, reglamentowany od 1976 roku, a więc klienci nie wykupywali go hurtem jak inne produkty. Był też ocet, bez kartek, często pojawiała się także sól. I w sumie – jeśli chodzi o powszechną dostępność artykułów spożywczych – to wszystko.

Taka sytuacja wywołała wręcz absurdalne postulaty, aby reglamentacją zostały objęte również inne artykuły spożywcze, głównie mięso, którego zdobycie graniczyło z cudem. Rozrosła się wówczas instytucja tak zwanej baby z cielęciną, które to baby krążyły po zakładach pracy, wyczekiwane z utęsknieniem. I nikt się nie przejmował tym, że taka sprzedaż „odręczna" jest nielegalna. I mało higieniczna, prawdę mówiąc.

Antosia, która dawniej była dość aktywna w życiu społecznym i interesowała się polityką, generalnie będąc przeciw, w ostatnich latach zobojętniała. Najpierw zajęła się odbudowywaniem własnego szczęścia, niejako odpuszczając Piotrowi należenie do PZPR. Tym bardziej że widziała, jak jego stosunek do partii zmienia się powoli. Już nie był bezkrytyczny w swoich przekonaniach, często sam poruszał „niewygodne" tematy, rozpoczynając dyskusje, których w rezultacie to ona nie chciała podtrzymywać.

Postanowiła bowiem, że teraz już nic nie może stanąć między nimi, a na pewno nic tak bezsensownego, jak polityka. Coś w niej pękło, dawne ideały zblakły i przestały być najważniejsze. Zrozumiała, że przez własną bezkompromisowość mogła stracić to, co w życiu najbardziej istotne – dom, rodzinę, miłość i szczęście. Przyjęła, że można być szczęśliwym, nawet jeśli ta druga połowa ma inne poglądy. Zmieniła się całkowicie, a właściwie zmieniło ją pierwsze dziecko, które wychowywała w pojedynkę. Nie chodziło o to, że musiała wszystko robić sama. Bolało ją, że Amelka nie miała ojca, który byłby „jak wszystkie tatusie". Więc gdy tylko zaistniała szansa na zmianę tej sytuacji, Antonina z niej skorzystała.

Przyjmowała ze stoickim spokojem pogorszenie sytuacji ekonomicznej w kraju i jakoś sobie radziła z zaopatrywaniem rodziny w artykuły pierwszej potrzeby. W szpitalu dobrze działała organizacja związkowa, która często sprowadzała najrozmaitsze deficytowe towary. Mięso też się znajdowało dla pani doktor – oczywiście spod lady.

Piotr natomiast stawał się coraz bardziej krytyczny wobec polityki rządu i roli partii. Gdy w sierpniu 1980 roku rozpoczęły się strajki, w partii nastąpił podział. Część stanęła murem za starymi władzami i przyjmowała wszystko, co te postanowiły. Druga część natomiast popierała strajkujących, tak więc w szeregach partyjnych nie było już jedności. Gdy w wyniku podpisania porozumień sierpniowych powstał Niezależny Samorządny Związek Zawodowy „Solidarność", wstąpiło do niego wielu członków PZPR, pomimo początkowych zakazów góry partyjnej.

– Wiesz, Tosiu – mówił Piotr spoglądając na żonę zza „Trybuny Ludu", gazety, której cały czas pozostał wierny, choć już nie przyjmował informacji, jakie tam podawano, za prawdy objawione. – Popatrz, następne Plenum KC PZPR. Kolejna zmiana władz, ale czy to będzie konkretna zmiana kursu?

– Chcesz się założyć? – syknęła Antosia. – Te nowe władze to przecież takie stare-nowe. Nie widzisz, że to ciągle ci sami ludzie? Może nazwiska inne, ale życiorysy? Poglądy? Cele? Zobaczysz, będzie jak zawsze.

– Ale ta „Solidarność", jak myślisz? – pytał Piotr. – Można im uwierzyć? Mamy im zaufać?

– Zapisałem się do „Solidarności", towarzysze. – Piotr poprosił o głos na zebraniu partyjnym w Instytucie Lotnictwa. – Uważam, że to bardzo ważny ruch społeczny i widzę przed nim wielką przyszłość. Uważam też, że nie mają racji ci, którzy przestrzegają nas, członków partii, przed działaniami „Solidarności". Nie mówiąc już o tym, że ci, którzy stworzyli komórkę „Solidarności" w instytucie, to przecież nasi koledzy, sprawdzeni w pracy i lojalni w przyjaźni. Uważam, że my, członkowie partii, powinniśmy być tam, gdzie nasza załoga. Okażmy im naszą solidarność, połączmy się z naszymi kolegami. A jeśli się okaże, że to nie tylko związek zawodowy, tylko coś więcej, jak mówią niektórzy, chyba warto, żebyśmy o wszystkim wiedzieli bezpośrednio, ze źródła – zakończył i usiadł. Rozejrzał się; zebrani najpierw przez chwilę milczeli, a następnie rozległ się grzmot oklasków.

– Zrobiłem to – powiedział Piotr do żony. – Zapisałem się do „Solidarności". Wiesz, wydaje mi się, że może jednak nasze kochane władze – te nowe – rzeczywiście są nowe. To znaczy nowocześniejsze.

– Przykro mi, ale jestem co do tego wszystkiego sceptyczna – odparła Tosia. – Żadnej władzy nie uwierzę, choć, jak wiesz, nie mam już dawnego entuzjazmu do walki.

Tosia oczywiście miała rację – nowe władze wprawdzie akceptowały porozumienia sierpniowe i zezwalały na poszczególne ustępstwa, nie widziały jednak konieczności wprowadzenia większych zmian. „Solidarność" rosła w siłę, a niezależnie od niej powstawały różne stowarzyszenia twórcze i naukowe. Powstało też Niezależne Zrzeszenie Studentów. Władze partyjne, przerażone tą ekspansją, próbowały ją zahamować. Rozpoczęły się aresztowania opozycyjnych działaczy.

Piotr początkowo nie umiał się odnaleźć w tym wszystkim. Ku jego wielkiemu zdumieniu, Antonina, kiedyś tak krytyczna, wojująca i bezkompromisowa, teraz zmieniła się całkowicie i wydawało się, że ucieka od problemów tego świata. A już na pewno od problemów jej kraju.

– Tosiu – mówił jej. – Wiesz, mam tyle wątpliwości, nie wiem, co zrobić. Chyba wystąpię z partii, bo nie wierzę już w te ich gromkie zapowiedzi kolejnych zmian. Zbyt długo tkwię w tym wszystkim i zbyt wiele razy słyszałem o „działaniach elementów antysocjalistycznych". Nie mogę już tego słuchać i nie chcę na to wszystko patrzeć. Nie będę w tym uczestniczyć.

I Piotr zaangażował się w ruch solidarnościowy, nie do tego jednak stopnia, żeby zostać internowanym po wybuchu stanu wojennego. Może znał zbyt mało ważnych osób, a może to ci ważni nie mieli do niego pełnego zaufania.

Robił to, co mógł, kolportował niezależne wydawnictwa (ulotki, prasę, książki, znaczki, kasety), brał udział w różnych spotkaniach, z których wprawdzie mało co wynikało, ich uczestnicy zyskiwali jednak poczucie przynależności do wielkiej opozycji. Powoli wciągał i Tosię w te działania, budząc w niej na nowo ducha oporu i patriotyzm.

Tak mówiła.

– Pchnąłeś mnie na właściwe tory. Jestem z tobą, z wami, z nami wszystkimi. Solidarnie.

Po ogłoszeniu stanu wojennego oboje zaczęli angażować się jeszcze bardziej – nie mieli dużych możliwości, nie dysponowali czasem, ale robili to, co mogli. Uczestniczyli w kolejnych spotkaniach, chodzili na odczyty, na występy dobrych aktorów – nie tylko do teatrów, ale i do kościołów, diecezji, muzeów, gdzie tylko się dało.

Aktorzy – ci bardziej znani – na znak protestu przeciw działaniom władz postanowili nie występować w telewizji. Zniknęli ze szklanego ekranu. Warszawiacy w niemej podzięce za ich sprzeciw zaczęli więc gremialnie chodzić do teatrów. Przynosili naręcza kwiatów, którymi wręcz zarzucali aktorów po spektaklach. Bardzo to było wzruszające.

A Tosia asystowała przy pierwszej audycji Radia „Solidarność". Nadawano z któregoś dachu przy Chłodnej. Kobietom, chodzącym parami wokół budynku, wręczono nadajniki – aparaty w rodzaju krótkofalówek. Gdyby któraś dostrzegła coś podejrzanego, miała przycisnąć odpowiedni guzik. Antonina z koleżanką, obie bardzo przejęte, spacerowały przed budynkiem, rozglądając się pilnie dookoła. Tośka mocno przyciskała do siebie koszyk z nadajnikiem upchniętym na dnie i przykrytym torebką. Zapewne zbyt mocno czegoś tam dotknęła, bo z koszyka rozległo się nagle głośne: piiip, pip, pip.

Obydwie konspiratorki niemal podskoczyły z wrażenia i zaczęły wygrzebywać piszczący aparat z koszyka, a potem naciskały po kolei, co popadło. Przechodzący obok dwaj panowie spojrzeli podejrzliwie na miotające się kobiety, ale widocznie nie byli służbowo zainteresowani, bo poszli sobie dalej. A nadawana audycja i tak skończyła się dziesięć minut wcześniej. Następnym razem zastosowano inne środki zapobiegawczo-ostrzegające.

Dziś,
wczoraj, dziś

Rozdział 24

1989

Piętnastego września Maddy Wilson stała w hali międzynarodowego lotniska na Okęciu w Warszawie i czekała na swoją walizkę. Bagaże jechały na kręcącej się w kółko taśmie, a z czarnej czeluści wysypywały się ciągle następne walizy. W końcu Magda dostrzegła swoją i ściągnęła ją nie bez wysiłku.

Kiedyś, tu, w Warszawie, Maddy Wilson nazywała się Magdalena Kornblum, a jeszcze wcześniej Madzia Krzeszewska.

Przyjechała do Polski po czterdziestu pięciu latach nieobecności. Wyjechała, a właściwie została wywieziona po Powstaniu Warszawskim, wróciła w roku, w którym zorganizowano obrady Okrągłego Stołu – o tym wydarzeniu pisano nawet w nowojorskich gazetach.

Maddy stała niezdecydowana, nie wiedząc, co powinna zrobić najpierw. Zaraz, prawda, pieniądze, pomyślała. Nie miała pojęcia, czy w Polsce można płacić dolarami i nie przypuszczała, że każdy najchętniej przyjąłby właśnie te dolary. Oczywiście po cichu i nielegalnie. Legalnie można już było wymieniać waluty w kantorach.

– *Where can I change dollars?* – zwróciła się do stojącego w pobliżu młodego człowieka.

Chciała zapytać po polsku, ale z jej ust popłynęły angielskie słowa. Zdawała sobie sprawę z tego, że polskie jakoś umykają jej z pamięci. Nie miała już wielu okazji, żeby w Ameryce mówić po polsku. Mąż Maddy, John, i jego synowie byli rdzennymi nowojorczykami, a znajomi – jej i Mirosława – z dawnych lat albo się przeprowadzili, albo umarli, albo mieli już inny krąg przyjaciół.

– *Change dollars?* – Zagadnięty chłopak obejrzał się dookoła. – *How much?* – zapytał.

Magda nie wiedziała. Próbowała dowiedzieć się w kraju – tak od dawna już określała Stany Zjednoczone – co ile kosztuje w Polsce, ale zrozumiała tylko, że ceny bardzo szybko rosną i trudno się zorientować. Radzono jej, żeby wymieniać niewielkie sumy, bo cena dolarów też gwałtownie skacze do góry, właściwie z dnia na dzień.

– *I will change, ok?* – oferował się chłopak. – Ile chcesz wymienić? – dodał po polsku, a Magda zrozumiała.

Powiedziała więc, że chce wymienić sto dolarów, miała nadzieję, że to wystarczy na taksówkę, a potem zobaczy, co i jak. Wiedziała, że w hotelu może zapłacić dolarami – albo złotówkami – jak woli. Wiedziała też, że w hotelu bez kłopotu wymienią jej dolary na złotówki. Nie wiedziała tylko, że chłopak, którego zaczepiła, wymienia jej dolary po swoim własnym kursie, bardzo korzystnym. Dla niego, oczywiście.

Jednak nie było to teraz aż tak istotne, tym bardziej że chłopak pomógł jej złapać taksówkę i wziął walizkę. Walizka miała wprawdzie kółka, ale na tym lotnisku nie było obniżanych krawężników i w niektórych miejscach musiała ją nieść, zamiast ciągnąć za sobą. Magdalena nie wiedziała, że ma szczęście, iż chłopak oszukał ją tylko przy wymianie dolarów, a nie uciekł z walizką. Przyszło jej to do głowy, ale dopiero w taksówce, więc i tak byłoby za późno.

Serce jej waliło, w gardle zasychało, w oczach miała łzy.

Jechała na Kruczą.

Gdy zdecydowała się na podróż do Polski, namówiona do tego w końcu przez Johna, starannie się przygotowywała. W konsulacie pomogli jej w wyborze linii lotniczych, którymi miała lecieć – zdecydowała się na PLL „Lot" – poinformowali ją także, jakie hotele znajdują się w centrum Warszawy. Najbardziej polecano jej hotel Victoria przy placu Zwycięstwa. Jednak gdy spojrzała na spis śródmiejskich hoteli, rzuciła jej się w oczy nazwa ulicy, którą wciąż widziała w snach, choć minęło już tyle lat.

„Grand Hotel", ulica Krucza 28.

Magdalena i Szymon Kornblum, ulica Krucza 46.

O, tak, do tej pory znała ten adres na pamięć. Co tam zastanie? Jaka jest ta nowa Krucza? Czy to jeszcze jej ulica? Czy coś tam rozpozna?

Wiedziała, że Warszawa była prawie doszczętnie zburzona. Czytała, co tylko wpadło jej w ręce o Polsce, o Warszawie, o tym, że cały naród budował swoją stolicę; o odbudowie Zamku Królewskiego – pamiętała przecież, jak się palił, tego dnia spacerowali z Szymkiem po warszawskiej Starówce. Wiedziała, że Śródmieście było jedną z bardziej zniszczonych dzielnic.

Nie miała nadziei, że odnajdzie swoją dawną Kruczą, ale sam fakt, że ta ulica istnieje i ona znowu może tam mieszkać, choć tylko w hotelu, wiele dla Magdaleny znaczył. Standard hotelu obchodził ją najmniej.

– Ten. – Wskazała palcem „Grand Hotel" i poprosiła o wszystkie dostępne informacje.

Jakiś czas temu Magdalena postanowiła sobie, że pojedzie do Polski, jeśli uda jej się odnaleźć Tosię albo przynajmniej kogoś, kto ją zna – lub znał – bądź też wie cokolwiek na jej temat. Ponieważ John był bardzo zasobnym człowiekiem i popierał jej zamiar odszukania córki, Maddy nie musiała się liczyć z pieniędzmi.

Znalazła kogoś w rodzaju prywatnego detektywa i zleciła mu zebranie wszelkich wiadomości o losach Antoniny. Przekazała mu to, co pozostało jej w pamięci, adres kamienicy, numer mieszkania Szymona i nazwiska lokatorów, jakie pamiętała. Wydawało jej się, że wie, pod którymi drzwiami panna Edyta miała położyć malutką Antosię; było to mieszkanie na parterze, obok nich. Ona i Szymon wyszli z domu w nocy, a Edycia miała zostawić dziecko wczesnym rankiem – tak aby malutka za długo nie leżała na zimnej klatce schodowej. Magdalena pamiętała nazwiska lokatorów z parteru – byli to Parzyńscy, kobieta nazywała się Maria, imienia mężczyzny nie znała. Dziewczynka miała być położona właśnie pod drzwiami państwa Parzyńskich, Szymon mówił, że to dobra kobieta i na pewno nie zostawi dziecka bez opieki. Z drugiej strony mieszkali Stefania i Mieczysław Tarnowscy. Pamiętała nawet ich syna, Piotra. I pamiętała też, że na pierwszym piętrze mieszkał mecenas Malczewski z rodziną. Witold? Wacław? Wiesław? Jakoś tak. Na pewno na W.

Magdalena przypomniała sobie fragment listu, jaki napisali do potencjalnego znalazcy i opiekuna ich córeczki, decydując się na ten krok, który uczynili. Własnoręcznie pisała te słowa, pod dyktando Szymona – Szymon, jak wszyscy lekarze, miał niezbyt wyraźny charakter pisma. Wprawdzie najpierw sama napisała taki list, ale Szymon uznał, że jego treść powinna być bardziej oficjalna, i poprosił, aby napisała jeszcze raz. Sam zaczął jej dyktować: „My, Magdalena i Szymon Kornblumowie, rodzice Antoniny Kornblum, oświadczamy, że oddajemy naszą córkę z własnej woli dobrym ludziom, sami nie mogąc zapewnić jej bezpieczeństwa. Wobec różnicy naszych wyznań, czego nie mogliśmy zmienić w obliczu toczącej się wojny i okupacji naszego kraju (...) a wszelkie niezbędne dokumenty zostały zdeponowane u mecenasa Malczewskiego, zamieszkałego przy ulicy Kruczej 46 m. 4".

Tak, mieszkanie mecenasa było na pierwszym piętrze, numer cztery, pamiętała to świetnie.

Wynajęty człowiek nie miał więc trudnego zadania. Najpierw dowiedział się, że kamienica przy Kruczej 46 już nie istnieje, ale z łatwością ustalił w archiwum urzędu miasta, że jej lokatorzy otrzymali mieszkania na warszawskich Bielanach. Bez trudu odnalazł najpierw Pawła Tarnowskiego, który mieszkał w mieszkaniu przydzielonym Elżbiecie i Piotrowi Tarnowskim po ich przeprowadzce z Kruczej. Potem odszukał Piotra Tarnowskiego i ustalił, że jego żoną jest kobieta, nosząca poprzednio nazwisko Ostaniecka. Tego nazwiska Magdalena mu nie podała, skontaktował się więc ze swoją zleceniodawczynią jeszcze raz.

– Wiek by się zgadzał – powiedział Wilsonom. – Antonina Ostaniecka urodziła się w styczniu 1940 roku. No i to imię, Antonina, chyba nie jest takie częste w Polsce.

311

Ostaniecka? – zastanawiała się Magdalena. To nazwisko coś jej mówiło, ale minęło już tyle czasu i niektóre wydarzenia pozacierały się jej w pamięci, nie mogła sobie przypomnieć żadnych twarzy. Tylko twarz Szymona pamiętała dokładnie, choć nie zostały jej żadne fotografie – nie były zresztą potrzebne, bo twarz pierwszego męża jawiła jej się pod powiekami prawie każdego wieczoru, przed zaśnięciem. Nieważne, że po nim kochała dwóch innych mężczyzn – Mirosława, a potem Johna. Szymon był największą miłością jej życia i pozostanie nią na zawsze. Tym bardziej że tylko Szymon dał jej największe szczęście – dziecko. Dziecko, które było jej dzieckiem tylko kilka miesięcy i o którym ciągle myślała.

Ostaniecka… Nie umiała sobie skojarzyć tego nazwiska. Choć teraz zaczęło wirować w jej głowie, i nie mogła przestać o nim myśleć.

Wiedziała, że w 1940 roku w kamienicy przy Kruczej 46 było tylko jedno maleństwo. Jej córeczka, Tosia. Czyli Antonina. I nagle przypomniała sobie rozmowę z panią Adelą Karlicką, na Dobrej 11, gdzie mieszkała przez jakiś czas w latach 1940–1944. Pani Adela opowiedziała jej wtedy to, co wiedziała od pana Jóźka – że jej córeczkę przygarnęli sąsiedzi, dobrzy ludzie. Czy to byli Ostanieccy? W obozie co wieczór przed snem rozmyślała o dniu, w którym stanie przed sąsiadami i dziękując im za opiekę nad Tosią, odbierze swoje dziecko. Czy to Ostanieccy? Minęło już tyle lat, prawie pół wieku, nastąpiło tyle różnych wydarzeń. Była prawie pewna, że pani Adela nie wymieniła nazwiska Ostanieckich, bo gdyby tak było, nie zapomniałaby tego przecież. Powiedziała tylko „sąsiedzi", a jej, Magdzie, to wystarczyło, szczęśliwej że malutką ktoś przygarnął, że nic jej się nie stało tam na tej klatce schodowej. Ostaniecka... Taka sąsiadka chyba mieszkała na Kruczej. Chyba...

I ten Tarnowski, Piotr, mąż Tosi. Piotruś? Zaraz, przecież spotkali się w konspiracji! „Mów mi Tadzik...". A ona była Maddy Raven.

Magdalena czuła mętlik w głowie. Myśli wirowały jak szalone. I coraz bardziej umacniało się w niej przekonanie, że to ten Piotr i ta Antonina. Jej córka. Boże! Jej duża, dorosła córka, mężatka!

Przekonanie przekonaniem, ale przecież musiała mieć pewność.

Detektyw odnalazł też Wiesławę Wołyńską, która w czasie wojny i później mieszkała przy Kruczej, u rodziny mecenasa Malczewskiego. Sam mecenas już nie żył, nie żył także jego syn, żył natomiast wnuk, również prawnik. Wprawdzie nie mieszkał aktualnie na Bielanach, lecz jego adres też udało się ustalić. Pani Wołyńskiej Magda nie znała, ale doskonale pamiętała mecenasa Malczewskiego. To u niego przecież Szymon zdeponował swoją ostatnią wolę, o czym nawet pisali w liście pozostawionym przy malutkiej.

Magdalena zyskała sporą wiedzę i właściwie była już pewna, że ta Antonina Tarnowska, z domu Ostaniecka, to jej Tosia. Nie chciała pisać listów, nie umiałaby oddać na papierze własnych emocji i nie zdołałaby wytłumaczyć córce swojej – to znaczy ich obojga – decyzji. Wierzyła, że jeśli zobaczy swoje dziecko, słowa znajdą się same. I nawet jeśli Antonina nie będzie chciała jej wysłuchać, jeśli nie zechce wybaczyć – to jej, matce, wystarczy już samo to, że chociaż dotknie ręki swojej córki.

Dwa listy zresztą napisała. Bardzo dawno, jeszcze za życia Mirosława. Wysłała je właśnie do pani

Parzyńskiej. Ale obydwa wróciły. Więcej już nie próbowała. Zresztą wtedy przeżywała ciężki okres, brak pracy, potem choroba i śmierć Mirka. Ale teraz...

– Jadę – powiedziała mężowi. – Jak najprędzej. To znaczy lecę – poprawiła się po chwili.

John nie mógł jej towarzyszyć, ale uważał, że powinna pojechać do Warszawy. Sam nie czuł się najlepiej, a poza tym musiał zostać ze względu na interesy, które nadal prowadził, mimo przekroczonej siedemdziesiątki. Zresztą żona oświadczyła mu, że doskonale sobie sama poradzi i że nawet woli lecieć sama. W to uwierzył bez zastrzeżeń, znał doskonale Magdalenę i wiedział, że radziła sobie w najtrudniejszych chwilach. Skoro poradziła sobie w tamtych koszmarnych czasach, teraz też wszystko jej się uda.

No i właśnie jechała taksówką na Kruczą...

W kamienicy pod numerem 28 przed wojną, a zresztą i w czasie wojny, mieściła się apteka. Magda dobrze pamiętała ten adres, bo często kupowała tam lekarstwa, najpierw dla mamy, gdy ta żyła jeszcze; a później zasypki i witaminy dla dziecka.

Teraz stał tu hotel, na sporym placu.

Sam hotel, mimo swojej nazwy, wydał się Magdalenie śmiesznie malutki. Zatrzymała się przed wejściem i mimo że portier czekał już obok, gotowy do odebrania od gościa bagażu, Magdalena nie puszczała rączki walizki, ściskając ją kurczowo, i rozglądała się dookoła.

To ma być Krucza?

W ogóle niepodobna do tej z dawnych lat. Tu był sklep z kapeluszami, a tu księgarnia, przypominało jej się.

A zaraz obok, mniej więcej na rogu Wspólnej, stała kamienica, w której w latach osiemdziesiątych dziewiętnastego wieku mieszkał Henryk Sienkiewicz, o czym opowiadała Magdzie pani ze szkolnej biblioteki.

Tu był sklep z butami, tam zakład fryzjerski... Przed oczami Magdaleny pojawiła się dawna Krucza, w całej swojej wspaniałości. A zaraz potem oczami duszy ujrzała zwały gruzów, dymiące zgliszcza, pył i kurz – taki widok zapamiętała, opuszczając Warszawę po powstaniu. Ale dużo żywsze w tej chwili były wspomnienia Kruczej, jaką widywała w snach od dnia, w którym zobaczyła tę „starą Kruczą" po raz ostatni.

Tamtego dnia, zawinięta w stary płaszcz i okutana po uszy jakąś wielką chustą, stała przed domem numer 46, marząc, by z bramy wyszła kobieta z wózkiem, w którym leżało dziecko. Jej, Magdy, córeczka... Zostawiona, oddana obcym ludziom, ale nie dlatego, że niechciana, tylko żeby zapewnić jej życie. Ale choć Magdalena czekała wtedy prawie cały dzień, nikt nie wyszedł z wózkiem na spacer. Nie zdecydowała się iść tam jeszcze raz; z determinacją powtarzała sobie w myślach, że to dziecko w wózku, nawet gdyby je zobaczyła, już nie jest jej dzieckiem. I tak jest dobrze, przekonywała samą siebie każdego dnia. Nigdy więcej nie wybrała się na Kruczą, to była pokuta, którą Maddy sama sobie zadała.

Wiedziała od pani Adeli, że córeczka żyje, że zaopiekowali się nią sąsiedzi, i ta świadomość musiała jej wystarczyć.

Co roku, nie mówiąc o tym nikomu, w myślach obchodziła urodziny Antosi. Wyobrażała sobie, jak jej dziecko, a potem dziewczynka i młoda kobieta wygląda, co myśli, czuje, robi. Wymarzyła sobie męża dla niej

– nie, nie lekarza, tylko statecznego prawnika, kogoś takiego, jak mecenas Malczewski z Kruczej, tylko młodszego oczywiście. W marzeniach Magdaleny jej córka miała już dwoje dzieci, sama nie pracowała, żyła w dobrobycie zapewnionym przez zapobiegliwego i uwielbiającego ją męża. W tych marzeniach nie było żadnych innych rodziców. Była tylko ona, Magdalena, mama i babcia.

Wróciła pamięcią do starej kamienicy. Sklepy na parterze, od frontu. Spożywczy, sprzedaż i naprawa maszyn do szycia, warsztat szewski i sklep z materiałami, w którym pracowała jej mama. Brama wejściowa, z pięknymi zdobieniami na wrotach i przycupnięte po obu stronach skulone kamienne figurki. Na parterze było ich mieszkanie, duże, widne, przestronne. Sześć pokoi, wielka kuchnia – królestwo panny Edyci, łazienka, dwie toalety. Naprzeciwko mieszkali państwo Tarnowscy. A obok nich pani Maria Parzyńska, przed której drzwiami panna Edyta miała zostawić malutką Tosię.

Tak, teraz pamiętała to wszystko doskonale, umiałaby nawet opowiedzieć, jak wyglądał bruk w bramie, jakiej wielkości było podwórko i jak pięknie rzeźbione poręcze schodów wiodących na górne piętra.

Oczami wyobraźni widziała też kamienicę numer 47, gdzie mieszkał pan Józiek, któremu tak wiele zawdzięczała. Pewnie już nie żyje, westchnęła w duchu.

Wędrowała tak w pamięci przez tę swoją ukochaną ulicę, a patrzyła na inne domy, jakby w innym mieście.

Dawna Krucza. Nie ma jej już…

Ta dzisiejsza Krucza, ulica z rozmachem, z wolną przestrzenią między budynkami, rozległa, dwa razy szersza od przedwojennej… Zaraz, podoba jej się czy nie? Magdalena nie mogła się zdecydować. Postanowiła, że obejrzy wszystko dokładnie jeszcze raz. Później, jutro, pojutrze, któregoś następnego dnia. Najpierw załatwi to, co najważniejsze...

Ale nie, nie wytrzymała. Załatwiła szybko, co tam było trzeba, w hotelu i wyszła na tę nową Kruczą. Szła teraz prędko, rozglądając się dookoła.

Wspólna – całkiem inna, Żurawia także. Nowogrodzka... Magdalena przystanęła i spojrzała w lewo. Kamienicy numer 42 nie było widać. Pójdzie tam, za chwilę. Teraz rzut oka przed siebie, prawa strona Kruczej... coś stoi, jakieś pudełko. Kilkupiętrowe, długie, brzydkie, nie... Na dole sklep jubilerski, duży, poza tym jakieś tabliczki, biura. Podeszła bliżej, ale tablicy z nazwiskiem mecenasa Malczewskiego oczywiście nie było. Stała tam zawiedziona, rozgoryczona i zła.

Mogła się spodziewać – nie, nie, przecież wiedziała, że ich stary dom już nie istnieje, został zburzony. Ale miała nadzieję, że budynek, który powstał w tym miejscu, będzie podobny, ładny, bardziej stylowy.

Cóż, trudno. Zachowa swoje wspomnienia...

A w Nowogrodzką już nie weszła. Nie chciała. Niech wszystko pozostanie w jej pamięci tak, jak było kiedyś.

*

Magdalena siedziała w mieszkaniu Wiesławy Wołyńskiej. Opowiedziała Wiesi całą swoją historię i wysłuchała historii Anusi Towiańskiej, kilkudniowego maleństwa, które straciło rodziców w Powstaniu Warszawskim i które Wiesia przyniosła do Malczewskich.

– Ktoś tam na górze miał specjalne zadanie – powiedziała Wiesia. – Musiał czuwać nad takimi wojennymi sierotami, którymi należało się natychmiast zaopieko- wać. Popatrz, jakie to ludzkie losy potrafią być podobne.

Po pierwszych wyjaśnieniach Magdaleny – kto, co i jak – ustaliły obie, że będą sobie mówić po imieniu.

– Nie znałyśmy się wprawdzie, ale dla mnie wszyscy mieszkańcy naszej kamienicy to trochę jakby rodzina – powiedziała Wiesia, a Magdalena ze wzruszeniem po- kiwała głową.

– Ja wprawdzie długo tam nie mieszkałam, ale ten rok to najszczęśliwszy okres mojego życia. Ukochany mężczy- zna, za którego wyszłam za mąż, dziecko... Drogo musia- łam zapłacić za swoje szczęście, ale każda minuta tego czasu została mi w pamięci na zawsze. – Zapatrzyła się przed sie- bie. – Oświęcim – powiedziała. – To daleko od Warszawy?

– Około trzystu kilometrów – wyjaśniła Wiesia. – Według amerykańskich standardów żabi skok, u nas szmat drogi. I – zawiesiła głos – nie jedź tam. Odchorowałabyś tę podróż. Nie dlatego, że według mnie to daleko. Uwierz mi, dla każdego, kto tam poje- dzie, jest to straszne przeżycie. A co dopiero dla kogoś, kto stracił tam najbliższą osobę. Posłuchaj mnie, nie jedź tam. Idź się pomodlić do kościoła Świętego Aleksandra albo do synagogi na Twardej, przy placu Grzybowskim, gdzie wolisz. I naprawdę to wystarczy.

Magdalena nie odpowiedziała. Sama jeszcze nie wie- działa, co zrobi. Pomyślała, że może wybierze się tam z córką. Jeśli córka jej nie odrzuci...

*

Wiesia patrzyła na siedzącą przed nią starszą kobietę – Magdalena powiedziała jej, że ma siedemdziesiąt lat

318

– i dziwiła się, jak świetnie wygląda jej amerykański gość. I nie chodziło wcale o elegancki kostium, cudowne buty, przepiękną torebkę – ta kobieta wyglądała... tu Wiesi zabrakło słowa, wyglądała szlachetnie, zdecydowała się. Nigdy w życiu nie dałabym jej siedemdziesiątki, uznała, myśląc także, że Magdalena wygląda na młodszą od niej, Wiesi, choć tak naprawdę była o czternaście lat starsza. Niesamowite, dumała dalej, nagle zawstydzona na myśl o swoich siwych odrostach, którymi raczej się nie przejmowała i o byle jakiej bluzce, wyciągniętej z szafy – jak co rano – na chybił trafił, bez żadnego namysłu. Byleby nie była pognieciona.

„Mam tajemnicę" – zabrzmiało nagle w uszach Wiesi i ujrzała przed sobą podskakującą Antosię, którą ów sekret tak rozpierał, że nie mogła wytrzymać i musiała się nim z kimś podzielić. Tajemnicą tą było oczywiście pochodzenie dziewczynki, która – jak się właśnie okazało – nie była prawdziwą Ostaniecką.

Wiesia zastanawiała się, czy opowiedzieć o tym Magdalenie, która w tej właśnie chwili pytała:

– Czy to ona? Powiedz mi, czy ta Antonina, teraz Tarnowska, jest moją Tosią? Czuję, że tak. To znaczy, wiem na pewno, że tak – odpowiedziała sama sobie. – Ale, wiesz... boję się. Tak się boję spotkania z nią. Co zrobię, jeśli mnie odrzuci? Jeśli nie będzie chciała mnie znać?

– Z pewnością tego nie zrobi – zapewniła ją Wiesia. – Ale nawet gdyby, będziesz przynajmniej spokojna o jej los. Będziesz wiedziała, że żyje, ma się dobrze i jest szczęśliwa. Czy wiesz, że twoja córka została lekarzem ortopedą? Czy wiesz, że masz wnuki? Amelka jest już dorosła, ma dwadzieścia jeden lat. A Bartłomiej, dziesięcioletni urwis, to oczko w głowie mamy i taty. Ale o tym wszystkim powinna ci opowiedzieć Antosia. Ja już nic nie mówię. Powiem tylko jeszcze – dodała po chwili – że po prostu idź do nich. Adres masz, to dwa bloki ode mnie. Jutro idź. Albo teraz, od razu.

Magdalena płakała.

*

– Tosiu, telefon do ciebie. – Piotr zajrzał do kuchni, w której jego żona ze zmarszczonym czołem wyciągała coś z piekarnika.

– Kto dzwoni? Powiedz, że wyszłam albo że jestem w łazience, widzisz przecież, że teraz nie mogę. To ze szpitala, prawda?

– Nie, to chyba rozmowa prywatna. Ta kobieta powiedziała tylko, że nazywa się Maddy Wilson. Mówi z obcym akcentem.

– Maddy Wilson? – zastanowiła się Antonina. – Nie mam pacjenta o takim nazwisku. Prywatnie też nie znam nikogo takiego.

– Halo? – Podeszła do telefonu. – Tarnowska, słucham.

– Och – osoba po drugiej stronie westchnęła. – Mówi Magdalena Kornblum. – Nastąpiła chwila ciszy, a potem ciche chrząknięcie. – Hmm, halo? To znaczy teraz nazywam się Wilson, ale czy nazwisko Kornblum coś pani mówi?

Tosia wypuściła słuchawkę z dłoni i usiadła ciężko na fotelu obok stolika z telefonem. Zbladła i oddychała ciężko. Zaniepokojony Piotr podszedł do żony, która szybko chwyciła słuchawkę.

– Przepraszam, jest pani? Proszę nie odkładać słuchawki. Ja... – Zamilkła i znowu łapała gwałtownie

320

powietrze, bo trudno jej było oddychać. – Ja po prostu nie wierzę w to, co pani mówi. Magdalena Kornblum? Żona Szymona? Z Kruczej? – Znowu przerwała, by złapać oddech. – Moja MAMA? Mama???

Przez chwilę nikt się nie odzywał; Tosia słyszała, że osoba, z którą rozmawia, płacze. Czekała więc, sama mając łzy w oczach. Te łzy nie płynęły jednak, dusiły ją tylko, ściekały do gardła, nie pozwalały nabrać tchu.

– Mama? – spytał Piotr, obserwujący z niepokojem żonę.

Wyciągnął rękę, chcąc wziąć słuchawkę, ale Tosia pokręciła głową. Po chwili skinęła nią potakująco. Tak, to mama... nie wierzę... myślała.

– Halo? – krzyknęła, zaniepokojona ciszą po drugiej stronie. – Gdzie pani jest? To znaczy... gdzie jesteś... mamo?

W końcu Piotr wyjął słuchawkę z jej dłoni.

– Dobry wieczór, tu Piotr Tarnowski – powiedział. – Mąż Tosi. Czy pani rzeczywiście jest jej matką? – I zapewne otrzymawszy potwierdzenie od rozmówczyni, mówił dalej: – Żona jest w szoku, ja też, muszę przyznać. Czy pani jest w Polsce? W Warszawie? Słucham? – zdziwił się. – To w takim razie czekamy na panią. – Zaraz przyjdzie – zwrócił się do żony. – Jest u Wiesi, ma nasz adres.

Antonina siedziała w osłupieniu. Zapomniała o placku z jabłkami, który właśnie wyciągnęła z piekarnika i teraz należało go oprószyć cukrem pudrem. Ale nawet gdyby piekł się nadal, dla niej mógłby się spalić na węgiel, choć jeszcze przed chwilą był dla niej tak ważny, że nawet nie chciała podejść do telefonu.

– Tosiu, zabiorę Bartka, pójdę z nim na lody, wprawdzie to już wieczór, ale nic mu się nie stanie, jeśli raz zje lody zamiast kolacji – zaproponował Piotr. – Amelka wróci koło jedenastej, mówiła, że idą na ósmą do kina. Możesz więc swobodnie porozmawiać z mamą.

Pierwsze spotkanie przebiegło w strumieniach łez. Płakały obydwie, Magdalena nie wiedziała, od czego rozpocząć swoją opowieść; Antonina nie wiedziała, o co pytać i co mówić. Ściskały się za ręce, wpatrywały się w siebie, szukając podobieństwa. Było, choć bardziej widziała to Magdalena. Patrząc na córkę, widziała siebie, młodą Madzię, szczęśliwą mężatkę; Magdę, najszczęśliwszą żonę i matkę na świecie; doktorową Kornblumową, która stojąc przed najtrudniejszą decyzją swojego życia, podjęła taką, jaką jej zdaniem wówczas podjąć musiała; Magdalenę, która w wieku trzydziestu dziewięciu lat opłakiwała Mirosława, kogoś, kto był dla niej drugim mężem, choć formalnie małżeństwem nie byli. Pierwszego męża opłakała już dawno, podczas tej strasznej wojny. A mając tyle lat, ile miała teraz jej córka, była żoną Johna i macochą – choć nie znosiła tego słowa – dwóch jego synów. Miała więc pełną rodzinę – tak jakby. Nigdy jednak nie zapomniała słodkiego zapachu swojego maleństwa, nigdy nie zapomniała tych paru miesięcy, kiedy była prawdziwą matką i nigdy nie zapomniała tych strasznych chwil, których początkiem była pewna czerwcowa noc 1940 roku, na Kruczej, w Warszawie.

Teraz, gdy odnalazła córkę, w chwili, o której marzyła przez te lata za granicą, Magdalena siedziała, zbierając wspomnienia. Chciała wszystko jak najwierniej przedstawić Tosi. Zamknęła oczy i pozwoliła, żeby wyświetlił jej się film. Film z przeszłości.

Rozdział 25

1940

– *Halt!* – rozległo się za panną Edytą.

Nie wiedziała, czy to do niej, na wszelki wypadek jednak zatrzymała się, ściągając Effi do nogi. Suka była posłuszna, czasami tylko miewała humory, dzisiaj na szczęście zareagowała natychmiast, stając przy pannie Edycie z mocno nadstawionymi uszami.

– *Ausweis, bitte!* – zażądał żandarm, stojący tuż obok. – *Wessen das ist ein Hund?* – dodał jeszcze.

Panna Edyta wyciągnęła ausweis i podała żołnierzowi. Znała niemiecki, więc zrozumiała pytanie o psa. Odpowiedziała, że pies stanowi własność lekarza, zamieszkałego na Kruczej.

– *Sein Name ist Kornblum* – oznajmiła, jakby herr doktor Kornblum był kimś, kogo każdy Niemiec powinien znać. Kimś ważnym. Bardzo ważnym.

Żandarm ucieszył się z jej znajomości języka i, nie zwracając uwagi na treść komunikatu, wytłumaczył jej, że psa rekwiruje na potrzeby armii niemieckiej. Pannie Edycie zamarło serce. Niedoczekanie, pomyślała. Prędzej cię tu uduszę, szwabska pokrako, zagroziła mu bez słów, myśląc z przerażeniem, co by to było, gdyby wróciła do domu bez Effi.

Na szczęście, nauczona już, że Niemcy kochają wszelkie dokumenty, łącznie z tymi najbardziej fałszywymi, zawsze miała przy sobie sporo zaświadczeń. Nawet o tym, że jest chora na gruźlicę, co oczywiście nie było prawdą, ale miała nadzieję, że gdyby kiedyś Niemcy chcieli ją zatrzymać i wywieźć na roboty, takie zaświadczenie bardzo mogłoby się przydać. Zawsze, wychodząc z suką na spacer, miała też przy sobie jej papiery rodowodowe, żeby ktoś jej nie zarzucił, że pies jest kradziony. Jakby w ogóle taka Effi dała się ukraść! Już teraz, choć karnie stała przy nodze, uszy miała stulone, a w jej gardle narastał cichy warkot.

– Cicho, sunia, spokój – rozkazała panna Edyta, wyciągając z torebki dokumenty suki i podała Niemcowi, tłumacząc, że pies jest bardzo rasowy, pochodzi ze starej szlachetnej niemieckiej hodowli, a właściciel psa ma odpowiednie koneksje i zarekwirowanie jego psa z pewnością mu się nie spodoba.

– Herr Kornblum... – chciała mówić dalej, lecz żołnierz machnął ręką, nakazując ciszę.

Nakazał ciszę, a jednak widząc te papiery i po raz drugi słysząc nazwisko właściciela, wymówione tak, jak gdyby chodziło o kogoś powszechnie znanego – zawahał się. Kobieta, która wyprowadzała psa, była taka pewna swego. A jeśli rzeczywiście ten Kornblum może mu narobić kłopotów? Żandarm niepewnie rozejrzał się wkoło. W pobliżu nie widział nikogo, kto pomógłby mu w podjęciu decyzji. Postanowił więc dać spokój. Oddał dokumenty i machnął ręką, nakazując obu zatrzymanym – Edycie oraz Effi – iść w swoją stronę.

*

Szymon trzymał w ręku lugera, odziedziczonego po ojcu i załadował go dwoma nabojami. Magdalena z Edycią, ciasno objęte i przytulone do siebie, stały w najdalszym kącie drugiego pokoju, obok wózka z dzieckiem. Płakały, ale cichutko, żeby nie przestraszyć dziecka, które nie spało, patrzyło na nie uważnie i energicznie ssało paluszek.

Panna Edyta nachyliła się, wyjęła malutkiej rączkę z buzi i zanim dziewczynka zdążyła zaprotestować, włożyła jej do buzi smoczek z różowym kółkiem. Dziecko uspokoiło się i zaczęło go ssać, lecz po chwili drgnęło i rozpłakało się głośno, w salonie bowiem rozległ się huk wystrzału. Jeden, a zaraz potem drugi.

Magda porwała Antosię na ręce i sama też już głośno płacząc, zaczęła huśtać ją gwałtownie, co tylko wzmagało zdenerwowanie maleństwa.

– Pani Magdaleno, proszę mi ją dać. – Panna Edyta zdecydowanym ruchem zabrała jej dziecko. – I proszę przestać płakać. Już po wszystkim, a tylko denerwuje pani córeczkę – przemawiała stanowczo, lecz jej samej wielkie łzy toczyły się po twarzy.

Z salonu dolatywały jakieś szurania i szepty.

– Z kim on rozmawia? – odezwała się blada jak papier Magdalena.

– Z nią – szepnęła Edyta. – Przeprasza ją.

– Ale przecież… – Magda zamilkła w pół słowa i wpakowała sobie do ust zaciśniętą pięść.

Dziecko, ułożone z powrotem w wózeczku, wyczuwając chyba wokół siebie napięcie, marudziło i popiskiwało cichutko. Panna Edyta lekko kołysała wózek, wpatrzona w drzwi salonu.

– Myśli pani, że już? – zapytała, choć chyba znała odpowiedź.

Magda przecząco pokręciła głową. Tam i z powrotem. W lewo i w prawo. Mechanicznie, jak kukła.

– Jezu, Jezu, Jezu – zawodziła cichutko, żeby nie przestraszyć dziecka.

– Pani Magdaleno – zdenerwowana Edycia zebrała się w sobie – już trudno, trzeba wziąć się w garść. Proszę pomyśleć, co przeżywa teraz pan. Musimy go wspierać, zająć czymś jego uwagę. Sama nie wiem czym, nie mam pojęcia, co wymyślić, może niech pani trochę skłamie, że malutka źle się poczuła, niech się zajmie dzieckiem, zmierzy jej gorączkę, pokołysze. Żeby myślał o czymś innym.

Magda tak zrobiła, choć serce jej się ściskało, gdy widziała niepokój na twarzy męża. Przytulał Antosię, kołysał ją w ramionach, cieszył się, że gorączki już nie ma.

Najgorsza noc w ich życiu jakoś minęła.

O tym, co stało się w salonie, nigdy nie rozmawiali. A dzisiejszej nocy jedyną osobą w domu, która spała, była malutka Tosieńka.

*

– To dzisiaj – oświadczył Szymon, patrząc na obie kobiety.

Obydwie bardzo zbladły, ale trzymały się dzielnie. Znały jego decyzję nie od wczoraj, próbowały mu ją wyperswadować, ale pan doktor w ogóle nie podejmował rozmowy.

Jednak dzisiaj, wobec tego stwierdzenia, Magdalena postanowiła ogłosić swoją wolę. Wyszła z pokoju i po chwili wróciła z jakimiś papierami w ręku.

– Szymku – odezwała się. – Chciałabym, żebyś spokojnie mnie wysłuchał i nie przerywał. Wszystko dokładnie przemyślałam i moje postanowienie jest nieodwołalne. Zdecydowałam, że uciekniemy oboje. Panna Edyta wróci do rodziny, do Łodzi. A malutką zostawimy dobrym ludziom. Przygotowałam jej metrykę, wraz z naszym oświadczeniem o zrzeczeniu się praw do dziecka i niezbędnymi wyjaśnieniami. Nic nie mów. – Wcisnęła plik papierów w ręce męża, widząc, że ten otwiera usta. – Jeszcze nie skończyłam. Chcę powiedzieć, co zresztą oboje chyba rozumiecie, że sama nie dam sobie tutaj rady z dzieckiem. I prędzej czy później ktoś wyrzuci nas z tego mieszkania, jak wszystkich obywateli żydowskiego pochodzenia w Śródmieściu. Bo nikt nie będzie sprawdzał, czy jestem Żydówką czy nie, wystarczy nazwisko, dobrze to wiecie. Wtedy z pewnością umrzemy obydwie – a jeśli zrobimy to, co wymyśliłam, może chociaż dziecku się uda. Ja pójdę z tobą, mój mężu, bo kocham cię nad wszystko i mimo że na razie nie mamy kościelnego ślubu, wierzę, że Pan Bóg wie, że kiedyś, gdy tylko będzie to możliwe, ten ślub weźmiemy. A więc nie opuszczę cię aż do śmierci i nie waż mi się sprzeciwiać.

Pani Edyta, z początku bardzo zdumiona, dostrzegła wszakże jakąś logikę w rozumowaniu pani doktorowej i teraz już tylko kiwała głową.

– *Ubi tu Caius, ibi ego Caia* – mruknął Szymon i nie powiedział już nic więcej.

W głębi serca i cieszył się z decyzji żony, i martwił z tego powodu. Ale dostrzegł determinację Magdaleny, a znał ją już na tyle, żeby wiedzieć, kiedy nie ustąpi.

Oboje podpisali więc oświadczenie, przygotowane przez Magdę, a zmodyfikowane nieco przez jej męża, wsunęli je do koperty i położyli obok przygotowanej już chusty, w którą rankiem miało zostać zawinięte dziecko. Potem uścisnęli Edycię i zniknęli w mroku nocy.

A panna Edyta przesiedziała całą noc w fotelu, nie kładąc się ani na chwilę. Rankiem przewinęła dziewczynkę, nakarmiła ją butelką, przeżegnała się i wyjrzała z mieszkania. Było bardzo wcześnie, więc jeszcze nikt się nie kręcił po domu. Edycia położyła Antosię obok drzwi, założyła sztaby, tak pomysłowo zamontowane przez doktora Kornbluma, obejrzała się na boki, a ponieważ w dalszym ciągu szczęśliwie nikogo nie było widać, zaniosła dziecko, otulone w chustę i koc, na wycieraczkę pod drzwi mieszkania Parzyńskich – jak jej polecił Szymon – i szybko opuściła kamienicę przy Kruczej 46.

*

Magdalena westchnęła i wyjęła z torby gruby zeszyt w podniszczonej okładce. Przytuliła go do piersi, spoglądając na córkę.

– Sama zdecydujesz, co powiedzieć mężowi i dzieciom – szepnęła. – Przeczytaj to, jeśli chcesz. Ja już pójdę. Spotkamy się jutro, u mnie w hotelu. Zadzwoń, o której będziesz mogła przyjść.

– O której chcesz, mamo – odrzekła Antonina, miękko wymawiając to słowo. Myślała, że już nigdy nikogo tak nie nazwie, chyba że w myślach. – Mamo – powtórzyła, rozkoszując się brzmieniem tego słowa, a Magdalenie zwilgotniały oczy. – Przecież już zdecydowałam, że wezmę urlop. Na cały twój pobyt, zapomniałaś?

Zapiski Magdaleny

13 czerwca 1940 r.

Wczoraj wieczorem Szymon zastrzelił Effi. Musiał to zrobić, bo dziś jest nasz ostatni dzień na Kruczej 46, w naszym mieszkaniu.

Pochował ją chyba gdzieś na podwórzu, dokładnie nie wiem gdzie, nie pytałam. I nie chcę wiedzieć. Bardzo podziwiam Szymka, bardzo. On kochał tego psa. Nigdy by nie pomyślał o tym, żeby ją zastrzelić. Miała zostać z nami, z panną Edytą i ze mną. I oczywiście z Antosią. Bo Szymon wymyślił sobie, że odejdzie stąd, zniknie z domu, żeby usunąć zagrożenie, jakie na nas ściąga swoją obecnością. Według niego, oczywiście. Nie chciał słuchać argumentów, że Niemcy – jeśli przyjdą nas aresztować, wywieźć, zabić, cokolwiek zechcą z nami zrobić – nie będą słuchać tłumaczeń, że Antosia nie jest Żydówką, bo ja, jej matka, nie jestem. Zapewne wystarczyłoby im nasze nazwisko i fakt, że Szymon jest zarejestrowany w śródmiejskiej gminie żydowskiej.

Ani ja, ani panna Edyta nie mogłyśmy odwieść Szymona od tej decyzji. Jednak opowieść panny Edyty, jak to żandarm z patrolu chciał zarekwirować Effi, wstrząsnęła nim.

– *Effi na służbie gestapo? Nigdy na to nie pozwolę!* – *powiedział i po długim namyśle postanowił, że woli własnoręcznie zabić ukochaną sukę, niż dopuścić, żeby poszła w niemieckie ręce.*

Wieczorem czekało go jeszcze jedno dramatyczne przejście. Tym razem ja ogłosiłam swoją decyzję, stanowczą i nieodwołalną. Zdecydowałam, że zostawimy Antosię dobrym ludziom, mój wybór padł na sąsiadkę z parteru, Marię Parzyńską. Znam ją na tyle, iż wierzę, że nawet jeśli sama małej nie przygarnie, znajdzie dla niej dobrych opiekunów. A ja idę z mężem.

Druga z kolei noc była nieprzespana, wyszliśmy z domu przed północą i kryjąc się pod murami, dotarliśmy niezauważeni do naszej czasowej kryjówki. O żadnym spaniu nie było mowy i to nie tylko dlatego, że tam, gdzie się schowaliśmy, trudno byłoby zasnąć. Obydwoje opłakiwaliśmy to, co straciliśmy – dziecko, dom, Edytę i Effi. Całe nasze dotychczasowe życie. Tuliliśmy się do siebie jak przerażone dzieci, którymi w tamtej chwili naprawdę byliśmy. Tyle że na ogół większość dzieci ma rodziców.

My mieliśmy tylko siebie...

Panie Boże Wszechmogący, Najwspanialszy i Najlepszy, daj przeżyć mojemu dziecku. Pozwól, żeby znalazło dobrych rodziców i żeby było w życiu szczęśliwe. Uczyń to, Boże Wszechmogący, i nie dodawaj mi już tych wszystkich łask, które dla mnie w Twym boskim planie były zapisane. I zgódź się, żeby ten grzech największy, jaki popełniłam, grzech opuszczenia własnego dziecka, stał się tylko moją i wyłącznie moją winą. Mąż mój, chociaż wychowany w innej wierze, jest na wskroś dobrym i uczciwym człowiekiem, zagubił się tylko w tej rzeczywistości i zdał się na moje przewodnictwo.

Bądź wola Twoja, Panie.

14 czerwca 1940 r.

Przez dwa dni ukrywaliśmy się w piwnicy przy Nowym Świecie, o której Szymon wiedział, że stoi pusta. Czekaliśmy na pana Jóźka, bo mój mąż umówił się z nim, że wyprowadzi nas z Warszawy. Jakiś znajomy pana Jóźka miał towarzyszyć Szymonowi i jeszcze dwóm uciekinierom w podróży gdzieś na południe, a docelowo do Rumunii, gdzie Szymon ma rodzinę. A zresztą – wszyscy uciekają do Rumunii.

Martwię się, że pan Józiek nie zechce się zgodzić, żebym z nimi poszła, uznając, że będę opóźniać całą wyprawę. Ale ja jestem silna i wytrzymała, a muszę iść z mężem, choćby nie wiem co.

Dzisiaj ktoś miał po nas przyjść, a już wieczór i nikogo nie ma. Siedzę teraz przy piwnicznym okienku, świeci jakaś ocalała latarnia, więc mogę pisać. Skończyły nam się zapasy, nie wzięliśmy dużo ze sobą. Ja właściwie wzięłam tylko ten zeszyt i dwa ołówki. Szymon zapakował pół bochenka chleba (drugą połówkę zostawił pannie Edycie, mimo jej protestów) i kawałek żółtego sera. Oraz dwa jabłka. Na dwa dni to nie za dużo, a być może przed nami trzeci dzień oczekiwania.

Szymek zupełnie stracił poczucie rzeczywistości. Bardzo się o niego boję, moim zdaniem – trudno mi to pisać, ale tak sądzę – widać u niego objawy choroby umysłowej. To niepojęte, jak może się zmienić wykształcony, światły człowiek, obyty w świecie, na dodatek lekarz. On nie jest już człowiekiem, tylko jakimś ludzkim strzępem. Tym bardziej musiałam iść z nim, tam, dokąd on zmierza, bo przecież sam sobie zupełnie nie poradzi.

Panie Boże Wszechmogący, Najwspanialszy i Najlepszy, daj przeżyć mojemu dziecku. I broń od złego mojego męża, ojca Antosi. Spraw, aby przeżył i stał się z powrotem takim człowiekiem, jakim był przed tą wojną.

I mnie daj przeżyć, Panie Boże Wszechmogący, bo jestem potrzebna im obojgu.

Bądź wola Twoja, Panie.

15 czerwca 1940 r.

Zaraz wyruszamy. Przed chwilą wpadł pan Józiek, zdumiał się na mój widok, ale nie protestował, powiedział tylko, że to będzie kosztowało dwa razy tyle. Szymon odrzekł, że jest na to przygotowany, ale na moje pytania nie chciał odpowiadać. Kazał mi spakować wszystkie klamoty (jego wyrażenie), więc na razie kończę pisanie.

Szymon ma teraz nowy ausweis, nazywa się Antoni Nowak. Mnie pan Józiek obiecał przynieść jakiś dokument, narzekał tylko, że przecież nie ma mojego zdjęcia i nie wie, czy znajdzie coś podobnego. Obiecałam, że po prostu nie dam się złapać, a w Rumunii zrobię sobie zdjęcie i tą obietnicą bardzo pana Jóźka rozśmieszyłam.

Nasze prawdziwe dokumenty pan Józiek zabrał ze sobą, nie wyjaśniając, co z nimi zrobi. Ale jest mi to obojętne.

Panie Boże Wszechmogący… Ty już wiesz, o co proszę.

Rozdział 26

1940

Szymon z Magdaleną, trzymającą go pod rękę, kroczył Puławską. Przed nimi szedł znajomy, którego pan Józiek przedstawił jako przewodnika; a za nimi jacyś dwaj mężczyźni, o wyglądzie wcale nie semickim. Cała grupa miała nie sprawiać wrażenia grupy, ale chyba sprawiała, bo bez przerwy któryś z nich się oglądał, nawoływał, przyśpieszał kroku. Bali się widocznie, że się stracą z oczu, bo ulicą szło wielu przechodniów w obie strony.

Byli już przy skrzyżowaniu z Narbutta, gdy raptem z tej właśnie ulicy z wizgiem opon wyjechała ciężarówka, z której wysypali się Niemcy. Wszyscy cofnęli się w drugą stronę, ale z tyłu też już stali Niemcy z karabinami wymierzonymi w tłum. Pojawili się naprawdę nie wiadomo skąd. Cała grupa pana Jóźka wpadła w klasyczną łapankę.

Magdalena, kurczowo ściskając za ramię Szymona, w popłochu rozglądała się wokoło. Zdała sobie sprawę, że ma fałszywe dokumenty kiepskiej jakości i aż śmiać jej się zachciało, gdy wspomniała swoje zapewnienie, że przecież nie zamierza dać się złapać. Puściła rękaw męża i przesunęła się do tyłu. Miała nadzieję, że jeśli ją aresztują, to może on – z tym ausweisem Antoniego Nowaka – jakoś przejdzie. Złapanych w pułapkę ludzi Niemcy pędzili w stronę samochodów, było przy tym trochę przepychanek i Magdalena została przygnieciona do ściany budynku na rogu Puławskiej i Narbutta. Rozpaczliwie szukała wzrokiem męża i tamtych trzech, którzy szli z nimi, kogoś znajomego, ale nie dostrzegła nikogo. I nagle z przerażeniem poczuła na kostce czyjąś dłoń. Spojrzała w dół, tłumiąc okrzyk i ujrzała, jak z piwnicznego okienka wychyla się czyjaś młoda, sympatyczna twarz, a ręka, która przed chwilą trzymała ją za kostkę, macha do niej, pokazując, by weszła do piwnicy przez to szeroko otwarte okienko. Magdalena zawahała się, nie chcąc zostawiać męża, ale po sekundzie zdała sobie sprawę, że dla niego już za późno. A za następną sekundę będzie za późno i dla niej. W tym momencie ujrzała Szymona, który popatrzył na to okienko, a potem spojrzał na nią i ruchem ręki polecił jej wejść do piwnicy. Gest był tak wymowny i jednoznaczny, że Magdalena w jakiś sposób odczytała go jako rozkaz. I choć Szymon nigdy żadnych rozkazów jej nie wydawał, tym razem absolutnie i wyraźnie zrozumiała, jak ma postąpić.

Opuściła się więc na kolana i odwrócona tyłem do ściany, wsunęła nogi w to zbawcze okienko. Dalej już pomogły jej czyjeś ręce, po czym została dość energicznie odstawiona na bok, bo do piwnicy wpychały się już jakieś następne nogi.

– Dwoje. – Umorusany skrzat, nie większy niż stołek od fortepianu, triumfalnie podniósł w górę rękę z dwoma wystawionymi palcami.

– Widzę, Maciusiu, zamykaj szybko okno. – Do Magdy podszedł mężczyzna w wieku zapewne około stu lat i żwawo zakomenderował: – Chodźcie za mną, tylko na palcach, szybko.

Stuletni staruszek przy uważniejszym obejrzeniu okazał się jednak nieco młodszy, a malec równy stołkowi od fortepianu, nieco wyższy i starszy. Drugą osobą wciągniętą przez piwniczne okno był młody człowiek o zwichrzonej czuprynie, pomimo ładnej pogody w płaszczu z mocno wypchanymi kieszeniami.

Chłopiec szedł przodem, pokonał kilka piwnicznych schodów, wystawił łepetynę za drzwi i energicznie pomachał ręką. Magdalena szła tuż za nim, następnie ów młody człowiek, a starszy mężczyzna zamykał pochód. Wbiegli do mieszkania na parterze, w którym przywitała ich kobieta około trzydziestki.

– Mamo, dwójka – zaraportował chłopiec. – Ja złapałem tę panią, a dziadek jeszcze wciągnął pana. – Wskazał ręką mężczyznę w płaszczu.

– Siadajcie, zrobię herbatę – zarządziła kobieta, wyciągając jednocześnie coś z szuflady i podając chłopcu. – Co dostaniesz, to weź. Tylko zaraz wracaj. I sprawdź dokładnie, czy już po wszystkim. My już trzeci raz wyciągamy ludzi z łapanki – wyjaśniła z uśmiechem. – Niemcy jakoś upodobali sobie ten kawałek ulicy i co pewien czas urządzają tu kocioł. A Maciek – machnęła ręką w stronę drzwi, za którymi zniknął chłopiec – całymi dniami siedzi w oknie i wszystko widzi. Ucieczkę przez piwniczne okienko opracowali już z dziadkiem doskonale. Szkoda tylko, że dzisiaj nie udało się wyciągnąć więcej ludzi.

Maciek wrócił, niosąc z dumą bochen chleba, który zaraz został przez gospodynię pokrojony i wyłożony na talerz. Obok stanęły szklanki z herbatą, zaparzoną z jeżynowego suszu.

– Kogo mamy zawiadomić? – spytała mama Maćka.
– Chłopak poleci, po kogo trzeba, chyba że chcecie sami wracać.

I Magdalena, i ten drugi uratowany, pokręcili przecząco głowami.

– Ja nie mam nikogo – szepnęła.

– Ja jestem sam, ale zaraz zniknę, proszę się nie obawiać – odezwał się młody mężczyzna bardzo cichym głosem, po czym zbladł i zsunął się z krzesła.

Dziadek Maćka pochylił się nad nim żwawo.

– Zemdlał – orzekł. – I, moim zdaniem, ma wysoką gorączkę. Maciek, pomóż mi, chwyć go z drugiej strony – polecił i nie czekając na pomoc wnuka, dźwignął chorego, jakby ten był piórkiem. Położył go na kozetce, a malec już podawał namoczone przez matkę ręczniki.

– Dziadek jest lekarzem – oznajmił z dumą chłopiec.

– Ja też będę.

Magdalena pomyślała, że należało dać się złapać z Szymonem, przynajmniej byliby razem. Teraz nie miała pojęcia, co robić. Przecież u tych ludzi nie mogła zostać, choć najchętniej tak by zrobiła. Do domu nie mogła wrócić, domu już nie miała. Przyszedł jej na myśl jedynie pan Józiek, podała więc chłopcu jego adres i mały wyskoczył jak z katapulty.

– Uważaj! – krzyknęła za nim matka, ale zaraz sama się z tego zaśmiała, bo po Maćku został już tylko przeciąg, dopóki drzwi się nie zamknęły.

– Mańka, popatrz, co on tu ma. – Dziadek Maćka chciał okryć mężczyznę jego płaszczem, a wtedy z wypchanych kieszeni wysypały się jakieś dokumenty. Były to, niewątpliwie fałszywe, choćby z uwagi na ich ilość, ausweisy, kenkarty i jakieś przepustki.

Pani Maria, czyli Mańka, odebrała ojcu (teściowi?) wszystkie papiery i włożyła je do szuflady kuchennej.

– Tato, później, teraz powiedz, co mu jest.

– Chyba ma zapalenie płuc, ze stuprocentową pewnością stwierdzić nie mogę – odparł staruszek. – Całe szczęście, że wczoraj chłopcy przynieśli nową partię leków, jak na zamówienie. Dostał już tabletkę, teraz niech się wypoci i wyśpi.

– Czyli zostaje – upewniła się pani Maria.

Dziadek pokiwał twierdząco głową i wyciągnął rękę, witając pana Jóźka, który właśnie wszedł do mieszkania, wprowadzony przez małego Maćka.

Okazało się, że tamci dwaj się znają, co Magdy nie zdziwiło, bo już od dawna podejrzewała, że pan Józiek zna wszystkich.

Zapiski Magdaleny

20 czerwca 1940 r.

Nie ma już Magdaleny Kornblum, jest Maddy Raven.

Pan Józiek zaprowadził mnie na Dobrą, do pani Adeli... (wymazane).

– Teraz tu będziesz mieszkać, dziecko – powiedział, z jakiegoś powodu przestając tytułować mnie panią doktorową, jak dotychczas.

Przedstawił nas sobie, a pani Adela zachowała się tak, jakby znała mnie od dawna i wszystko o mnie wiedziała. Ja o nic nie pytałam, bo jest mi wszystko jedno. Cały czas żałuję, że nie zostałam z Szymonem. I martwię się bardzo o niego. O niczym innym nie mogę myśleć. Właściwie nie obchodzi mnie wcale, co będzie ze mną. Nie mam męża, nie mam dziecka... Chciałabym umrzeć.

Mam swój pokój, oprócz mnie i właścicielki nikt więcej tu nie mieszka, tak mi się wydaje, na pewno nie wiem, bo mieszkanie jest duże.

Nic nie robię i bardzo mnie to denerwuje, zaczynam się złościć. Pani Adela chyba działa w podziemiu, w tej samej organizacji, do której należy pan Józiek. Że on jest w konspiracji, stało się dla mnie jasne już dawno. A teraz pani Adela. Usłyszałam, jak wczoraj mówiła do pana Jóźka „Kostek". A przecież on się nazywa inaczej. Więc ten Kostek musi być pseudonimem. Tak jak moje Maddy Raven. Musieli wyrobić mi nowe papiery i nie zgodzili się ani na Kornblum, ani na Krzeszewską.

Stali nade mną i czekali, aż podam jakieś nazwisko, więc tylko ten kruk (od Kruczej oczywiście) przyszedł mi do głowy. Bardzo im się spodobało, a jeszcze bardziej, gdy usłyszeli, że znam angielski. Mama trochę mnie uczyła. Jej siostra mieszka w Australii i zawsze wierzyłyśmy, że kiedyś tam pojedziemy.

Pani Adela po moich prośbach obiecała porozmawiać z panem Jóźkiem o tym, że ja też chcę pracować w organizacji. Przyrzekła, że załatwi to, jak przyjdzie czas. Rozumiem. Czekam.

Więc na razie pomagam w domu, sprzątam, palę w piecach, usiłuję gotować, ale do kuchni pani Adela mnie nie dopuszcza. Przynajmniej nie bardzo.

Mojej modlitwy w intencji najbliższych już tu nie umieszczam, ale odmawiam ją codziennie przed snem.

19 października 1940 r.

Na początku października utworzono getto. Przenoszą tam Żydów z całego miasta, wyrzucając ich z dotychczas zajmowanych mieszkań. Taką wiadomość przyniósł pan Józiek. Cieszę się, że zdążyliśmy zniknąć, choć bezustannie martwię się

340

o Szymona. Pan Józiek usiłował się dopytać o los ludzi z tej łapanki, ale niewiele się dowiedział, powiedział mi tylko, że najprawdopodobniej wywieziono wszystkich do nowo powstałego obozu koncentracyjnego Auschwitz.

Może przynajmniej moje dziecko – nasze dziecko – przeżyje u dobrych ludzi.

29 października 1940 r.

Poszłam wczoraj na Kruczą. Głowę owinęłam grubą chustką, okręciłam się starym paltem pani Adeli, za dużym na mnie i za długim. Nikt by mnie nie poznał, sama siebie nie poznałam w lustrze. Wiem, że nie powinnam tam iść; wiem, przyrzekłam sobie, że nigdy tego nie zrobię, ale nie mogłam wytrzymać. To, że tęsknię za Tosią, jakoś mogłabym przeżyć, ale także martwię się o nią straszliwie. Chciałabym tylko wiedzieć, co z nią jest. Chciałabym wiedzieć, czy ktoś – i kto – wziął ją do siebie, dał jej dom i stworzył rodzinę. Ani pani Adela, ani pan Józiek nie wiedzą o tym, co się stało dwunastego i trzynastego czerwca na Kruczej. Chyba nie wiedzą, choć co do pana Jóźka nie jestem taka pewna, bo on – wierzę w to – wie wszystko. To przecież on zorganizował naszą ucieczkę. Co powiedział mu Szymon, nie wiem, ale przecież wiedział o małej, znał ją, widywaliśmy się dość często. Nie pyta, a ja nic nie mówię.

Chodziłam wokół kamienicy przez kilka godzin. Tam i z powrotem. Przemarzłam i zgłodniałam. Nikt nie wyszedł z wózkiem z bramy. W ogóle nikt nie wyszedł, jakby dom był wyludniony. Nie wiem, co robić.

W rezultacie dzisiaj zebrałam się na odwagę i porozmawiałam z panią Adelą. Zdałam się na nią, na to, co powie, co mi doradzi. I okazało się, że dobrze zrobiłam. Wobec mojej szczerości pani Adela też okazała szczerość. Powiedziała mi, że zanim pan Józiek, którego zna od wielu lat, przyprowadził mnie do niej, dużo jej o mnie opowiedział. Wiedział, oczywiście, o Antosi – wiedział nawet, że zostawiliśmy małą pod drzwiami pani Parzyńskiej.

I przekazała mi najwspanialszą wiadomość: Antosię wzięli sąsiedzi, chyba z pierwszego piętra. Dla mnie to smutne i radosne zarazem. Jeśli przeżyję tę wojnę, postaram się odebrać córkę. Mam nadzieję, że trafiła do wspaniałego domu, najlepszego z możliwych. Nie pytałam nawet o nazwisko tych dobrych ludzi, wystarczyła mi świadomość, że Tosia znalazła nową rodzinę.

O resztę będę się martwić po wojnie. Teraz najbardziej martwię się o męża.

14 marca 1941 r.
Pan Józiek przyniósł mi dzisiaj dobrą wiadomość, moja prośba o przyjęcie do organizacji została zaakceptowana. Cieszę się nadzwyczajnie. Jutro mam składać przysięgę, jestem szalenie przejęta.

17 marca 1941 r.
Dostałam pierwsze zadanie. Roznosiłam dzisiaj pierwszy numer konspiracyjnego pisma „Rzeczpospolita Polska". To wspaniale, że udało się wydrukować coś takiego.

25 listopada 1941 r.

To mój ostatni wpis na temat konspiracji. Moje dotychczasowe notatki, w razie gdyby ten dziennik wpadł w niepowołane ręce, mogłyby zaszkodzić wyłącznie mnie. Ale gdybym pisała dalej, mogłabym narazić innych. Usunęłam więc nazwiska pani Adeli i pana Jóźka.

20 czerwca 1943 r.

Dzisiaj przypadkowo dowiedziałam się, że u pani Adeli zamieszkał ktoś nowy. Już od kilku dni dało się słyszeć czyjąś obecność. Nawet spytałam „ciocię Adelę", bo tak kazała do siebie mówić (ona do mnie mówi Maddy i już się do tego imienia przyzwyczaiłam), czy ktoś przyjechał z wizytą. Odpowiedziała, że siostrzeniec przyjechał z Sochaczewa. Dalej więc już nie wypytywałam, a dzisiaj dosłownie wpadłam na niego w korytarzu.

I ze zdumieniem stwierdziłam, że go znam! To przecież mój sąsiad z Kruczej. Aż zaniemówiłam z wrażenia...

Obydwoje doszliśmy jednak do wniosku, że nazwiska i znajomości z przeszłości niech na razie zostaną w przeszłości. Ja przedstawiłam się obecnie używanym imieniem i nazwiskiem, mój nowy sąsiad przedstawił się jako Tadeusz Barski. Wymieniam nazwisko, bo powiedział, że ktoś tam już pracuje nad przywróceniem mu poprzedniej tożsamości, a ten Barski zniknie z wszelkich akt.

Rozdział 27

1944–1945

Porucznik Dziewanna weszła do szpitala przy Ludnej. Szukała Chabra, ktoś jej powiedział, że tu leży. Niestety, mimo że obejrzała wszystkie łóżka i popatrzyła pod wszystkie kołdry, Chabra nie znalazła. Znalazła natomiast młodego człowieka, z którym połączyło ją pewne piwniczne okienko. Przez to okienko wcześniej udało jej się uciec z łapanki na Narbutta. Wtedy, gdy niestety, zaginął Szymon.

Potrząsnęła głową, żeby z oczu zniknęły łzy, które pojawiały się, kiedy choćby przelotnie wspomniała męża. Cały czas, w każdej minucie, w której nie myślała o czymś innym, obwiniała się, że uciekła, zostawiając męża samego. Wiedziała, że w niczym by nie pomogła; widziała, że wyraźnie kazał jej uciekać; rozumiała, że jej ucieczka to była szansa, że ich dziecko kiedyś, po wojnie będzie miało przynajmniej jedno z rodziców... Wiedziała, ale... ale zawsze czuła ten sam ból i żal, i wstyd, i rozpacz, i marzyła, by cofnąć czas... zawsze tak było, ilekroć przypomniała sobie tamtą chwilę.

Teraz też, choć naprawdę nie miała czasu na rozmyślania. Jednak widok tego młodego człowieka, znowu chorego – jak tam, u Maćka i jego dziadka – sprawił, że wszystko do niej powróciło.

Podeszła do łóżka.

– Dzień dobry, pamiętasz mnie? – spytała.

– Anioł! – szepnął mężczyzna, unosząc się na łokciu.

– Anioł, czyli umarłem, tak?

– Oj, nie żartuj sobie, jestem Magdalena, uciekliśmy razem z łapanki na Narbutta, nie pamiętasz? – podpowiedziała. – Jakieś fatum, czy co? Przy każdym naszym spotkaniu jesteś chory. Możesz chodzić? Kazali nam wyprowadzać tych w lepszym stanie, bo już nie ma miejsc w szpitalach. Szukam znajomego, ale skoro go nie znalazłam, zabiorę ciebie, wstawaj z łóżka.

– Anioł, mówię przecież. Zjawiasz się w odpowiedzi na moje modlitwy, więc musisz być wysłannikiem nieba. Chodzić mogę... chyba... – odrzekł, podnosząc się powolutku. – Mam na imię Mirosław. A właściwie Szczygieł. Nazwisko nieważne, nazwisk się teraz nie używa.

Chodzić mógł – z pomocą Magdaleny. Ale dali sobie radę. Przemaszerowali przez całe Śródmieście, doszli do Śliskiej i przedostali się na Ogrodową. Tam, gdzie miał swoją kwaterę pododdział Magdaleny – to znaczy porucznik Dziewanny.

A szpital przy Ludnej godzinę po ich wyjściu doszczętnie spłonął – zbombardowany jak i cała ulica. Nikogo nie uratowano, nie było takiej możliwości.

Mirosław uznał więc, że Magda uratowała mu życie i w zasadzie miał rację, choć był to absolutny przypadek, jak zresztą większość zdarzeń w życiu.

Od tej pory stali się nierozłączni, oczywiście w chwilach wolnych od zadań. Czwartego października – jak

wszyscy z ich pułku – złożyli broń na placu Grzybowskim.

*

Szli na zachód, ustawieni rzędami, w kolumnach. Byli
obszarpani, poranieni – nie tylko na zewnątrz, ale, nawet
bardziej, w środku – zmęczeni, wyczerpani, rozżaleni,
smutni. Nie wierzyli, że to już koniec. Szli, bo byli karni,
ale wciąż czuli w sobie chęć walki.

Minęli Śródmieście, całe zagruzowane i zburzo-
ne, wyglądające jak rumowisko usypane ze szczątków
domów, mebli, większych lub mniejszych fragmen-
tów mieszkań ludzkich, wyrastających raptem spod
ziemi, upstrzonych lampkami, szafami, zabawkami
dzieci, skrawkami ubrań – i wydawało im się, że już
wszystko to widzieli. Wrażenie owo pogłębiało się
w trakcie dalszego marszu, bo inne dzielnice, przez
które przechodzili – Wola, Ochota – wyglądały podobnie. Choć jednak Śródmieście robiło najbardziej
przygnębiające wrażenie. To przecież serce miasta,
najpiękniejsze, najdroższe, ulice najbardziej kochane.
Ze stert gruzów gdzieniegdzie wystawały pozostało-
ści barykad, wzmagające ogólne wrażenie zniszczenia
i chaosu.

Szli wzdłuż szpaleru cywilnych mieszkańców Warszawy tak samo obszarpanych i wycieńczonych, obdartych
ze wszystkiego, którzy teraz tracili ostatnią nadzieję i że-
gnali swoich ostatnich obrońców.

Po raz ostatni słyszeli komendę: „Do szeregu! Równaj
krok!". Pozostawiali za sobą ruiny ukochanego miasta
i okruchy swoich serc.

Szli przed siebie, nie wiedząc, co ich czeka i czy kiedykolwiek tu wrócą.

Nie mieli jedzenia, ubrań ani miejsca do spania. Często nie było nawet dachu nad głową w nocy.

Przed oczami, szczególnie nocami, pojawiały się groby i obrazy zdruzgotanego miasta.

W końcu dotarli do Ożarowa. Wśród maszerujących znalazła się też porucznik Dziewanna, Maddy Raven. Był też Mirosław, czyli Szczygieł. Po drodze szepnął Magdzie do ucha: „Teraz nazywam się Kaczmarek, imię bez zmian".

Magda nie odpowiedziała, ale Mirosław wydawał się tym mało przejmować.

*

Transporty ruszyły. Magdalena znalazła się w wagonie jadącym do Bremy, pełnym kobiet, ściśniętych do granic możliwości, brudnych, cuchnących, głodnych i straszliwie zmęczonych. Nie było niczego – wody, środków sanitarnych, opatrunków, jedzenia – poza wrzucanymi do wagonu dwoma bochenkami chleba raz dziennie. Krew, pot i łzy – to powiedzenie Churchilla pasowało także do tego wagonu. Krew ciekła kobietom po nogach, pot zalewał oczy, nie dlatego że na zewnątrz panował upał, nie było gorąco, wszak to październik – ale gorąco i duszno było w tym bydlęcym wagonie. A łzy? Chyba nie trzeba wyjaśniać...

Dziewiątego października około pięciuset kobiet przybyło do Stalagu XI B Fallingbostel niedaleko Hanoweru. Dwunastego października porucznik Dziewanna, w grupie około stu kobiet, znalazła się w Bergen-Belsen, w części wydzielonej jako oflag.

– Zobaczymy kawał świata – zażartowała, chcąc nieco ożywić niewesołą atmosferę. Leżały na pryczach w pomieszczeniach byłych koszar wojskowych, po dwie kobiety na jednym wyrku, przykryte jednym kocem, nie zawsze całym.

– Jakiego świata? – odparła gorzko jedna z dziewczyn, Magda nawet nie znała jej imienia, choć leżały razem na jednej pryczy. – Przecież to Niemcy, nie świat.

Żadna nie podjęła dyskusji, Magdalena też nie, nie wiedziałaby nawet, co odpowiedzieć. Choć tak naprawdę było tu przepięknie. Jednak żadnej z nich nawet do głowy nie przyszło, żeby zachwycać się widokami.

W koszarach spędziły około miesiąca. Wożono je do roboty, Magdalena pracowała przy odgruzowywaniu torów kolejowych. Wolała to niż fabrykę zbrojeniową, w której pracowała Hanka, jej koleżanka z pryczy. Już teraz znały swoje imiona. Znały też swoje życiorysy, marzenia, swoje rodziny. Wieczorami opowiadały sobie o swoich losach, żeby nie myśleć o ponurej codzienności.

Pewnego dnia jednak Hanka nie wytrzymała. Odwróciła się plecami do Magdy i zaczęła rozpaczliwie płakać, wtulając twarz w brudny, powycierany koc, którym były przykryte.

– Hanka, co ty? Daj spokój – próbowała ją uspokoić Magda.

– Oj, tylko ty udajesz taką dzielną. Ja już nie mogę, nie mam siły. Znowu nie mam nawet kawałka podkładki, a krew ze mnie leci. Jestem brudna, śmierdzę, zjadłabym ten koc, zimno mi pioruńsko i ledwo żyję – wyszlochała Hanka.

Magda, pomagając sobie zębami, oddarła, wąski pasek z ich koca.

– Masz. – Podała to obrzydlistwo usmarkanej Hance. – Wszystkim nam zimno, wszystkie jesteśmy głodne, brudne i śmierdzące. Ale żyjemy, czy to mało? Żyjemy i przetrzymamy to wszystko, choćby na złość szwabom. Wrócimy do swoich rodzin. Kiedyś… – Zamyśliła się. – Choć ja, ja… sama nie wiem, dokąd chciałabym wrócić – zająknęła się. – Najbardziej zależy mi na odnalezieniu Mirosława. On stał się jakby częścią mnie. Bo wiesz – szepnęła, walcząc ze łzami – ja to czuję, Szymon nie żyje. I nie wiem, czy chcę wracać do domu. Bo moja córeczka ma nową rodzinę i niech jej tam będzie jak najlepiej.

Hanka znała historię Magdaleny, wiedziała wszystko o Szymonie i Antosi. Teraz, słysząc podejrzane pociąganie nosem, odwróciła się i objęła swoją towarzyszkę niedoli.

– Masz rację, najważniejsze, że żyjemy. I jakoś damy sobie radę.

Po dwudziestym grudnia znowu wpakowano je do bydlęcych wagonów i pojechały przez ten „świat", który dla nich światem nie był.

Wigilię spędziły w wagonie. Nie było potraw wigilijnych, nie było w ogóle żadnego jedzenia, poza przydziałowym bochenkiem i wodą. A jednak podzieliły się czymś w rodzaju opłatka, krążkiem ugniecionego w palcach miąższu chleba, który był tak czerstwy, że kruszył się im w ręku. Ale smakował wybornie – był ich wieczerzą wigilijną.

– Drogie panie. – Hanka postanowiła zadbać o uroczysty nastrój. – Życzmy sobie wszystkie wspólnie, żebyśmy następne święta już spędzały oddzielnie. Żebyśmy przy następnej Wigilii wypatrywały pierwszej gwiazdki ze swoich okien, w swoich domach, w gronie najbliższych.

Dwudziestego szóstego grudnia wysadzono je w miejscu, w którym spędziły przeszło trzy miesiące. Był to Oflag IX C Molsdorf, mały podobóz stanowiący część obozu koncentracyjnego Buchenwald, utworzony po upadku Powstania Warszawskiego.

Magdalena i Hanka, trzymające się razem przez całą drogę, po wyjściu z wagonu wpatrywały się w przygnębiający widok, jaki miały przed oczami. Siedem ponurych baraków, wyglądających na kompletną ruinę, tkwiło w podmokłej glinie na dnie jakiegoś wgłębienia. Były otoczone ogrodzeniem z drutów kolczastych; wokół nich stały trochę lepsze budynki, zbudowane na palach.

– A myśmy narzekały – westchnęła Hanka.

Magdalena, pchnięta w plecy przez popędzającego je strażnika, wydała z siebie tylko coś w rodzaju jęku. Poszły przed siebie we wskazanym kierunku, wymachując energicznie rękami dla rozgrzewki. Mróz robił się coraz większy, a one nie miały na sobie futer...

Był drugi dzień świąt Bożego Narodzenia, ale chyba nikt o tym nie pamiętał. Wigilia spędzona w wagonie wydawała im się teraz czasem tak odległym, jak na przykład ubiegłoroczne święta.

Przejścia między „tymi lepszymi" budynkami – okazało się, że to pomieszczenia niemieckiej komendantury – też zostały wybudowane na palach. Ale tylko raz, właśnie teraz, po wyjściu z wagonów, więźniarki poprowadzono tędy. Po odprawie, krótkiej – bo też i nie było o czym mówić – przywiezione kobiety zostały skierowane do wyznaczonych baraków i od tej pory chodziły tylko dróżkami wydeptanymi w tłustym błocie otaczającym baraki.

Życie obozowe ukształtowało się bardzo szybko. W oflagu znalazło się około czterystu kobiet w randze oficerskiej i około czterdziestu bez stopnia.

Polskie komendantki obozu: Kazik, HaKa i Rysia oraz Helena, mąż zaufania, organizowały to wspólne życie i starały się utrzymywać jakie takie kontakty z niemieckim dowództwem, próbując choć trochę poprawić byt więźniarek. Kobiet ze stopniem oficerskim nie zabierano do pracy w niemieckich zakładach zbrojeniowych, ale nie wiadomo, czy one same nie wolałyby jednak pracować. Gdziekolwiek.

Zima była ostra i na zewnątrz panował siarczysty mróz. W barakach nie było wcale cieplej, oczywiście Niemcy nie dostarczali więźniarkom żadnego opału. Na ścianach pojawiał się szron, który w dzień, pod wpływem słońca – jeśli było – zamieniał się w strugi wilgoci.

Kobiety trzymały się, jak mogły, organizowały sobie gimnastykę dla rozgrzewki, biegały wokół baraków, a czasami – gdy hauptmann miał lepszy dzień, wolno im było wyjść poza teren obozu, by znaleźć coś, co mogło służyć jako opał. Zbyt dużo jednak nie udawało się nazbierać, a to, co znalazły, nie bardzo nadawało się do spalenia, było oszronione lub zgoła zamarznięte na kość.

Któregoś dnia Hanka zaczęła okropnie kichać i kaszleć. Cały czas spała na jednej pryczy z Magdą, nie dlatego, że nie było wolnych miejsc, ale dlatego, że śpiąc razem, miały do dyspozycji dwie derki do okrycia i ogrzewały się wzajemnie.

Poza tym spanie na górnej pryczy trochę chroniło przed myszami i szczurami, które – równie głodne, jak więźniarki – zżerały im koce i ubrania, a także chodziły w nocy po śpiących kobietach.

– Magda, idę na dolną pryczę – wychrypiała chora Hanka. – Nie mogę leżeć obok ciebie, bo przecież cię zarażę.

– Daj spokój – odpowiedziała Magda. – Przecież te zarazki do mnie nie dolatują, natychmiast zamarzają.

I chyba rzeczywiście tak było, bo Magdalena nie dostała nawet kataru. Hankę natomiast zabrano do izby chorych, która przynajmniej była trochę ogrzewana. Jednak poza tym, że stały tam jednopoziomowe łóżka, warunki nie różniły się od tych, jakie panowały w innych barakach. Lekarki, pracujące w izbie chorych, nie miały nawet naczyń do zagotowania wody. Nie otrzymywały też strzykawek, za mało było środków opatrunkowych, a lekarstw nie wystarczało dla wszystkich chorych.

Magda ogromnie się zdziwiła, widząc następnego dnia Hankę z powrotem w ich baraku.

– Nie wyglądasz na zdrową – zmarszczyła czoło. – I chrychasz w dalszym ciągu jak stara koza.

– Mam leżeć tu, bo w izbie chorych zabrakło łóżek – wyszeptała Hanka, nie mogąc wydobyć z siebie normalnego głosu. – Nic mi nie jest, mam tylko ostry stan zapalny gardła i kaszel. A tam leżą kobiety z zapaleniem oskrzeli i zapaleniem płuc.

I tak właśnie było – codziennie przez izbę chorych przewijały się dziesiątki więźniarek, dla których po prostu nie było miejsca. Tak więc te lżej chore odsyłano z powrotem do baraków. Kobiety, które przetrwały już tak wiele, na ogół młode i w dość dobrym stanie przed przyjazdem do obozu, przezwyciężały chorobę, a raczej przezwyciężały ją ich organizmy. Mimo że wyniszczone, chude i wymizerowane – żyły na przekór swoim prześladowcom i na przekór wszystkiemu.

W ramach należytego traktowania jeńców wojennych niemiecki komendant zezwolił na wysyłanie listów do rodzin. Więźniarki mogły też otrzymywać pocztę z domu, w tym także paczki.

– Mam prośbę. – Przed Heleną, obozowym mężem zaufania, stanęła na baczność porucznik Dziewanna.

– Spocznij – zakomenderowała Helena. – Daj spokój z tym regulaminem, mów, o co chodzi.

Magdalena opowiedziała jej w skrócie swoją historię, o ucieczce z kamienicy przy Kruczej 46 i łapance na Narbutta, kiedy to rozdzielili się z Szymonem.

– I od tamtej pory nie wiem, co się z nim dzieje. Mam przeczucie, że zginął. Że już od dawna nie żyje. Ale chciałabym to wiedzieć na pewno. Spróbowałabym napisać do Polskiego Czerwonego Krzyża, może oni czegoś by się dowiedzieli. Proszę o pomoc w wysłaniu tego listu.

List został wysłany.

W oflagu oprócz mrozu dawał im się we znaki głód, więźniarki otrzymywały jedzenie tylko raz dziennie, a porcje były oczywiście mizerne.

Nawet gdy już do obozu zaczęły dochodzić paczki z domów i Czerwonego Krzyża, nie było możliwości przygotowania jakichś posiłków, nie miały po prostu na czym ani w czym gotować.

Któregoś dnia Magda, której pozwolono wyjść „po opał" za bramę obozu, przyniosła ze sobą skarb.

– Spójrzcie, dziewczyny, co znalazłam! – Dumnie wyciągnęła przed siebie blaszaną puszkę, nieco pogiętą, ale całą.

Znalazła też kilka kawałków tektury, miały trochę papieru. Nalały do puszki wodę i wsypały trochę kaszy, otrzymanej w paczce z angielskiego Czerwonego Krzyża. Udało im się rozpalić ogień pod ścianą baraku, na kawałku ziemi oczyszczonym ze śniegu. Jedna z mieszkanek baraku z triumfem wyciągnęła spod łóżka kilka kawałków prawdziwego drewna.

– Baśka! Skąd to masz? – rozległy się okrzyki pełne zachwytu.

– Sprzątałam dzisiaj łazienki szkopów. I to są kawałki szafki, która jakoś sama się połamała. – Mrugnęła porozumiewawczo.

Sprokurowana w ten sposób obozowa kuchenka spisała się doskonale. Kasza nie ugotowała się dostatecznie, poza tym była niesłona, bo przecież soli nie miały, ale i tak był to jeden z najsmaczniejszych posiłków, jakie jadły od miesiąca. Pieczołowicie schowały więc cenną puszkę, ale niestety, nie miały opału, na którym mogłyby coś ugotować w tym zaimprowizowanym garnku. Helena wystąpiła nawet do komendanta obozu z prośbą o przydział choć niewielkiej ilości drewna. Jednak ta prośba przyniosła odwrotny efekt – komendant, zamiast przydzielić drewno, zakazał używania prowizorycznych kuchenek.

Drugiego dnia po uczcie z blaszanki Hanka znowu poczuła się gorzej, miała wypieki, duszności i bardzo się pociła. Przez całą noc nie spała, zeszła tylko na dolną pryczę, żeby nie zakłócać snu Magdalenie. Rano Magda zobaczyła, że koleżanka leży na dole i jest z nią źle. Chora majaczyła i trzęsła się jak w febrze.

Tym razem lekarki nic nie mogły poradzić, Hanka zmarła następnego dnia. Nikt nie wyjaśnił Magdzie, co się stało. Najprawdopodobniej wcześniejsza choroba nie była tylko nieżytem gardła. Pewnie już wtedy zaczęło się zapalenie płuc, a brak lekarstw i wychłodzenie zrobiły swoje.

– Wiecie co – powiedziała Magda do koleżanek z baraku – mam takie głupie wyrzuty sumienia. Gdybym nie znalazła tej puszki, nie gotowałybyśmy kaszy na dworze. To przeze mnie Hanka przemarzła i dopadło ją zapalenie płuc.

– Uspokój się! – zakrzyczały ją. – A nie pomyślałaś, że gdyby Hanki nie odprawiono z izby chorych i gdyby otrzymała odpowiednie leki, być może choroba nie rozwinęłaby się do tego stopnia?

– To może chodźmy do Heleny – zaproponowała jedna z nich. – Niech powie o tym komendantowi, żeby coś takiego już więcej się nie zdarzyło.

Ale popatrzyły po sobie i żadna nie poparła tego pomysłu.

– Dziewczyno… – powiedziała tylko Magda. – Czy ty naprawdę myślisz… – Nie dokończyła zdania. Nie musiała.

Komendant zezwolił na udział więźniarek w pogrzebie. Kobiety złożyły się na kwiaty, miały za co, bo jeńcom nie zabrano pieniędzy. Na prośbę Heleny przywieziono księdza. Nikomu jednak nie wolno było z nim rozmawiać, nie wiadomo nawet, jakiej był narodowości. Stał przy ścianie, odmówił modlitwę po łacinie i zaraz po pogrzebie odjechał, najprawdopodobniej tam, skąd go przywieziono.

Brak obozowego kapelana był dla wielu więźniarek szczególnie dotkliwy. Sama modlitwa przestała wystarczać, pragnęły słowa. Słowa niosącego pociechę, otuchę, przypominającego o opatrzności boskiej. Jednak w obozie nie odbywały się żadne nabożeństwa.

Brakowało też słowa pisanego. W obozowej bibliotece znalazło się zaledwie około stu książek, w większości stanowiących własność więźniarek. Książki przywędrowały w tobołkach, targanych przez kobiety z Warszawy.

Nie miały papieru do pisania, bo choć teoretycznie wolno było wysłać list, to każdy skrawek papieru zamieniał się w opał. Nie miały zresztą nawet przyborów piśmiennych. Wielkim marzeniem kobiet stał się jakiś instrument muzyczny, najchętniej akordeon. Śpiewały sobie wieczorami pieśni, ale brakowało im akompaniamentu.

Mimo takich złych warunków więźniarki się nie poddawały. Organizowały sobie nawet wieczorki poetyckie i miniprzedstawienia, recytując z pamięci fragmenty oglądanych kiedyś, w poprzednim życiu, sztuk teatralnych.

Przeżyły, choć oczywiście nie wszystkie.

W styczniu 1945 roku Magdalena dostała list z Polskiego Czerwonego Krzyża. Było w nim to, co już od dawna przeczuwała. Szymon Kornblum, jej mąż, zmarł w Oświęcimiu. Poinformowano ją, że śmierć nastąpiła w wyniku zapalenia płuc; jeniec o numerze – i tu podano ciąg wielu cyfr – zakończył życie piętnastego marca 1943 roku.

Już nawet nie płakała, opłakała Szymona dawno, w głębi duszy wiedziała przecież, że mąż nie żyje.

Wtedy wierzyła w to zapalenie płuc, przecież sama mogła się przekonać, co oznacza mróz w warunkach obozowych.

O tym, jak naprawdę umierali więźniowie Oświęcimia, dowiedziała się dużo, dużo później.

Na początku kwietnia 1945 roku więźniarki zostały wyprowadzone z oflagu i przeniesione do Blankheim, gdzie umieszczono je w opuszczonym obozie szkoleniowym Hitlerjugend. Tam doczekały się aliantów. Wyzwolenie nastąpiło trzynastego kwietnia, po dramatycznym incydencie.

Nagle obóz został ostrzelany. Nikt nie wiedział, co się dzieje, wreszcie okazało się, że strzelają alianci, którzy nie mieli pojęcia, że w barakach Hitlerjugend znajdują się polskie więźniarki.

– Dziewczyny, które znają angielski? – Major Kazik, polska komendantka, jak zawsze, świetnie zorganizowana, postanowiła wysłać parlamentariuszki do aliantów.

Wśród znających angielski była porucznik Dziewanna. Magda nie miała wielkiego wykształcenia, zrobiła jednak maturę. Obydwie z mamą zakładały, że Madzia będzie się dalej uczyć, ale najpierw jakoś się nie złożyło, a potem mama umarła. Jednak angielski Magda znała, trochę ze szkoły, ale przede wszystkim uczyła ją mama, która nieźle znała ten język – córka nawet nie wiedziała skąd.

Oczywiście ta jej znajomość angielskiego była mocno zardzewiała, ale Magda wierzyła, że z przekazaniem informacji, iż w obozie przebywają Polki, da sobie radę.

Zresztą przecież nie była sama, oprócz niej zgłosiły się jeszcze dwie więźniarki. Nieporozumienie szybko się wyjaśniło i alianci weszli do obozu, a Niemcy złożyli broń. Na początku maja Polki znalazły się w Burgu, skąd w lipcu przeniesiono je do Bernatic, czeskiej miejscowości w Sudetach. Bernatice w czasie inwazji niemieckiej włączono do Niemiec, a w 1945 roku służyły jako punkt przesyłowy, z którego zabierano więźniów na zachód.

Magdalena przebywała w Bernaticach do sierpnia 1945 roku. Jej koleżanki rozpierzchły się na wszystkie strony świata, niektóre wracały do Polski, inne zdecydowały się na emigrację do Stanów Zjednoczonych bądź Kanady.

Porucznik Dziewanna, a właściwie już teraz Maddy Raven, postanowiła jechać do Regensburga, wierząc że spotka tam Mirosława.

Rozdział 28

1945

To niewiarygodne, ale spotkali się tam, gdzie byli umówieni, jakby wyznaczyli sobie spotkanie w dobrze znanym miejscu w rodzinnym mieście.

– Jak już ta wojna się skończy, a obóz zostanie wyzwolony albo zdarzy się cokolwiek, co pozwoli nam wydostać się z niewoli, spotkamy się w Regensburgu – powiedział Mirosław. – Jak będę wolny, codziennie od piątej do siódmej po południu będę czekał na ciebie na dworcu, przy kasie.

– I ja – przyrzekła Magdalena.

Ten Regensburg przyszedł Mirkowi do głowy ot, tak po prostu. Nie miał najmniejszego pojęcia, dlaczego zaproponował akurat to miejsce. Chyba kiedyś – w poprzednim życiu – znał kogoś, kto zachwycał się tym miastem. Nazwa jakoś utkwiła mu w pamięci.

Obydwoje uznali ten Regensburg za swoją ziemię obiecaną i kiedy wędrówka w głąb Niemiec dawała im się we znaki, każde sobie powtarzało na pocieszenie: „Jak już będziemy w Regensburgu…".

Jedenastego sierpnia 1945 roku Magdalena wkroczyła niepewnie do budynku dworca o siedemnastej piętnaście. Przy kasie Mirka nie było. Poczuła się strasznie zawiedziona, bo święcie wierzyła, że tam na pewno się spotkają. Mirek wydawał jej się taki solidny, i skoro oznajmił, że codziennie tu będzie od piątej do siódmej, to po prostu... będzie i już.

„Jak będę wolny...", przypomniała sobie jego słowa. Widocznie jeszcze nie dojechał, uznała. Innej możliwości w ogóle nie brała pod uwagę. O śmierci męża wiedziała, zanim dotarła do niej oficjalna wiadomość. Teraz zaś nic jej nie mówiło, że Mirosław nie żyje. A Magda wierzyła w swoje przeczucia. Postanowiła więc, że zaczeka tu do umówionej godziny, a potem poszuka jakiegoś noclegu. Następnego dnia znowu przyjdzie na dworzec, i następnego także, i następnego. Aż się doczeka.

Usiadła na drewnianej ławce, stojącej naprzeciwko kasy i patrzyła na wejście. Widziała przychodzących ludzi. Ruch był spory, ale żaden z mężczyzn nie był tym, na którego czekała.

Raptem drgnęła gwałtownie. Do kasy podszedł mężczyzna bardzo podobny do Mirka, tyle że z brodą i z wąsami, a Mirosław nie miał zarostu. I ten człowiek nie wszedł przez drzwi wejściowe, tylko wyłonił się z tunelu, który prowadził na perony. Widocznie skądś przyjechał, uznała Magda, a teraz pewnie chce kupić bilet na powrót. Nie zdążyła pomyśleć nic więcej, gdy brodacz odwrócił się, spojrzał na nią i rzucił się w jej stronę.

– Nie wierzę! Nie wierzę! – wołał po polsku Mirek, bo to był on, teraz go rozpoznała. – Jesteś, o Jezu, jesteś! – krzyczał, miażdżąc ją w uścisku.

Okazało się, że Mirosław był w Regensburgu już od początku lipca. Niemiecki obóz jeniecki dla polskich oficerów, do którego trafił, Oflag VII A Murnau, znajdował się w Bawarii; został oswobodzony dwudziestego dziewiątego kwietnia przez jeden z oddziałów amerykańskiej Dwunastej Dywizji Pancernej.

– Przychodzę tu codziennie i przez dwie godziny kręcę się po dworcu. Wszystkie kasjerki już mnie dobrze znają – opowiadał. – Od jednej, najstarszej, nawet dostaję kanapki. – Zaśmiał się i mrugnął przy słowie „najstarszej".

– Zapuściłeś brodę. – Oszołomiona powiedziała tylko tyle. Nie zdołała powiedzieć nic więcej, bo Mirek złapał w jedną rękę jej plecak, drugą chwycił jej dłoń i pociągnął Magdę za sobą, bez przerwy coś mówiąc.

Do Magdaleny docierało tylko, że znajduje się w umówionym miejscu, że się spotkali, że jest z Mirkiem i że to już naprawdę koniec wojny.

Okazało się, że Mirosław mieszka w wynajmowanym pokoju, w starej, ponurej kamienicy w bocznej uliczce, biegnącej od rynku w dół ku Dunajowi. Pokój był dość spory, z małą wnęką, gdzie znajdowała się szafka, a na niej stała elektryczna kuchenka z jednym palnikiem. W rogu pokoju, przy oknie, był żelazny piecyk, w tej chwili oczywiście wygaszony. Łazienka – czyli prysznic z ceratową zasłonką oraz zasłonięty parawanem sedes z wiszącą z boku umywalką – znajdowała się na korytarzu i, o czym już opowiedział Mirek, służyła lokatorom trzech pokoi. Drzwi od pozostałych pokoi, w tej chwili zamknięte, jakoś ponuro nastroiły Magdę. Oglądała lokum Mirka i sceptycznie kręciła głową.

– Tyle czasu tu mieszkałeś? – zapytała z niesmakiem. – Jak sobie radziłeś? Jedna łazienka na trzy pokoje! – zaczęła narzekać.

– Magda, no co ty – zdziwił się Mirosław. – Przecież to wręcz luksus po warunkach obozowych. W twoim obozie było lepiej? Więcej łazienek?

– No, rzeczywiście – przyznała stropiona. – Przepraszam, za szybko uznałam, że teraz już będzie normalnie. Przepraszam – powtórzyła.

– I, widzisz, to jest najtańszy pokój, jaki znalazłem – dodał jeszcze Mirek, patrząc na Magdę. – Jest jedno łóżko, ale mamy też sofę. Doskonale się na niej zmieszczę i damy sobie radę, dopóki nie postanowimy, co dalej.

Zdecydowali, że zostaną w Regensburgu. Przynajmniej na razie, bo tak w ogóle myśleli o wyjeździe do Stanów Zjednoczonych lub Kanady, do Polski postanowili nie wracać. Magda nie miała tam żadnej rodziny, o córeczce nie chciała myśleć. Wierzyła, że do tej pory Tosia jest już pełnoprawnym członkiem nowej rodziny i nie chciała burzyć jej poczucia bezpieczeństwa. A jeśli tej całej rodzinie coś się stało i wszyscy już nie żyją? – ale o tym Magda też nie chciała myśleć. Przyjęła za pewnik to pierwsze – tym bardziej, że właśnie to podpowiadała jej intuicja, której bezgranicznie wierzyła.

Mirosław miał w kraju tylko młodszą siostrę, Wandę, która mieszkała teraz w Poznaniu, gdyż jej mąż pochodził z tego miasta i tam osiedli. Mirek w obozie miał z nią kontakt listowny. Polska rzeczywistość, opisana w jednym z listów, który jakimś trafem do niego dotarł, absolutnie mu się nie spodobała i po stokroć wolał wyruszyć do tego nowego świata za oceanem. Na to trzeba było jednak trochę poczekać. Obydwoje zarejestrowali się w Czerwonym Krzyżu, w sekcji amerykańskiej, gdzie uprzedzono ich, że oczekiwanie na wyjazd może potrwać.

Postanowili więc jakoś urządzić to swoje obecne życie. Nie było łatwo. Nie mieli pieniędzy ani ubrań, ani nawet garnków, w których i tak nie mieliby co gotować. Po pierwsze dlatego, że nie mieli pieniędzy, po drugie dlatego, że w Niemczech prawie wszystko było na kartki. Jednak Mirkowi udało się dostać pracę, a zdarzyło się to – jak większość zdarzeń w życiu prawie każdego człowieka – przypadkiem.

– *Guten Morgen* – usłyszał za sobą na ulicy któregoś dnia, pod koniec sierpnia.

Odwrócił się, choć nie był pewien, czy to do niego. Głos należał do kobiety, a on przecież nie znał żadnych Niemek w tym mieście. W innym zresztą też nie. Okazało się jednak, że się mylił, miał tu znajomą, przynajmniej jedną. Była to ta najstarsza z kasjerek zatrudnionych na dworcu. Ta, która czasami go dokarmiała. Uśmiechnął się do niej serdecznie, bo to takie miłe, gdy ktoś człowieka pamięta i pozdrawia. W dodatku w obcym mieście, dotychczas wrogim. Ale przecież zwykli, prości ludzie wrogami nie byli. Jedni i drudzy nienawidzili tej wojny i tego, co uczyniła z życiem zwyczajnych ludzi. Kasjerka, po wypytaniu Mirosława, co się z nim teraz dzieje, kim jest ta śliczna *nette Dame*, z którą spotkał się na dworcu, gdzie mieszka, gdzie pracuje i…

– *Gnädige Frau* – odrzekł Mirosław i zobaczył jak twarz starszej pani rozjaśnia się w uśmiechu po usłyszeniu tego zwrotu. – Nigdzie nie pracuję, ta pani to moja narzeczona (a, co tam, pomyślał, może kiedyś będzie), wynajmujemy pokój, ale kończą nam się pieniądze i bardzo się martwimy o przyszłość – wykrztusił jednym tchem, mając nadzieję, że jego szkolny niemiecki będzie zrozumiały.

No i okazało się, że jednak Pan Bóg, o którym myślał, że już go zupełnie opuścił, tak całkiem się od niego nie odwrócił. Okazało się nawet, że ma go pod opieką. Pani Lisa Kettner, jak się przedstawiła, powiedziała Mirkowi, że na dworcu potrzebują ładowacza węgla do stacji przeładunkowej.

– Ale to ciężka praca. – Popatrzyła na niego z niepokojem. – Do tej pory nikt się nie zgłosił, choć praca czeka już od kilku dni. Trzeba nosić kubły z węglem z piwnicy i przesypywać je do centralnego zbiornika, skąd paliwo czerpią parowozy. Zepsuł się taki wózek przewozowy, a teraz nie można kupić nowego, naprawić tego starego też nie i dopóki nie wymyślą czegoś innego, trzeba ten węgiel nosić wiadrami. Pan nie wygląda na siłacza… – Zgłosiła ostrożne zastrzeżenie.

Mirek przekonał ją jednak, że jest chudy, bo mało je, ale ma dużo siły i chciałby spróbować. Zapytał szybko, gdzie należy się zgłosić i jeszcze tego samego dnia miał pracę. Zaczynał od szóstej rano następnego dnia.

Szczęście nadal go nie opuszczało, bo gdy przechodził obok piekarni, wokoło zapachniało świeżym chlebem, po który dopiero ustawiała się kolejka. Kartki żywnościowe miał już przy sobie i udało mu się zdobyć fantastyczny łup, wrócił do domu ze świeżutkim bochenkiem.

– Nie dosyć, że kupiłem chleb – oznajmił w drzwiach pokoju – to jeszcze mam wspaniałą wiadomość! – I opowiedział Magdzie o pracy, którą zaczyna jutro.

Zapiski Magdaleny

20 grudnia 1945 r.

Wyciągnęłam dzisiaj swój pamiętnik ze skrytki w plecaku – to takie podwójne dno, zrobiłam ją zaraz po przybyciu do Molsdorfu. Chowałam go w oflagu, żeby nie skończył jako materiał opałowy. Nic wobec tego tam nie pisałam aż do tej pory.

Teraz zanotuję więc tylko – jesteśmy w Regensburgu, to nasz przystanek w drodze do Ameryki. Koczujemy tu w warunkach oczywiście bez porównania lepszych od obozowych, ale generalnie jest ciężko. Wytrwam jednak, bo już chyba najgorsze poza mną.

25 grudnia 1945 r.

Pierwsze święta po wojnie. Bez rodziny, bez męża, bez dziecka. Z Mirosławem, który jest dla mnie wielką pociechą i podporą, ale... to nie Szymon. Szymek jednak nie żyje i nic mi go nie zwróci. A ja żyję i muszę jakoś przetrwać ten czas tęsknoty, wyobcowania, samotności, trudu i smutku. Mirek jest nadzwyczajny, bierze każdą pracę, nawet ciężką i brudną, dosłownie brudną – na przykład przez dwa miesiące nosił węgiel.

Robi wszystko, żebyśmy mieli co jeść i mieli gdzie mieszkać. Ja mogę niewiele, bo pracy brakuje i trudno cokolwiek znaleźć. Przez dwa tygodnie opiekowałam się trzyletnim dzieckiem siostry kobiety, od której wynajmujemy pokój. Na ten czas zamknęli przedszkole, bo mieli jakąś kwarantannę. Przez te dwa tygodnie nie zarobiłam jednak dużo, a zmęczyłam się chyba bardziej niż Mirek przy tym swoim noszeniu węgla. Dzieciak był potwornie niegrzeczny, niewychowany i w ogóle okropny. Mało brakowało, a wyrzuciłabym go przez okno.

Niemcy nie znają opłatka. Ich Wigilia też różni się od naszej. Nie mają postu; wieczorem, przed zapaleniem świeczek na choince, jedzą mięsną kolację. I w kółko śpiewają „Stille Nacht". Robią paczki dla więźniów i chorych, wkładają do tych paczek mąkę, cukier, jabłka, słodycze i papierosy i roznoszą te prezenty w pierwszym dniu świąt.

My, czyli Mirek i ja oraz jeszcze dwie polskie pary, które też czekają na transport do Ameryki, urządziliśmy sobie wczoraj naszą Wigilię. Mieliśmy rybę, wprawdzie nie karpia, tylko dorsza, ale trudno; mieliśmy kluski z makiem i czerwony barszcz z prawdziwych buraków, własnoręcznie ukiszonych. Mieliśmy nawet opłatek, to znaczy taką jego namiastkę, ulepioną z mąki z wodą. Nie był poświęcony przez księdza, ale zanieśliśmy go do kościoła i sami, ukradkiem, pokropiliśmy wodą z kropielnicy.

22 kwietnia 1950 r.

Nareszcie jesteśmy w Stanach Zjednoczonych. Popłynęliśmy statkiem z Bremy, podróż dłużyła się bardzo, choć na szczęście nie chorowaliśmy.

Razem z nami płynęli też Nowakowie (znowu przez chwilę bolało mnie serce, bo to nazwisko miał w fałszywych dokumentach Szymek) i Bronowscy, dwie pary, z którymi zaprzyjaźniliśmy się w Regensburgu. Jesteśmy – byliśmy do tej pory – wielką podporą dla siebie wzajemnie. Włodek Bronowski ma dalekiego kuzyna w Nowym Jorku i ten pomógł nam wszystkim znaleźć lokum na obrzeżach Brooklynu.

Wynajmujemy szeregowy domek, w którym są cztery mieszkania. My z Bronowskimi ulokowaliśmy się na dole, a Nowakowie na górze, gdzie mieszka też jakaś rosyjska rodzina.

Dostaliśmy – Mirek i ja – propozycję pracy w Hunter. To miejscowość, do której jeżdżą na narty mieszkańcy Nowego Jorku, położona w sercu gór Catskill.

Byłam kiedyś z wycieczką szkolną w Szczyrku i kiedy tak rozglądałam się po Hunter, widziałam nasze polskie Beskidy, niewysokie, łagodne, w naturalny sposób przystosowane do jazdy na deskach, ale również ze stromymi, bardzo trudnymi trasami.

Hunter to jedna z najbardziej popularnych miejscowości wypoczynkowych w pobliżu Nowego Jorku. Jest tu mnóstwo pensjonatów, a kilka z nich prowadzą polscy Żydzi. I właśnie w jednym z takich pensjonatów mamy pracować. Chodzi o gotowanie, sprzątanie, zmywanie, koszenie trawników, rąbanie drewna, mycie samochodów. Dostaniemy za to utrzymanie i niewielką pensję. Bardzo się cieszymy, bo nasza znajomość angielskiego nie jest na tyle dobra, żebyśmy mogli dostać pracę u Amerykanina. A tu z właścicielami pensjonatu będziemy mogli rozmawiać po polsku i doskonalić angielski podczas rozmów z wczasowiczami. W innym pensjonacie, również w Hunter, będą pracowali Nowakowie, a Bronowskim załatwił coś w Nowym Jorku ten ich kuzyn (oni znają biegle angielski), w jakiejś restauracji.

Nie będzie problemu z dojazdem, bo możemy mieszkać na miejscu. Gdybyśmy musieli dojeżdżać do pracy, byłby wielki kłopot, bo przecież o kupnie samochodu nie ma co marzyć. Na razie, bo jesteśmy zachwyceni perspektywami, jakie się przed nami otwierają i snujemy wielkie plany.

Dorobimy się, kupimy samochód, a potem niewielki domek, będziemy szczęśliwi i bogaci.

Może nawet kiedyś zdecydujemy się na dziecko... Mirek chce, żebyśmy wzięli ślub, ale ja zrobiłam się jakoś głupio przesądna i na razie nie chcę. Gdyby miało nam się urodzić dziecko, to może. Ale teraz nie.

Rozdział 29

Magdalena zamknęła zeszyt i spojrzała na córkę.

– Chcesz wiedzieć, co było dalej? – spytała, choć przecież w ogóle nie musiała zadawać tego pytania. Była pewna, że Tosia chce wiedzieć. Ona sama, będąc na miejscu swojej córki, też by chciała.

– Praca w Hunter była sezonowa, po powrocie do Nowego Jorku nasza sytuacja bardzo się pogorszyła – zaczęła mówić Magdalena, gdy córka skinęła głową. – Trzykrotnie zmienialiśmy mieszkanie, na coraz gorsze, czyli tańsze, bo nie mogliśmy znaleźć pracy. Mirosław imał się różnych zajęć, pracował nawet jako pomocnik czyściciela pieców do ogrzewania domów.

W rezultacie zdecydowali się szukać szczęścia gdzie indziej.

*

1951–1953

– Bronowscy jadą do Detroit – oznajmił Mirek na początku lipca 1951 roku – Namawiają mnie, żebyśmy pojechali z nimi, ich kuzyn może nam tam załatwić pracę w hurtowni z pościelą. Podobno niezłe wynagrodzenie i łatwiej tam o lepsze mieszkanie.

Magdalena nie była zachwycona tym pomysłem. Miała już dosyć przeprowadzek, pragnęła jakiejś stabilizacji. Teraz najchętniej wróciłaby do Polski, bardzo brakowało jej dziecka, marzyła, żeby móc jeszcze kiedyś zobaczyć swoją córeczkę. Ewentualnie – urodzić drugie dziecko. To jednak było teraz wykluczone, po prostu nie mogli sobie pozwolić na dziecko, sami ledwo wiązali koniec z końcem, a często żyli tylko z tego, co ofiarowali im wspaniali przyjaciele.

– Oczywiście wiem, że to niemożliwe – powiedziała do Mirka – ale najchętniej wróciłabym do Polski.

– Kochanie. – Mirek uśmiechnął się łagodnie. – Sama mówisz, że to niemożliwe. Rozumiesz przecież, że natychmiast trafilibyśmy do komunistycznego więzienia, którego moglibyśmy nie przeżyć. A poza tym tam warunki życia są o wiele gorsze niż tutaj.

Mirosław tak naprawdę nie wiedział, co mówi. Wierzył święcie w to, co przekazywała amerykańska propaganda. A właściwie nawet nie tyle amerykańska, ile polonijno-amerykańska. Szczygieł, czyli właśnie Mirosław – tak naprawdę nazywał się Krajewski, ale tu, w Ameryce, używał nazwiska Kaczmarek – aktywnie udzielał się w środowisku polonijnym. Miał wykłady w polonijnym radiu, pisywał artykuły w polonijnej prasie, chodził na spotkania, organizowane najczęściej przez kler.

Pisząc swoje artykuły, opierał się na wieściach zasłyszanych lub wyczytanych w tym właśnie środowisku. W gruncie rzeczy nie wiedział, co naprawdę dzieje się w Polsce, bo nie miał żadnego kontaktu z nikim z kraju.

Ktoś jednak powiedział mu, że można już wysyłać listy – oraz paczki – do Polski i że wiadomości zza tej żelaznej kurtyny też już docierają do Ameryki. Mirosław napisał więc szalenie ostrożny list do Wandzi, do Poznania. Napisał, że mieszka z narzeczoną i planują ślub; że powodzi im się nieźle, mają zamiar przeprowadzić się do Detroit, i że prosi o wiadomości o rodzinie. Podał swój adres zwrotny, wpisując nazwisko adresata: Mirosław Kaczmarek. Miał nadzieję, że siostra zrozumie, dlaczego nie podpisuje się prawdziwym nazwiskiem.

Jeszcze przed wyjazdem do Detroit – bo decyzja o przeprowadzce zapadła, czekali tylko na wiadomość o pracy – otrzymał enigmatyczną odpowiedź od Wandzi. Pisała, że u nich wszystko w porządku i oczekują narodzin potomka. Pisała też, że w Polsce nie jest tak źle, można żyć spokojnie, nie należy tylko wdawać się w żadne konszachty. Mirosław w ogóle nie zrozumiał tego listu, pojął z niego tylko tyle, że siostra nie może napisać prawdy, więc w ogóle urwał korespondencję, bo fałszywe – jak uważał – informacje nie były mu do niczego potrzebne. Wystarczyła mu świadomość, że siostra żyje.

Po pewnym czasie Bronowski powiadomił Mirka, że wszystko załatwione i mogą wyruszać do Detroit. A nawet powinni to zrobić jak najprędzej, bo praca nie będzie na nich długo czekać. Wyjechali więc następnego dnia, nie mieli dużo rzeczy do spakowania.

Ułożyło im się nadzwyczajnie. Mirosław rzeczywiście otrzymał pracę w hurtowni pościeli. Wypisywał zamówienia, a potem rozsyłał otrzymany towar do sklepów. Zrobił sobie kartotekę, gdzie wpisywał wszystkie dane a potem już praca była przyjemnością. Za czterdzieści godzin pracy tygodniowo otrzymywał czterdzieści cztery dolary, na początek, gdyż szef szybko docenił dobrą organizację pracy oraz jej tempo i Mirek otrzymał sześć dolarów podwyżki. Za pracę w soboty, która dość często się zdarzała, dostawał o połowę większe wynagrodzenie.

To, co zarabiał, wystarczało na wynajęcie trzypokojowego mieszkania i na życie, a ponieważ żyli oszczędnie, mogli jeszcze odkładać niewielkie kwoty do banku. Pierwszy raz mieli oszczędności. Choć według ich standardów wszystko było drogie. Nawet za wejście do kościoła i miejsce w ławce trzeba było zapłacić dwadzieścia pięć centów od osoby!

– Magdusiu, wiesz, kochanie – powiedział Mirosław pewnego dnia. – Tak dużo wydaję na autobusy i tramwaje. Popatrz, wszyscy tu jeżdżą samochodami, bo to i tanio, i wygodnie.

Przekalkulowali wszystko i doszli do wniosku, że mogą sobie pozwolić na używany samochód. Oczywiście na raty, ponieważ w Ameryce inaczej nikt niczego nie kupował. Zdecydowali się na samochód, bo szef Mirka właśnie chciał sprzedać swój, kupował nowszy model. Jego obecne auto, ford oczywiście, było w całkiem dobrym stanie, pięcioletnie, z niewielkim przebiegiem. Mirosław wpłacił pierwszą ratę i umówili się na comiesięczne spłaty.

– Teraz nie zwolni mnie z pracy – mówił z uśmiechem do Magdaleny. – Przecież muszę mu spłacić raty. I, wiesz co? – dodał z uśmiechem. – Sam jestem z siebie dumny. Bardzo dobrze idzie mi nauka jazdy.

Przeprowadzili się do niewielkiego, dwurodzinnego domku, znajdującego się prawie w centrum. W takich domkach mieszkali tylko ludzie niezamożni, bogatsi woleli żyć poza miastem. Magda i Mirek zamieszkali tam wspólnie z Bronowskimi, którzy wyszukali ten domek. Dla ich czwórki był to luksus. Każda rodzina miała do swojej dyspozycji cztery pokoje, piwnicę, garaż, dwie łazienki oraz ogródek.

Kosztowało to miesięcznie półtorej tygodniowej pensji, było to dość drogo, bo średnio za taki standard płaciło się tygodniówkę. Jednak stać ich było na to, wystarczało także na raty za samochód i Magdalena wreszcie poczuła coś w rodzaju stabilizacji. Nie musiała pracować, ale rozglądała się, szukając jakiegoś zajęcia. Nie wierzyła bowiem, że cały czas będzie im tak dobrze szło, chciała więc jak najwięcej odłożyć na wypadek kolejnego zawirowania w ich życiu. Cały czas pamiętała zły okres w Nowym Jorku, gdy obydwoje byli bez pracy i żyli z zasiłku oraz korzystali z pomocy przyjaciół.

– Słuchaj, mam dobrą nowinę – oznajmiła któregoś dnia Mirkowi. – W przedszkolu, dwie ulice dalej, szukają pracownicy. Nie chodzi o opiekę nad dziećmi, tylko o sprzątanie i niewielką pomoc w kuchni. Płacą trzydzieści dolarów tygodniowo. Zgłosiłam się i zaczynam od jutra.

Mirosław był trochę niezadowolony. Kochał Magdę jak wariat i chciałby jej nieba przychylić. Był szczęśliwy, że trafiła mu się taka dobra praca i jego zarobki wystarczają na spokojne życie. Rozumiał jednak argumenty Magdaleny, a poza tym żaden sprzeciw i tak nie odniósłby rezultatu. Magda była bowiem stanowcza i gdy już coś sobie postanowiła, nigdy nie udało mu się jej przekonać.

W lipcu 1952 roku Mirosław ukończył kurs kreślarski, który zrobił za namową swojego szefa – tego, od którego kupił samochód. Szef, teraz już były, odszedł z hurtowni pościeli i rozpoczął pracę w firmie Chrysler. Ponieważ bardzo cenił Mirka, a poza tym zaprzyjaźnili się prywatnie (Magdalena nawet została matką chrzestną jego drugiego syna), chciał więc go ściągnąć do siebie do firmy.

Mirosław wahał się z początku, jednak w hurtowni zaczęły się zwolnienia. Mirek też dostał wymówienie, nie miał już ochrony swojego szefa, a poza tym przyjęto zasadę, że zwalniają pracowników z najkrótszym stażem.

Przez trzy miesiące żyli tylko z pieniędzy Magdaleny, która w dalszym ciągu pracowała w przedszkolu jako pomoc do wszystkiego. Niestety, te trzydzieści dolarów miesięcznie nie wystarczało na czynsz, raty za samochód oraz życie, musieli więc sięgać do odłożonych oszczędności.

Sytuacja bardzo się poprawiła, gdy Mirek zaczął pracować jako kreślarz. Niestety, nie u Chryslera, gdzie nie czekano, aż ukończy kursy, chociaż dawny szef obiecywał, że sprawa nie jest zamknięta, firma się rozrasta i niedługo będzie szukać nowych ludzi. Mirek zatrudnił się w niewielkim biurze projektów, gdzie wykreślał schematy różnych urządzeń. Pensja była dwukrotnie wyższa niż w hurtowni, ale pracował jedenaście godzin dziennie i musiał jeszcze spory kawałek dojeżdżać, a benzyna była droga. Mirek wychodził więc z domu o siódmej rano, a wracał o ósmej wieczorem. Natychmiast zwalał się na łóżko i często zasypiał, zanim Magda podała mu coś do jedzenia.

Nie trwało to jednak długo, bowiem ponownie został zredukowany. Na domiar złego właściciel domku wypowiedział im umowę, ponieważ sprzedawał całą nieruchomość. Bronowscy, którzy z początku mieszkali w drugiej części domu, wyprowadzili się już pół roku temu – Bronowskiego zwolniono z hurtowni pościeli jeszcze wcześniej niż Mirka – i wrócili do Nowego Jorku. Magda i Mirek mieli teraz nowych przyjaciół, głównie spośród Polonii z Detroit, ale i z innych kręgów także.

I właśnie ci przyjaciele pomogli im w znalezieniu nowego mieszkania. Na początku 1953 roku Mirek wrócił ze spotkania w kole polonijnym, dla którego pisywał, nie biorąc za to pieniędzy, artykuły pod tytułem „Moja Polska. Wspomnienia".

– Magdusiu, kochanie, pakujemy się – oznajmił z radością w głosie. – Przeprowadzamy się do Hamtramck.

– Gdzie? Kiedy? – pytała Magda, zmartwiona i ucieszona jednocześnie.

Martwiła się, bo nienawidziła przeprowadzek i całego związanego z nimi zamieszania. Przyzwyczaiła się już do miejsca, w którym spędzili ostatnie półtora roku. Polubiła sąsiadów – no i niedaleko miała pracę. Teraz Magda musiała się zwolnić, bo dojazd przekraczał jej możliwości. Nie miała prawa jazdy, a poza tym przecież był tylko jeden samochód, którym jeździł Mirosław. Cieszyła się natomiast, że Mirek tak szybko znalazł nowe mieszkanie, bo właściciel domku wyrzucał ich, niemal „tupiąc nogami". Nabywca niecierpliwił się, a domu z lokatorami nie chciał.

Mieszkanie było więc teraz najważniejsze, a praca... Na pewno jakąś znajdą. Obydwoje byli dobrej myśli.

Hamtramck, polskie miasto w obrębie Detroit, miało własną administrację; w 1953 roku zamieszkiwało je około osiemdziesięciu tysięcy Polaków.

Najważniejszą instytucją była tam wówczas parafia świętego Władysława, ustanowiona w 1920 roku.

Tam właśnie, w parafialnej kancelarii, znalazła pracę Magdalena, której zadaniem było uaktualnienie ksiąg parafialnych prowadzonych w dwóch językach, część po polsku, część po angielsku. Proboszcz chciał zaprowadzić porządek w aktach i postanowił, że wszystkie wpisy powinny być prowadzone w obydwu językach. Język ojczysty powoli odchodził w zapomnienie i dla najmłodszych członków parafii wpisy w języku polskim były nie do przyjęcia.

Poza tym Magdalena pomagała starszym mieszkańcom przy pisaniu listów do Polski; korespondencja z rodziną w kraju zaczynała być problemem. Starsi zapominali, jak to powiedzieć po polsku, a młodzież nie chciała się uczyć języka, który dla nich stawał się obcy; między sobą i z rówieśnikami rozmawiali wyłącznie po angielsku, polski był dla nich trudny i nieatrakcyjny. Jednak koło parafialne prowadziło w ramach szkółki niedzielnej naukę języka polskiego i Magdalena stała się dla nich cennym nabytkiem.

Tak więc teraz to ona zarabiała na życie, jednak tych pieniędzy nie wystarczało na wszystkie wydatki.

Wynajmowane przez nich mieszkanie – cztery pokoje, kuchnia i łazienka – według standardów amerykańskich małe – dla Magdy i Mirka było aż za duże. Kosztowało czterdzieści pięć dolarów miesięcznie, a przed wprowadzeniem się musieli zapłacić sto dwadzieścia dwa dolary za malowanie. Niestety, do tego dochodziły opłaty za ogrzewanie gazowe, w czasie mrozów było to nawet trzydzieści dolarów miesięcznie.

Znowu więc sięgnęli do oszczędności, a Mirosław chodził na następne kursy kreślarskie, oczekując na zatrudnienie. Dostawał teraz niewielkie kwoty w ramach zasiłku dla bezrobotnych.

Na szczęście zwolniło się miejsce pracy dla kreślarza w zakładach Chryslera i Mirosław, dzięki rekomendacji dawnego szefa, a obecnie dobrego przyjaciela, został przyjęty. Bardzo mu pomógł ten drugi etap kursu kreślarskiego, który właśnie ukończył z dobrym wynikiem.

A John Wilson, który znowu został szefem Mirka, poniósł bolesną stratę. Jego żona zmarła na raka piersi, zostawiając dwóch synów – dziesięcioletniego oraz dwulatka, chrzestnego synka Magdaleny.

Zapiski Magdaleny

30 marca 1954 r.

Mirosław jest w szpitalu. Martwię się bardzo, bo podejrzewają gruźlicę, robią jeszcze ostateczne badania. Jakie to szczęście, że otrzymał pracę, zanim zachorował, bo dzięki temu koszty leczenia pokrywa ubezpieczenie.

Nie wiem, co będzie, jeśli się okaże, że to gruźlica, bo moja pensja nie wystarczy na utrzymanie.

4 kwietnia 1954 r.

Już wiadomo, Mirek, niestety, ma gruźlicę. Lekarz powiedział mi, że czeka go bardzo długie leczenie i najprawdopodobniej niezbędna będzie operacja, ponieważ z powodu zwapnienia jedno płuco jest praktycznie martwe.

Zrezygnowałam z mieszkania i od maja przenoszę się do znajomych pod Detroit, gdzie dostanę mieszkanie i jedzenie za opiekę nad dziećmi i gotowanie.

17 listopada 1954 r.

Mirek miał wczoraj operację, wycięto mu część lewego płuca. Lekarz powiedział mi, że istnieje podejrzenie, iż to nie tylko gruźlica, ale także nowotwór. Podczas operacji okazało się bowiem, że na tym płucu znajduje się guz, którego nie widać wyraźnie na zdjęciach rentgenowskich, ponieważ na tych zdjęciach całe płuco jest zamazane. Może powtarzam coś niedokładnie, ale zrozumiałam jedynie wiadomość najgorszą – że to nowotwór. Teraz trzeba czekać na jakieś szczegółowe badania, które mają określić charakter narośli.

Aha – i jeszcze okazało się, że nie można było wyciąć całego guza, bo nie pozwalało na to jego umiejscowienie, za blisko serca. Jeśli więc okaże się, że rak jest złośliwy, lekarze mają zastosować jakąś inną metodę leczenia.

Mieszkam cały czas u znajomych, choć bardzo możliwe, że wkrótce to się zmieni.

U Mirka w szpitalu bywam mniej więcej raz w tygodniu, podwozi mnie mój gospodarz. Wczoraj spotkałam w szpitalu Johna. Nie wiedział o operacji, jego wizyta w tym dniu była przypadkowa. Poszliśmy potem na kawę do cukierni, pocieszając się wzajemnie. On mnie – po tym, jak mu opowiedziałam o podejrzeniach lekarzy. Ja jego – po stracie żony, która właśnie zmarła na raka. Cóż to za straszna choroba ten rak.

Spytałam Johna, jak sobie radzi z chłopcami. Okazało się, że całkiem źle. Niania, która zajmowała się tym młodszym i doglądała starszego, odeszła, ponieważ urodził się jej wnuk i pojechała pomagać córce do Milwaukee. John nie może znaleźć odpowiedniej opiekunki i okropnie się tym martwi.

W tym momencie popatrzyliśmy na siebie, bowiem i jemu, i mnie przyszła do głowy ta sama myśl. John wiedział, że mieszkam daleko od Detroit i zajmuję się domem i dziećmi znajomych. Rozwiązanie jest proste. Do końca miesiąca zostanę jeszcze na wsi, a od pierwszego grudnia pracuję u Johna.

20 grudnia 1954 r.

Nowotwór Mirka jest złośliwy. Lekarze zalecili naświetlania kobaltem. Ma być kilka takich sesji, a potem zdecydują, co dalej.

Mieszkam u Johna, opiekuję się chłopcami i prowadzę mu dom. John uparł się, żeby – poza mieszkaniem i utrzymaniem – płacić mi jeszcze pensję. Doszło prawie do awantury, ale ustąpiłam, ponieważ po pierwsze, John jest bardzo dobrze sytuowany i te kilkadziesiąt dolarów miesięcznie nie ma dla niego znaczenia, a po drugie, po wyjściu Mirka ze szpitala pieniądze będą nam potrzebne. Mirek nie otrzymuje już pensji z Chryslera, opłacają mu tylko – na szczęście – leczenie w szpitalu i leki. Nie wiemy, czy będzie mógł pracować, a jeśli tak, to kiedy.

26 grudnia 1954 r.

Nie były to wesołe święta. Wigilię spędziłam u Mirka w szpitalu, a Boże Narodzenie z Johnem i chłopcami. Nikt się nie cieszył, dla dzieci była to pierwsza Gwiazdka bez mamy, choć mały Frank niewiele rozumiał. Dla Jacka jednak był to smutny dzień. Staraliśmy się, wraz z Johnem, stworzyć jakiś świąteczny nastrój. Była, oczywiście, choinka – do sufitu. Były prezenty, ja też dostałam upominek (ciepły komplet: szal, czapkę i rękawiczki). Usiłowaliśmy nawet śpiewać kolędy, ale nieszczególnie nam to wychodziło.

Jutro na szczęście normalny dzień, choć Jack ma ferie aż do Nowego Roku.

12 lutego 1955 r.

Koniec naświetlań, Mirek wypisany do domu, w dobrym stanie. Według lekarzy terapia zadziałała nadzwyczajnie, guz zmniejszył się i prawie zniknął. Teraz trzeba tylko kontrolować, czy nie pojawią się przerzuty.

12 sierpnia 1955 r.

Mirek dostał pozwolenie na pracę. Wrócił do Chryslera, wskutek zbiegu okoliczności. Czuje się chyba dobrze, tak twierdzi, ale ja się martwię. Pracuje w niepełnym wymiarze godzin, ale i tak widzę, jaki jest zmęczony. Nie mamy jednak wyjścia, nasze oszczędności znacznie stopniały.

8 lutego 1957 r.

W magazynie „Life" jest osiem stron o Polsce. Zdjęcia kardynała Wyszyńskiego i pana Gomułki oraz artykuł o tym, jak dwoje całkiem różnych ludzi potrafi wspólnie pracować, aby w Polsce była wolność i pokój. Duży artykuł o panu Gomułce zamieścił też „Time".

Może w tej Polsce naprawdę będzie już teraz dobrze? Chciałabym kiedyś tam wrócić. Jeśli nie na stałe, to przynajmniej na jakiś czas. Może zobaczyłabym Antosię? Ale przecież ona ma już siedemnaście lat, pewnie bym jej nawet nie poznała. W moim sercu wciąż jest taką słodką małą kruszynką w beciku.

14 maja 1958 r.

Wczoraj zmarł Mirosław. Miał przerzuty na drugie płuco i do krwi. Bardzo się męczył, więc może lepiej, że to się skończyło.

Wieczny odpoczynek racz mu dać, Panie.

Rozdział 30

1989 c.d. – 2000

– A potem, córeczko – zakończyła Magdalena – wyszłam za Johna Wilsona. Jego chłopców pokochałam najpierw, a jego... cóż, z czasem. To było najrozsądniejsze wyjście, mam nadzieję, że mnie rozumiesz. John jest naprawdę dobrym człowiekiem, sama się przekonasz.

Matka usilnie namawiała Antoninę, żeby przyjechała do Nowego Jorku, gdzie obecnie mieszkali Wilsonowie. Namawiała ją nawet, żeby Antosia wyjechała tam na stałe, oczywiście z całą rodziną.

– Język znasz doskonale, Amelka także – przekonywała ją. – Przecież studiuje filologię angielską, więc będzie mogła uczyć się na przykład w Yale. Bartek się nauczy. Piotr też jakoś się tam zaaklimatyzuje.

– Mamo, daj spokój – tłumaczyła jej Tosia. – Ja mam tu swoje życie, Piotr też. Może kiedyś, na wakacje, ale na stałe... raczej nie. Nawet z pewnością nie. Może zresztą Amelka, kiedyś, nie wiem. Ja z pewnością nie. Na przenosiny już za późno. I pomyśl o moim mężu. Piotr na taką przeprowadzkę jest, no cóż, za stary.

Ale tak się złożyło, że jednak ktoś z rodziny Tarnowskich wyjechał do Stanów Zjednoczonych. W maju 1990 roku Amelka przyprowadziła gościa na obiad. Był nim Jerry Thomas, który przez dwa semestry prowadził warsztaty translatorskie na Uniwersytecie Warszawskim. Robił to w ramach okresowej wymiany kadry z Uniwersytetem Yale. Jerry był z pochodzenia Polakiem, wprawdzie jego ojciec też nazywał się Thomas, ale dziadek miał na nazwisko Tomaszkiewicz, co było nie do wymówienia poza polską dzielnicą w Detroit, gdzie mieszkał. Ojciec Jerry'ego po tragicznej śmierci rodziców, którzy zginęli w wielkim pożarze rodzinnej hurtowni meblowej, przeprowadził się do Nowego Jorku. W domu Thomasów mówiło się po polsku, bo mama Jerry'ego, Anna Radek, też była polskiego pochodzenia. Przyjechała z Chicago, wraz z rodzicami, którzy po prostu szukali pracy i znaleźli ją dopiero w Nowym Jorku. Anna była prostą dziewczyną, skończyła jedynie katolicką szkołę średnią z kursami buchalterii i prowadziła coś w rodzaju księgowości w firmie męża, który miał nieźle prosperujący warsztat samochodowy. Jerry wykształcił się w zasadzie sam, ojciec nie mógł zrozumieć, że syn woli czytać jakieś książki, niż pracować w warsztacie. I nie wiedzieć kiedy Jerry został – w wieku trzydziestu dwóch lat – asystentem profesora, a w ramach zbierania materiałów do pracy doktorskiej znalazł się na Uniwersytecie Warszawskim. Amelkę poznał w klubie studenckim i zakochali się w sobie od pierwszego wejrzenia.

– Mamo, tato – Amelka, na dzień przed zapowiedzianą wizytą Jerry'ego u jej rodziców, po obiedzie, szykowała się do stoczenia największej walki swojego życia. – Kocham Jerry'ego, kochamy się obydwoje. On za miesiąc wraca do Stanów, a ja jadę z nim. Podjęłam już decyzję i nie próbujcie mnie przekonywać, żebym się zastanowiła. Wszystko już załatwiliśmy, mam zgodę na skończenie studiów w New Haven, mam paszport, wizę, no, wszystko.

Rodzice siedzieli jak dwa słupy soli i słuchali, jak ich malutka, grzeczna córeczka udowadnia im, że już od dawna jest dorosła, potrafi sama kierować swoim życiem i właśnie to robi.

Antonina jedynie wymogła na córce obietnicę, że Amelka przynajmniej skontaktuje się z babcią w Nowym Jorku.

Od tamtej chwili minęło dziesięć lat. Amelka, teraz już pani Thomas, mieszka z mężem w Nowym Jorku, mają dwoje dzieci. Antonina i Piotr byli tam dwa razy, po narodzinach dzieci właśnie (najpierw przyszedł na świat Adam, następnie Mary – dla nich Marysia). Powodzi im się nieźle, Amelka prowadzi biuro tłumaczeń, dobrze prosperujące.

Co roku w grudniu przyjeżdżają całą rodziną na święta Bożego Narodzenia. Mieszkają w Grand Hotelu, pod wpływem opowieści o Kruczej 46.

Gdy Tarnowscy po raz pierwszy przyjechali do córki, po dwóch dniach, nacieszywszy się Amelką, postanowili zaprosić jej babcię.

– Nie mogę uwierzyć, że do tej pory się nie znacie – mówiła Tosia, spoglądając z zakłopotaniem na męża. – Wiesz, dopiero teraz to do mnie dotarło. Kiedy mama przychodziła do nas na Bielany, jak była w Warszawie, ty dyskretnie usuwałeś się z domu.

– Myślałem, że tak wolisz – odparł Piotr. – Nawet było mi z tego powodu trochę przykro. Kiedy twoja mama nie przychodziła na Bielany, umawiałaś się z nią w jakiejś kawiarni na Kruczej.

– No, przecież temu nie możesz się dziwić – roześmiała się Antosia, jednak lekko zawstydzona, bo rozumiała wymówki Piotra. – Kruczą wybierała mama, przecież wiesz, że nawet mieszkała w Grand Hotelu. Żadne inne ulice w Warszawie właściwie dla niej nie istnieją, nawet Nowogrodzka, gdzie mieszkała przed ślubem.

A więc Antonina, uzgodniwszy to z Amelką, zaprosiła matkę do Thomasów. Magdalena była już wiele razy u wnuczki, bo Amelka nawiązała kontakt z babcią zaraz po przybyciu do Nowego Jorku.

I cała rodzina przeżyła szok.

– Przecież ty jesteś Tadeusz Barski. Tadzik, prawda? – spytała Magdalena, raz tylko spojrzawszy na Piotra. – Czyli Chaber.

Tadzikiem był tylko dla jednej osoby – Maddy Raven, porucznik Dziewanny. Mówiła tak do niego tylko na Dobrej, kiedy się spotkali w mieszkaniu ciotki i ustalili, że na czas wojny zapominają o swoim poprzednim życiu.

Piotr i Magdalena jednocześnie wyciągnęli ku sobie ręce i zaczęli serdecznie się ściskać.

– Maddy Raven! – Piotr palnął się w czoło. – Jak mogłem nie skojarzyć, że to ty jesteś matką Tosi! Ależ ze mnie osioł, zapomniałem o tym kompletnie. Przecież znałem cię jako Magdalenę Kornblum, ale to było sto lat temu. Przepraszam. – Ponownie uderzył się ręką w czoło. – Już lepiej, żebym nic nie mówił. Przecież po tobie tych wszystkich lat w ogóle nie widać. Ale że ty mnie poznałaś, siwy i stary jestem!

– Dobrze, koniec tych uprzejmości – odparła Magdalena. – Siwy jesteś, ale na pewno nie stary. A poznałabym cię wszędzie po tych piegach. – Roześmiała się. – Przecież ja wiedziałam, kto jest mężem mojej córki, jeszcze przed moim przyjazdem do Polski. Tylko potem, po tych wszystkich emocjach, kiedy już poznałam moją jedyną, ukochaną, wytęsknioną córeczkę, w ogóle nie interesował mnie – wybacz – jej mąż. Zresztą nigdy nie było cię w domu – dodała z udaną pretensją w głosie.

– No tak – powiedziała rozweselona tym wszystkim Tosia. – Chyba każdy mieszkaniec Warszawy mieszkał kiedyś przy Kruczej. A czterdzieści kilka lat? Cóż to znaczy... Ludzie z Kruczej zawsze się trzymają razem.

Rozdział 31

2001

– Pan Piotr Tarnowski? – zapytał ktoś w słuchawce.

– Tarnowski, słucham – odrzekł Piotr.

– Nazywam się Sebastian Rostocki, jestem prezesem firmy „Pro-Dom". Zajmujemy się nieruchomościami, między innymi wykupem domów przejętych kiedyś przez państwo na podstawie powojennych przepisów dotyczących gospodarki nieruchomościami. Pan jest spadkobiercą Adeli Karlickiej, prawda? – upewnił się rozmówca Piotra.

– No, chyba tak… – Piotr się zastanowił. – Była moją ciotką, siostrą ojca. W chwili śmierci nie miała już żadnych żyjących krewnych, więc chyba tak, chyba to właśnie ja jestem jej spadkobiercą. Ale skąd pan o tym wie? I o co chodzi? – zapytał.

Usłyszał, że lepiej omówić tę sprawę osobiście i że pan Rostocki uprzejmie zaprasza go do siebie, do siedziby firmy, w dogodnym dla Piotra terminie.

– A chodzi o dom przy Dobrej – uściślił.

No więc w sumie chodziło o to, że firma pana Rostockiego specjalizowała się w wykupie praw własności do ocalałych po wojnie nieruchomości, przejętych przez państwo polskie. Wobec rysujących się perspektyw zwrotu właścicielom – lub ich spadkobiercom – ich domów, firma odszukiwała zainteresowane osoby i proponowała odstępne za przeniesienie prawa do konkretnego budynku na „Pro-Dom".

– My się zajmiemy przeprowadzeniem postępowania spadkowego – tłumaczył pan prezes oszołomionemu Piotrowi. – Oczywiście bierzemy na siebie ryzyko, że w rezultacie może się okazać, iż tak naprawdę te nieruchomości nie zostaną zwrócone właścicielom. Stosowne przepisy do tej pory jeszcze nie ujrzały światła dziennego, istnieje dopiero projekt. Pan podpisze umowę o zrzeczeniu się swoich praw do spadku na naszą rzecz, a my za to wypłacimy odstępne. Potrzeba nam tylko kilku dokumentów: odpisu aktu małżeństwa rodziców pańskiego ojca oraz odpisów zgonu ojca i ciotki. To wszystko.

– A ile wynosi to odstępne? – chciał wiedzieć Piotr.

– Tyle. – Prezes „Pro-Domu" wymienił kwotę, która wydała się Tarnowskiemu oszałamiająca.

– Pan żartuje, prawda? – spytał oszołomiony.

– No dobrze, więc… – Pan Rostocki wymienił kwotę o połowę wyższą od poprzedniej, zrozumiał bowiem pytanie Piotra jako brak zgody na wcześniejszą propozycję.

– Możemy rozmawiać dopiero przy sumie… – Piotr błyskawicznie zorientował się, w czym rzecz i wymienił kwotę dwukrotnie wyższą od pierwotnej propozycji.

– Twardy z pana negocjator – roześmiał się prezes „Pro-Domu". – Zgoda – dodał i wyciągnął dłoń, a jego rozmówca pożałował, że nie wymienił jeszcze wyższej kwoty.

Po trzech tygodniach sprawa była sfinalizowana. Piotr tylko stawiał się, gdzie mu kazano, i w efekcie podpisał umowę przelania praw do spadku, otrzymując za to wynegocjowaną kwotę. Rostocki obiecał mu jeszcze, że „Pro-Dom" zapłaci za niego wymagany podatek, Piotr bowiem – jako legalista – uprzedził nabywcę, że zgłosi umowę w urzędzie skarbowym, co oczywiście zrobił. Wysokość naliczonego podatku prawie go ogłuszyła; porozumiał się z prezesem Rostockim, nie wierząc, iż ten przy takiej sumie dotrzyma słowa. A jednak tak się stało.

Piotr miał teraz na koncie kwotę, która wprawdzie była oszałamiająca dla każdego przeciętnego człowieka, ale tak naprawdę wystarczała na kupno dwóch trzypokojowych mieszkań średniej wielkości. W porównaniu z tym, co zyskała w zamian spółka „Pro-Dom" – kilkupiętrową kamienicę z wieloma mieszkaniami – wprawdzie do kompletnego remontu, ale w dobrym punkcie – odstępne wypłacone Piotrowi okazało się śmiesznie niskie. Jednak Piotr był szczęśliwy, bo sam nawet by nie pomyślał, że mógłby czynić starania, by odzyskać kamienicę, nie mówiąc już o tym, że nie miałby pieniędzy ani na jej remont, ani na utrzymanie. Zadowolenie było więc obopólne.

Postanowił, że otrzymane pieniądze przeznaczy właśnie na kupno dwóch mieszkań. Jedno dla Pawła, od razu na jego nazwisko. Drugie – dla Bartka, tyle że na razie to mieszkanie będzie własnością Antoniny i Piotra Tarnowskich.

Nagle Piotrowi wpadł do głowy pewien pomysł. Jego realizacja wymagała tylko cierpliwości. I czasu, a tego Piotr nie miał już tak wiele, w styczniu skończył siedemdziesiąt cztery lata. Biorąc pod uwagę wiek jego teściowej, która już obchodziła osiemdziesiąte drugie urodziny, nie było to jeszcze tak dużo, ale mimo wszystko Piotr bał się, że nie zdąży.

Zrobił więc wszystko, co tylko mógł, żeby jak najszybciej udało mu się zrealizować swój plan. Zaangażował kilka agencji, zajmujących się obrotem nieruchomościami, czytał wszystkie gazety mające rubryki typu „Kupno-Sprzedaż", rozwieszał ogłoszenia, że jest zainteresowany...

Po kilku miesiącach te działania przyniosły efekt, udało mu się, zdążył – i miał najlepszy na świecie prezent dla żony na ich rocznicę ślubu, która przypadała w lipcu. Szkoda, że nie mógł jej go dać w ubiegłym roku, wtedy obchodzili dwudziestopięciolecie, ale dwudziesta szósta rocznica to też dobra okazja. Powiem, że to z okazji pierwszej rocznicy następnego dwudziestopięciolecia, pomyślał Piotr.

Tym prezentem było mieszkanie. Trzypokojowe, niewielkie – sześćdziesiąt siedem metrów kwadratowych. Na pierwszym piętrze (idealnie!), z balkonem. No i ta lokalizacja, wymarzona. Ta, o którą od początku się starał.

Mieszkanie z drugiej ręki, ale w dobrym stanie. W bloku, w którym się znajdowało, akurat zakończono prace konserwacyjno-remontowe. Zostały wymienione piony wodne i kanalizacyjne, a także instalacja centralnego ogrzewania. Poprzedni lokatorzy zamontowali nowe okna. Tak więc należało tylko odnowić całość, ale z tym Piotr nie miał problemu, wiedział bowiem, że jego żona uznaje tylko jeden kolor ścian. Biały.

Zlecił więc malowanie, a dodatkowo cyklinowanie i lakierowanie podłóg i teraz świeżutkie, pachnące pokoje czekały na nowych właścicieli. Piotr miał jeszcze jedną kwestię do rozwiązania – nie wiedział, czy wprowadzać

Tosię do takiego pustego mieszkania, czy najpierw je wykończyć i umeblować.

Z jednej strony, myślał, może sama chciałaby zdecydować o wyborze kafelków czy szafek w kuchni. O meble w pokojach się nie martwił, wiedział, co się Tosi spodoba i tego rodzaju sprzęty można było kupić bez kłopotu. Ale kuchnia? Łazienka? A glazura i terakota? Z drugiej strony wiedział, że Antonina nigdy nie przywiązywała wagi do wystroju wnętrz, a miał pewność, że przy jej ustawicznym braku czasu nie wygospodarowałaby chwili – a co dopiero wielu chwil – na zajmowanie się tego rodzaju, jak dla niej, błahostkami.

Pamiętał, jak pierwszy raz polecieli do Nowego Jorku, do Amelki, po narodzinach Adama.

– Mama, może pojedziesz z Jerrym do centrum handlowego, pomożesz mu wybrać meble – poprosiła Amelka, która w tym względzie wdała się w matkę i o urządzeniu pokoju dziecinnego, w przeciwieństwie do milionów innych matek na świecie, pomyślała dopiero, gdy synek się urodził.

Dla jej matki taka wyprawa była udręką i w końcu z Jerrym pojechała babcia Amelki, czyli Magdalena. Ona takie zakupy lubiła, a jej córka po prostu wrodziła się w ojca. Szymon też owych „ceregieli" nie znosił. No ale on do takich spraw miał Edycię.

– Tosiu, kochanie. – Piotr spróbował zapuścić sondę. – Może byśmy zmienili umeblowanie kuchni? Wiesz, byłem u Waldka (stary kolega z pracy) i u nich taka specjalna ekipa zamontowała właśnie nowe szafki kuchenne. Świetnie to wygląda.

– Nowe szafki? – Żona spojrzała na niego jak na przybysza z Marsa. – A po co? Te, które są, całkiem mi wystarczają. A poza tym wiesz przecież, że ja nie lubię tego całego bałaganu remontowego. Brrr! – Otrząsnęła się.

No i miał jasność. Waldek dał mu namiary na swoich kuchennych fachowców, z ich pomocą wybrał model i kolor szafek. Zaakceptował projekt całej kuchni, już z lodówką, kuchenką, zlewozmywakiem i resztą potrzebnych rzeczy. Łącznie z wiadrem do śmieci.

Najmniejszym problemem było wyposażenie pokoju Bartka. Biurko, szafa, nowy komputer – a niech się chłopak cieszy – wersalka, jakieś półki na ścianach. Ściany i tak za chwilę zostaną obwieszone plakatami.

Gdy wszystko już było zamontowane, kafelki położone, łazienka ukończona, meble ustawione, nadszedł ten wielki dzień.

– Tosiu, jutro nasza rocznica ślubu – przypomniał żonie, która spojrzała na niego nieprzytomnie.

– Tak? Zapomniałam. Ale jutro i tak mam dyżur – powiedziała.

– Trudno – odparł ze stoickim spokojem Piotr, który do tych jej dyżurów zdążył się już przyzwyczaić przez wszystkie te razem spędzone lata. – A sobotę masz wolną? – zapytał.

– Wyjątkowo tak – roześmiała się Antonina, spoglądając uważnie na męża, który siedział przed nią przy stole kuchennym, bo właśnie kończyli kolację. – Znowu szykujesz jakąś niespodziankę? – spytała, choć wiedziała, że tak, bo co roku tak było.

W ubiegłym roku, w dwudziestą piątą rocznicę, poszli do Teatru Wielkiego, a potem na bardzo elegancką kolację, Piotr zarezerwował stolik w jednej z tych snobistycznych knajp na placu Teatralnym. Tosia martwiła się wysokością rachunku, na który mąż nawet nie pozwolił jej spojrzeć. A potem, wieczorem, gdy już szykowali się do snu, Piotr podszedł do niej z tyłu i zapiął jej na szyi elegancki sznur pereł.

– Teraz mi to dajesz? – zdziwiła się Tosia, myśląc że facet to facet – nawet najlepszy i najdoskonalszy nigdy nie zrozumie, co kobiecie sprawi największą radość. Nie to przecież, że dał jej perły; o wiele bardziej cieszyłaby się, gdyby miała je komu zaprezentować. „Komu" – czyli chociaż jednej koleżance. Albo innym widzom w Teatrze Wielkim.

– Przecież ja i tak nie mam odpowiedniej sukienki do naszyjnika z pereł. Nie mówiąc już o tym, że nie miewam zbyt wielu okazji, żeby aż tak się stroić.

– No i właśnie dlatego daję ci te perły dopiero teraz – przytulił ją mąż. – Do przyszłej rocznicy zdążysz sobie kupić odpowiednią sukienkę, a ja już się postaram, żebyśmy mieli gdzie pójść.

Antonina przypomniała sobie teraz tę rozmowę i złapała się za głowę.

– Boże, nie kupiłam sobie żadnej sukienki do tych pereł!

Piotr z początku nie zrozumiał, o czym ona mówi. Dopiero po chwili przypomniał sobie ubiegły rok.

– Nie martw się – powiedział. – Rzeczywiście mam niespodziankę, ale nie musisz się stroić. Nie idziemy na żadne przyjęcie, na żadną imprezę, do żadnego teatru ani do żadnej knajpy. To będzie ściśle prywatna uroczystość, tylko ty i ja. I proszę, nie ciągnij mnie za język.

Przecież cię nie ciągnę, pomyślała Tosia, uśmiechając się z zadowolenia, że cokolwiek by to było, nie musi się stroić. W tym względzie nie była typową kobietą, nie cierpiała tych wszystkich damskich fidrygałków i fatałaszków. Najlepiej czuła się w białym fartuchu, w szpitalu, ubrana tak, jak wszyscy w tym miejscu.

Ale w sobotę była trochę zaintrygowana. Piotr zapowiedział, że niespodzianka będzie po obiedzie. Kręcił się tajemniczo, spakował torbę, do której Tosia – wiedząc, że nie powinna, ale nie wytrzymała – zajrzała ukradkiem. Była tam butelka szampana. Gdzie on chce pić tego szampana?, pomyślała i nawet wpadło jej do głowy, że mąż chce ją zawieźć do Lasku Bielańskiego, do ich dawnego miejsca romantycznych spotkań w zakątku leśnym.

Jednak gdy schodzili po schodach, zmierzając do czekającej na dole taksówki, nie wytrzymał.

– To będzie największa i najwspanialsza niespodzianka, jaką mogłem wymyślić. I jestem bardzo szczęśliwy, że udało mi się ją zrealizować, choć nie było to łatwe. Nie pytaj mnie teraz, opowiem ci wszystko po kolei za chwilę, gdy już tam dojedziemy… do miejsca, w którym – mam nadzieję – spędzimy resztę życia. W naszym nowym mieszkaniu, które… Sama zobaczysz. – Zawiesił głos, bo właśnie wsiedli do taksówki.

– Krucza czterdzieści sześć – powiedział do kierowcy.

Posłowie

Wszystko zaczęło się w maju 2011 roku, na Warszawskich Targach Książki. Podszedł do mnie pewien przemiły pan, który przeczytał – a gwoli ścisłości, do przeczytania namówiła go żona – moją pierwszą książkę, „Sosnowe dziedzictwo".

– Przeczytaj koniecznie – powiedziała mu. – Nie uwierzysz, ale tu jest opisany dom, w którym mieszkałeś. Tym domem była kamienica przy Kruczej 46.

Pan Kazimierz T., bo o nim mowa (prosił, żeby nie podawać nazwiska, na imię się zgodził), książkę oczywiście przeczytał. I zadał sobie trud odszukania mnie na targach, trafił do stoiska wydawcy i... tak się poznaliśmy.

Pan Kazimierz opowiedział mi szereg historii o mieszkańcach Kruczej 46, a także podzielił się ze mną osobistymi przeżyciami z czasów okupacji i Powstania Warszawskiego. Jego opowieści stały się inspiracją do powstania tej książki.

Panie Kazimierzu, serdecznie dziękuję. Za opowieści, za poświęcony mi czas, za miłe towarzystwo.

*

Podziękowania należą się też mojemu ciotecznemu bratu, Andrzejowi Tymowskiemu. Udostępnił mi swoje pamiątki po rodzicach, a mianowicie listy, które w większości jego tata pisał do swojej młodszej siostry, a mama się dopisywała – w latach 1947–1964 (od momentu przybycia do Stanów Zjednoczonych – do przedwczesnej śmierci).

Listy z Ameryki do Polski.

Listy, które stały się kanwą trzeciej części tej książki, służąc mi za materiał ukazania powojennych losów Magdaleny Krzeszewskiej-Kornblum vel Raven.

Andrzeju, bardzo dziękuję!

*

I wreszcie – jeszcze raz bardzo dziękuję mężowi, Zygmuntowi Ulatowskiemu, którego zamęczałam prośbami o powstańcze wspomnienia – oraz jego siostrze, Barbarze, która opowiedziała mi wszystko to, czego w dzieciństwie dowiedziała się od rodziców.

Historie usłyszane od nich posłużyły mi za podstawę do opowieści o losach Piotra Tarnowskiego w pierwszej części książki.

*

Na koniec chciałabym wyraźnie zaznaczyć, że bohaterowie powieści są w całości wymyśleni i w ogóle niepodobni do osób, które wymieniłam wyżej. Osoby te podzieliły się tylko ze mną różnymi opowieściami, które, „wstrząśnięte i zmieszane", stworzyły losy mieszkańców Kruczej 46.

Natomiast większość wydarzeń to historie autentyczne, choć oczywiście nieco przeze mnie ubarwione, więc proszę, niech nikt nie zarzuca mi, że to, co opisuję, nie ma nic wspólnego z rzeczywistością. Przecież życie bywa często po wielekroć barwniejsze od ludzkiej wyobraźni.

M